novum pro

Ursula Jaqua-Lanz

Allein wäre ich weniger einsam

Der Alkoholfaktor

Roman

novum pro

Bibliografische Information
der Deutschen Nationalbibliothek:

Die Deutsche Nationalbibliothek
verzeichnet diese Publikation in
der Deutschen Nationalbibliografie.
Detaillierte bibliografische Daten
sind im Internet über
http://www.d-nb.de abrufbar.

Alle Rechte der Verbreitung,
auch durch Film, Funk und Fernsehen,
fotomechanische Wiedergabe,
Tonträger, elektronische Datenträger
und auszugsweisen Nachdruck,
sind vorbehalten.

© 2019 novum Verlag

ISBN 978-3-99064-585-7
Lektorat: Senta Kneip
Umschlagfoto:
Sven Hansche | Dreamstime.com
Umschlaggestaltung, Layout & Satz:
novum Verlag

Gedruckt in der Europäischen Union
auf umweltfreundlichem, chlor- und
säurefrei gebleichtem Papier.

www.novumverlag.com

PROLOG

Sie war unruhig an diesem Herbstabend. Die ersten Nebelschwaden schlichen sich bis auf den Berg herauf zum Chalet. Die Sonne hatte sich den ganzen Tag kaum blicken lassen, nur ein paar matte Strahlen waren ab und zu durch den Dunst gebrochen. Tanja war müde und froh, dass dieser Tag, an dem auch gar nichts geklappt hatte, endlich zu Ende ging. Die Arbeit mit Ben, dem jungen Pferd, das ihr zum Training anvertraut worden war, hatte sie heute Nachmittag viel Mühe gekostet. Er war nervös und unkonzentriert gewesen; hatte sich ihre eigene innere Unruhe auf ihn übertragen? Als er endlich fertig gestriegelt in seiner Box stand, war sie zu spät dran gewesen, um die Mädchen rechtzeitig von der Schule abzuholen.

Und nun die Angst vor dem unvermeidlichen Streit mit Pesche. Sicher hatte er an diesem Morgen die Scheidungspapiere vom Anwalt per Einschreiben bekommen, unterzeichnen müssen, und allein deshalb würde er sich geärgert haben. Übliche Folge: Er würde sich betrinken. Ob er seinen Zorn im Zaum halten konnte, wusste sie nicht. Und wenn nicht? Dann würde er sie wohl hier oben aufsuchen, herumbrüllen, ihr die Schuld geben an seiner Misere, etwas zerstören, wie neulich, als er die Ständerlampe an die Wand geknallt und die Kristallvase zerschlagen hatte. Nichts wäre sicher vor seiner Wut. Und sie selbst? War sie sicher, dass er nicht handgreiflich werden würde? Wie damals, als sie ihn vor die Wahl gestellt hatte: „Die Sauferei oder ich, auf eines musst du verzichten." „Ich werde dich nie gehen lassen, verlass dich drauf. Töten, ja, dazu könnte es kommen, falls du davonlaufen willst. Darauf, und nur darauf, kannst du dich verlassen", hatte er geschrien und sie zu Boden gestoßen.

Diese voller Hass hingeworfenen Worte blieben in ihrer Seele stecken und schmerzten wie ein Seeigelstachel in der Fußsohle. Töten würde er sie nicht, da war sie sich sicher. Er besoff sich normalerweise im Wirtshaus und war dann zu Hause unflätig, eklig und gemein. Aber er war kein Säufer von der brutalen Sorte.

Sie schlich sich nochmals leise in das Kinderzimmer, um die Mädchen zu küssen und zuzudecken. Dann schloss sie alle Fenster, ließ den Schlüssel von innen in der Haustür stecken und ging ins Bett.

Bereits im Halbschlaf glaubte sie ein Motorengeräusch zu hören. Ein Auto fuhr die Bergstraße hoch und kam näher. Sie öffnete die Augen und hielt den Atem an. Der Wagen bog jedoch nicht in ihre Seitenstraße ein und hielt auch nicht auf ihrem Kiesparkplatz. Tanja tadelte sich selbst für ihre Panik und drehte sich auf die andere Seite. Doch kaum hatte sie ihre Augen geschlossen, fuhr sie hoch, erschreckt durch das Klirren von zerbrochenem Glas.

1

Beschwingt springe ich bei der Tempelanlage von Delphi vom Trittbrett des klimatisierten Reisebusses in die mittägliche Hitze; nicht die kleinste Brise weht, über dem Asphalt flimmert die Luft. Mein Herz jubelt: Sonne! Monatelang habe ich im langen Schweizer Winter die ersten warmen Tage herbeigesehnt, und während zu Hause erst gestern die Eisheiligen begonnen haben, genieße ich die griechische Wärme mit jeder Pore.

Die Mitreisenden schwärmen die Treppen hinauf zum Tempel, nur eine französische Familie bleibt stehen, die Mutter schmiert ihre drei Kinder noch rasch mit Sonnenmilch ein; hinter ihrem Rücken stopft der Älteste seinen weißen Matrosenhut mit einem entschiedenen „Non!" in Vaters Kameratasche.

Ich nehme den schmalen Ziegenpfad entlang der Natursteinmauer, um den ersten Tag Ferienfreiheit in Ruhe zu genießen. Rundherum karge Wiesen, auf denen sich Olivenbäume mit ihren silbrigen Blättern Luft zufächeln; zu meinen Füßen tischt der Rosmarin seine Duftdecke auf, weiße Margeriten und grell roter Mohn leuchten in dem klaren südlichen Licht.

In der Ferne liegt Athen. Unter der Dunstglocke lässt sich der Tempel der Athena auf der Akropolis nur erahnen, am Horizont verschmilzt das Azur des Mittelmeeres mit dem Kobalt des Himmels. Ich bin glücklich.

Danke, Regina, für dieses Glück. Immer wieder hast du, liebe Freundin, mich angefleht, dich während deiner Ferien auf der Insel Antiparos zu besuchen. „Wir beide brauchen Abstand, Tanja", hast du mich gedrängt. Oder: „Reiß dich zusammen – reiß' aus!" Nun habe ich mir beim Gedanken an meine Sorgen schon wieder den Seelenfrieden verdorben, auch das muss ein Ende haben.

Der schmale Pfad führt mich um die Tempelanlage herum zum Seiteneingang, die letzte Steigung ist steil und in der Hitze beschwerlich. Ich lächle beim Gedanken daran, dass das Orakel vielleicht auch für mich einen Fingerzeig hat. Hier die letzte Biegung, eine Treppe, und schon stehe ich auf dem jahrtausendealten Marmorboden des Heiligtums und ziehe die Sandalen aus, um die Wärme des ausgetretenen Steins zu spüren. Barfuß zu gehen hat etwas Reines, es erinnert an die Wanderungen von Jesus Christus. Das passt zu meiner Stimmung, zu meiner Hingabe an diese heilige Stätte, an die antiken Legenden mit ihren Lehren, es gibt mir Hoffnung.

Marmorboden, Marmorsäulen, Marmormauern! Die Elemente haben durch die Jahrhunderte hinweg eine gelbe Patina hinterlassen. Dieser Marmor ist nicht wie ein frisch geschnittener und geschliffener weiß. Ich nehme einen Stein und kratze daran. Eine kreideweiße Oberfläche kommt zum Vorschein und ich kann mir vorstellen, dass der heutige Tempel nur ein Abglanz des ehemaligen Heiligtums ist. Entzückt stelle ich mir Wände, Säulen und Böden in diesem leuchtenden Weiß vor. Wie haben die alten Griechen mit ihren einfachen Mitteln ein solches Wunderwerk geschaffen? Jedes Stück und jede Platte wurde von Hand bearbeitet. Ob sie das voller Hingabe an ihre Götter vollbracht haben?

Oder vielleicht in Sklaverei? Doch daran mag ich jetzt in meiner frohen Stimmung nicht denken. Leise Radiomusik erklingt von den nahen Zypressen. Ich gehe näher und sehe im Schatten der Bäume ein Pärchen, eng umschlungen. Die beiden sind in die Musik und ihre Umarmung versunken, ihre Liebkosungen bringen in mir die Saite der Sehnsucht nach Liebe und Zärtlichkeit zum Schwingen. Der Gedanke, dass diesen zwei ihre Wünsche bereits erfüllt wurden, bringt mich zum Schmunzeln und macht mich zuversichtlich. Natürlich völlig grundlos, heutzutage glaubt man nicht mehr an göttliche Offenbarungen. Oder vielleicht doch? Was sonst bedeuten denn all die Horoskope, Tarot-Karten und Wahrsagereien? Behutsam setze ich meine nackten Füße auf den warmen Marmor, um spitze Steine, Glasscherben und Disteln zu meiden, und suche das Orakel.

Touristen schlendern herum, knipsen: „Karli, dorthin, nein, neben die breite Säule, lächeln", oder „den Kopf bitte ein bisschen schief, sonst krieg ich das Relief nicht drauf. Jetzt verdeckst du die Aussicht, ein bisschen nach links, ruhig jetzt, nicht bewegen!" So nehmen sie alles Sehenswerte als Beweis ihrer kulturellen Interessen mit heim. Sie halten nicht inne, um die Atmosphäre der heiligen Stätte zu erfühlen, sie hasten durch – knips, knips, knips –, so reicht es vielleicht heute noch für ein anderes Heiligtum. Sich vorzustellen, wie hell der Marmor gewesen sein muss, wie die Pracht der Tempel von den heutigen Ruinen nur symbolisiert wird, dazu reicht die Phantasie nicht.

Dort, eine Tor-Ruine: zwei Säulen und ein Marmorbalken darüber. Ich trete näher und kann eine Inschrift erkennen. Ein Orakelspruch? „Erkenne dich selbst", steht da in Stein gemeißelt. Ist das die erhoffte Botschaft des Schicksals? Ich spreche laut: „Erkenne dich selbst!" Mich selbst erkennen? Ich kenne mich doch, was für eine komische Idee! Warum konnten sie sich für eine heilige Stätte nicht wenigstens etwas Spirituelles einfallen lassen? An mir selbst herum zu studieren kommt mir gar zu egoistisch vor, und doch hat der Spruch Anziehungskraft und macht mich nachdenklich.

Ich schlängle mich durch die Säulen und finde schließlich die Stufen, die laut Reiseführer früher hinunter zum Orakel geführt haben. Scherben und anderer Unrat wurden vom Meltemi, dem Schönwetterwind der Sommermonate, in das Treppenloch getragen; eilig ziehe ich meine Sandalen wieder an.

Früher wurden von hier unten die Schicksale der alten Griechen gelenkt. Es ist erfrischend kühl und feucht, ich setze mich vor der Absperrung in eine Mauernische. Laut Legende saß Pythia dort unten über einer Felsspalte auf ihrem Dreibein und wurde durch die von der Erde ausströmenden Gase in Trance versetzt. Wir würden heute sagen: sie war high. Die Bittsteller mussten eine Opfergabe bringen, also sozusagen eine Vorauszahlung leisten, dann duften sie ihre Probleme schriftlich darlegen. Die Offenbarung der Antwort wurde in rätselhaften, gereimten Versen vorgetragen, wodurch sie von den Ratsuchenden selbst interpretiert werden mussten. Es waren Denkanstöße, die eine neue Perspektive vermitteln sollten.

Was wäre meine Frage? Und was würde Pythia mir raten? Es ist schwierig, alles in einer einzigen Frage zu formulieren. Ich schließe die Augen wie im Gebet und wünsche mir die Gabe, den nächsten Schritt auf meinem neuen Pfad zu finden; die Fähigkeit, mich selbst im wilden Gestrüpp meines Lebens zurechtzufinden. Mich selbst zu erkennen? Das Ich, das ich als junges Mädchen werden wollte, gibt es nicht. Wie ein Stück Treibholz bin ich herumgewirbelt und mitgezogen worden, nur darauf bedacht, es allen Recht zu machen: Meinen Eltern, Pesche, Oma Martha. Habe ich je etwas Wichtiges zu meinem Wohl beschlossen? Nein. Ich habe den Mund nicht aufgemacht. Habe ich mich je gewehrt? Auch nicht. Irgendwie bin ich das artige, autoritätsgläubige kleine Mädchen geblieben.

Was ist aus meinen Jugendträumen vom Auswandern und einem Leben unter Palmen am Meer geworden? In meiner Jungmädchenfantasie bin ich mit meiner Freundin Regina über lange weiße Strände galoppiert, fühlte, wie mein Pferd im tiefen Sand hart arbeiten musste, um vorwärts zu kommen, hatte den Geruch des schweißtriefenden Felles in der Nase und im Herzen ein Freiheitsgefühl zum Jauchzen! Am Ende des Strandes habe ich mir einen tropischen Wald vorgestellt, eine Quelle, einen Bach mit kühlem Wasser. Verschwitzt und glücklich sind wir abgestiegen, haben die Sättel abgenommen und mit den Pferden aus der kühlen Quelle getrunken. Bis in jedes Detail habe ich den Traum ausgeschmückt, hörte das Schnauben der Pferde, fühlte die kühle Wiese, wo wir uns im Schatten der Bananenstauden ausruhten, habe auf das Meer geblickt – das Symbol für meine unendlichen Möglichkeiten.

Manchmal bin ich in diesen Träumen meinem Märchenprinzen begegnet, einem Jungen mit schwarzem Haar - Liebe auf den ersten Blick. Er nahm mich in seine Arme, um mich mein ganzes Leben lang zu lieben. Natürlich wusste ich, dass diese blühenden Fantasien nicht Wirklichkeit werden. Doch ich habe damals erwartet, dass sich wenigstens einzelne Teile davon in meinem Leben wiederfinden würden. Das Leben am Meer oder die Arbeit mit Pferden, vielleicht eine große Liebe.

Warum habe ich mich nicht gewehrt, als Vater gegen eine Lehre als Bereiterin entschieden hat? Warum bin ich nicht für mein Talent im Umgang mit Pferden eingestanden? Mein Trainer Johann hat an meine Begabung geglaubt, nicht aber meine Familie. Sie konnten meine Liebe zu den Pferden nicht verstehen, nicht das Glücksgefühl erahnen, wenn zwischen Grane und mir vollkommene Harmonie herrschte, wenn er die Übungen nach vielen Wiederholungen verstanden und auf mein Lob hin gewiehert hat. Mama hat nicht geglaubt, dass er vor Freude wieherte, wenn uns etwas gelang. Ich konnte ihr die Zweifel nicht ausreden, wollte es ihr beweisen, aber dafür hatte sie keine Zeit. Und wohl auch kein Interesse.

Meine Eltern hatten die altmodische Idee, dass Mädchen nicht reiten sollten; mein Vater hat gesagt: „Mädchen sollten die Beine nicht spreizen." So ein veralteter Blödsinn. So kam es, dass einzig Onkel Peter mich verstanden hat. Ihm hatte ich meine Reitstunden zu verdanken, er kam für all die Kosten auf, damit ich an den Dressurprüfungen teilnehmen konnte, er fühlte mit mir, begleitete mich und teilte meine Freude. Er ist der jüngere Vetter meines Vaters, meine Eltern vertrauten ihm und waren froh, dass er sich um mich kümmerte. Von seinen wahren Motiven haben sie nie etwas geahnt. Dann kam die Mussheirat, mit der ich die Familienehre retten sollte, und aus waren die Träume.

Nun existiert die Tanja, die ich werden wollte, nicht mehr. Ich habe das Gefühl, eine Marionette zu sein, die an irgendwelchen Fäden hängt und von irgendwoher bewegt wird – zu keiner eigenständigen Bewegung fähig. Das seltsam verkrüppelte Ich, das ich geworden bin, sitzt da und hadert mit dem Schicksal.

„Muuutiii, ich will eine Cola", kreischt ein kleines Mädchen hinter mir. Erschreckt sehe ich, wie die Mutter die Kleine am Arm hochreißt und ebenso lauthals zurückschreit. Meine meditative Stimmung ist verflogen, verwirrt entfliehe ich dem Geschrei.

Der Weg hinunter zum Bus ist viel steiniger und steiler als der Aufstieg auf dem Ziegenpfad. Nach einer Biegung sehe ich unten im Dorf das Gewimmel von Touristen, höre Dudelsackgejammer, Sirtaki und Lachen, doch danach ist mir im Moment überhaupt nicht zumute. Ich will diesen unbeschwert Lustigen nicht begegnen, nicht sprechen, kein Geplapper erdulden und flüchte mich vor dem Lärm in den Olivenhain. Ich will nachdenken und setze mich auf einen flachen Stein vor der warmen Natursteinmauer. Da, mitten im sandigen Staub liegt ein Kiesel, mit etwas Fantasie kann ich eine Herzform ausmachen. Ich kratze daran, unter dem Dreck kommt schneeweißer Marmor zum Vorschein. Ein Talisman!

Ein Schatten fällt vor mir aufs Gras. Schon wieder diese Touristen. Nicht hinschauen! Doch da erklingt ein Räuspern:

„Darf ich mich zu Ihnen setzen?" Männlich, spricht deutsch mit amerikanischem Akzent. Auch das noch!

„You are welcome", erwidere ich mürrisch. „Haben Sie das Orakel gefunden?"

„Ich bin das Orakel", entgegnet eine tief aus dem Bauchraum kommende Stimme. „Was ist Ihre Frage?"

Interessant. Nun muss ich doch hinschauen: Eine Lichtgestalt! Eine heiße Welle durchflutet mich, mein Herz tanzt Cha-Cha-Cha. Er steht zwischen mir und der untergehenden Sonne, die eine helle Aura um seine Figur bildet; das weiße Hirtenhemd hängt lose über der schwarzen Jeans, passt zum schwarzen Wuschelhaar und zu seiner jungenhaft hoch aufgeschossenen Erscheinung. Doch kein Tourist? Nun schenkt er mir ein Lächeln; ein Lächeln, so unwiderstehlich, dass ich erschrocken wegschauen muss.

Meine Frage will er wissen – ich gehe auf das Spiel ein: „Was muss ich tun, um mich wieder frei zu fühlen, frei wie damals, als ich als kleines Mädchen durch die Wiesen gehüpft bin und mit dem Zittergras gesprochen habe?"

Wieder diese tiefe Stimme: „Erkenne dich selbst!"

„Abgucken gilt nicht!", entgegne ich lachend. „Das hat bereits das Orakel gesagt, und außerdem steht es auf dem Torbogen geschrieben."

Er streckt mir die Hand hin und zieht mich hoch. Gefällt mir, ein Gentleman in einem griechischen Tempel, das könnte glatt eine Romanfigur sein. Ich möchte jung sein und mich auf seinen Charme einlassen.

„Ich bin Iannis", stellt er sich vor und hält mir die Hand entgegen. Sein Griff ist warm und fest.

„Ich bin Tanja." Galant, der Bursche. Ich schaue auf, direkt in seine schwarzen Augen. Unsere Blicke verfangen sich ineinander, mir wird mulmig. Er will etwas sagen, zögert, starrt, errötet. Ist er auch aus dem Konzept geraten?

Ich fange mich: „Ich muss mich beeilen, um den Bus in die Stadt nicht zu verpassen."

„Dein Lächeln ist bezaubernd, darf ich dich begleiten?" Wieder diese Galanterie, so spricht man doch heute nicht mehr.

Die Sonne ist hinter dem Weinberg verschwunden und das Dämmerlicht hüllt den Hain in Blau. Wie selbstverständlich läuft er neben mir den Weg entlang, hinunter zur Haltestelle. Ich spüre seine Blicke, er geht dicht an meiner Seite und sieht auf mich herunter. Ab und zu streift er wie zufällig meine Schulter oder meinen Arm. Aber das ist nicht zufällig. Wir sind wie zwei Magnete, die Anziehungskraft wirkt so körperlich, als müssten wir uns umarmen.

Im Dorf haben die Marktleute die verbleibende Ware zusammengepackt und sitzen mit den Dudelsackpfeifern, die ihre Münzen zählen, in der Taverne; etwas abseits spielen einheimische Männer Tavoli, aus der Küche hört man Rufe und Geklapper. Oh, wie der Lammbraten mit Rosmarin duftet! Der Abendwind streicht wohltuend über die heiße Haut und verweht die Hitze des schwülen Tages. Iannis legt seine Hand leicht auf meine Schulter und steigt mit mir in den Reisebus.

Hinter uns erklimmt das verliebte Pärchen mit dem Kofferradio die hohen Tritte, ihnen folgt der Wächter, der tagsüber die Stätte des Orakels bewacht. Die Türen schließen sich, der Bus fährt an. Schweigend schaue ich aus dem Fenster, glaube aber zu spüren, wie Iannis mich betrachtet.

„Du bist wunderschön", unterbricht er schließlich die Stille. „Dein Profil erinnert mich an eine Büste im Nationalmuseum in Athen. Die schwarz umrandeten Augen, das angedeutete Lächeln, die stolze Haltung, zum …" Er stockt.

Was wollte er sagen? Zum Verlieben? Zum Verknallen? Zum Fressen? Sein Vergleich ist ein bisschen linkisch, wahrscheinlich hat auch er einen Knoten in der Magengrube. Ich möchte antworten, aber wie? Mir ist, als müsste ich die absolut richtigen Worte finden, als wäre ihre Wahl von riesiger Bedeutung. Aber ich nicke nur stumm und versuche, mich in die Landschaft zu vertiefen. Es ist schwierig, mich auf die Gegend zu konzentrieren, während Iannis mich fasziniert mustert, als könnte er den Blick nicht von mir lassen.

„Jetzt hab ich's. Du siehst aus wie Isis, die Göttin der Weisheit und Weiblichkeit. Du hast dieselben gerade geschnittenen dunklen Haare, dieselben Stirnfransen, dieselbe Haltung."

„Ist das nun ein Kompliment?" Als Antwort lächelt er mich an. Wenn der Glanz in seinen Augen und die Bewunderung in seiner Stimme nicht lügen, schmeichelt er nicht nur.

Er fügt hinzu: „Isis war auch eine mächtige Zauberin, ich muss mich wohl in Acht nehmen, was?"

Der Lautsprecher hustet, dann sprudeln griechische Sätze wie geölt über uns weg.

Noch ehe der Fahrer mit der englischen Übersetzung beginnen kann, sagt Iannis: „Stau vor Athen, wir werden mit Verspätung ankommen." Er berührt meine Hand und schmunzelt: „Mir soll's Recht sein."

Prüfend schaue ich in seine Augen: „Bist du nun Amerikaner oder Grieche?"

Ein jungenhaftes Grinsen macht sich auf seinem Gesicht breit: „Kannst wählen."

„Wie meinst du das?" Ich mache wohl ein ziemlich dummes Gesicht, er lacht laut heraus.

„Ich bin Amerikaner und Grieche: Auf Thira geboren, der Insel, die die Touristen Santorin nennen; aber als ich acht Jahre alt war, hat mein Vater die ganze Familie nach Kalifornien verpflanzt. Das war vielleicht ein Schock!"
„Kalifornien ein Schock? Warum denn?"
„Zu Hause war unsere Familie riesengroß. Ich fühlte mich mit allen verwandt, sie durften nur nicht Panayotis heißen."
„Und was haben die verbrochen?"
„Meine Großtante hat einen Panayotis geheiratet, der nicht griechisch-orthodox ist, nicht zur Kirche geht und seine Kinder nicht hat taufen lassen. Wie sehr sich meine Großtante auch bemüht hat, die Familie hat den beiden nie verziehen; alle Panayotis sind immer noch unsere Feinde, sozusagen von Geburt an, und werden es wohl immer noch sein, wenn längst niemand mehr weiß, warum. Auf dieser Reise habe ich nun erfahren, dass man munkelt, es sei Spiro Panayotis gewesen, der meinen Vater beim Militärputsch 1967 denunziert hat, und dass wir seinetwegen ins Exil fliehen mussten."
„Was für ein Drama, wie im Film", staune ich und Iannis fährt fort:
„Vater spricht nicht darüber, ich weiß immer noch nicht genau, was damals abgelaufen ist, bevor die Junta an die Macht kam. Jedenfalls hatten wir das Glück, dass Theologos, der Bruder meiner Mutter, uns bei sich in Kalifornien aufgenommen hat. Seither arbeiten meine Eltern bei ihnen in Sausalito, in ihrem griechischen Restaurant. Wir hatten Glück im Unglück, doch das wusste ich damals nicht, ich war todunglücklich ohne meine Freunde, in einer Schule, in der nur Englisch gesprochen wurde."

„Ach so, armer Kerl", entfährt mir traurig, „ich kann es dir nachfühlen, hatte auch Schwierigkeiten, unseren Umzug in die Stadt zu verkraften."

„Nun aber zu deinem Akzent", wechselt Iannis das Thema. „Schweizerin, richtig?"

„Schweiz, Kanton Bern, Stadt Biel", antworte ich unbehaglich. Verheiratet, zwei Kinder, wäre wohl die korrekte Fortsetzung, aber die lasse ich aus; der Flirt dauert ja doch nur bis zur Haltestelle am Sintagma Platz.

„Ist das alles, Geheimnisvolle?"

„Ist die Mimose enttäuscht? Ich möchte im Moment alles andere hinter mir lassen, bin in den Ferien, verstehst du?"

„Könnte ich den Rest bei einem hübschen Abendessen herausfinden?"

Meine Gedanken rasen, das geht über das bisherige Geplänkel hinaus. Ich möchte „Ja" sagen, aber ich bin doch nicht „so Eine", und doch: Ich bin im Urlaub, möchte mich amüsieren, vom Alltag lösen, Neues erleben. Das Gewissen regt sich, ich weiß nicht, was ich sagen soll. Habe ich mir nicht gerade gestern eine solche Einladung von ganzem Herzen gewünscht?

Ich wohne im Hotel King George und habe mir gestern Nachmittag, nachdem ich mein Zimmer bezogen hatte, die übrigen Hotelräumlichkeiten angesehen.

Mit dem Aufzug bin ich bis zum Dachrestaurant, der Tudor Hall, vorgedrungen. Diese Eleganz! Am liebsten hätte ich gleich Platz genommen, doch ist das wirklich nicht der Ort, an den sich eine Frau allein hinsetzt; es wäre schmerzlich, so etwas alleine genießen zu müssen.

Traurig, aber auch ein bisschen eifersüchtig, habe ich die Pärchen an den Tischen auf der Terrasse gemustert – ihr Lachen, tiefe Blicke, Beine, die sich unter den Tischen liebkosen, Hände, die sich zärtlich streicheln. Die Paare haben meine Sehnsucht angefacht, ich fühlte mich inmitten der Pracht allein und verlassen. Und nun drängt sich die ersehnte Gelegenheit eines tête-à-tête auf! Oder ist es Vorspiegelung falscher Tatsachen, wenn ich mich zu einem Dinner einladen lasse? Erwartet der Mann neben mir einen Ferienflirt? Oder sogar mehr? Ach was, ich weiß ja nicht einmal, ob er nicht auch verheiratet ist, und ein Ferienflirt ist noch lange keine Affäre.

Da fügt Iannis mit zärtlichem Blick hinzu: „Bitte", und erobert den Augenblick.

„Du hast mich eben überredet", sage ich zu meiner eigenen Überraschung. Sein Mund steht einen Moment offen, eine Umarmung liegt in der Luft; nur das könnte die plötzliche Spannung richtig lösen.

Ich muss etwas sagen, bevor wir uns in den Armen liegen und wage den Vorschlag:

„In meinem Hotel gibt es ein Dachrestaurant. Wenn du mir nach unserer Ankunft auf dem Sintagma Platz zwanzig Minuten Zeit für eine Dusche gibst, können wir uns dort treffen."

Der Reisestaub ist abgespült, wohlig frisch und sauber steige ich aus der Dusche und wickle mich in das flauschige Frottiertuch mit dem vornehmen Kronenwappen vom King George. Zu Hause will ich mir unbedingt auch luxuriösere Wäsche leisten, um mich dort genauso zu verwöhnen. Das Badezimmer ist schneeweiß wie ein

Wintergletscher gefliest und auf Augenhöhe mit gelben Kronen verziert. Hier tragen sogar die Porzellanknöpfe für warmes und kaltes Wasser das Kronenemblem. Heute bin ich selbst die Königin. Der Spiegel ist angelaufen, ich nehme meine Konturen nur schemenhaft wahr und öffne die Tür. Langsam schärft sich mein Spiegelbild: Die Frau, die ich heute erblicke, gefällt mir schon viel besser als die von gestern. Die hellenische Sonne hat meine Winterblässe vertrieben, das bisschen Farbe passt zu meinem „Isis Look", wie Iannis meine Aufmachung auf der Busfahrt betitelt hat. Wie erfrischend das Kompliment gewirkt hat! Es bringt mich immer noch zum Lächeln. Warum kann es nicht immer so sein? Habe ich im Alltagstrott vergessen, dass ich erst dreißig bin? Wie ist es so weit gekommen, dass ich wie eine Schlafwandlerin dahintreibe? Jung zu sein sollte Energie, Abenteuer, Lachen, Freunde, Tanz bedeuten. Stattdessen nur Pflicht und Monotonie: Tagsüber setze ich ein Lächeln für die Kundschaft auf und am Abend bin ich viel zu müde, um auch nur ans Ausgehen zu denken. Das Muttersein hat mich über Wasser gehalten, meine beiden Mädchen sind meine ganze Freude, ihretwegen lohnt es sich zu leben. Ansonsten ist mein Gefühlsleben in den letzten Jahren abgeflacht wie die Lebenslinie eines Todkranken auf einem Krankenhaus-Monitor.

Aber jetzt, allein in Athen, will ich meine Freiheit genießen. Willkommen, neu erwachte Lebensgeister! Die Feuchtigkeitscreme kühlt meine Haut, an den Armen und im Ausschnitt habe ich wohl ein bisschen zu viel Sonne erwischt. Kommt es drauf an, was für Dessous ich trage? Dürfen es die hautfarbenen aus Seide sein? Versteckt unter dem Kleid gibt es nur einen Grund, heute so etwas zu tragen: Wenn mich der seidige Hauch bei jeder Bewegung umschmeichelt, kriege ich ein Gefühl von Noblesse. Genau das will ich heute Abend in der Tudor Hall verspüren. Das Hemdchen streift mein Gesicht und bleibt hängen, Arme und Hände über meinem Kopf gefesselt wie Flügel. Ich summe „Sigah, sigah", meine griechische Lieblingsmelodie, und tanze vor Lebenslust wie ein Teenager. In meinem Herzen, meiner Seele oder wo auch immer herrscht ein Gemisch von freudiger Erregung, aber auch ein Zaudern. Die ungewohnte Situation und die Erwartung erfüllen mich gleichzeitig, mein Herz läuft auf Hochtouren. Es ist wie ein Traum, dass ich noch so eine Freude empfinden kann.

Gott sei Dank habe ich mein Sommerkleid gestern noch zum Glätten der Kofferfalten aufgehängt, nun sieht es ganz passabel aus. Hier, das kurze Weiße könnte passen. Nicht zu aufgeputzt, nicht zu touristenhaft nonchalant, mein Herz macht wieder Sprünge. Husch, über das Seidige gestreift, es sitzt ausgezeichnet. Noch ein bisschen Glow auf den Ausschnitt pinseln, ein unauffälliger Blickfang. Mein Lieblingsparfum habe ich erst gestern auf dem Flughafen im Duty Free Shop gekauft. Sachte einen Tupfer Orangenblütenduft hinter die Ohren, ein bisschen an jedes Handgelenk für den Fall eines galanten Handkusses, einen Stäuber aufs Haar, es ist, als hätte mich die Vorsehung für mein Rendezvous vorbereitet: Gestern habe ich bei einem Schumacher in der Plaka auch die kleine, handgefertigte rote Handtasche gefunden und die roten Sandalen. Langsam wickle ich sie aus dem Seidenpapier und streichle mit den Fingern über den glänzend roten Lack. Oh, der Duft von neuem Leder! Die Absätze sind hoch, ich schummle mich gerne ein paar Zentimeter größer. Rasch versuche ich, ein paar Schritte zu gehen. Doch, kein Problem, sogar tanzen könnte ich darin! Ich setze mich an den Frisiertisch. Wie nobel, ein Frisiertisch im Zimmer! Noch ein bisschen Kohlestift an die Lidränder, das lässt meine Augen mandelförmiger erscheinen. Das Makeup ist im Töpfchen eingetrocknet, ich habe mich zu Hause schon ewig lange nicht mehr geschminkt. Wozu auch? Welchen Lippenstift? „Rote Lippen soll man küssen ..." Schmunzelnd trällere ich den Oldie. Ach, nun denke ich schon wieder sündig! Und wähle ein zartes Rosa.

Plötzlich sitzt wieder ein Klumpen in meiner Magengegend – mein innerer Moralapostel meldet sich. Es ist das erste Mal, dass ich mich von einem fremden Mann einladen lasse. Ist das verrucht? Ein Wagnis? Verrückt? Vielleicht schon. Aber er sieht so hinreißend gut aus, ist spontan, höflich, jung wie ich, da kann ich doch gar nicht anders. Ist ja bloß ein Flirt. Ich bin einfach viel zu verheiratet! Morgen reise ich weiter, dann ist alles vorbei und ich um eine schöne, süße Erfahrung reicher. Rein technisch unschuldig. Oder belüge ich mich? Mit Sicherheit wird vom heutigen Abend zu Hause nie jemand erfahren, er wird mein Geheimnis bleiben. Blödes Gewissen! Dummes Zeug, ich bin doch nicht so altmodisch, dass ich das nicht schaffe! Wenn ich doch bloß die Spielregeln kennen würde, eine Formel, nach der „Flirten" gespielt wird. Ob ich ihm überhaupt sagen muss, dass ich verheiratet bin? Ich würde stottern. Das kommt bei mir nicht oft vor, außer vielleicht jetzt, da ich ihm so sehr gefallen möchte. Was wird nach dem Abendessen? Vielleicht noch ein Spaziergang? Uff, mit meinen Hochhackigen! Aber ich werde auf keinen Fall zulassen, dass wir auch die Nacht zusammen verbringen. Das würde eindeutig zu weit gehen, auch wenn ich mir einen romantischen Abend noch so sehr gewünscht habe. Vielleicht so sehr, dass ich ihn herbeigezaubert habe? Meine Freundin Regina sagt immer: „Du musst nur ernsthaft aus dem Bauch heraus bestellen und das Universum wird für dich kreieren." Oft hatte sie damit Recht – nur habe ich bisher eher aus Angst bestellt. Immer habe ich bestellt, was alles nicht passieren soll. Bitte, bitte, liebes Universum! Nie habe ich egoistisch bestellt, ganz allein für mich. Erhöre meinen Wunsch, einmal etwas nur für mich. Einfach nur für mich. Lass mich diesen Abend genießen, süß und unschuldig wie im Märchen.

2

„Tanja!" Iannis hat mich erspäht und kommt aus der Hotelbar auf mich zu. „Du siehst ja noch schöner aus, Strahlefrau!" Am liebsten würde ich mich in seine offenen Arme stürzen, aber dazu ist es einfach zu früh.

„Da bist du ja, Yankee! Oder nein, heute möchte ich lieber mit einem Einheimischen dinieren", scherze ich.

Iannis legt seine Hand leicht auf meine Schulter und lenkt mich zum Aufzug: „Heute kriegst du beides, zufrieden?" Wir steigen in den alten Aufzug, der noch aus den Dreißigerjahren stammt. Er wackelt uns die fünf Stockwerke hoch zum Vorraum der Tudor Hall. Hier ist die Atmosphäre anders als gestern, romantisches Kerzenlicht hat sich zur nachmittäglichen Eleganz gesellt, hinzu kommt eine herrliche Duftnote: Lavendel.

„Hello, kalispera", begrüßt uns der Ober vertraulich und führt uns zum Restaurant.

„Oh ...", entfährt mir beim Eintritt und der Ober lächelt aufgeräumt, als er meine Überraschung bemerkt.

Der Raum ist in gedämpftes Licht getaucht, Kerzen spiegeln sich in poliertem Silber, in Gläsern und Spiegeln. Stimmen vereinen sich zu einem allgemeinen Raunen, hie und da von einem Lachen aufgeheitert; darüber hinweg schwebt aus der Ecke neben dem Kamin dezente Klaviermusik.

Die Köpfe drehen sich zu uns Nouveaux arrivants, ich fühle die Blicke just ein bisschen länger auf uns ruhen als üblich und bin mir bewusst, dass wir ein elegantes Paar abgeben. Der einzelne Herr dort begutachtet uns mit großen Augen – ob er auf jemanden wartet? Oder wurde er gar sitzen gelassen?

Die Tische sind sorgfältig gedeckt, mit weißen Tischtüchern und Blumengesteck. Ich kann nicht anders: Im Vorbeigehen streiche ich an einem leeren Tisch mit den Fingerspitzen über die pastellfarbenen Wicken, Iannis lächelt. Kellner in schwarz-weiß huschen diskret vorbei, der Pianist spielt wehmütig, sehnsüchtig, griechisch. Ich wiege mich innerlich im Takt und weiß, dass ich diesen Moment, diese Fülle, diese Melodie nie vergessen werde. Wie Aschenputtel bin ich in ein Märchen geraten.

Draußen, im Hintergrund der Dachterrasse, öffnet sich die Aussicht auf die hell beleuchtete Akropolis.

„Atemberaubend, Iannis, schau!" Das gedämpfte Licht im Raum lässt den erleuchteten Tempel der Athena über den Dächern wie ein Märchenschloss erscheinen. Heute Abend fühle ich ein bisschen Verwandtschaft mit ihr, der Göttin der Weisheit, des Kampfes, der Siegerin.

Auch Iannis ist überrascht von der Pracht. Er legt seinen Arm wieder auf meine Schulter:

„Bezaubernd, dieser Kontrast zwischen der dämmrigen Beleuchtung hier drinnen und dem hellen Schein, in den die Akropolis gebadet ist."

Wir folgen dem Ober zu unserem Tisch am Fenster und setzen uns einander gegenüber. Die Terrasse ist üppig bepflanzt und die angenehme Wärme des frühen Abends legt sich um uns wie ein besänftigender Mantel. Wenn ich zum erhellten Tempel schaue, fühle ich mich allein mit Iannis und dem Heiligtum, die Sorgen sind verflogen, es zählt nur er, jetzt und hier – könnte der Augenblick doch ewig dauern!

„Helloo, Tanja!"

Die Speisekarte wird vor meiner Nase hin und her gefächelt und weckt mich aus dem Staunen. Iannis spricht Griechisch mit dem Kellner, dabei wirkt er charmant und höflich. Die Gourmetkarte, die er mir in die Hand drückt, könnte auch auf Chinesisch sein. Ich verstehe kein Wort. Oh weh, schon weiß ich nicht mehr weiter.

„Sind auf deiner Karte auch keine Preise?", flüstere ich verlegen.

„Die Preise fehlen nur auf der Karte für die Dame", lächelt der Kellner.

Ich bin verloren. „Würdest du bitte für mich etwas typisch Griechisches bestellen?" Iannis berät sich kurz mit dem Kellner und schaut dann gedankenverloren in die Flamme der Kerze. Entdecke ich Melancholie in seinen Augen? Hat auch er einen Kummer, den er nicht einfach zu Hause lassen kann? Oder vielleicht Frau und Kinder, die dort auf ihn warten? Schon sieht er mich wieder an, auffordernd und charmant:

„Wie war das gleich mit dem Mädchen, das durch Gras und Blumen hüpft? Das war doch beim Tempel deine Frage, oder? Erzähl mir von ihr, ich möchte dich kennenlernen!"

„Möchtest du wirklich die Geschichte meiner Kindheit hören?" Die gebe ich lieber preis als meine heutige Situation.

Aufmerksam beugt sich Iannis zu mir: „Natürlich, ich möchte wissen, wer du bist und wieso du bist, wie du bist."

„Jetzt gleich?", frage ich lachend und er berührt sachte meine Hand. Ich werde zuversichtlicher und erinnere mich zögernd:

„Wahrscheinlich sehe ich das alles viel zu rosig durch den Abstand der Jahre. Aber heute kommt es mir so vor, als wäre ich in einem Märchenland aufgewachsen. Stell dir vor: Die Gräser hoch, überall bunte Blumen: Margeriten, Glockenblumen, Fingerhut, Klatschmohn … Ich war so ein kleiner Frosch, die Wiesenkräuter gingen mir bis zur Hüfte. Man vergisst ja die Steine unter den nackten Fußsohlen und die Bienenstiche. Am liebsten habe ich mitten im Gras gehockt, die Ameisen beobachtet und mir dabei Geschichten ausgedacht, was sie denken, wie sie leben, Ameisen, Zwerge, Elfen – alles real, alles Wirklichkeit für mich."

Ich halte inne, der Kellner stellt Brot und Tsatsiki auf den Tisch, schenkt Iannis den Probierschluck ein und füllt auf sein Nicken hin unsere Weingläser. Ich tauche frisches Brot in die gewürzte Quark-Joghurtmischung, Iannis hebt sein Glas:

„Prost … Auf uns!"

„Auf diesen wunderbaren Abend", erwidere ich. Auf uns hat er gesagt – gibt es ein uns? Ich schiebe den Brotkrumen in meinen Mund:

„Erfrischend!"

„Nicht ablenken lassen! Wie war das mit den Bienenstichen?"

„Ach ja, das! ‚Tanjala', sagte mein Vater zu mir, ‚die Bienen sind lieb, man darf ihnen nur nicht Angst machen. Du musst ganz sachte sein, dich langsam bewegen, nicht nach ihnen schlagen, wie viele Leute es tun. Dann müssen die Bienlein nicht stechen." Ich habe beobachtet, wie die Bienen eifrig von Blume zu Blume summten. Ab und zu setzte sich eine auf meinen Arm. Nicht atmen! Mucksmäuschenstill halten bis sie weiterfliegt! Ein kleiner Nervenkitzel war das schon, auch wenn ich Vater voll vertraut hab."

„Tanjala, der Kosename gefällt mir. Darf ich dich auch so nennen?" Ich nicke und er deutet mir, fortzufahren.

„Dann war da diese alte Tante, die hab ich gern gemocht, obwohl ihre Küsse nass waren und sie ziemlich aus dem Mund gerochen hat. Mein Gott, was die sich immer gefreut hat über meine Blumensträuße!"

„Wie lieb von dir."

„Ja vielleicht … Ich bereite andern immer noch gerne eine Freude; aber ich weiß nicht …", sage ich gedankenvoll und falte meine Serviette auseinander.

„Du bist plötzlich nachdenklich geworden. Was ist denn los?"

„Irgendwie frisst mich der Alltag manchmal auf, die ständigen Widrigkeiten … Plötzlich ist da nur noch Pflicht, Pflicht, Pflicht, und ich vergesse es, für andere etwas Schönes zu tun."

„Heute hast du allerdings Erfolg, dieser Abend freut mich wahnsinnig."

„Schmeichler!"

„Erzähle weiter, wie war es bei der Tante?"

„Wie gesagt: Ich durfte während des Kusses nicht einatmen und doch flog ihr mein Herz zu. Alte Frauen sind halt so. Ich konnte ihr Kauderwelsch nicht verstehen, denn ihre Lippen verschwanden, zahnlos wie sie war, in der dunklen Mundhöhle, wenn sie sprach oder lachte.

Egal, wir verständigten uns auch ohne Worte und ich wusste, dass sie vor Freude an meinem Besuch so dahin gackerte. Mit ihren verkrümmten Händen fingerte sie in meinem Haar und streichelte meine Wangen, und wenn sie davon genug hatte, stand sie umständlich auf, strich ihren schwarzen Rock glatt, ergriff den Stock und wackelte zum Hühnerhof – mit mir im Schlepptau. Das war unser Ritual: Ich brachte Blumen, setzte mich zu ihr und ließ die Begrüßungszeremonie über mich ergehen, dann erhielt ich meine Trophäe: ein rohes Ei. Manchmal klebte noch Flaum daran, den steckte ich in die Schürzentasche und bewahrte ihn auf, um Papa in der Nase zu kitzeln. Ich musste mich mit einem erneuten Kuss bedanken, bäh, feuchtnass auf die Wange, nicht einatmen! Braves Kind!"

Iannis zwinkert: „Muss man alt, runzlig und einsam sein, um einen Kuss zu verdienen?"

„Gut riechen reicht", lächle ich zurück.

Iannis schüttelt sich vor Lachen: „Damit kann ich dienen! Was für ein gutes Herz Tanjala hatte! Did you keep it?"

„Gute Frage, ich kann das nur hoffen. Vielleicht konnte ich es in mein Erwachsensein retten, so wie ich das Ei behutsam nach Hause getragen habe. Nicht durch die Wiese, ich trippelte auf dem Feldweg, ganz langsam und sachte, um nicht zu stolpern, nicht zu fallen. Zu Hause hat Mama das Ei gekocht, so dass es innen noch ganz weich war, dann habe ich meine Beute stolz und sorgfältig ausgelöffelt." Ich richte mich auf. „Das war meine Geschichte."

Doch Iannis hat nicht genug: „Du ziehst mich mit hinein, in deine Kinderwelt, erzähl weiter, was gab es noch für bewegende Momente?"

„Bewegende Momente? Die gab es in Hülle und Fülle! Ich sehe den Brunnen vor unserem Haus vor mir, dahinter musste ich mich verstecken, wenn ein Leichenzug vorbeizog. Das Dorf hatte keine Kirche und keinen Friedhof. Also wurde der Sarg vom Haus des Toten bis hinunter ins Nachbardorf getragen, damit eine ordentliche Predigt und eine gebührende Beerdigung stattfinden konnten. Wir Kinder mussten totenstill sein, wenn sie vorbeizogen. Das war geisterhaft und ein bisschen beängstigend. Die Leute auf dem Feld hielten inne und beteten. Tja, während der Ernte gibt es für die Bauern eben keine freie Zeit. Ich kann die Liebe immer noch spüren, die Intimität, den Zusammenhalt der Leute, den die gemeinsame Trauer schafft. Auch ich gehörte zur Trauergemeinde. Ich kannte die Toten, die im Sarg von den Männern auf ihren Schultern getragen wurden. Ich sah sie bildlich vor mir, tot, im Nachthemd. Wir brauchten keine Fernsehkrimis, um das faszinierende Gruseln zu lernen."

Iannis lacht: „Ich wollte eigentlich nach dem Paradies fragen, nach dem du dich sehnst!"

„Na ja, im weitesten Sinne hat der Leichenzug auch mit dem Paradies zu tun, oder? Das kleine Dorf, mein Paradies, ist einsam und abgelegen, keine Bahn und kein Bus haben uns mit der übrigen Zivilisation verbunden. Wir mussten drei Kilometer auf buckeligen Schotterstraßen auf uns nehmen, um die Oma im nächsten Ort zu besuchen oder am Bahnhof einen Zug zu besteigen. Für mich waren diese Ausflüge Freudentage, der Weg war die reinste Entdeckungsreise: Lotte, die schwarze Stute mit dem Füllen, trabte wiehernd zu mir an den Zaun, während ich umständlich das alte Stück Brot aus meiner

Schürzentasche klaubte, das ich für sie gespart hatte. Ihre weichen Lippen berührten meine flach ausgestreckte Hand, wenn sie sachte das Brot nahm. Und wenn ich danach ihre Nüstern gestreichelt habe, dort, neben den Nasenlöchern, wo das Fell am zartesten ist, habe ich ihren Atem am Arm gefühlt. Am liebsten hätte ich ihr auch meine Wange hingehalten, aber das traute ich mich nicht. Wenn das Fohlen auf seinen staksig langen Beinen auch zu mir kommen wollte, wurde Lotte böse und drängte sich dazwischen. Damals begriff ich nicht, dass sie es nur beschützen wollte."

„Das haben Mütter so an sich, sie beschützen! Bist du immer noch verliebt in Pferde? Muss ich eifersüchtig sein?", sagt Iannis mit einem verschmitzten Lächeln.

Ich fühle mich ertappt und hebe mein Glas: „Auf die Pferde!"

„Und uns", erwidert er.

„Na ja, es wäre schwierig, meine Liebe zu Grane, meinem Lieblingspferd, zu übertrumpfen!" Iannis' Augen werden schmal, ich wechsle das Thema.

„Wenn mein Vater dabei war, machten wir immer Halt beim alten Jakob, der hatte Kühe. Wenn wir den Stall betraten, mussten wir sagen: ‚Glück in den Stall', damit die Tiere gesund blieben. Und bei der großen Kurve lief ich immer weit voraus, um bei der Schneiderin Steiner anzuklopfen. Aber da musste ich schon sehr weit vorne sein, Mama hätte fürchterlich geschimpft, wenn sie gewusst hätte, dass ich anklopfte. Sie hat mir Äpfel, Birnen oder Kirschen gegeben, was immer auf ihrem Hof gerade reif war. Mama nannte Frau Steiner eine Klatschbase und sagte zu meinem Vater: „Sie passt mich im Garten ab,

dann schwatzt sie auf mich ein! Ich weiß nicht, wie sie jedes Mal merkt, wann ich vorbeikomme." Ich halte einen Moment inne und muss grinsen. „Meiner Mutter ist es enorm wichtig, dass die Menschen ein gutes Bild von ihr haben. Dass ich so an ihrem Lack kratze, wäre ihr sicher nicht Recht. Du behältst es also besser für dich."
„Ich schwöre! Natürlich bewahre ich deine Geheimnisse, so wie alles, was du mir anvertraust, Tanjala! Ich möchte gerne noch viel mehr über dich wissen. Das war also dein Paradies und diese Ausflüge deine Abenteuer. Möchtest du wieder dorthin zurück?"
„Eigentlich mehr: so möchte ich wieder sein. Es war nicht nur die Natur, weißt du, auch die Zugehörigkeit zu den Menschen, ja sogar zu den Tieren, das habe ich alles verloren, als wir in die Stadt gezogen sind." „Tanjala, ich verstehe dich absolut! Du warst verloren wie ich, als wir nach Kalifornien ausgewandert sind. Warum sind deine Eltern nicht geblieben? Wo's doch so schön war?"
„In der Stadt schien alles einfacher. Mama hat vom Kino geschwärmt und vom Theater. Stell dir vor, wie meine Mama sich im Dorf mit dem Kinderwagen meiner Schwester abquälen musste, wenn sie ihn auf dem Heimweg die holprige Schotterstraße hinauf gestoßen hat! Sie hat geschwitzt, geschimpft, war am Ende ihrer Kräfte, während ich glücklich neben ihr her trällerte, Blumen pflückte und weiße Kieselsteine suchte. Für Mama war unser Umzug in die Stadt ein Segen, nur für mich fühlte er sich an wie die Austreibung aus dem Paradies."
Abrupt halte ich inne. Stopp. Das ist, was ich für ihn sein möchte. Gerade so viel kann ich im Moment preisgeben. Meinen Kummer in der Großstadt und die Sorgen

als Teenager möchte ich mir zwar am liebsten auch gleich von der Seele reden, aber ich will seinen Eindruck von mir nicht damit belasten.

Iannis nickt verständnisvoll: „Du hattest Glück, nicht jeder kann als Kind das Paradies so lange erleben – viele können sich gar nicht mehr an die Zeit erinnern, als die Welt gut und sie unschuldig waren."

Das stimmt mich nachdenklich: „Glaubst du denn, dass so viele andere Menschen das, was ich meine Austreibung aus dem Paradies nenne, auch erlebt haben?"

Iannis holt tief Luft: „Wir sind mit Sicherheit alle mit einer unschuldig reinen Seele geboren, das war unser paradiesischer Zustand. Diese Seele stelle ich mir vor wie einen geschliffenen, lupenreinen Diamanten, einen Träger von Licht und Liebe. Wenn wir dann enttäuscht oder gekränkt werden, wenn wir verletzt werden oder Angst haben, lassen wir Schuppen über die Facetten des Diamanten wachsen, um uns zu schützen, damit wir in Zukunft weniger verletzlich sind – damit es nicht so wehtun kann. Die Psychologen nennen diese Schuppen ‚Ego'. Je mehr Schuppen die Seele verdecken, desto weniger können wir Liebe und Intimität erleben, unser Diamant lässt kein Licht mehr herein und auch keines mehr hinaus. Kein Licht – keine Liebe. In der Bibel heißt es: ‚Werdet wie die Kinder'. Ich bin sicher, damit ist gemeint, dass wir unsere Schuppen, unser Ego, abbauen sollen, um wieder den ursprünglichen paradiesischen Zustand zu erlangen, damit wir leuchten und lieben können."

„Sokratischer Vortrag, Iannis." Er sieht mich schweigend an. „Du gibst mir zu denken. Gibt es Schuppensalbe? Aber nein, damit würde ich ja auch mein Verteidigungssystem vernichten und noch verletzlicher werden."

Zwei Kellner balancieren elegant silberne Platten auf Kopfhöhe in unsere Richtung und stellen die heißen Gerichte auf unseren Beistelltisch. Gleichzeitig heben sie die Deckel und lassen die Dämpfe entweichen, die den Geruch von Lamm und Gewürzen zu uns tragen.

„Iannis, schau, Lammkotelett, golden gebraten und als Krone angerichtet – schon wieder das Emblem von König Georg!"

„Cool", schmunzelt Iannis.

Wir lassen uns bedienen und verbeißen uns das Lachen, als die beiden ihren Service tatsächlich mit einem angedeuteten Bückling und „good Appetito" abschließen. Die Lammkrone schmeckt ausgezeichnet, schweigend genießen wir die ersten Bissen. Dabei beschäftigt mich Iannis' Theorie vom reinen Diamanten und wie wir, vermeintlich zu unserem Schutz, unsere Liebe und unser Licht verdecken.

Ich muss mehr wissen: „Iannis, der Seelendiamant fasziniert mich, erzähl weiter."

„Wenn du deinen Seelendiamanten wiederfinden willst, musst du deine Schuppen suchen und selbst enthüllen, was sie verbergen, was du verdrängst oder gar verleugnest."

Ich sehe den Zusammenhang: „Ist das gemeint mit ‚Erkenne dich selbst'?"

„Gut gedacht, Tanjala, genauso ist es. Wenn du den Ursprung des eigenen Egos findest, bist du auf dem Weg zu Liebe, Licht und Freiheit."

Wir sehen uns direkt in die Augen und mir scheint, dass er bis in meine geheimen Winkel schauen kann. Dort ist das Geheimnis, das mich seit meinem vierzehnten Lebensjahr bis in die Albträume verfolgt. Ich muss wegsehen. Daran mag ich nicht denken, davon will ich nicht sprechen und überhaupt kann das alles doch nichts mit meinem heutigen Kummer zu tun haben.

Ich seufze: „Natürlich möchte ich einen neuen Weg gehen, aber ich stecke in einer Sackgasse. Es scheint mir nicht möglich, meine Sorgen loszuwerden, indem ich nur mich selbst erkenne oder mein Innerstes enthülle. Da muss mehr geschehen ..."

Iannis nickt verständnisvoll, doch dann meint er: „Die Lösung der Probleme erfolgt aus der neuen Perspektive, die uns die Selbsterkenntnis gibt. Aus dieser Perspektive kannst du einen neuen, dir bisher unbekannten Weg gehen, den Weg der Erkenntnis, dich finden, und wenn du willst, auch neu erfinden."

Das ist mir nun doch zu viel: „Nun fantasierst du aber, ich bin ja nicht allein auf dieser Welt. Um mich neu zu erfinden, braucht es mehr als Einsicht. Da müsste ich gleich nochmal von vorne anfangen können, Zeitreise rückwärts, und schon wäre ich der Schöpfer meines Glücks." Habe ich zu viel Retsina getrunken?

„Tanjala, wie wäre es mit ein bisschen Vertrauen? Ich habe diese Zusammenhänge in vielen Workshops und Seminaren studiert. Auch Bücher, Therapien, Selbsthilfegruppen und New Age-Literatur zielen auf vielen verschiedenen Wegen in die gleiche Richtung wie das Orakel: zur Selbsterkenntnis. Erst nachdem wir uns selbst erkennen, können wir uns neu erfinden."

„Na ja, ich will dir vertrauen, vielleicht ist es kein Zufall, dass wir uns heute begegnet sind. Ich habe mir Einsicht gewünscht, um ein Wunder gebetet, energetisch aus dem Bauch heraus bestellt, nun hat mir das Universum dich beschert."

Iannis lacht: „Siehe da, Lektion eins hast du schon selbst gefunden. Wunder muss man erkennen, wenn sie vor einem stehen … Haha, ein Wunder … Ausgerechnet ich!"
Iannis horcht auf, der Pianist spielt den Tango „Oh these dark eyes".
„Tanjala, das ist meine Lieblingsmelodie, komm …" Er steht auf und verbeugt sich leicht. „Tanzen?" Ich folge ihm zögernd.
Wir zwei ganz allein auf der Tanzfläche? Ich habe jahrelang nicht mehr getanzt, ich weiß nicht … Schon umfasst mich sein Arm, seine Hand führt mich sicher – vorwärts, rückwärts, innehalten, dann eine schwungvolle Drehung, ich fühle mich leicht wie eine Feder, lasse mich lenken, folge seinem Rhythmus. Das ist kein Schmusetango, wir legen einen tollen Tanz auf das Parkett. Einige Gäste klatschen bei den letzten Takten, rufen „Bravo" und atemlos setzen wir uns lachend und trinken Wasser in gierigen Schlucken.
„Du bist Klasse, lässt dich führen wie eine …"
„Puppe?"
„Dummerchen, wie eine Ballerina wollte ich sagen. Wir müssen ‚tanzen' auf unsere To-do-Liste schreiben."
Schade, wir können keine solche Liste machen. Für einen Moment komme ich ins Grübeln. „Iannis, du hast vorhin ins Schwarze getroffen. Mich neu erfinden, das will ich."
„Na dann, begib dich auf den Weg zur Selbsterkenntnis. Weißt du, das muss man fest aus dem Bauch heraus wollen. Willst du?"
„Ja sicher! Eigentlich habe ich den Weg schon unbewusst beim Orakel angetreten und eben konnte ich die

Wende richtig fühlen: Die Tanja auf der Tanzfläche war nicht die Tanja, die vorgestern ins Flugzeug gestiegen ist."
„Siehst du? Mutig voran!"
„Trotzdem habe ich keine Ahnung, was ich nun tun muss, um meine Seele von den Schuppen zu heilen und mit Selbsterkenntnis meine Sorgen zu kurieren." Damit kann ich Pesche schließlich nicht zum Abstinenzler machen. Absurd. „Und doch ist bereits einiges geschehen."
„Siehst du?"
„Erstes Zeichen: Wir sind uns begegnet, ein Wunder. Noch einmal: Wenn ich nun meine Schuppen erkennen würde, mein Ego ausschalten könnte, würde ich doch meine Unverletzlichkeit und meine Sicherheiten ausschalten. Das geht irgendwie auch nicht."

„Ja, sicher, es braucht Mut, nicht nur Einsicht, um unsere Gefühle zu verstehen und um wieder frei zu sein wie als kleine Kinder. Nicht jedermann erinnert sich noch an das Glück der Kindheit, manche sehnen sich ein Leben lang danach, ohne es je zu kennen. Viele nehmen in der Sehnsucht nach diesem Zustand Drogen. Oder lernen sich selbst in Workshops und Seminaren kennen. Es geht darum, die Seele aufrichtig für Liebe, Licht und Intimität zu öffnen, vor allem aber für Verständnis und Liebe mit sich selbst!"

„Ja, Intimität vermisse ich. Das tut weh. Aber Verletzlichkeit tut auch weh. Nochmals: All das kann doch nichts mit meinem heutigen Kummer zu tun haben."

Iannis beugt sich vor und legt seine Hand auf meinen Arm, unsere Augen tauchen ineinander. Intimität. Ich ziehe nicht zurück. Es tut gut, dieses Verstehen ohne Worte. Unbewusst habe ich mich danach gesehnt, nach der Ruhe und dem Vertrauen, die seine Berührung ausgelöst haben. Worte der Liebe liegen in der Luft, wollen ausgesprochen werden.

„Sag nichts, Iannis. Sag es nicht, bitte!" Befremdet zieht er seine Hand zurück. Ich muss ihm die Wahrheit sagen, kann das Unvermeidbare keinen Augenblick länger von mir stoßen oder verdrängen. Die Wahrheit ist grausam. Wird sie den wunderbaren Moment vollends verderben? Ich muss es ihm sagen, muss, muss, muss. Jetzt. Ich habe den Mut nicht, möchte in ein Mauseloch verschwinden, irgendwohin, die Wahrheit vergessen. Doch das geht nicht. Das kann ich weder ihm noch mir antun. Raus damit, ohne Schnörkel! Nein, mit Schnörkeln, sachte, um ihn so wenig wie möglich zu schockieren, ihn nicht zu verletzen!

„Iannis, ich muss dir etwas sagen. Ich hätte es vielleicht bereits heute Nachmittag andeuten sollen, aber da schien es noch unwichtig zu sein." Schweigen. „Und jetzt ist es fehl am Platz, ich möchte uns doch auch nicht den schönen Abend verderben, aber die Wahrheit muss raus: Ich bin verheiratet!"

Ein leise ausgerufenes „Nein" bleibt beinahe in seiner Kehle stecken. Er setzt sich auf, doch seine Schultern sacken zusammen, als hätte jemand die Luft aus ihm gelassen. Wo ist das Leuchten in seinen Augen geblieben? „Es tut mir so leid", drücke ich unter Tränen hervor, „so leid."

Iannis stammelt: „Es ist einfach schwer zu fassen", und starrt auf das Tischtuch. „Dabei sollte mir doch klar sein, dass eine so wunderbare Frau bereits ein Leben hat. Bei deinem ersten Lächeln beim Tempel habe ich geglaubt, meine Traumfrau gefunden zu haben. Weißt du, so für

immer und ewig und wenn sie nicht gestorben sind …
Na ja, da habe ich wohl den Kopf verloren."

Ich durchschaue ihn, als wäre er aus Glas. Ernüchtert und bleich hält er inne, spielt mit seinen Fingern, weiß nicht, wohin mit seiner Frustration, schweigt. Unterdrückt er aufsteigenden Missmut? Hofft er auf einen Ausweg? Ganz langsam hebt er den gesenkten Blick und begegnet meinen Augen. Plötzlich ist alles vergessen, wir beide fühlen uns nur noch verliebt. „Deshalb müssen wir uns den wunderbaren Abend nicht verderben lassen, oder?" Unsere Fingerspitzen berühren sich, die Spannung der Situation entlädt sich, die Realität hat den Zauber nicht völlig gebrochen.

„Kaffee bitte", deutet Iannis dem herbeieilenden Kellner. „Mir einen Griechischen, und für dich?"

„Espresso, bitte." Andere Länder, andere Sitten. Wenn ich reise, möchte ich diese anderen Sitten kennenlernen, nicht heikel sein, mich anpassen. Aber beim griechischen Kaffee macht meine Toleranz halt: Das bringe ich nicht fertig. Zum Abschluss eines feinen Essens den Gaumen mit Kaffeesatz verderben, nein, das kann ich mir nicht antun. Er würde mich noch stundenlang quälen, trotz des gelieferten Wassers zum Runterspülen.

Klapp! Der Pianist hat den Flügel geschlossen, zur Ermahnung wohl ein bisschen lauter als unbedingt nötig, und nimmt die Geldscheine aus dem Glas.

„Ach schau, wir sind die letzten Gäste", stelle ich fest und Iannis nickt widerwillig:

„Ja, Zeit zu gehen!"

Irgendwann wurde die Beleuchtung der Akropolis gelöscht, nun ist der Zauber weggeblasen. Wie der Lichtstrahl am Ende des Tunnels meiner Sorgen – wir können doch jetzt nicht einfach abbrechen!

Das Licht wird gedimmt, ich kann meine Umgebung kaum mehr wahrnehmen. Langsam, zögernd, stehen wir auf. Iannis mit so wenig Eile wie ich, gut. Die Kellner stehen vor dem Ausgang, erleichtert, bald sind sie zu Hause bei ihren Familien. Immer noch die weiße Serviette über dem Arm deuten sie eine Verbeugung an, lächeln, wahrscheinlich mit der Gewissheit, dass wir eine heiße Nacht vor uns haben. Leider nicht. Was nun? „Ich begleite dich in die Hotelhalle", biete ich im Aufzug an und drücke den Knopf zum Erdgeschoss.

Iannis fragt unsicher: „Bis morgen?"

„Morgen früh bin ich auf der Fähre nach Paros und treffe dort meine Freundin Regina."

„Tanja, das geht doch nicht ...!"

Was nun? Mein Herz drängt: Lade ihn ein, verbring die Nacht mit ihm, nur einmal, bitte, nur diese eine Nacht, diese eine Liebesnacht! In heißer Umarmung einschlafen, seinen Herzschlag an meinem. Natürlich geht das nicht. Ich war noch nie untreu, und wenn ich mich jetzt meiner Lust hingeben würde, wäre der Abschied noch viel schmerzvoller. Ich mahne mich zur Vernunft: „Am liebsten würde ich meine ganzen Ferien mit dir verbringen, doch das geht leider nicht."

„Verstehe, ich habe ja auch meine Pläne und werde bei meiner Tante erwartet, sie bäckt wohl seit Tagen Xerotigana, meine Lieblingsplätzchen."

Während des Schweigens erscheint mir nochmals das Liebesteufelchen und bettelt: „Doch nicht so, nicht so abrupt, geht noch auf einen Drink in die Bar, vielleicht ergibt sich die Gelegenheit ganz natürlich ..." Aber ich lasse mich nicht von mir selbst verführen.

Die Hotelhalle ist hell beleuchtet, noch gehen Gäste ein und aus, noch macht auch der Portier seine Bücklinge, doch das bunte, laute Treiben des Nachmittags ist nächtlicher Bedachtsamkeit gewichen. Abschied. Wir treten vor die Hotelhalle, da ist das Licht weniger grell und wir fühlen uns weniger beobachtet. Hastig wische ich eine unerwartete Träne fort. Es ist noch lange nicht alles gesagt.

Iannis legt seine Arme um meine Schultern und schaut mich bedeutungsvoll an: „Ich kann dich auf deinem spirituellen Weg begleiten. Per E-Mail. Möchtest du?"

Sehe ich ein Glitzern in seinen Augen? Hat sich auch bei ihm eine Träne eingeschlichen? Ich nicke: „Wunderbar. Sei mein Orakel, ich vertraue dir", und lehne meinen Kopf an seine Brust, verharre einen Moment, weit weg von den Wirren meines Lebens, genieße die Intimität des Augenblicks und möchte am liebsten nie mehr loslassen. Iannis hebt mein Kinn, wir schauen uns in die Augen und ich sehe die Kluft, den Abgrund, meine verheiratete Situation, die zwischen uns steht. Verdammt! Ich habe das nicht gesucht. Aber ich habe mich danach gesehnt, ja, das habe ich. Wir lösen uns, ich wende mich ab, laufe ein paar Schritte und schaue zurück zu Iannis, der ebenfalls weder gehen noch bleiben kann. Ich will keinen Abschied, spüre nur noch Angst und Leere. „Wirst du mir wirklich schreiben?"

„Gerne und oft", erwidert er. „Aber ich bin kein Orakel, ich kann dir nur das wiedergeben, was ich selbst gelernt und erfahren habe. Echte Weisheit kann man nur erfahren, nicht mit seiner Intelligenz erlernen. Ich will dir behilflich sein, damit du deine Erfahrungen machen kannst und glücklich wirst."

„Ich sage jetzt trotz allem auf Wiedersehen. Und gute Nacht, mein ganz persönliches Orakel … das keines sein will."

„Tanja, komm zurück, ich habe noch eine Umarmung und ein Mantra für dich." Er kommt auf mich zu: „Langsam, hör gut zu und sprich die folgenden Worte so oft wie möglich, denk darüber nach:

‚Ich bin der Weg'."

Er dreht sich um und geht die Stufe hinunter, winkt. Das schmerzt. Was für ein Karussell von Gefühlen, sie machen mich benommen. „Ich bin der Weg. Ich bin der Weg. Ich bin der Weg." Ich wiederhole die Worte, bis Iannis die Stufen hinunter und im Gewimmel des Sintagmaplatzes verschwunden ist. Das Mantra füllt mich aus, auch wenn ich es noch nicht so richtig begreife. Es füllt die Leere, vor der ich eben noch Angst hatte.

3

So friedlich, mich mit geschlossenen Augen auf einer Liege des Erster-Klasse-Decks zu aalen und auf die ersten Strahlen der Morgensonne zu warten! Ich versuche, bunt gemischte Sprachfetzen zu unterscheiden, die vom Heck fröhlich zu mir heraufdringen: Der melodische Klang der Franzosen mischt sich mit den Kehllauten der Schweizer, die farbenfrohen Vokale der Italiener und Spanier mit den näselnden Ausrufen der Briten. „Howdy", ruft ein Texaner jemandem zu, die Antwort kann ich nicht ausmachen. Es ist ein lebhaftes, internationales Volk, durch Zufall zusammengewürfelt auf der Fähre von Athen zur Insel Paros in der Ägäis.

Noch bieten die Bäcker auf dem Quai ihre Brote an: „Psomii, Psomii". Es ist, als könnte ich den frischen Duft riechen. Die Rufe werden leiser und bleiben schließlich zurück, Reisende schreien einen letzten Abschiedsgruß, bevor sie die Gangway verlassen und im Schiffsrumpf verschwinden.

Ich genieße diese sehnsuchtsvolle Atmosphäre des Abschieds von Piräus. Sie spiegelt meine eigene Stimmung; Piräus zu verlassen fällt mir nicht schwer, aber Iannis fehlt mir. Ich male mir aus, wie die letzte Nacht nach dem romantischen Dinner anders hätte enden können, stelle mir einen warmen Abschiedskuss vor, sein Rasierwasser ... Wie schön wäre es, jemanden zu haben, der mich in die

Arme nimmt, der mich versteht, mit dem ich über die intimsten Gefühle sprechen könnte. Vielleicht sogar über die Schuldgefühle und Alpträume, die mich seit meinem vierzehnten Lebensjahr verfolgen. Seit gestern, seit der Aufforderung, mich selbst zu erkennen, drängt sich eine bestimmte Szene immer wieder in mein Gedächtnis; so was verarbeitet man wohl nie.

Ich möchte kuscheln und begehrt werden. Aber das ist unmöglich. Unmöglich und falsch. Es wäre gelogen und betrogen. Es gäbe nichts, was mein Gewissen beruhigen könnte, ich würde ernüchtert und voller Scham und Reue aufwachen und – so sehr ich mich auch bemühen würde – keine Ausrede finden. Seit meiner Hochzeit war ich nie untreu. Warum jetzt? Als ich mit neunzehn verheiratet wurde, ging ich sozusagen direkt aus dem Schoß meiner Familie in den Besitz von Pesche über und erlebte seither nicht viel Zärtlichkeit und Liebe. Wie kann ich mir nur einbilden, dass mich jemand verstehen würde? Ich bin mir ja selbst fremd.

Als das Schiffshorn dröhnt und ankündigt, dass die Fähre den Hafen von Piräus verlässt, fahre ich erschreckt auf. Der bauchige Schlot stößt schwarzen Rauch aus, der fürchterlich riecht und meinem Magen zusetzt. Ich setze mich auf; Ende der Träumerei. Eine fröhliche Gesellschaft von Einheimischen sitzt bereits nebenan in der Kantine beim griechischen Kaffee und zuckergetränktem, viel zu süßem Gebäck. Sie gestikulieren, als würden sie sich streiten, doch wer die Gewohnheiten der Griechen kennt, weiß, dass sich bei vielen ihr angeborenes Temperament immer so impulsiv ausdrückt. Sie lachen laut und viel und schwingen ihre Rosenkränze am Handgelenk hin und her.

Vor mir übertüncht ein Maler das weiße Deck mit dicker Ölfarbe. Diese hat mit den Jahren in den Winkeln, Rundungen und Flächen Wellen bekommen, die nun mit dem neuen Anstrich das Licht der aufgehenden Sonne widerspiegeln. In der rechten Hand hält ein Arbeiter den tropfenden Pinsel, in der Linken eine Zigarette. Er arbeitet gemächlich, ohne sich anzustrengen, und nimmt von Zeit zu Zeit etwas Abstand, um sein Werk wohlwollend zu begutachten, als hätte er soeben ein Meisterstück vollbracht. Bei unseren Familienferien auf Korfu habe ich diese lässige Arbeitsmoral auch schon beobachtet; ich bin mir nicht sicher, ob ich diese Gemächlichkeit bewundern, belächeln oder verurteilen soll. Eines ist sicher: Der Maler hier kriegt nie einen Burnout.

Links und rechts ziehen Schlepper die Frachter aus dem Hafen, die Häuser von Piräus und Athen erscheinen von Minute zu Minute kleiner. Nach dem Adieu drängen die Touristen nun nach vorne zum Bug. Der Abschied ist vorbei und sie freuen sich auf die Weiterreise, auf die Inseln, die erhofften Abenteuer.

Endlich ist Ruhe und ich niste mich wieder auf meiner Liege ein. Nun wärmen die ersten Sonnenstrahlen meine Haut; ich darf nicht einschlafen, denn in einer Stunde werde ich meine Liege hinter den Kamin in den Schatten schieben müssen. Der Wind auf dem Schnellboot kühlt so gut, dass man sich auf der Überfahrt, ohne es zu merken, einen riesigen Sonnenbrand einfangen kann – ich kenne das aus Erfahrung. Die Narben an meinem Rücken sind der Beweis. Ich bin einmal auf einer Fähre in der Sonne eingeschlafen, gottlob in Bauchlage. Sonst wäre jetzt mein Gesicht so vernarbt wie der Rücken.

Nicht schon wieder! Hinter mir kommen Schritte die Treppe herauf. Muss diese Person unbedingt unmittelbar hinter mir stehen bleiben? Ich will schauen, was los ist, aber nein, nur nicht in ein Gespräch verwickelt werden, nun brauche ich wirklich meine wohlverdiente Ferienruhe! Der Störenfried hinter mir ist immer noch da. Geh doch endlich weiter! Ich blinzle in das Sonnenlicht und kann erst nichts sehen. Doch dann ... Mein Herz setzt einen Schlag aus, hinkt, und pumpt dann in Synkopen weiter.

„Iannis!"

„Hallo Tanjala!"

Blitzartig springe ich auf die Beine und weiß ohne Worte, dass er meinetwegen hier ist.

„Habe ich dich her geträumt?", frage ich zwinkernd.

„Hat nicht viel gebraucht", lächelt er zurück. Ich schaue zu ihm auf, seine Augen sind wie ein Kaleidoskop aus Liebe, Angst und Zuversicht. Er streicht eine Haarsträhne aus meinem Gesicht, zeigt zur schattigen Bank vor den Kajüten der ersten Klasse und wir setzen uns. Am Bug weht die Flagge über dem dunkelblauen Meer und am Horizont sind die Hügel des Kap Sunion mit den Säulen des Poseidon Tempels zu erkennen, die sich vor dem Morgenrot schwarz und kantig wie ein Scherenschnitt abzeichnen. Die Sonne steigt als feuerroter Halbmond im Dunst über dem dunkelblauen Wasser langsam aus dem Meer. Sie wird kleiner, gelber, wärmer, die Konturen am Horizont verlieren ihre scharfen Kanten und verwandeln sich in sanfte Hügel, Bäume, Felsen und Strände. Ich kuschele mich an Iannis und möchte die Zeit, die Erde, Sonne, Mond und Sterne stillstehen lassen. Da fährt uns plötzlich der Laut des Schiffshorns durch

Mark und Bein, die Fähre grüßt ihr Schwesternschiff. Die Urlauber erwachen aus ihrem Dösen, strecken sich, winken und fallen wieder in die wohlige Lethargie der langen Reise. Iannis hingegen wirkt unruhig und rückt ein Stück von mir ab.

„Tanja, ich konnte die ganze Nacht nicht schlafen, habe mich herumgewälzt und auf den Morgen gewartet. Eine Frage brennt in meinem Herzen ..."

„Raus damit!"

„Bist du glücklich? Ist deine Ehe glücklich? Oder habe ich eine winzig kleine Chance?"

Ich richte mich auf, starre auf das Meer, als könnte ich dort, hinter dem Horizont, wo Himmel und Meer ineinander übergehen, meine Ehe sehen.

„Glücklich ist meine Ehe sicher nicht. Ich liebe meine Mädchen, Regi und Baba. Für sie lebe ich, für sie arbeite ich, für sie halte ich durch. Alles andere könnte mir gestohlen bleiben."

„Also doch ..." Iannis atmet tief auf.

Ich halte nicht an mich: „Unser Haus in der Altstadt ist ein Horror für mich: im Keller die Wursterei, im Erdgeschoss die Metzgerei, darüber die Wohnung meiner Schwiegermutter und im zweiten Geschoss unsere Wohnung, all das empfinde ich als ein großes dunkles Loch, in dem keine Sonne scheint. Kein Garten, keine Blumen, bloß die paar schütteren Gewürze am Küchenfenster, die noch mehr nach Sonnenschein lechzen als ich."

Iannis schaut mich empört an: „Das ist doch grässlich, Tanjala! Du hältst durch für die Kinder, verständlich, das tun Mütter. Aber da muss es doch eine bessere Lösung geben. Einfach aushalten – das kann es doch nicht sein!"

„Na ja, aber außer den Mädchen gibt es schon ein paar Dinge, die ich nicht entbehren möchte. Nachmittags, bei den Pferden, bin ich richtig glücklich; da darf ich für meinen Coach Johann die Jungpferde bewegen und trainieren, das ist wirklich eine befriedigende Arbeit! Wenn ich an den jungen schwarzen Hengst denke, den Puck, das war vielleicht ein feuriges Ding!"

Iannis macht große Augen: „Du willst doch nicht sagen, dass sie dir einen irren Hengst angedreht haben?!"

„Der war nicht irre, die Besitzer haben das Training nicht sachte genug aufgebaut, er war überfordert, da hat er sich gewehrt." Iannis rutscht unruhig herum und schüttelt den Kopf.

Ich fahre unbeirrt fort: „Du wirst es gleich verstehen. Er wurde erst gefährlich, als der Besitzer mit dem Training angefangen hat. Wenn Puck zur Arbeit abgeholt wurde, brannte er einfach durch, oder noch schlimmer, er drehte sich um und schlug aus. Ist doch klar, dass dieses Tier nicht von Geburt an bösartig war. Er wurde im Training entnervt, deshalb gab Johann ihm und mir eine Chance – ich hatte das nötige Verständnis für ihn und auch die Geduld."

Bestürzt schaut Iannis mich an. „Eine Engelsgeduld, sag's nur! Aber Johann war verrückt, ein starker, bösartiger Hengst und eine kleine Frau wie du, das ist doch Wahnsinn!"

„Geduld kann eben stärker sein als die Kraft eines Hengstes. Soll ich dir erzählen, wie wir gelernt haben, uns zu vertrauen?" Iannis nickt. „Einmal, kurz vor Feierabend, hörte ich komische Laute aus Pucks Stall. Er hat an die Wand getreten, gewiehert, sich hin und her geworfen. Er war schweißnass und hat am ganzen Körper gezittert. Ich habe sofort den Tierarzt gerufen, und als ich wieder in den Stall kam, fand ich den schweißnassen, zuckenden Körper am Boden und seine großen braunen Augen baten verzweifelt um Hilfe. Ich kniete mich zu ihm, hielt seinen Kopf auf meinen Schenkeln, streichelte ihn und redete ihm beruhigend zu. Der Tierarzt gab ihm eine Spritze und empfahl, ihm weniger Hafer, aber mehr Bewegung zu geben, er würde morgen wieder vorbeischauen. Während der ganzen Zeit hielten Puck und ich Augenkontakt. Als das Zittern langsam aufhörte, er weniger Schmerzen hatte und außer Lebensgefahr schien, waren wir Freunde. Ich musste immer noch lange darum betteln, mit ihm arbeiten zu dürfen, aber schließlich ließ mich Johann gewähren."

„Ganz meine Tanja."

„Du siehst das zu rosig – ich habe nur getan, was getan werden musste. Also: Am nächsten Morgen, in aller Herrgottsfrühe, ließ ich Puck zum ersten Mal auf die Weide führen. Normalerweise lassen wir Hengste nicht frei laufen, dazu sind zu viele Stuten auf dem Gehöft. Doch alle anderen Pferde waren im Stall eingeschlossen. Kaum war Puck frei auf der Weide, ist er davon galoppiert, hat gebockt, gefurzt und gewiehert vor Freude. Den Zaun, den er mit Leichtigkeit hätte durchbrechen oder überspringen können, hat er respektiert. Ich habe mich auf die Umzäunung gesetzt und ihn austoben lassen, bis er genug hatte und mitten auf der Weide stehen blieb. Aber anstatt, wie erwartet, zu grasen, hat er mich angeschaut und ist dann langsam auf mich zugekommen, den Kopf etwas schräg, mit Blickkontakt, die Ohren zu mir gerichtet. Die Nüstern waren ruhig, nur hie und da hat er mit dem Schweif eine Fliege abgewehrt; langsam, nicht nervös, eher so zur Vorbeugung. Ich blieb sitzen, ließ ihn herankommen. Als Zeichen unserer neuen Beziehung hat er mich beschnuppert. Ganz langsam hob ich die Hand und kraulte zwischen seinen Ohren. Dann stieg ich runter und streichelte ihn von der Kruppe bis zum Schwanz. Er nahm meine Freundschaft an. Als ich wieder vor ihm stand, streckte ich den Arm aus und schnalzte mit der Zunge. Beim Longieren ist das ein Zeichen, vorwärts zu traben. Er verstand, und ohne Longe und Peitsche startete er seinen Trab um mich herum, war einverstanden mit dem Spiel.

„Bei einem ‚Hooo, hooo' hat er seinen Schritt verlangsamt und ist auf mein Schnalzen wieder angetrabt, dann wieder: ‚Hoo, hoo', im Schritt weiter, damit war unser Vertrauensverhältnis etabliert. Kein Zwang, keine Peitsche, kein Argwohn."

„Dass er dich mochte, kann ich allerdings verstehen! War sein Problem wirklich nur schlechtes Training?"

„Wie gesagt, er war misshandelt und überfordert, deshalb hat er sich gewehrt. Wahrscheinlich hatte er auch nicht genug Auslauf und war in ein Trainingsschema gedrückt worden, das seiner Jugend nicht angepasst war. Ach Iannis, ich kann es ihm so nachfühlen. Auch ich wurde geschlagen und überfordert, auch ich habe mich auf unangebrachte Weise gewehrt, auch ich wollte mit Liebe und Geduld behandelt werden. Ich habe ihn verstanden, hab ihm gegeben, was er brauchte."

Zärtlich nimmt Iannis mein Gesicht zwischen seine Hände und nähert sich meinen Augen: „Da kommt wieder dein gutes Herz zum Vorschein, du warst voll da für deinen Puck. Kannst du auch für dich und die Lösung deiner Eheprobleme voll da sein? Mit Geduld und Zuversicht tun, was getan werden muss?"

„Heikles Thema, ich weiß nicht. Ich bin nicht einmal sicher, ob ich Pesche wirklich heiraten wollte, es war eine Mussehe. Ich war naiv. Ach Iannis, so naiv! Hab gehofft, dass alles besser wird, wenn wir erst mal verheiratet sind. Alles habe ich versucht, um mich der Scham, ein uneheliches Kind zu bekommen, zu entledigen, aber es hat nicht funktioniert. Dazu kommt, dass Pesche Alkoholiker wurde, das ist manchmal kaum auszuhalten. Bei uns läuft nichts mehr und ich bin machtlos. Dann das Zusammenleben mit Oma Martha: Sie, die glaubt, das Zentrum des Universums oder zumindest die Achse der Familie zu sein. Na ja, sie will das Zepter ungern abgeben, nachdem sie, auch mit einem alkoholkranken Ehemann, das Geschäft aufgebaut und das Haus abbezahlt hat. Und überhaupt: Das Leben in diesem düsteren Haus in der Altstadt von Biel, all das ertrage ich nicht mehr." Am liebsten möchte ich hinzufügen: Ganz zu schweigen von meiner Sehnsucht nach Zärtlichkeit und erotischer Liebe, zu der Pesche mit seiner Sauferei überhaupt nicht mehr fähig ist.

Ich kuschle mich in Iannis Arm, wir schweigen lange. Er hat verstanden. Die Fähre wiegt nun beruhigend langsam im Wellengang hin und her, hin und her. Kaum spürbar zittern die Fähre, die Sitzbank und mein Körper zum Tuckern der Schiffsmotoren, dazu klatschen die Wellen wie ein Schlaflied in ihrem eigenen Rhythmus an die Wand des Schiffes und die Flagge flattert ihr Stakkato dazu. Es gibt nichts mehr zu sagen, für uns gibt es keine Chance. Was habe ich mir eigentlich gestern und heute eingebildet? Ich bin voll auf den Flirt geflogen, hatte ein tolles Abenteuer; aber nein, missen möchte ich die Erfahrung auch wieder nicht. Iannis sitzt immer noch neben mir und ich habe Angst vor dem Loch, das er hinterlassen wird. Ob er mir immer noch schreiben will?

„Und das Angebot mit den E-Mails? Gilt das noch?"

„Natürlich werde ich schreiben und dir helfen, deine eigene Lösung zu finden, du bist dein Weg: ‚Erkenne dich selbst'."

Ich nicke: „Schon gut, ich weiß, ‚ich bin der Weg'. Wie war denn dein Weg?"

„Willst du ablenken? Na ja, ist nur fair", lächelt Iannis. „Nach dem Umzug nach Kalifornien hat nichts mehr von dem gegolten, was ich in der Schule gelernt hatte. Mir wird heute noch heiß und kalt, wenn ich daran denke: Ich musste in die Schule, obwohl ich kein Englisch verstand, ja, ich konnte nicht einmal schreiben, weil ich ja die griechischen Schriftzeichen gelernt hatte. Wenn sie mich stupid nannten, hatten sie Recht, ich wusste, dass sie Recht hatten. Das war besonders schlimm." Er starrt auf die abgewetzten Schiffsplanken und schweigt.

„Schlimm, ich weiß, haben sie dich gemobbt und gehänselt wie mich nach unserem Umzug?"

Iannis schaudert: „Ach Gott, ja: 'Ian, Ian, Iannis is stupid'!" und ‚curly-girl-hair-baby'. Grausam – wie Kinder eben sind. Ich war ein Spatz unter bunten Papageien und habe mich geschämt, so geschämt. Also habe ich geschwiegen. Zwei Jahre lang kein Wort geredet, nicht griechisch, nicht englisch, ich wurde stumm."

„Das ist aber interessant", werfe ich ein. „Deine einzige Waffe war zu schweigen, deine Macht lag im stummen

Protest. Hut ab, das war erfinderisch. Haben sich da die Lehrer und Eltern so richtig um dich gekümmert? Hattest du Erfolg damit?"

„Ja und nein, ich schwieg ohne konkrete Absicht. So wie uns allen ohne Berechnung Schuppen wachsen. Aber Aufmerksamkeit erregte ich, ja, man schleppte mich von Pontius zu Pilatus – Ärzten, Psychologen und Therapeuten, ohne Erfolg. Und dann, ganze zwei Jahre später, summte Mitera, meine Mutter, eine griechische Melodie. Ich kannte die Worte und fing an zu singen. Mutter hat geweint, mich an ihre Brust gedrückt und gerufen: ‚Papus, Papus, er ist doch kein Idiot!' Dann habe ich angefangen zu reden. Englisch – nur noch Englisch – und zwar fließend!"

Ich versuche, mir das stumme Kind vorzustellen, den unsagbaren Schmerz, und drücke Iannis Hand an mein Herz.

„Wäre ich Schriftstellerin, würde ich jetzt ein Drehbuch schreiben! Von der Flucht bei Nacht und Nebel, der Ankunft im fremden Kalifornien, dem Schock des kleinen Jungen, als er nicht versteht und nicht verstanden ist, stattdessen gefoppt und gehänselt wird, wie er in sich gekehrt schweigt; vom Kummer der Eltern und wie ihn schließlich die griechische Melodie erlöst. Warum bist du zurückgekehrt? Willst du wieder in Griechenland leben?" Ich habe einen Hoffnungsschimmer, Griechenland ist in Reichweite, während Kalifornien unerreichbar weit weg scheint.

„Ach du Gute, jetzt bin ich doch in Kalifornien zu Hause, das heißt, eigentlich habe ich nun zwei Zuhause. Vor einem Monat habe ich in Kalifornien ein Ticket gebucht und gesagt: Ich gehe heim nach Griechenland. Hier hat mich meine Tante gefragt, wann ich wieder nach Amerika gehe und ich habe geantwortet: Ich gehe vorläufig noch nicht heim. Erst als die Worte gesprochen waren, fiel mir auf, wie schizophren das ist."

„Also nie ohne Sehnsucht?"

„Genau! Mal nach der Weite Amerikas mit seinen vielen Möglichkeiten, mal nach dem kleinkarierten Inselleben mit den Verwandten. Es ist eine süße Sehnsucht. Ich stelle mir vor, wie viel meinen Schulkameraden entgeht, weil sie die Geborgenheit der Insel überhaupt nicht kennen. Dann denke ich wieder daran, was meine Vettern verpassen, da sie den Freigeist Amerikas nicht fühlen können. Nein, ich vermisse nichts in dieser Welt der zwei Welten.

Aber just vor dem Abflug habe ich mir ein anderes Dilemma geschaffen, nun gibt es wieder eine Qual der Wahl."

Ich setze mich gerade auf: „Könntest du doch wieder in Griechenland leben?"

„Wishful thinking?" schmunzelt Iannis. „Nein, das könnte ich nicht, das Dilemma ist anderer Art. Just bevor ich abflog, hat mich die San Francisco Jazz Band eingeladen, mit ihnen zu spielen."

„Bist du Musiker?"

„Ja und nein, ich arbeite am Computer, starre den ganzen Tag auf den Bildschirm. Noch bin ich nur Amateur-Trompeter, aber einigermaßen erfolgreich. Nur noch meine Trompete und Jazz ... Jeden Abend Melodien in die Welt schmettern, das wär's schon! Andererseits möchte ich meinen Posten im Silikon Valley eigentlich nicht aufgeben, er bedeutet Sicherheit. Dafür habe ich doch so lange studiert."

„Wo bist du glücklicher? Ach nein, deine Augen haben's schon verraten. Ich möchte dich hören, dich und die Trompete, wie ihr in die Herzen jubelt!"

„Nicht nur jubeln, manchmal auch zaghaft, melancholisch, die sehnsüchtigen Saiten der Zuhörer zum Klingen bringen, schnelle Läufe produzieren, während denen das Publikum die Luft anhält, oder mit lustig hüpfenden Rhythmen ein Lächeln auf die Gesichter und in die Herzen zaubern."

„Und du fragst dich wirklich, was du machen sollst?"

„Dafür mein Leben auf den Kopf stellen? Die Karriere aufgeben, die finanzielle Sicherheit ... Die materielle Leistung, auf die meine Familie so stolz ist?"

„Ach komm, deine Arbeit dient der Eitelkeit, sie befriedigt aber nicht wirklich, oder?"

„Das kann schon sein, aber da ist noch ein anderes Häkchen: Ich habe wahnsinnig Lampenfieber."

„Mut, Iannis, Mut! Folge deinem Herzen, nicht deinen Ängsten."

„Jetzt hast du Recht. Es ist das Lampenfieber des Achtjährigen. Sie haben mich ausgelacht, bis ich stumm geworden bin. Dasselbe fühle ich, wenn ich die Bühne betrete."

„Siegt plötzlich die Angst? Bei dir?"

„Sollte ich den Macho spielen? Das klappt bei mir doch nie, da muss ich lachen oder weinen."

Das Schiff wechselt den Kurs, die Nordküste von Paros kommt in Sicht. Unser Abschied steht unmittelbar bevor, die Fähre biegt bereits in den Hafen ein und wir sitzen immer noch im Heck, mit Blick zurück auf das offene Meer. Ich bleibe an den letzten vierundzwanzig Stunden hängen.

„Tanja, du musst hier runter und ich fahre weiter nach Thira", weckt mich Iannis aus meiner Träumerei. „Wollen wir uns vor deiner Heimreise nochmals in Athen treffen?"
Ich nicke wortlos.
„Wieder im King George? Ich reserviere ein Zimmer für dich."
Die Ankerkette rasselt, gleich wird die Fähre anlegen, gleich muss ich mich von der hektische Menschenmeute wegschwemmen lassen.
Widerwillig stehe ich auf, es bleibt uns keine Zeit.
„Ja, ich werde die Ferien bei Regina um einen Tag verkürzen und nächsten Sonntagabend dort sein."
Das Schiff hat sich um den Anker gedreht und steht nun mit dem Heck am Quai. Die schwere Klappe des Frachtraums schlägt auf dem Beton auf, Autos hupen, Trillerpfeifen verbreiten Signale, alles hetzt und hastet. Iannis trägt meinen Koffer zur Treppe, das Ende der Menschenschlange ist bereits unten beim Ausgang der zweiten Klasse, ich muss mich beeilen; wir umarmen uns hastig, als würden wir nur kurz auseinander gehen.

4

Die Sonne blendet, als ich aus dem dunklen, nach Abgas und Diesel riechenden Schiffsrumpf auf die Laderampe trete. Regina hat mir angeraten, nach der Landung gleich das kleine Boot nach Antiparos zu besteigen, da dieses aus dem Hafen sein muss, bevor die große Fähre wieder ablegt. Ich wollte Genaueres wissen.

„Du wirst schon sehen", hat sie mir zugezwinkert.

„Was soll das Zwinkern? Sag doch schon, welcher Quai, wo ist die Anlegestelle, wann ist die Abfahrt?"

Regina hat laut gelacht: „Du willst Angaben wie bei einem Schweizer Bahnhof? Andere Länder, andere Sitten, alles hängt vom Wind, den Wellen und der Laune des Kapitäns ab, die lassen sich nicht voraus planen. Aber ich verspreche dir: du wirst das Boot finden, es heißt ‚Buono Antiparos'."

Und richtig, gleich neben der Laderampe höre ich: „Antiparos, rigora, avanti, Antiparos." Es klappt wirklich, ich folge dem Schiffsjungen, er hievt meinen Koffer auf Deck und schon tuckern wir los.

Von weitem, noch vom Schiff aus, sehe ich Regina. Sie sitzt auf der Terrasse des Kafenions, redet und gestikuliert mit dem Kellner wie eine Einheimische. Nicht verwunderlich, sie kommt seit ihrer Kindheit auf die Insel. Regina ist nicht größer als ich, doch ich beneide sie um ihre Haltung und ihre eleganten Bewegungen, das Selbstbewusstsein, das sie ausstrahlt. Sie lächelt dem Kellner zu, zeigt auf das Schiff, winkt und springt von der Terrasse. Köpfe wenden sich, wo immer sie erscheint, wirkt ihr Charisma. Als Einzelkind musste sie nie um Aufmerksamkeit und Zuneigung betteln und noch heute werden ihr diese mühelos zuteil. Sie wirkt nicht unbescheiden oder fordernd, sondern eher so, als könnte sie es sich leisten, stets nett und zuvorkommend zu sein.

Endlich legen wir an und ich eile meiner Freundin entgegen, muss ihr von Iannis erzählen, kann kaum warten.

„Langsam, langsam, wir sind auf Antiparos", lacht sie, als wir uns umarmen. „Schau her, hier bei Anarchiros gibt's den besten Cappuccino, musst du dir merken, bist ja Frühaufsteherin." Sie winkt dem Kellner nochmals zu und schaut mich an: „Aber sag, wie geht es Arabeska und Fripouille?"

„Arabeska läuft den ganzen Tag auf der Weide bei den Stuten und Fripouille ist bald kein Fohlen mehr."

„Ihre Launen sind mir auch schon aufgefallen, sie wird dreist wie ein Teenager."

„Letzte Woche hab ich mich krumm gelacht. Köbi wollte sie von der Weide zum Stall führen – aussichtslos! Sie hat sich losgerissen und ist flugs zurück zu den Stuten galoppiert."

„Das hätte ich sehen wollen: Köbi, der Macho, machtlos …"

„Er sollte wissen, dass man ein Fohlen mit der Mutter von der Weide führt."

Langsam schlendern wir die Dorfstraße hinauf, Kinder rufen: „Kyria Regina" und lachen uns an, die Einheimischen grüßen freundlich oder nicken mit einem lieben Blick, die meisten Touristen schlendern gleichgültig vorbei.

Regina streckt ihre Arme aus. „Soulis!" Der kleine Junge rennt zu uns, legt seinen schwarzen Krauskopf in Reginas Schoss und schlingt beide Arme um ihre Beine.
„Soulis, this is Tanja, Tanja, this is Soulis."
Er echot stolz: „This is Tanja" und rennt weiter.
„Er ist mein Patenkind und ich soll ihm Englisch beibringen. Ein wilder kleiner Fratz!"
Stolz zeigt sie auf das einstöckige Schulhaus. Auf dem Pausenplatz blühen roter und weißer Oleander, an der Hausmauer räkeln sich die Bougainvilleas, darunter kriechen rosa Geranien über den trockenen Sandboden. Eine weiß getünchte Mauer mit schmiedeeisernem Tor säumt das Grundstück, ein kleines Kinderparadies.

„Regina, meinst du, dass die Kinder wissen, wie glücklich sie sich schätzen können in dieser Pracht?" Ich zeige auf den Hof.

„Ich weiß nicht, vielleicht sehnen sie sich nach dem Trubel in der Stadt."

„Und die Stadtkinder wiederum kennen oft nur Asphalt und lauten Straßenverkehr und sehnen sich nach der Natur; verkehrte Welt!"

Gebückt und mit steifen Bewegungen streicht eine alte Frau mit dunklem Kopftuch weiße Streifen zwischen die Natursteine der Straße.

„Regina, was macht sie denn da? Ihr tut doch der Rücken weh – muss das sein?"

„Na ja, das soll die Kriecher und Viecher fernhalten", entgegnet Regina. „Jeden Frühling werden nach dem letzten Regen alle Häuser, Baumstämme und Straßen neu getüncht. Man hat mir gesagt, dass sie den Kalk mit Meerwasser anrühren, weil die Salzkristalle den weißen Anstrich noch weißer und heller scheinen, ja glitzern lassen."

„Und das glaubst du? Mit dem Salz schwemmt doch bei Regen alles wieder weg."

„Ich bin mir auch nicht sicher, ob sie mich damit nur auf den Arm nehmen wollten."

Überall sind winzig kleine Gemischtwarenladen, vor denen Körbe mit Früchten ausgestellt sind, darüber hängt ein buntes Allerlei von der Markise.

„Schau her, das Sortiment unterscheidet sich kaum. Wozu dann diese vielen Läden?"

Regina nimmt mich beim Arm und zieht mich mit: „Vorwärts, wenn wir stehen bleiben, werden wir gleich in endlose Gespräche verwickelt. Aber du hast Recht, sie haben alle ungefähr die gleichen Waren. Jede erweiterte Familie hat ihren eigenen Laden, man unterstützt die Verwandtschaft. Außerhalb der arbeitsreichen Touristensaison sitzen die Frauen in den Läden wie die Männer im Kafenion. Sie schwatzen und trinken Kaffee, das ist ihr Ersatz für eine Dorfzeitung. Bei den Männern geht es ein bisschen lauter zu und her und die Gespräche scheinen, zumindest den Gesten und Gebärden nach zu schließen, immer von extremer Wichtigkeit."

„Na ja, südländische Machos!"

Mir gefällt der spürbare Dorfgeist, und als wir an der Kirche vorbeikommen, zücke ich meine Kamera, um das Bild des Papas mit den zu einem Knoten gebundenen langen Haaren und dem schwarzen Rock festzuhalten. Mit beiden Händen zieht er am Seil der Kirchenglocke und läutet. Auch er grüßt freundlich, fällt kurz aus dem Takt und fängt sein Bim … bim … wieder auf. Bis hinaus auf die Straße duftet es aus der Basilika nach Weihrauch und Kerzen.

„Hier, Tanja, hier wohnen wir." Wir betreten einen kleinen Hof, von dem aus Türen und Treppen in verschiedene Häuser führen. Sie müssen hunderte von Jahren alt sein, diese Natursteinmauern ohne Zement, hie und da bröckelt der Verputz.

„Wie romantisch!" rufe ich aus.

„Des Einen Verfall und Armut ist des Anderen Romantik", entgegnet Regina.

Eine ausladende Baumkrone überschattet den Platz und Regina legt den Zeigefinger auf die Lippen: „Die Siesta ist noch nicht vorbei", lächelt sie und zieht mich in ihre Küche. Nach der Hitze und dem Staub auf der Dorfstraße ist die Temperatur hier drinnen angenehm und ich betrachte den Raum erstaunt.

„Soll ich auf deine nächste Frage antworten?" fragt Regina spitzbübisch. „Das Haus ist über vierhundert Jahre alt und ein Teil der früheren Stadtmauer. Aber sag, wie war deine Reise? Hat sich der Ausflug nach Delphi gelohnt?"

Ich lasse mich auf das wackelige Sofa fallen und kann nicht länger an mich halten: „Du, ich habe den Traummann kennengelernt!"

„Was? Und hast ihn nicht mitgebracht?" Ich erzähle Regina von meiner Verzückung, als er plötzlich bei Sonnenuntergang im Gegenlicht vor mir stand; wie wir den Tango in der Tudor Hall hingelegt haben; wie er auf der Fähre aufgekreuzt ist und meine Gefühle vollends durcheinander gebracht hat. Regina nickt, lacht, seufzt, bringt Wasser, aber sie unterbricht mich nicht. Ich fühle, dass sie mein Monolog nicht entsetzt, geduldig hört sie sich mein Dilemma beim Abschied im Hotel an, wie leicht die Begegnung zur Affäre hätte werden können. Dann steht sie auf, setzt sich auf meine Stuhllehne und legt den Arm um meine Schulter.

„Tanja, diesen Flirt hast du verdient! Ich bin froh, dass du's genossen hast. Bist du aufgewacht? Denkst du endlich daran, Pesche zu verlassen?"

„Das kommt natürlich nicht in Frage. Noch nie hat sich in unserer Familie jemand scheiden lassen, alle wären gegen mich."

„Muss Pesche dich eines Nachts windelweich schlagen, damit du dein Leben selbst an die Hand nimmst?"

Betroffen wehre ich ab: „Nein, nein, Regina, er schlägt nicht! Das würde ich mir nie gefallen lassen! Dann wäre ich mit den Mädchen weg, weit weg, der könnte sein blaues Wunder erleben, wenn er mich schlagen würde!"

„Ich weiß nicht, ob ich dir da traue; du hast ja selbst gesagt, dass es so nicht weitergehen kann."

„Deshalb bin ich ja hier, um Abstand zu gewinnen und mit dir über meine Möglichkeiten zu reden. Wenn ich Pesche erst mal vom Alkohol abbringen kann, wird alles erträglich. Dann werden wir auch keinen Angestellten mehr brauchen und genug sparen, um ein Ferienhäuschen in Les Prés d'Orvin zu kaufen. Ein kleines Bijou mit Garten und ohne Oma, wo wir uns an freien Tagen vom Geschäft und der Altstadt zurückziehen können. Dann könnten wir bei einem Bauern Ponys halten für Baba und Regi, das wäre meine Rettung."

„Gut und schön", dringt Regina auf mich ein. „Aber wann wirst du aus deinem Albtraum erwachen? Du glaubst doch nicht wirklich, dass du Pesche einfach so zum Abstinenzler machen kannst, oder doch?"

„Doch, das muss einfach sein."

„Ach ja? Und weil es sein muss, wird er es tun?" Regina schüttelt kaum merklich den Kopf. Sie presst ihre Lippen zusammen und geht die steile Wendeltreppe vor mir her in den ersten Stock empor, wo sich der einzige Schlafraum des Hauses befindet. Wir erfrischen uns, die Kaltwasserdusche ist in dieser Hitze eine willkommene Abkühlung.

„Leg' dir alles bereit für die Nacht", rät Regina. "Wir kommen in der Dunkelheit nach Hause und die Öllampe gibt nicht viel Licht her."

„Regina, Lampadas? Kein elektrisches Licht? Bist du wirklich so romantisch, ganz allein?"

Regina lacht: „Genau, ich merke schon gar nicht mehr, dass wir keine Elektrizität im Haus haben. Der Gaskühlschrank ist unser einziger Luxus. Oder warum denkst du, hat die Dusche nur einen Kaltwasserhahn? Nein, die einzige elektrische Lampe ist die Straßenlampe, die vor dem Schlafzimmerbalkon so hell leuchtet, dass man lesen kann."

Was soll ich davon halten? Ich kann mir ein Leben ohne Elektrizität gar nicht vorstellen. Ich schiebe das Moskitonetz zur Seite, ordne Zahnbürste, Pyjama und Kleenex auf meinem Kopfkissen an und folge Regina nach unten.

Die Siesta ist vorbei. Hier unter dem Baum der Taverna ertönt viel Lachen, balgende Kinder bevölkern die Straßen, ab und zu hört man eine keifende Frau mit Stacheln in der Stimme. Der Dorfplatz wird von schneeweiß gekalkten Häusern mit den typisch ägäisch blau gestrichenen Fensterladen und Türen gesäumt.

Regina hebt ihren Ouzo: „Prost, Isighia." Reginas Freunde Horst und Marianne heben ihr Glas, wir prosten uns zu. „Iassas", sagt Horst stolz auf sein neu gelerntes griechisches Wort. Hier, im Zentrum des Platzes, spendet ein gigantischer Eukalyptusbaum Schatten, zwischen den staubig grünen Blättern zwitschern Vögel schläfrig. Warum sie wohl zusätzlich Sonnenschirme unter den Baum stellen?

„Tanja, komm, setz dich ganz unter den Schirm." Sie zieht mich näher zu sich. Ich kenne sie gar nicht so fürsorglich, normalerweise ist sie nur um Fripouille so rührend besorgt. Sie bemerkt mein Erstaunen und sagt: „Wirst schon sehen", und prostet uns nochmals schalkhaft zu. Was werde ich schon sehen? Was ist das Geheimnis?

Noch ein Schwarm Touristen setzt sich hin, die verschiedenen Sprachmelodien ergeben ein interessantes Orchester.

„Da", flüstert Regina, „Neuankömmlinge, Österreicher!"

Die neue Familie zieht einen Tisch zur Seite, um im Halbschatten des Baumes zu sitzen. Ein Raunen geht durch die Runde und Regina setzt nach:

„Jetzt pass auf."

Verstohlen werden die Neuankömmlinge von allen Seiten beobachtet und ich fühle, dass eine ungewöhnliche Aufmerksamkeit vorhanden ist, die ich nicht, vielleicht noch nicht, begreife.

Dann, wie auf ein unhörbares Kommando, platsch, platsch, platsch, klatscht es auf und neben die Sonnenschirme. Die Frau guckt auf, greift sich ins Haar, schaut fassungslos auf die verschmierten Finger und kreischt: „Iih, Vogeldreck. Mein Haar!"

Während sie ihren Beutel packt und Richtung Toilette rennt, lacht ein Mann mit blauer Schirmmütze unverfroren, andere verdrücken ihr Gekicher hinter vorgehaltener Hand; man schaut sich wissend an, schmunzelt, auch ich kann mir ein Grinsen nicht verkneifen. „Ach so", sage ich zu Regina, während der Mann den Tisch zurück unter den Sonnenschirm zieht. Horst mutmaßt: „Es muss ein Naturgesetz geben, nach dem die Vögel im Baum ihren Dreck wie auf Kommando gleichzeitig fallen lassen; wahrscheinlich dann, wenn eine Gefahr im Verzug ist."

„Vielleicht ein anfliegender Raubvogel?" werfe ich ein.

„Andere Vögel, andere Sitten", lacht Marianne.

„In Zukunft werden Sie wohl auch nur noch unter den Schirmen sitzen", schmunzelt Regina.

Wann habe ich zum letzten Mal so heilsam unbeschwert gelacht? Frei fühle ich mich, befreit von allem, was nicht zum Moment gehört.

Das Nachtessen mit unserer munteren Clique verläuft unbeschwert, griechische Musik mischt sich mit Lachen, Retsina löst die Zunge und ich habe das Gefühl, schon lange mit alten Freunden unterwegs zu sein. Auf dem Heimweg glänzen die Sterne am schwarzklaren Sommerhimmel, so hell, wie man sie im Licht einer Stadt nicht sehen kann.

Regina hat Öllampe und Zündhölzer auf dem Küchentisch bereitgestellt und leuchtet uns die Wendeltreppe hinauf. Es ist nach Mitternacht und doch bin ich noch ganz aufgekratzt vom fröhlichen Abend. Ich schlüpfe unter das Moskitonetz meines schmalen Bettes in der Ecke des Schlafzimmers. „Gute Nacht, Regina, danke! Das war genau das, was ich gebraucht habe." „Gute Nacht, Tanja. Schön, dass du da bist."

Die Ölfunzel zeichnet Schattenbilder an Wände und Decke, bis Regina bereit ist und unter ihr Moskitonetz ins Bett steigt. In der Anonymität der Dunkelheit wage ich mich zu fragen: „Regina, warum lässt du dir das gefallen mit seiner Mätresse?"

„Manchmal frage ich mich das auch", höre ich aus dem großen Bett.

„Es ist doch stadtbekannt, dass dein Mann ein Verhältnis hat!"

„Ich weiß… Deshalb lasse ich mich in der Stadt ja kaum mehr sehen. Im Stall oder zu Hause, da schaut mich niemand schräg an."

Die Laterne der Straßenlampe erhellt die Wand hinter meinem Bett, ich werfe mit meinen Händen einen Teufelsschatten dagegen. „Schau her, das ist sein Bildnis, du kannst doch deinen Teufel nicht noch lieben?"

„Nicht mehr, es war schlimm, ich habe es lange probiert, aber als er mit ihr in die Ferien gefahren ist, wurde mir erst richtig bewusst, dass es sie gibt. Ich hab mir den Kopf zermartert, mich wieder und wieder gefragt, was ich falsch gemacht habe."

Ich setze mich auf: „Duu – falsch gemacht? Spinnst du?"

„Weißt, ich fühle mich verlassen und schuldig, wie nach dem Tod meiner Eltern. Alles wurde über meinen Kopf hinweg entschieden. Wie damals ausziehen und alles verlieren, das will ich nie mehr. Das Haus wurde nach dem Unfall von Mam und Paps einfach vermietet, ich kam zu

Onkel Ernst und Tante Lisi. Wie liebenswürdig, haben alle gesagt. Doch was für eine Hölle ohne Mam und Paps! Nein, nur nie wieder mein Heim verlieren. Das würde alles nur noch unerträglicher machen."

„Dabei hat man dir damals nichts angemerkt, so selbstsicher, wie du immer aufgetreten bist. War das alles gespielt?"

„Ich durfte doch keine Heulsuse sein, wollte geliebt und nicht nur bemitleidet werden."

„Und dann, als Stefan dich betrogen hat, sind diese Gefühle wieder hochgekommen."

„Deshalb habe ich mich vor lauter Scham krank gemeldet und eine Woche lang im Bett geheult. Tanja, ich wollte nicht mehr leben, ich bin beinahe wahnsinnig geworden!"

„Ich weiß, wann das war. Es kam mir komisch vor, dass du wegen einer Erkältung nicht selbst nach Arabeska geschaut hast. Das war doch, bevor das Fohlen zur Welt kam, richtig?"

„Ja, ich war krank, bin tiefer und tiefer in die Verzweiflung gerutscht, habe mich um nichts mehr gekümmert … Ich habe kaum mitbekommen, was um mich herum geschah."

„Mensch, Regina, und von all dem wusste ich nichts!"

„Hätte Arabeska nicht gefohlt, würde ich noch heute im Bett liegen und mich bejammern."

„Um Gottes Willen …"

„Aber da hat sich schlagartig alles geändert: er kam vom Urlaub mit seiner Geliebten und, als wäre nichts gewesen, nahm an, dass ich seine Sachen wasche. Die Traurigkeit hat sich in Wut verwandelt, und ich habe seine ganzen dreckigen Klamotten einfach aus dem Fenster gekippt."

Ich muss lachen. „Was für ein Bild: Eine zornige Frau Holle, die es Unterhosen schneien lässt! Bravo! Das hätte ich dir gar nicht zugetraut, aber gesagt hast du mir danach immer noch nichts ..."

„Nein, ich konnte nicht. Ich hab mich immer noch geschämt, trotz meiner Wut. Man kommt sich so entwertet vor." Reginas Matratze ächzt. Ich höre, wie sie sich wütend wälzt.

„Und als du mir davon erzählt hast, habe ich nicht gemerkt, wie sehr du leidest. Im Gegenteil, ich habe deine Ruhe bewundert. Aber du hast dich immer verstellt, hast meine Fragen einfach so abgetan – ganz meine alte, selbstbewusste Regina."

„Es ist schwierig, Scham und Wut zuzugeben; du überspielst deine Sorgen ja auch."

„Stimmt. Ich stehe auch lächelnd in der Metzgerei ... Noch ein Würstchen für die Kleine? Ach, wie ist sie süß ... Dabei ist mir manchmal zum Kotzen. Wie konntest du dich denn wieder auffangen?"

„Als Fripouille geboren wurde. Johann rief mich mitten in der Nacht in den Stall. Ängstlich hielt ich während der Geburt Arabeskas Kopf. ‚Brave Stute, gute Mami, gleich ist es vorüber, noch ein bisschen, gut ...gut ... Wirst sehen, das wird das schönste Baby weit und breit.' So tröstete und lobte ich sie, drückte meine Nase in ihre Mähne, hielt sie fest umschlossen, habe ihren Schweiß geschnüffelt und für sie gehechelt, während sich der Veterinär und Johann ums andere Ende gekümmert haben."

„Wäre ich doch bloß dabei gewesen!"

„Als Arabeska ihr Fohlen endlich sah und begann, es abzulecken, als ich sah, dass alles in Ordnung war, Johann uns gratulierte, da fühlte ich eine Ruhe, ein wonniges Glück, als wäre ich selbst Mutter geworden. Die Kleine war so allerliebst, Arabeska ließ mich an sie heran, ich habe ihren ganzen Körper betastet, alles war da, alles war perfekt. Du hättest die kleine Zunge fühlen sollen, sie hat an meinem Finger gesaugt ... In diesem Moment war es so, als wären Verzweiflung und Wut plötzlich verdampft und es hat sich wieder gelohnt, zu leben ..."

Ich sehe Reginas Profil auf dem Kissen: „Wirklich? Hat das angedauert?"

Regina antwortet nicht gleich. Erst nach einer Weile sagt sie mit rauher Stimme:

„Na ja, ehrlich gesagt: Schön wär's. Ein Rest davon ist immer da, auch wenn es mir gut geht. Die Scham, nicht zu genügen, die Schuld, keine Kinder zu haben, die Zweifel. Aber ich halte den Deckel drauf, lebe weiter."

Ich denke an meine Mädchen. „Nun hast du Fripouille, etwas zum Lieben, beinahe ein Kind ..."

„Genau, was soll's, wenn Stefan nicht nach Hause kommt!"

„Hochkant hinauswerfen solltest du ihn! Hast du an Scheidung gedacht?"

„Und dann? Wohin soll ich denn?"

„Ich weiß. Mir geht es doch genauso. Und er? Will er sich scheiden lassen?"

„Am Anfang dachte ich ja, dass er nun eine andere Familie gründen will, weil wir doch so unbedingt Kinder haben wollten und ich keine kriege. Aber nein. Dazu ist er inzwischen zu egoistisch und zu bequem. Ein selbstver-

liebter Pascha! Er liebt Ordnung, das Haus, die gestärkten Hemden ... Die Andere würde das nicht hinkriegen wie ich. Er will beides: das geordnete Heim und die Freiheit."
Die Dunkelheit hüllt uns ein wie eine warme Decke. Es ist leichter, schwierige Dinge auszusprechen, wenn man sich nicht in die Augen sieht. Ich höre aufmerksam hin. Stille. Ob Regina weint?

„Regina, möchtest du, dass ich rüberkomme und ein bisschen bei dir sitze?"

„Schon gut, Tanja, wir beide müssen da irgendwie durch."

„Wir sind seit Jahren Freundinnen, wissen so ungefähr, was beim Anderen abläuft, aber so vertraulich, mit offenen Herzen, sprechen wir erst jetzt und hier, weit weg vom Alltag, im Dunkeln."

„Es gibt noch einen andern Grund, warum ich ihn nicht verlasse, dafür genier ich mich ein wenig: Es würde mich einfach fertig machen, wenn ich ausziehen und sie in meinem Haus wohnen würde."

„Und du in einer billigen Wohnung, ohne Garten."

„Das hast du dir wohl auch schon überlegt. Schlechte Aussichten!"

„Ich habe Angst davor. Es ist ja nicht gerade so, dass man solche wie mich suchen würde. Zehn Jahre weg vom Arbeitsmarkt ... Was gilt man da schon?" Ich merke, wie mich die Müdigkeit übermannt und gähne: „Gute Nacht, Regina."

„Träum süß, ist ja doch alles, was uns bleibt."

„Der beste Cappuccino, beste Cappuccino ..."
Dieser Gedanke hat mich bereits vor Sonnenaufgang aus den Federn und ins Kafenion am Hafen gezogen. Hier

sitzen nur Männer. Betagte Fischer mit ihren typischen Schirmmützen, die aus alter Gewohnheit früh aufgestanden sind. Verschlafen setze ich mich hin und genieße die friedliche Atmosphäre der heimkehrenden Fischerboote, höre Anker rasseln und plumpsen. Kisten mit tropfendem Eis und dem heutigen Fang, bereits zum Verkauf sortiert, werden ausgeladen und zum Verkauf auf dem Pier aufgestellt oder auf das Schiff nach Paros verladen. Ein Mann kümmert sich um die gefangenen Oktopusse, die er geduldig auf den Steinen weichschlägt und an einer Wäscheleine zum Trocknen aufhängt. Dort drüben werden Fischernetze geflickt, mit ruhigen Bewegungen, niemand ist in Eile. Rufe, ein kurzes Lachen, bei den Fischern auf dem Pier hie und da ein Feilschen; der Alltag hat ohne Touristengewimmel begonnen, wohl wie seit Jahrhunderten. Die Sonne erhebt sich orangerot über den Bergen von Paros, die Bäume werfen ihre ersten Schatten auf den Sand und mit der Wärme meldet sich die Morgenbrise. Die Weinblätter über der Terrasse werfen ihren Tanz als Schattenspiel auf Tische und Bänke, während der heiße Cappuccino mich vollends aufweckt.

Wie war das, letzte Nacht? Kein Traum. Das Gespräch hat mich aufgewühlt, deshalb wohl das frühe Erwachen. Regina, meine reiche, verwöhnte Freundin ... Ihre Offenheit hat sich wie eine Beichte angehört. Schuld, Schande, Verzweiflung, Wut – auch sie verdrängt diese Gefühle. Auch sie hat sich nicht geöffnet, als sie Freundschaft und Mitgefühl am meisten gebraucht hätte. Wird sie je wissen können, wie gut ich sie verstehe? Wie kann ich ihr Mut machen, ich, die so viel schwächer ist als sie, selbst voller Schuld und Scham? Ich hatte nicht angenommen, dass sie von meiner Beinahe-Affäre mit Iannis so begeistert sein würde. Ist es, weil ich den Mut hatte, auszubrechen, Freiheit zu schnuppern, einen tollen romantischen Abend zu verbringen, mich endlich irgendwie zu wehren? Sie gehört schon so lange zu meinem Leben, ist nicht wegzudenken, und doch habe ich ihr nie gezeigt, wie viel sie mir bedeutet, ja, wie sehr ich sie liebe. Sie kann mir voll vertrauen, aber weiß sie das? Habe ich ihr voll vertraut, als meine Alpträume begannen? Als ich als junges Mädchen verzweifelt Schutz suchte und nirgends Verständnis fand? Als ich schwanger wurde? Wir sprachen viel, von den Pferden, dem Training – alles Stallgeschwätz. Wir waren und sind beste Freundinnen, aber so richtig eigentlich erst seit letzter Nacht. Erst totale Offenheit lässt solche Intimität zu.

„Maria, bitte zwei Cappuccini zum Mitnehmen!"

Auf dem Heimweg kaufe ich ein duftend frisches Baguette, Butter und Inselhonig.

„Regina, Frühstück!" Ich decke im Hof vor der Küche den Tisch und wir setzen uns in den Schatten des Baumes. Es wäre ein Traum, auch für Iannis aufzudecken.

„Danke für deine Offenheit gestern Nacht. Nun tut es mir leid, dass ich dich gestern so abgewimmelt habe, als du von Pesche gesprochen hast."

„Es macht mich einfach wütend zu sehen, was er mit deinem Leben gemacht hat. Mmh, wie das Brot duftet! Und nicht allein beim Frühstück zu sitzen, herrlich!"

„Richtig, lass es uns genießen und unsere Zukunft planen, irgendetwas aushecken."

„Guter Rat ist schwierig, gelt. Onkel Samuel war Alkoholiker, ich weiß von den Andeutungen meiner Tante, dass da Schlimmes abgeht. Stell dir vor, sie hat sich erst nach seinem Tod erlaubt, darüber zu sprechen … Aber wahrscheinlich kann ich mir trotzdem nicht wirklich ein Bild machen …"

„Von den nächtlichen Szenen? Dafür gibt es keine Worte, und wenn, würde ich mich schämen, diese auszusprechen, so ekelhaft wären sie."

Es ist gar nicht so einfach, offen und ehrlich zu sein. Was für eine Ironie: Erst bitte ich um Mithilfe für einen Plan und bei der ersten Berührung dieses Themas mache ich zu wie eine Seeanemone. Wie kann ich darüber sprechen? Ich wage es:

„Weißt du, als ich ihn zum ersten Mal sternhagelvoll erlebte, habe ich allen Respekt vor ihm verloren. Bis dahin gab ich mir noch alle Mühe, ihn zu lieben, schließlich hab ich ihn ja geheiratet, als ich schwanger wurde. Aber das habe ich nach jenem Suff aufgegeben. Gottlob war das nach der Geburt von Baba, sonst gäbe es meine Kleine gar nicht, … denn … seither läuft bei uns nichts mehr."

„Man sollte ja nicht solche Vergleiche machen, aber die Mädchen sind deine Rettung, wie Fripouille für mich."

„Das kann man wohl sagen. Sie sind oft der einzige Grund, weiterzuleben. Was sich im stillen Kämmerlein abspielt, sieht außer mir niemand. ‚Der Metzger Pesche trinkt halt öfter mal einen über den Durst', wird höchstens gemunkelt und ‚Na ja, ist auch nicht einfach, täglich muss er Fleisch an die Restaurants ausliefern, kein Wunder, wenn er da mal hängen bleibt.' Niedlich, gelt! Alles wird verharmlost, niemand öffnet die Augen, um die Wahrheit zu sehen. Spät nachts sind nur die Saufkumpane unterwegs, die schweigen sich aus. Oder die Wirte, die am guten Stammgast verdienen, sie schweigen erst Recht. Auch wenn die Nachbarn eine Ahnung haben, so wollen sie doch nicht wissen, was wirklich abgeht. Es wird höchstens darüber gelacht, man bagatellisiert, mischt sich nicht ein, schweigt. Nachts, nach Wirtschaftsschluss, wenn er so betrunken ist, dass er kaum die Treppe hoch kommt, kotzt – im Bett, im Badezimmer –, diese Sauerei sieht niemand. Dann möchte ich weglaufen, weit weg, nie mehr nach Hause kommen. Oder sterben. Einfach die Augen schließen und sterben und nie mehr den Gestank erdulden, mir nie mehr niederträchtige Gemeinheiten anhören müssen. Auch gelallte Erniedrigungen sind peinigend, da kann ich mir noch so oft sagen, dass ich einen Besoffenen nicht ernst nehmen darf. ‚Du bist die letzte Hure', wirft er mir an den Kopf. ‚Mit so einer muss man ja den Ärger hinunterspülen.' Er beleidigt mich, gibt mir die Schuld an seiner Sauferei, bis ich schluchze. Dann fühlt er sich wieder stark, wenn ich nahe am Zusammenbruch bin. Am liebsten würde ich ihn auf den Mond schießen! Dann gehe ich ins Kinderzimmer und lege mich zu den Mädchen. Denke, der soll mal selbst reine machen, wenn er aufwacht, und dann putze ich trotzdem, am frühen Morgen, bevor Regi und Baba aufwachen. Stehe trotzdem wieder im Laden, organisiere, verkaufe, lächle."

Der Papas kommt um die Ecke, ein Bild wie im Film. Heute trägt er nicht nur die Soutane, über dem Bürzel ragt sein schwarzer Hut in den Himmel. Er nickt uns zu, hebt entschuldigend seine Achseln und bindet das Seil zur Glocke los. Bim, bim, bim! Regina bewegt ihre Lippen, doch bei dem Gebimmel kann ich kein Wort verstehen. Auch wir heben die Achseln zum Zeichen, dass man nichts machen kann, lehnen uns in unseren Stühlen zurück und wenden schweigend das Gesicht zur Sonne.

Der Papas verlangsamt den Takt, der letzte Klang verebbt und Regina seufzt auf:

„Ich weiß, warum du bleibst, ich bleibe ja auch. Die Angst vor der Ungewissheit … Jetzt bist du eine angesehene Geschäftsfrau, allein wärst du ein Niemand, vielleicht würdest du keine Stelle finden, müsstest womöglich in einer Sozialwohnung wohnen und wer weiß, was für ein Elend dort auf dich warten würde, was für Freunde deine Kinder dort hätten …"

„Ja, die Angst gewinnt immer."

„Aber diese Unmenschlichkeit …"

„Nein, gerade dass es so menschelt, so häufig vorkommt, macht alles noch schlimmer! Wir haben zwölf Kneipen in der Altstadt, ich beobachte, wie sich die Alkoholmisere schleichend entwickelt: Die Jungen, die noch nicht zu den Stammgästen gehören, charmant und lustig, ja, sogar echt witzig, brüsten sich ihrem Alkoholpegel entsprechend, peilen im Rudel geil die Mädchen an und machen ulkige Komplimente, für die sie in nüchternem Zustand viel zu scheu wären. Sie beleben den runden Tisch, werden angefeuert, ihnen wird zugetrunken, ‚Noch einen für diese Halunken', rufen die Alten und trinken auf die zweifelhaften Tageshelden."

„Hat dir Pesche damit imponiert? Hast du dich in so einen verliebt?"

„Verliebt? Sicher nicht! Als ich in der Lehre war, nahm er mich ab und zu mit, hat mich grinsend als seine Freundin vorgestellt … Kannst du dir vorstellen, wie irritierend das ist, dieser blöde, unpassende Scherz? Ich Sechzehnjährige –

seine Freundin, das ist nicht einmal ein schlechter Witz, das ist oberpeinlich!"

„Aber warum hast du ihn dann geheiratet?"

„Da war ich achtzehn, habe nicht begriffen, was er meinte, als er sagte, ich sei nun kein Gefängnisfutter mehr. Ich war es nicht gewohnt, Alkohol zu trinken und habe mich nicht richtig gewehrt, als er mich auf den Hintersitz gezogen hat – und wurde schwanger!"

„Warum musstest du ihn denn gleich heiraten? Hast du dich da auch nicht gewehrt?"

„Du hast leicht reden, deine Mutter hatte Verständnis; du warst verhätschelt, hattest deine Arabeska, sie hat bezahlt, dich hingebracht, abgeholt, du warst verwöhnt! Pesche, damals noch Onkel Peter, hat mich unter seine Fittiche genommen, die Reitstunden bezahlt, brachte mich zum Stall, hat mich abgeholt, und ich war froh, dass er mein Mentor war."

„Johann hat immer den Kopf geschüttelt, wenn dein Onkel im Stall aufgekreuzt ist. Einmal hörte ich ihn zum Veterinär sagen: ‚Der hat keine guten Absichten, dem geht's nicht um die Reiterei, der gefällt mir nicht!' Damals habe ich nicht begriffen, doch später hätte ich dich gerne gefragt: ‚Sag mal, war da alles so, wie es sein sollte?'"

Heikle Frage. Einen kurzen Augenblick sehen wir uns in die Augen, die Wahrheit steht greifbar zwischen uns. Aber aussprechen? Kann ich nicht. Gott hilf mir … nun mache ich schon wieder zu. Was hat das überhaupt mit unserem Gespräch zu tun? Ich will ja heute offen und ehrlich sein mit Regina, aber das ist alles schon so lange her, tut nur weh und nichts zur Sache, darauf bin ich nicht vorbereitet – ich lenke ab:

„Ich hol mir mal Wasser, möchtest du auch?"

Als ich mich wieder setze, wechsle ich das Thema: „Wo waren wir gleich? Na ja, die jungen Kneipenhelden. Dann sind die Zeiten plötzlich vorbei, in denen sie nichts anbrennen liessen. Sie werden älter, erscheinen nicht mehr im Rudel und ihr Witz ist eingetrocknet. Einige kreuzen immer öfter auf, noch nicht täglich, aber über die Jahre rutschen sie in eine neue Routine und kommen jeden Abend nach der Arbeit zum Schoppen. Sie bleiben zuerst nur bis zum Abendessen und gehen angesäuselt nach Hause. Dann bleiben sie aber immer häufiger sitzen und gehen nicht mehr zum Abendbrot heim. Sie leben vom Umgang mit den jetzt jungen, lustigen Kollegen, noch sind sie Teil davon, noch sind sie dabei. In der Zwischenzeit sind die Mädchen zu Ehefrauen geworden – und zu keifenden Weibern, wenn er endlich eintorkelt! Beim Gedanken daran werden auch diese Sorgen hinuntergespült. ‚Noch ein Bier, Olga', tönt es vom runden Tisch wenn die Wirklichkeit an die Oberfläche treibt. ‚Das muss ja herunter gespült werden, nicht? Noch ein Bier, Olga, oder gleich eine Flasche, ja, Weißen, ich spende!' Nochmals ist er der Held, nochmals wird ihm zum Dank zugetrunken."

„Die keifenden Weiber, du sagst es! Plötzlich sind wir an allem schuld, grässlich!"

„Ja, es macht Angst, den Werdegang des Alkoholikers zu verfolgen. Pesche ist ja auch erst allmählich zu dem geworden, der er heute ist. Du kannst dir kaum ausmalen, was da passiert: Hirnzellen werden beschädigt, abgetötet, ändern das Wesen, die Sucht hemmt den Willen, schleichend langsam entsteht eine neue Person im alten

Menschen. Der geliebte Mann, den die Frau bewundern konnte und auf den sie gebaut hat, gibt es nicht mehr. Der beschützende Vater wird gemein, die Kinder verziehen sich, wenn er heimkommt, sie halten sich bei den Streitereien die Ohren zu und warten zitternd auf Schläge. Was hat Mutter wieder falsch gemacht? Warum serviert sie ihm das Essen kalt? Weshalb ärgert sie ihn? Sie verlieren jedes Vertrauen – zu Vater, zu Mutter, zu sich selbst. Gerechtigkeit? Ein leeres Wort, wie sollte man sich wehren? Es ist, wie es ist, es wird nur noch schweigend ums Überleben gekämpft."

Reginas Stimme zittert: „Ich hatte keine Ahnung, was da alles abgeht. Es gibt viele Alkoholiker – und du sagst, dass ihre Frauen durch solches Leid durchmüssen und zu guter Letzt noch selbst angeprangert werden? Wirst du auch täglich mit all dem konfrontiert?"

„Ja, und sehe die Frauen am Morgen verheult im Laden und kein Mensch spricht ein Wort darüber. Wir Frauen geben uns selbst die Schuld, haben keinen Respekt mehr, weder für uns selbst noch für einander."

„Tanja, irgendwann muss sich das doch ändern, oder saufen sie sich einfach zu Tode?"

„Ja, manchmal schon. Hie und da geht einer auf Entzug, aber auch das klappt selten. Vor allem, wenn sie mal die Arbeit verloren haben. Weißt, erst kommt die Zeit, in der der Alkoholiker morgens nicht pünktlich bei der Arbeit erscheint. Er genügt auch dort nicht mehr, wird arbeitslos, das Aufstehen am Morgen hat keinen Sinn mehr – natürlich bis zum Frühschoppen … Der Alkoholpegel muss aufrecht erhalten werden, die Sucht hat ihn fest in den Klauen. Aus ist das Heldentum, eines Tages sind sie Alkoholruinen, Abschaum der Gesellschaft, es gibt kein Zurück mehr. Die Hoffnung auf Erlösung ist die Aussicht auf einen frühen Tod."

„Das ist ja unheimlich: Tod als einzig mögliche Erlösung. Ist das auch Pesches Zukunft? Du musst ja eine Wahnsinnsangst und Wut in dir haben! Wie hältst du das bloß aus?"

„Ich kann dir sagen, bei uns ist Matthäus am Letzten. Hinter der Fassade bin ich nicht nur wütend und das keifende Weib, sondern eben auch hoffnungslos, traurig, verzweifelt, mutlos … manchmal lebensmüde."

„Wäre es für ihn noch möglich, einen Ausstieg zu schaffen?"

„Er will ja gar nicht! Dabei kriegt er seine Arbeit in der Metzgerei kaum mehr auf die Reihe. Als Pesche im Winter krank war, haben wir Antonio eingestellt, nun arbeitet Pesche kaum noch. Er lässt Antonio frühmorgens ins Schlachthaus gehen und das Fleisch verarbeiten. Erst nach dem Mittagessen kommt er in die Metzgerei, um die Restaurant-Lieferungen zusammenzustellen. Um vier Uhr geht er zu den Kunden und kommt erst nach Wirtschaftsschluss besoffen nach Hause. Nun haben der Geselle Antonio und ich die ganze Last auf dem Buckel, und wenn es so weitergeht, läuft der mir auch noch davon."

„Begreiflich. Die Situation ist ja zum Davonlaufen!"

5

Der Seetang und der Duft der Gyros am Hafen, die lachenden Kinder am Strand, die bauchigen Segel auf dem Wasser – der Spaziergang zum Strand zieht mich wieder in die unbeschwerte Gegenwart.

„Kyria Regina, kaze, kaze, sit down!"

Wir setzen uns bei Flora auf die Terrasse und sie eilt mit aufgeregten Rufen ins Haus.

„Was ist los?"

Regina zuckt die Achseln: „Ein Foto, vielleicht Kaffee, Schnaps, ein Granatapfel, mit irgendetwas wird sie kommen, warte einfach."

Flora schubst ihre Tochter Rosa vor sich her – die stolze Rosa mit ihrem winzig kleinen Baby auf dem Arm.

„Besser als ein Schnaps", lächle ich Regina an.

Abwechselnd dürfen wir die Kleine im Arm halten. Regina sagt: „Oreo", also „schön" und ich plappere nach: „Oreo, oreo!" Rosas Augen glänzen, sie zeigt auf die Kleine und lacht: „Stella!"

„Oreo, Stella!"

Die Frauen reden auf Griechisch auf uns ein, sogar Regina scheint nur hie und da etwas zu verstehen. Dann wird ihr klar, was gemeint ist, und sie erzählt mir, dass wir zur Taufe eingeladen sind. Wir versichern ihnen dankend, am Sonntag in der Kirche zu erscheinen. Mit diesem Versprechen machen wir uns auf zum Strand. Auf der

Dorfstraße zieren violett-rote Bougainvilleas die weißen Hauswände, bei einem Hibiskus halte ich eine der handgroßen Blüten in beiden Händen, atme ihren Duft ein, berühre ihre Aura mit meiner Nasenspitze, ich möchte auch so duften.

„Komm, heute schwimmen wir am zweiten Psaraliki, dem Strand bei Fanaris Beach", meint Regina.

Ich folge ihr und wünschte, meine Mädchen wären hier, wie sehr würden sich Regi und Baba freuen! Ich vermisse die weichen Arme, wie sie sich um meinen Hals schlingen, ihre warmen Körperchen, jedes mit seinem ureigenen unverwechselbaren Duft, den Ruf „Maami, heiße Schokolade!" Hier hätten wir einen Riesenspaß.

Langsam waten wir im Sand hinaus ins kühle Nass, legen uns auf das ruhige Wasser, schwimmen ohne Ziel in langsamen Zügen und legen uns dann in den Schatten.

„Weck mich auf, falls die Sonne später auf mich brennt", murmelt Regina und schließt die Augen.

Ich starre in den strahlend blauen Himmel und zwischen Wachen und Träumen ziehen Erinnerungen aus Pesches Leben, die ich über die Jahre hier und dort aufgefangen habe, an meinem geistigen Auge vorbei. Er spricht nicht gerne über sich oder gar seine Gefühle, aber nach und nach konnte ich mir vieles aus seiner Jugend zusammenreimen:

„Bitte, bitte, bitte! Ich werde ganz still sein oder dir helfen und ganz gehorsam sein!"

In den Sommerferien, als er zehn Jahre alt war, hat er seinen Vater immer und immer wieder gedrängt, ihn am Morgen mitzunehmen: „Bitte, bitte, bitte! Ich bin auch ganz still und artig!" Er musste seinen Vater lange drängen, bevor er endlich stolz auf dem Beifahrersitz des Lieferwagens mit der Aufschrift *Metzgerei Teuscher* sitzen durfte. Schade, dass seine Kameraden ihn zu dieser frühen Morgenstunde nicht sehen konnten – ihn, den zukünftigen Metzgermeister, auf seiner ersten Fahrt ins Schlachthaus. Tagsüber war das große braune Tor des Schlachthofs geschlossen, eine weiße, gemauerte Einfassung rund um das Grundstück verhinderte jeden Einblick und gab dem Ort etwas Geheimnisvolles. Doch jetzt, am frühen Morgen, konnten sie durch das weit offene Tor hineinfahren, dem stolzen Peterli kam es vor, als offenbarten sich ihm die heiligen Hallen der Erwachsenen. Sein Vater parkte den Kombi nahe dem Gebäude, und als er den Motor abstellte, empfing sie ein ohrenbetäubendes Quietschen. Peterli wusste sofort, dass es nicht von Maschinen oder Motoren herrührte. Er musste seinen Vater mehrmals fragen, was denn das für ein Gewinsel und Gejammer sei, bevor dieser zurückschrie: „Die Schweine, sie laden die Schweine aus!" Peterli erschrak und sackte auf seinem Sitz zu einem elenden Häufchen zusammen. Leise, fast unhörbar, stieß er aus: „Todesangst, es ist Todesangst, die Schweine ahnen es." Aus seinen großen blauen Augen kollerten Tränen.

„Bleib hier und warte. Ich hab ja gesagt, dass du dazu zu jung bist!", befahl der Vater.

Es kam ihm vor, als ob er bereits eine Ewigkeit still auf seinem Sitz gewartet hätte, während sich das Todesgeschrei der Schweine wie eine Giftwolke über den ganzen Hof ausgebreitet hatte – bis zu ihm in den Kombi, in seine Seele. Er steckte die Zeigefinger in die Ohren, dachte nach, wie er die Schweine befreien könnte, überlegte, bis ihm der Kopf wehtat. Er fand keine Lösung.

Plötzlich hielt er diese tierische Angst nicht mehr aus. In der Notlage musste er seine Beteuerung von Gehorsam in den Wind schlagen. Er ließ sich vom Sitz hinuntergleiten und stieg über die steile Stufe des Kombis runter in den Hof, schlich sich am Gebäude entlang, vorbei an den unbeleuchteten Fenstern der Büros bis zu der Halle, aus der Licht und Rufe zu ihm drangen. Er wartete, bis jemand herauskam und wollte unbemerkt hineinschlüpfen, um seinen Vater zu suchen. Da kam ein dicker Mann mit einem nackten, blutigen Tier auf der Schulter heraus. Peterli schreckte zurück und das Tor schloss sich, bevor er hineingelangte. Als nochmals geöffnet wurde, schlich er ohne hinzusehen hinein ins gleißende Licht, duckte sich beim Schalterfenster, um nicht gesehen zu werden, und schon stand er in der großen Halle. Soweit er sehen konnte, hingen leblose, blutige, hohle Körper an Haken von der Decke. „Mutter, Mutter!", schrie er, rannte hinter den Schalter und übergab sich. Immer wieder, bis er glaubte, dass er auch bald so hohl sein würde wie die toten Tiere. Er musste seine ganze Tapferkeit aufbieten, um zurück zum Kombi zu hasten und sich artig auf seinen Platz zu setzen. Das Quieken der Schweine hatte aufgehört, hie und da hörte er bloß noch ein Grunzen. Ob die meisten schon tot waren? Mit geschlossenen Augen versuchte er, die Bilder zu verscheuchen, bis sein Vater endlich die Hintertür zum Kombi öffnete und seine Ware mit dumpfem Gepolter in den Laderaum fallen ließ.

Es scheint unbegreiflich, dass Pesche nach diesen Erlebnissen trotzdem Metzger geworden ist. Aber er sagte, dass er nicht der undankbare Lümmel sein wollte, der das

Lebenswerk seiner Eltern nicht ehrte. Außerdem konnte er bei seinem Vater häufig frei nehmen, um ins Training und zu den Turnertagen zu gehen und er war der erste seiner Klasse, der mit dem Geschäftswagen durch die Stadt bummeln durfte.

Auch ohne die ersehnten Wanderjahre durchlebte Peter nach der Lehre eine gute Zeit. Es war die Zeit mit seinen Kameraden im Turnverein; sie waren es auch, die seinen Vornamen irgendwie liebevoll in Pesche umwandelten. Er war kräftig gebaut und durch die harte Arbeit in der Metzgerei stärker als die meisten. Sie wählten ihn immer als Ersten ins Team, er war erfolgreich, ein Sieger, ein Held. Jahrelang hat er geprahlt:

„Ihr glaubt gar nicht, wie toll das war, als ich als Einziger von unserem Verein am Eidgenössischen Turnfest teilnehmen durfte ... und siegte! Der ganze Verein war dort, ‚Hopp Pesche, hopp Pesche', haben sie mich angefeuert, ich fühlte sie, musste gewinnen, gab alles, rannte, rannte ... und siegte!"

Nach dem Training und ganz besonders nach den Wettkämpfen floss das Bier reichlich, da war Metzger Teuschers Pesche jemand. Aber mit den Jahren kamen jüngere Kameraden ans Ruder, waren stärker, erfolgreicher, siegreicher als er, und mit sechsundzwanzig Jahren war er nur noch Zuschauer. Nun gehörte er zur alten Garde, gesellte sich erst nach dem Training zu ihnen, im zweiten Teil, und spendete immer wieder eine Flasche, um sein Prestige nicht gänzlich zu verlieren. Mehr und mehr Alkohol schlich sich in sein Leben, aus dem Jemand wurde ein Niemand. Wenn seine Mutter ängstlich bemerkte: „Bald bist du wie dein Vater", entgegnete er un-

wirsch: „Auch er musste das Geschrei der Säue hinunterspülen, erst dann wird es ruhig." Darauf schwieg sie.
Das müssen die Jahre gewesen sein, als ich vierzehn war und er mein Gönner. Seit Jahren hatte ich meinem Vater mit dem Wunsch nach Reitstunden in den Ohren gelegen. Ich spielte nicht mit Puppen, schlief nicht mit dem Teddybär im Arm, mich faszinierten Pferde. Schaukelpferde, Plüschpferde, der hölzerne Pferdestall, später Pferdegeschichten. Ich band mein Haar zu einem Pferdeschwanz wie eine Amazone.
Wir kauften unser Fleisch bei Onkel Peter, auch ihm entging mein Wunsch nach Reitstunden nicht. Zu Weihnachten schenkte er mir ein Abonnement für zehn Reitstunden, obwohl mein Vater dagegen war. Onkel Peter, sein jüngerer Vetter, hat nur gelacht. Er hat meinen Wunsch verstanden und fuhr mich mit dem neuen Mercedes Kombi der Metzgerei Teuscher jeden Mittwochnachmittag zum Reitstall und wieder nach Hause. Es blieb nicht bei den zehn Stunden, ich durfte immer weiter reiten. Er war mein Held. Wieder ein Held.

Ich erwache aus meiner Rückblende.
„Regina, sorry, du liegst voll in der Sonne! Ich weiß nicht, ob ich wach war oder geträumt habe, jedenfalls habe ich Pesches Leben wie auf einer Leinwand miterlebt, alles, was ich in den letzten fünfzehn Jahren mitbekommen habe, hat sich wie ein Puzzle zusammengesetzt. Wahnsinn: alles scheint so logisch, konnte gar nicht anders kommen …"
„Sachte, sachte, habe ich wirklich so lange geschlafen? Pesche? Was ist denn da so aufregend?"

„Lass uns zusammenpacken und auf dem Heimweg darüber reden. Ich habe sein Leben im Zusammenhang gesehen. Alles, was ich weiß, wie es dazu kam, die Ausweglosigkeit, er war geradezu prädestiniert zu werden, wie er ist. Er geht seinen Weg genau entlang dem roten Faden, den ihm sein Schicksal vorgezeichnet hat."

„Der Mensch hat einen freien Willen, Tanja, mach mir nicht weis, das sei Vorsehung. Er hat sich selbst zum Alkoholiker degradiert, das erbt man doch nicht."

„Aber doch, die Anlage zum Alkoholismus kann genetisch bedingt sein. Man muss ihn auch verstehen. Und halt mir jetzt keine Standpauke. Du sagst freien Willen? Er hat aber keinen Willen, sonst hätte er wahrscheinlich den Willen zur Einsicht, zur Änderung. Regina, er will nicht, er hat sich einfach ergeben."

„Na eben, und nun verteidigst du ihn auch noch. Aber du hast mit einem Recht: Warum sollte er etwas ändern wollen? Sag mir einen einzigen Grund!"

„Ich weiß nicht, er hat ja alles. Eine Familie, das Geschäft, Saufkumpane, es läuft etwa so holprig rund wie bei seinem Vater."

„Genau das ist es. Es läuft rund. Steck ihm einen Stock in die Speichen, damit er fällt und aufwacht."

„Ich würde alles versuchen, aber wie?"

„Verlass ihn. Wenn das ihn nicht aufweckt, schafft er's nie, und in dem Fall musst du erst Recht gehen!"

„Regina, du weißt doch selbst, dass das nicht geht. Ich würde umkommen vor Angst. Wovon soll ich leben? Und wo? In einer Metzgerei, bei der Konkurrenz arbeiten, das geht nun wirklich nicht. Meine Eltern würden mir die Hölle heiß machen, verdammt nochmal. Noch nie hat sich bei uns jemand scheiden lassen, ich stecke fest!"

„Du hast eine kaufmännische Lehre abgeschlossen, selbständig ein Geschäft geführt mit Buchhaltung, Einkauf, Verkauf, Lohnabrechnungen, zeig ein bisschen Selbstvertrauen!"

„Du redest wie eine dieser Feministinnen, zuletzt sollte ich wohl wie die oben ohne im Strandbad herumlaufen – vergiss es!"

„Mit mehr Selbstvertrauen bist du noch lange keine Feministin, die ‚oben ohne' sind ein bisschen extrem. Komm, setzen wir uns dort bei Alexis in den Schatten. In seiner Taverne gibt's den besten Retsina, das löst uns das Gehirn und die Zunge."

Die Pergola ist vollbehangen mit Weinblättern, man sieht bereits die Ansätze der Trauben. Ich streiche den handgewobenen Teppich mit dem für die Insel typischen Karomuster glatt, der auf der Sitzbank liegt. Es sind nur ein paar Gäste da, wir setzen uns bequem außer Hörweite in die Ecke und der Wirt bringt uns gähnend kalten Wein in einer Kupferkaraffe.

Ich sitze immer noch fest. „Aber meine Familie ... Der Lieblingsausdruck meines Vaters ist: ‚Du weißt, was du der Familie schuldig bist.' Und von wegen Misshandlung: Pesche schlägt mich ja nicht, ich kann kein blaues Auge vorweisen, niemand würde mir glauben, nicht einmal meine Familie sieht hinter die Kulisse. Und wenn ich etwas sagen würde, nähmen sie ihn in Schutz!"

„Tanja, lebst du hinter dem Mond? Was du mir erzählt hast, ist Misshandlung, auch ohne blaues Auge. Scheidung ist heute gesellschaftlich anerkannt. Misshandlung, das ist eine Schande."

„Regina, auch wenn du Recht hast, bleibt die Angst. Die Angst vor der Zukunft ist noch schlimmer als die Angst vor den Szenen, zuletzt siegt sie immer!"

„Bei mir ja auch, wir dürfen uns nur nicht von ihr lähmen lassen! Wie wäre es, wenn bei Pesche auch die Angst siegen würde? Bedrohe ihn, mach ihm klar, dass du ihn verlässt ... mit den Mädchen! Mach ihm Angst, jage ihm den Schreck seines Lebens ein. Tu so, als wäre es dir ernst, suche eine Wohnung und Arbeit, es muss glaubhaft aussehen."

„Meinst du, dass ihm das wirklich etwas ausmacht? Wie oft habe ich schon gedroht, immer sagt er bloß: ‚Geh nur, wirst sehen, wie weit du kommst, auf den Knien wirst du zurückkriechen!' Dem macht es doch überhaupt nichts aus, wenn ich gehe. Oma Martha wird ihn wie immer retten, und übrigens droht er, dass mir kein Gericht die Mädchen zusprechen würde, weil ich nicht für sie sorgen kann. Oma und er könnten ein besseres Zuhause bieten, und ehrlich gesagt macht es von außen ja auch den Eindruck, der Gerichtspräsident sieht ihn nicht nachts heimtorkeln."

„Der blufft ja nur, das kannst du auch. Bis jetzt hast du nur ein bisschen gedroht, so dass er genau wusste, dass du den Schwanz einziehen und nicht ernst machen wirst."

„Richtig, er hat mich bloß ausgelacht."

„Jetzt bluffe du mal mit allem Drum und Dran. Wohnungssuche, Arbeitssuche, Kisten packen – alles. Der wird glatt vom Hocker fallen! Erpress ihn so lange, bis bei ihm einmal die Angst siegt!"

„Eine zündende Idee, Regina, und wenn er sich dann besinnt und nicht mehr trinkt, wird das Leben erträglich."

„Erträglich, warum sollte das genügen?"
„Ich will ja nicht versuchen, Wolken einzufangen – mir genügt das. Deine Idee mit der Angst leuchtet mir ein, wir ziehen das durch."
„Er wird keinen anderen Ausweg finden. Du weißt ja, dass Oma auf die Dauer in der Metzgerei nicht durchhalten könnte, dass er sich ohne dich Antonio nicht leisten könnte, dass nichts mehr wäre wie vorher. Er wäre ein totaler Versager, das würde er nicht auf die leichte Schulter nehmen. Vielleicht wäre die Angst schließlich doch stärker als die Sucht?"
„Prost, Regina, auf den Bluff und auf unsere Zukunft, jetzt geht's los!"

„Langsam, langsam, wir sind auf Antiparos." Das waren Reginas Worte bei meiner Ankunft. Und wirklich, automatisch habe ich mich angepasst, einen Gang runter geschaltet, die übliche Hektik vergessen, es kommt mir sogar so vor, als würde ich eine Stufe bedächtiger denken auf der Insel. Seit ich einen Plan habe, bin ich unbelasteter und atme freier und tiefer, die aromatische Inselluft füllt und erfüllt mich mit Freude. Überall werden wir lächelnd begrüßt, das Gefühl von Herzlichkeit und Wärme hüllt ein und erweicht auch mein Herz. Heute ist Taufe, ich mache mich wieder mal hübsch – bisher habe ich mich den Gepflogenheiten angepasst und bin ungeschminkt geblieben. Ich will ja nicht als Touristin daherkommen.

„Tanja, was trödelst du? Hörst du die Glocken nicht? Die Taufe fängt gleich an!"

„Ja, ich komme ja schon!", rufe ich zurück, obwohl ich immer noch ratlos vor meiner Koffer stehe. „Regina, was soll ich denn anziehen? Ich hab keine blasse Ahnung!"

„Arme und Beine bedecken für die Kirche, und besser einen langen Rock anziehen als die Hose, sonst ist's egal. Und vergiss das Geschenk nicht!"

Wir stehen vor der Kirche, drinnen ist alles voll besetzt. Regina flüstert grinsend: „Pfarrer Kaufmann zu Hause wäre selig bei so einem Gewimmel." Vor der Türe sind Lautsprecher aufgebaut für diejenigen, die drinnen keinen Platz finden und auch wir lauschen auf der Bank unter dem Baum der Stimme des Vorsängers und den spärlichen Worten des Papas, bekreuzigen uns und stimmen in das „Amen" ein, um dazu zu gehören.

In Rosas Haus ist ein Kommen und Gehen, wir erhalten das Taufandenken: in Schleier gehüllte Krachmandeln mit der Aufschrift „Stella". Regina bemerkt sarkastisch:

„Was für ein Aufwand, dabei ist's nur ein Mädchen!"

Ich schaue sie stirnrunzelnd an und sie meint: „Mädchen sind teuer, nun muss der Vater ein Haus bauen als Mitgift, Mädchen sind eine Last!"

Überrascht blicke ich sie an – es ist schwierig zu glauben, dass das heute noch ernst gemeint ist. Regina sieht meine Zweifel und nickt ernsthaft. Also doch.

6 Plötzliches Getrampel oben auf dem Deck: die Reisenden eilen nach vorne zum Bug. „Athen, Athen in Sicht", ruft ein übermütiger Junge seiner Mutter zu und verschwindet auf der Treppe zum Vorderdeck. Ich habe es mir in einem Sessel des Bordrestaurants gemütlich gemacht, um nach der Hitze auf der Insel den klimatisierten Raum und einen Cappuccino zu genießen. Bei der Ausfahrt aus Paros haben sich deutsche Touristen für die lange Fahrt an den Restauranttischen eingenistet, die Bildzeitung und der ‚Spiegel' verraten ihre Herkunft; die Griechen haben sich auf den Bänken breit gemacht und zu einem Nickerchen hingelegt; beim Fenster spielen vier Seebären Tavoli. Sie tragen flache Seemannsmützen, kalte, ausgelutschte Stumpen hängen aus den Mundwinkeln, gelegentlich kratzen sie sich die Vollbärte, wenn ihnen die Würfel Probleme aufgeben.

Schon bevor Paros außer Sicht war, wurde das Treiben langsamer, dann wurde die Stille nur noch durch gelegentliche Rufe der Spieler unterbrochen und ich bin in meinem Sessel mit den „Legenden Griechenlands" in den Händen eingedöst. Doch nun rumort es um mich herum, die Griechin zu meiner Rechten weckt ihren Mann unwirsch aus seinen Träumen, ächzend setzt er sich auf und schlüpft umständlich in seine Schuhe. Mein Aufwachen wird von einem Gedankenblitz beschleunigt: Dort, am

Hafen, wartet Iannis, erinnere ich mich und setze mich rasch auf. Vor Angst, dass es nicht klappen könnte, zieht sich mein Magen zu einem Klumpen zusammen. Ein tiefer Atemzug, schon siegen wieder Hoffnung und Vorfreude. Rasch will ich hinauf auf Deck, von wo aus ich Iannis sicher bald entdecken kann. Ich eile die Treppe hinauf, die Hitze nimmt mir einen Moment lang den Atem. Kaum bin ich um die Ecke gebogen, bläst mir die Brise jedoch so stark ins Gesicht, dass ich mich rasch wieder in den Windschutz begebe.

Heute früh habe ich meine Haare gewaschen, im Hof in der Sonne trocken gebürstet und darüber nachgedacht, wie unerwartet rasch ich mich an das Leben ohne Elektrizität gewöhnen konnte. Man könnte meinen, dass alles schwieriger und arbeitsreicher wäre ohne Strom, doch dem ist nicht so. Reginas Haushalt ist vereinfacht, viele Arbeiten fallen aus. Nach Sonnenuntergang ist Feierabend. Der Schein der Lampadas ist zu spärlich, um Hausarbeiten in Angriff zu nehmen oder eine Ansichtskarte zu schreiben. Außerdem ist es eine Wohltat, die Küche mit dem Besen zu fegen, anstatt das laute Getöse eines Staubsaugers zu ertragen. Wir haben einfache Gerichte gekocht oder, zugegeben, meist auswärts gegessen.

Regina erschien unter der Küchentür und schmunzelte: „Machst dich schön für Iannis? Nimm dieses Kopftuch für die Reise."

Ich hatte nicht vor, mich als Griechin zu verkleiden, und wenn meine Mama beim kleinsten Wind ihr Kopftuch vorne unter dem Kinn zugeknotet hatte, fand ich immer, dass sie damit richtig doof aussah.

„Brauche ich das?"

„Für dein Haar, der Fahrtwind wird deiner Frisur ohne Kopfbedeckung arg zusetzen, du würdest dich ärgern." Jetzt bin ich froh über Reginas Aufmerksamkeit und binde mir den Schal um, kreuze die Enden vorne und knüpfe sie im Nacken zusammen. Nicht wie Mama, eher wie Grace Kelly im Film. Danke, Regina. Gegen den Wind schreite ich zum Bug, wir haben bereits den Kai erreicht. Ich mische mich unter die Schaulustigen an der Reling, bemühe mich um freie Sicht auf die Anlegestelle, dränge mich durch ein Volk, das keine Berührungsängste kennt. Wir Schweizer sind da normalerweise ein bisschen zimperlich, doch nicht ich, nicht heute. Ich will Iannis vom oberen Deck aus orten und ihm zuwinken, mich erst dann ins Gewimmel der aussteigenden Passagiere stürzen, wenn ich weiß, wo er wartet. Ich weiß, dass er wartet. Ich sage es mir vor: Er ist da, er wartet, er wird mich in die Arme nehmen. Und schon ist wieder der Klumpen Angst in meiner Kehle, die Furcht, dass ich mich täusche. Endlich auf die Reling gestützt, spähe ich mit Sperberaugen in das Gewühl und hoffe, dass er wieder das blendend weiße Hemd trägt, in dem ich ihn zum ersten Mal gesehen habe. Damit würde er aus der Menge herausstechen. Die Anreisenden mischen sich mit den Abreisenden, ich bin froh, dass ich jetzt nicht unten warte, bis die Treppe endlich runtergelassen wird. Wir hätten die größte Mühe, uns zu finden. Wenn der Menschenhaufen sich auflöst, wird er wahrscheinlich zum Schiff heraufschauen und mich hier oben entdecken. Wir werden einander anschauen, zuwinken, ich werde die zwei Stockwerke hinab sausen, mir im Gepäckraum den Koffer schnappen, die Außentreppe hinunterrennen und Schwupps in seinen Armen landen. Ich zittere vor Erwartung.

Zweispurig fahren die Taxis vor, laden aus und ein und verschwinden wieder, ein steter Menschenstrom bewegt sich weg Richtung U-Bahn und Busstation. Limousinen werden bepackt, dort drüben scheint eine Umarmung nie mehr enden zu wollen. Der Fluss der Menge hat die Richtung geändert, von allen Seiten drängen neue Passagiere auf Treppen und Laderampen zu und bleiben vor dem Matrosen stecken. Der verschwitzte Dicke mit dem Panamahut redet auf einen Uniformierten ein; eine griechische Mutter mit ihren quengelnden Kindern und einem Plastikkorb voller Proviant, damit auch ja unterwegs niemand verhungert, versucht ihre Schar beisammen zu halten. Der Kleinste stellt sich immer wieder breitbeinig vor den Kassierer und schaut bewundernd zu ihm auf. Dieser begutachtet ohne Eile die Fahrscheine, unterbricht ab und zu, um mit einem vorbeikommenden Freund einige Worte zu wechseln, und wendet sich dann langsam, sichtlich ungern und ohne Verständnis für das Drängeln der in der Hitze wartenden Passagiere seiner Arbeit zu.

Iannis ist nirgends zu sehen. Einfach nicht da. Meine Knie werden weich wie Watte, ich muss mich an der Reling festhalten. Mit geschlossenen Augen atme ich tief durch und vergewissere mich nochmals, dass er wirklich nicht auszumachen ist. Langsam wende ich mich ab, steige mühsam die hohen Stufen der Schiffstreppen hinunter, schleppe den Koffer zu einem der letzten anstehenden Taxis. „Hotel King George, please." Jetzt weiß ich nicht einmal, ob er, wie verabredet, ein Zimmer für mich gebucht hat. Und die Hitze, der Smog – überhaupt ist das Klima in Athen kaum auszuhalten. Hat dieser Wagen denn keine Klimaanlage? Tut es dem Fahrer um das bisschen Sprit leid, das frische Kühle kosten würde? Die vorderen Fenster sind offen, es zieht grausig, die Abgase werden mir warm und stinkig ins Gesicht geblasen. Am liebsten würde ich gleich zum Flugplatz fahren, aber meine Flugkarte ist für morgen. Hoffentlich hat Iannis mir wenigstens ein Zimmer gebucht. Ich werde versuchen, den Luxus des King George nochmals zu genießen, mich selbst zu verwöhnen. Zum Trotz werde ich ganz für mich allein eine kleine Flasche Champagner bestellen und diese gemütlich in der Badewanne trinken. Ach, Badewanne, was für ein Luxus nach den kalten Duschen! Doch es gelingt mir nicht, mich zu trösten. Die Tränen fließen, sind nicht aufzuhalten, ein heißes Bächlein strömt meine Wangen hinunter in den Ausschnitt und mischt sich dort mit dem staubigen Schweiß. Das Kleenex ist schwarz von der Wimperntusche, so kann ich mich wirklich nicht an der Rezeption zeigen. Verwirrt wische ich das Geschmier ab, so gut es ohne Spiegel geht, und verstecke mich hinter der Sonnenbrille.

Vor Hitze, Smog und finsteren Gedanken fliehe ich die Tritte hinauf zum Eingang des King George, tauche ein in die Kühle der Hotelhalle. Das Muster der Marmorfliesen, der schillernde Kristallleuchter, alles erinnert hier an den ersten Abschied von Iannis, seine Umarmung, den langen Kuss, das Versprechen, uns zu schreiben, und wieder erzwingen sich Tränen freien Lauf. „Nein, nicht wieder weinen", ermahne ich mich und stelle mich an die Rezeption.

„Tanja Teuscher, ist für mich ein Zimmer bestellt worden?"

Der Empfangsherr sucht im Computer. „D oder T?", erkundigt er sich. Ich begreife nicht, was trödelt er herum? Doch dann fällt der Groschen:
„Tanja Teuscher, T und T." Meine Zuversicht schwindet mit jeder Sekunde, die der Livrierte am Computer herum tippt. Er greift nach hinten, nimmt den Schlüssel aus Fach 505, und legt ihn mit einem Kuvert auf den Tresen. Überrascht nehme ich beides an mich, bringe dabei kein Wort heraus und möchte gleichzeitig lachen und weinen. Dann verschwinde ich hastig im Aufzug. Es drängt mich, den Brief gleich aufzureißen, doch ich halte inne. Ist es ein Abschiedsbrief? Eine Ausrede? Wieso sollte ich überhaupt noch interessiert sein, nachdem er mich versetzt hat? Die Trauer wird zu Ärger und im Zimmer landet das Kuvert ungeöffnet auf dem Frisiertisch.

Ich bestelle den Champagner und lasse ein Schaumbad einlaufen. Den Brief nicht zu lesen ist zwar kein Trost, aber ein bisschen Genugtuung. Das Bad ist erfrischend, der kühle Champagner beruhigt mich, aber ich kann es nicht lassen, meine Gedanken kreisen wieder um Iannis. Was, wenn er doch noch aufkreuzen würde? Wenn alles ein Missverständnis wäre? Könnte ich Iannis immer noch so leidenschaftlich lieben wie vor ein paar Stunden, als die Fähre in Piräus angelegt hat? Da hätte ich ihn am liebsten angesprungen vor Lust. Aber man kann nicht zugleich gekränkt und voller Lust sein, und jetzt bin ich nun mal gekränkt.

Das Schrillen des Telefons weckt mich aus meinen Gedanken. Noch nass, voller Schaum und ganz leicht angesäuselt melde ich mich:
„Teuscher?" „Ich bin's, Iannis!"

Warum habe ich nur den Brief ungeöffnet hingeschmissen? Ich muss ihn lesen, bevor wir miteinander sprechen. „Warte, kannst du dich in fünf Minuten nochmal melden?" Hastig ergreife ich das Frottiertuch und den Brief, reiße ihn auf und lese:

Liebste Tanja,
bitte sei nicht böse, weil ich nicht am Pier sein konnte. Ich musste in Thessaloniki etwas abholen; es ist Teil der Überraschung, die ich Dir heute Abend bereiten will. Mehr verrate ich nicht, sonst ist es keine Überraschung mehr. Aber sei versichert, dass Du bald alles verstehen wirst. Ich hoffe, um sechs Uhr zurück zu sein und werde mich dann gleich melden.
In großer Liebe
Iannis

Meine Hand zittert, ich lege den Brief neben das Telefon. Also doch kein Abschiedsbrief. Ich atme tief ein und aus, um mich zu beruhigen. Er schreibt, ich würde verstehen. Ich will verstehen. Wie sehr will ich doch verstehen. Der Seifenschaum hat sich in nichts aufgelöst, die warme Brise vom Fenster her hat mich getrocknet. Ich suche nach dem sandfarbenen Trägerkleid und den roten Sandalen. Wie lange sind fünf Minuten? Heute eine Ewigkeit! Ich hebe beim ersten Klingeln ab.

„Komm rauf, ich hab' mich eben angezogen", schlage ich vor.

Und Iannis antwortet: „Ich fliege, bin gleich da!"

Erwartung, Liebe, Lust – erstaunlich, wie rasch meine Gefühle umgeschwenkt sind. Berauscht stürzen wir uns an der Tür in die Arme, dieser erste Kuss will kein Ende nehmen. Ein vorübergehender Gentleman räuspert sich spöttisch, am liebsten würde ich Iannis gleich ins Zimmer ziehen. Aber nein, das will ich auch wieder nicht, in unserer Leidenschaft würden wir unwillkürlich auf dem Bett landen. Ich umschiffe diese Klippe:

„Einen Moment, ich bin gleich fertig, hole nur schnell meine Handtasche."

In der Halle winkt Iannis dem Portier und dieser bringt einen Koffer aus dem Abstellraum. Als er die Hand mit dem Trinkgeld wieder öffnet, strahlt er:

„Guten Abend, viel Vergnügen …", und zieht sich zurück. Hand in Hand lachen wir uns an und verwundert schüttle ich den Kopf:

„Was ist denn in den gefahren?"

„Er scheint zu ahnen, weshalb ich heute so großzügig bin", schmunzelt Iannis. Als wir uns auf der Terrasse hinsetzen, ist der Raum zwischen uns elektrisch geladen, wir beide erwarten viel von den nächsten Stunden.

„Wo willst du denn mit diesem Koffer hin?" Nimmt Iannis an, dass wir beide in Zimmer 505 übernachten? Der Abend ist noch jung und möglicherweise werden wir beide tatsächlich in demselben Bett landen. Aber mein Herz steht still beim Gedanken, dass es ein vorgefasster Plan sein könnte. Ich will nicht für selbstverständlich genommen werden. Das ist ein Déjà-vu, es macht mir Angst. Himmel, nicht noch einmal! Die ganz einfache Frage „Hast du für dich auch ein Zimmer bestellt?" steckt in meiner Kehle, doch ich bringe die Worte nicht über die Lippen. Immer wenn mir etwas sehr wichtig ist, werde ich stumm. Zu oft bin ich als Kind zurechtgewiesen worden, wenn ich etwas Bedeutungsvolles sagen wollte.

„Den Kasten hier? Den muss ich einem Freund in der Plaka abliefern. Ich dachte, dass wir dort essen und dann noch ein bisschen tanzen könnten … wenn es dir Recht ist."

„Ich lasse mich gerne von dir führen. Es steht ja noch eine Überraschung an, ja?"

„Darauf kannst du dich verlassen! Macht es dir etwas aus, zu warten? Ich möchte mich rasch duschen und umziehen."

„Geh nur, ich warte."

Gott sei Dank, Iannis hat sein eigenes Zimmer. Der letzte Rest Ungewissheit schwindet, ich fühle mich wieder federleicht und lasse mich zurück in den Sessel sinken.

Auf dem Weg zur Plaka reiht sich ein Souvenirladen an den anderen und am liebsten würde ich eine ganze Menge Andenken kaufen. Die Pergamentlampe mit der stolzen, siegreichen Athene würde ich über der Kommode im Wohnzimmer aufhängen. Dann sehe ich mich die Vase mit dem Bild der Akropolis ins Schaufenster der Metzgerei stellen und darin Blumen vom Markt arrangieren, und wie würden sich die Mädchen über die Handtaschen mit dem kitschigen Sonnenuntergang freuen; alles möchte ich mit heim nehmen und jede Ecke unserer Wohnung mit Dingen schmücken, die mich an diesen glücklichen Abend erinnern werden – kleine Lichter für dunkle Zeiten.

Bei der Kathedrale zieht mich Iannis in das Dunkel des Kirchenschiffes. Der penetrante Geruch des Weihrauches schlägt uns entgegen und ich blinzle, um meine Augen langsam an das Dämmerlicht zu gewöhnen. Die vielen Marienikonen und eine überlebensgroße Statue der Mutter Gottes deuten darauf hin, dass die Kathedrale der heiligen Jungfrau geweiht ist. Demütig hält sie ihren Kopf geneigt, als Vorbild für alle Frauen: schweigen und ertragen. Ob sie wirklich nicht gekämpft hat in ihrem schwierigen Leben? Hat sie, wie ich, geschwiegen, anstatt sich zu wehren? Ich wage es zu bezweifeln, dass das so vorbildlich und richtig ist.

Mich fröstelt in der Kälte der Gewölbe, Iannis legt seinen Arm um meine Schultern und zieht mich an sich: „Lass uns Kerzen anzünden!" Feierlich stecken wir die brennenden Lichter in die Halterung der Messingständer und verharren in Gedanken, im Gebet, jedes mit seinem eigenen Sehnen. Was mache ich aus dieser neuen Liebe, diesem neuen Glück? Ich stehe in zwei Welten gleichzeitig, wie kann ich damit je klarkommen? Maria, Mutter Gottes, steh' mir bei. Langsam verlassen wir das Gotteshaus, enger verbunden und zuversichtlicher.

Iannis führt mich durch die Plaka, den ältesten Teil der Stadt, am Fuße der Akropolis. Neben den Souvenirläden reihen sich Restaurants, hie und da ein altes Hotel. An einem belebten Platz beobachten alte Bäume, wie Liebende unter ihren Ästen flanieren, Autos ihre Abgase unter ihre Blätter wehen, Marktfahrer feilschen – gutmütig spenden sie allen ihren Schatten.

Am Ende einer schmalen Gasse erklimmen wir eine kurze Treppe hinauf zum schmiedeeisernen Tor eines Innenhofes. „Taverna Agora" steht daran, neugierig trete ich hindurch und bleibe überrascht stehen. Wie eine Kulisse aus einem früheren Jahrhundert breitet sich die Szene vor mir aus: Stufen eines Miniatur-Amphitheaters führen über sechs halbkreisförmig angelegte Tritte hinunter zu einem kleinen Platz, der sich wie eine Bühne präsentiert. Links steht eine majestätische Platane, darunter ein kleines Podium. In der Mitte plätschert ein runder Brunnen, ein Kellner hastet dahinter durch die Doppeltür in die Taverne. Rechts sitzen etliche Gäste beim Essen im Garten und wie eine Kulisse umschließen farbige Häuser die Szene. Im obersten Stock, als sei dem Regisseur ein besonderer Trick gelungen, spiegelt sich die untergehende Sonne in einem offenen Fensterflügel und wirft den reinsten Flammenzauber. Der Anblick würde einer kitschigen Postkarte alle Ehre machen.

Und nun gießt oben ein Mädchen in buntem Hauskleid ihre Geranien, als sei sie ein gestellter Teil des Schauspiels, während sich auf einem engen Balkon darunter ein Mann mit einem Bier auf seiner Liege lümmelt. Gleich werden die Schalen unter den Blumentöpfen voll sein, überlaufen, ein kleines Rinnsal wird sich den Weg über die Fliesen bahnen, einen Riss oder Spalt finden und – tropf… tropf – auf seinem entblößten Bauch landen. Das wäre der Beginn der ersten Arie. Aber nein, nichts dergleichen. Die Szene ist Teil eines ganz gewöhnlichen Abends auf einem gewöhnlichen Hinterhof, wo sich auf der Terrasse über den Gästen der Taverne farbenfrohe Wäsche im Abendwind bauscht. An einem gewöhnlichen Abend würde ich jetzt die gewöhnlichen Treppen zu einem gewöhnlichen Hinterhof hinuntersteigen, aber heute und hier ist für mich nichts gewöhnlich. Wir haben uns wieder gefunden, geküsst, haben Kerzen angezündet. Ich gebe der Szenerie meine eigene Prägung und sehe in allem Vollkommenheit und Schönheit, erwarte Wunder. Als hätte ich meine eigene Rolle in diesem Theater, lasse ich mich von Iannis an einen reservierten Tisch führen. Er winkt dem herbeieilenden Kellner zu und wir bestellen Tsatsiki und Brot, Spanakopitas und Retsina. Vor dem Podium wirbt ein Plakat für das Konzert des heutigen Abends: Ganz neue „Volks Mussikí" mit der Band Marmeláda, Solist Ian mit der goldenen Trompete. Die Instrumente sind bereits auf dem kleinen Podium aufgestellt. Iannis lädt mich ein zum Essen und Tanzen – zu griechischer Musik? Wie die Griechinnen auf der Insel die tanzenden Männer anfeuern? Das kann ich doch nicht! Ich verkneife mir ein Lachen, während Iannis den mitgebrachten Koffer hinter das Schlagzeug stellt.

Eben hat der Kellner den Wein, Brot und Tsatsiki auf den Tisch gestellt und ist jetzt außer Hörweite, ein guter Moment, um Iannis zu erzählen, was Regina und ich ausgeheckt haben.

„Iannis, ich habe einen Plan", berichte ich und tunke das frische, flaumige Weißbrot in den Tsatsiki.

„Plan?" Iannis hält inne und runzelt die Stirn. „Was für einen Plan?"

Warum bin ich plötzlich so aufgeregt? Nicht mehr überzeugt, dass Iannis von meinem Vorhaben beeindruckt sein wird? Was hält mich zurück? Ich fasse Mut und fahre fort: „Regina und ich haben uns lange über Pesches Alkoholismus unterhalten und Folgendes ausgebrütet: Er muss mit der Sauferei aufhören! Ich werde ihn so lange unter Druck setzen, bis er Angst hat. Die Angst siegt immer, das weiß ich aus eigener Erfahrung." Am Nebentisch lacht ein junges Paar laut auf und im ersten Moment habe ich das Gefühl, sie hätten uns belauscht, und fühle mich wie als Kind, wenn ich für meine Ideen ausgelacht wurde. Was für ein Unfug, natürlich hat nur Iannis hingehört, er sucht mit ernsthaftem Ausdruck meinen Blick.

„Wie stellst du dir das vor?" Er ist aufrichtig interessiert, es fällt mir bereits leichter, fortzufahren.

„Ich drohe Pesche. Mache ihm klar, dass ich ihn verlassen werde, wenn er mit dem Trinken nicht aufhört. Dass ich gehe, mitsamt den Mädchen ... jage ihm den Schrecken seines Lebens ein ... suche eine Wohnung und Arbeit."

Iannis sieht nicht überzeugt aus, hebt aber sein Glas: „Prost! Auf den Plan!"

„Prost!" Der harzige Duft des Retsina öffnet meine Sinne, die Gläser klingen, und ein Musiker, der auf seinem Notenständer lose Blätter ordnet, blickt zu uns herüber und toastet mit einem imaginären Glas:

„Iassas!"

„Iassu Apostolos", ruft Iannis und fragend schaue ich zur Band.

„Kennst du ihn?"

„Ja, ich werde ihn dir nach dem Konzert vorstellen. Aber sag mal, wie bist du bei Regina vom ängstlichen Mädchen zur starken Frau gewachsen? Was hat dich so schnell überzeugt, dass du nur dich selbst ändern kannst?"

„Geändert? Stimmt, ich habe endlich einen Plan gefasst. Aber nicht ich, Pesche muss sich ändern. Er wird so viel Angst bekommen, dass er sich ändert. Ich tue nur so, als sei es mir ernst und bluffe, aber so gut, dass es glaubhaft wirkt." Zärtlich streichelt Iannis meine Hand und fragt leise:

„Erpressung?"

„Genau."

„Tanja, Liebes, das geht gewöhnlich in die Hose", erwidert er, hält meine Hand mit beiden Händen fest und fährt fort: „Aber ich will dir den Mut nicht nehmen. Du sagst, die Angst siegt immer. Es gibt einen Ausweg aus der Angst, nämlich die Sucht. Dann siegt meistens die Sucht."
Will er mir meine Idee madig machen? Lächerlich, das darf nicht sein.

„Nicht in mein Feuer pinkeln! Nun hab ich etwas ausgebrütet, das lasse ich mir nicht einfach so ausreden."

„Ich hab's ja auch nicht so gemeint, nur ..."

Der Kellner stellt ein Tablett voller Speisen auf den Beistelltisch: „Cali orexi, cali orexi", wünscht er mit stolzer Miene. Wie wunderbar, der Duft weckt meinen Heißhunger. Die eingelegten Tomaten, überbackene Auberginen, Rosmarinzweige, Dolmades, Reis in Weinblätter gewickelt, gewürzt mit Minze, Salbei und Dill.

„Was für eine Augenweide! Iannis, haben wir das alles bestellt?" Er schmunzelt:

„Das ist Griechenland, Tanjala, wir feiern die Mahlzeiten, da genügt Tellerservice oder Fast Food nicht."

„Richtig, das Essen feiern, ist das aber köstlich!"

Iannis streift mein Bein – ist er nicht auch zum Auffressen lecker? Auch in dieser Hinsicht verspüre ich Heißhunger. Er lacht mich an, er fühlt das erotische Knistern ebenfalls, seine Augen verraten ihn. Sorgfältig beginnt er, ein Stück gegrillten Feta mit roter Paprikaschote und schwarzer Olive zu beladen und steckt den farbigen Turm in meinen Mund. Während wir das Hauptgericht verspeisen, sind wir in unserem Schmause- und Schmusekokon gefangen, in dem nur wir zwei existieren. Jetzt räumt der Kellner die Teller und Essensreste ab und putzt den Tisch, die Stimmen um uns herum scheinen wieder lauter zu werden und wir werden auch der Wirklichkeit außerhalb unserer Liebe gewahr.

In der Zwischenzeit herrscht reger Betrieb, alle Tische sind besetzt. Meine Gedanken gehen zurück zum Gespräch, meinem Plan, den Iannis bezweifelt hat.

„Was meintest du, Iannis? Dass ich mit dem Vorhaben keine Chance habe? Dass es für Pesche schon kein Zurück mehr gibt? Du willst mir mein Vorhaben hoffentlich nicht einfach so ausreden …"

„Ach, nun schmoll nicht, es gibt immer einen Weg zurück, aber nur mit Einsicht, nicht mit Erpressung. Auf Alkohol zu verzichten verlangt vom Süchtigen beinahe übermenschliche Stärke. Gerade daran fehlt es den Abhängigen normalerweise. Wenn du auf Entzug beharrst, könnte eine Klinik helfen. Er braucht Unterstützung, körperliche Abhängigkeit zu überwinden ist qualvoll.

„Eine Klinik? Dahin würden ihn keine sieben Pferde bringen, das können wir gleich vergessen!"

Der Kellner ist zurück und strahlt uns an: „Oreo, oreo, schön, schön", meint er und stellt eine Vase mit violetten Bougainvilleas und gelbem Mohn vor mich hin. Freut auch er sich an unserer offensichtlichen Verliebtheit?

„Dessert? Baklava?"

Schelmisch werfe ich ein: „Muss ich noch süßer werden?"

Und Iannis wehrt ab: „Nicht zum Aushalten, ja nicht!"

„Also Baklava, vom Chef selbst gebacken, und ein Glas Sherry?" Wir nicken.

„Weißt du, Iannis, bisher hab ich Pesche ja nur so ein bisschen gedroht und selbst nicht an Erfolg geglaubt. Das ist jetzt anders. Bisher hat meine Angst gewonnen, nun soll Pesches Angst gewinnen. Wenn er dann nicht mehr trinkt und wieder arbeitet, brauchen wir keinen Gesellen, können sparen und auf dem Berg ein Wochenendhäuschen kaufen. Weit weg von den alkoholisierten Freunden, Oma Martha, der Altstadt."

„Du hast Recht, an den Erfolg glauben ist enorm wichtig, das möchte ich dir auch nicht ausreden. Man muss nur richtig bestellen ... aus dem Bauch heraus ... deine eigenen Worte! Dazu gehört, dass du nicht nur bluffst, sondern auch bereit wärst, zu gehen. Hattest du nicht Träume vom Galopp am Sandstrand? Von der Arbeit mit Pferden? Von der großen Liebe? Eigene Träume?"

„Als ich jung war, ja, aber das ist vorbei; es wäre zu egoistisch und unbescheiden, so bin ich auch wieder nicht."

„Mein Gott, du bist doch nicht von Gestern! Wo ist dein Selbstvertrauen? Warum verkaufst du dich so billig? Eine Frau wie du! Du erfüllst deine Aufgabe im Geschäft, erziehst deine Mädchen, du bist intelligent, hast ein gutes Herz, und ... ja eben, bist auch so richtig zum Verlieben! Es ist in deinem Kopf, Tanja. Du musst sofort richtig bestellen, richtig fragen, zum Beispiel: ‚Was kann ich tun, um meine Träume zu erfüllen?' und nicht ‚Wie kann ich Pesche ändern?'."

„Ja, sicher", gebe ich ungern zu, „ich werde nochmals nachdenken."

An der Bar hinter dem Podium drängt sich eine Familie. „Papus, Glace und Coca-Cola, bitte", drängeln die Kinder, doch Mama schüttelt den Kopf und bestellt Limonade und in Blätterteig gebackenen Käse, der „Tiropitas" genannt wird, und trägt alles mit den quengelnden Kindern zu den Stufen, während Papa mit einer Flasche Wein und zwei Gläsern hinterher stolziert. Die Stufen des Amphitheaters füllen sich langsam mit Einheimischen und einigen Touristen. Es scheint mir, dass nicht nur ein bisschen tanzen, sondern ein richtiges Konzert angesagt ist und schaue den Musikern zu, die sich langsam auf der kleinen Bühne einrichten. Der Schlagzeuger schleppt sein Equipment in die Taverne, während der Klarinettist dem Gitarristen hilft, sein Instrument zu stimmen. Wo Iannis nur bleibt? Er hat sich kurz entschuldigt, aber das ist bald zehn Minuten her. Der Gitarrist sitzt verträumt da und übt einige Akkorde, aus dem ersten Stock hört man das Einspielen einer Trompete. Ich summe die Melodie von Nanas Lied mit, auch ohne Worte sendet die Musik die Botschaft von Liebe, Friede und Hoffnung aus. Aus der Dämmerung ist Dunkelheit geworden, nun blitzen die Scheinwerfer, versteckt in der Platane, hüllen die Musiker in farbiges Licht. Ihre weißen Hemden scheinen plötzlich rot, grün, gelb und blau, wenn sie sich bewegen, ändern sich auch die Farben. Ein bisschen viel Produktion für eine kleine Taverne. Der Posaunist, wohl der Bandleader, schaut in die Runde und beginnt zu zählen. Es wird still in den Reihen der Zuhörer, die Musiker sehen ihn aufmerksam an, er holt Luft, nickt, das Konzert beginnt. Wo Iannis nur bleibt?

Da erscheint er, doch er sieht mich nicht an, sondern lächelt dem posaunenden Bandleader zu und geht Richtung Podium. Das Publikum klatscht und er gesellt sich zur Band, sein Hemd strahlt gelb im Scheinwerferlicht. In seiner linken Hand funkelt eine goldene Trompete. Ist das die Überraschung? Er schaut vor sich hin, sammelt sich zum

Einsatz. Dann hebt er die Trompete, steht da wie Zeus, wenn er seinen Blitz vom Himmel sendet, und schmettert eine aufreizende Passage mit Läufen und Sprüngen in das Theater. Auf Antiparos haben die Dudelsackpfeifer diesen Teil geblasen, es muss eine alte griechische Melodie im neuen Kleide sein; mir gefällt diese Trompetenversion besser. Auch in den Reihen ist man begeistert, hingerissen erhebt sich ein Grieche mit Vollbart und klatscht wild drauf los, seine Gefährtin steht auf, andere Begeisterte folgen, bis schließlich das ganze Publikum steht und klatscht.

Es folgen die ersten Takte aus dem Lied „Mama Mia", die Leute setzen sich wieder hin und singen mit: „… If I had a little money, it's a rich man's world …". Das Musical der vier Schweden spielt auf einer griechischen Insel, ihre Musik hat auch hier eingeschlagen.

Der Gitarrist wechselt sein Instrument, stimmt eine Bouzouki, die Lichter werden gedämpft und leise, wie die kurzen plätschernden Wellen auf einem Sandstrand am frühen Morgen, beginnt er solo die ersten Takte der nächsten Melodie: eine Folge aus dem Film „Zorbas". Die Zuhörer wiegen sich im Takt dazu auf den Stufen. Band und Publikum vereinen sich in ihrer Volksmusik.

Nun tritt Iannis wieder vor ins gelbe Licht und beginnt mit sehnsüchtigen Takten … Halt, ich kenne die Melodie, ein Tango … „Oh, these dark eyes" – der Tango, den wir in der Tudor Hall getanzt haben. Iannis sieht mir über die Tische hinweg direkt in die Augen. Wir verschmelzen, mir wird heiß. Bei der Wiederholung übernimmt die Posaune die Melodie und Iannis schließt die Augen und jubelt eine rasche Tonfolge über das traurige Lied, als wolle er sagen: „Da ist Sonne über den Wolken." Der Posaunist nickt ihm zu und die Musik verwandelt sich in Jazz, während weißes Licht auf die schwarz-weiß gekleideten Musiker fällt. Wechselnd antworten Klarinette, Posaune, Saxophon und Trompete einander, sie improvisieren wie die Afro-Amerikaner in New Orleans. Die Harmonien ändern sich, die Trompete zieht den Rhythmus der Posaune vorwärts, bis aus dem traurigen Lied ein Dixie-Jubilee wird. Solche Übergänge habe ich noch nie gehört, überraschend haben sie meine Sinne gelenkt, von traurig zu fröhlich, immer weiter. Der Beifall rauscht, Iannis kommt herunter, küsst mich und fragt: „Hat's geklappt?"

„Die Überraschung? Perfekt!"

Die Musiker kommen an den Tisch und stellen sich vor. „Na, ist sie das?", sagt Anarchiros, der Posaunist. „Wissen Sie, Madame, er war letzte Woche wegen Ihnen ganz schön aus dem Häuschen!" Auf Iannis' Stirn tritt die Genier-Ader hervor, doch dann merkt er, dass er auf den Arm genommen wurde und lacht verlegen:

„Ich durfte letzte Woche für den Trompeter einspringen und sogar seine Trompete spielen, seither waren Apostolos und ich kaum voneinander und von unseren Instrumenten zu trennen."

„Ja, wir sind ein eigenartig gutes Team", fällt Apostolos ihm ins Wort. "Wir haben griechische Weisen und Schlager gespielt und uns im Dialog des Dixieland geübt, haben alles drunter und drüber gemischt und eine Musik zusammengewürfelt, von der man meinen könnte, die Puzzleteile würden gar nicht passen. Und doch begeistern wir mit unserem neuen Groove. Iamas!"

„Tolle Musik!" Der bärtige Grieche kommt zum Tisch und schüttelt Iannis überschwänglich die Hand, seine Frau steht hinter ihm und nickt mir begeistert zu. „Ich bin Ivo, lassen Sie mich wissen, wo Sie auftreten, ich möchte mehr hören."

„Ein Fanclub?" lacht Apostolos, aber Ivo bleibt ernst: „Ja, so ungefähr." Er drückt Iannis seine Visitenkarte in die Hand. „Bis zum nächsten Auftritt, ich werde da sein, gute Nacht."

„Der komische Vogel ist mir schon während des Konzerts aufgefallen", meint Panajotis. Er nimmt die Visitenkarte an sich und hält sie unter das Licht, seine Augen werden groß: „Produzent, der Kerl ist ein Produzent!" Einen Moment sagt niemand ein Wort, dann reden alle miteinander – leider griechisch.

Wir prosten uns zu, Bono wendet sich an Iannis: „Aber du, sag mal, du bist doch in Kalifornien aufgewachsen, wie hast du denn unsere Musik schätzen gelernt?"

Iannis fährt sich durch das schwarze Kraushaar. „Zu meiner Schande muss ich gestehen, dass ich eure Musik bis jetzt gar nicht sehr geschätzt habe. Seit unserer Flucht 1968 war meine Mutter ganz verrückt nach den Liedern von Mikis Theodorakis. Sie spielte seine Rufe nach Freiheit, Friede und Kultur immer wieder auf dem Plattenspieler, sang sie beim Abwasch, und ich sollte mithalten. Aber mir war alles Griechische ein Gräuel, vom Freiheitskampf verstand ich schon gar nichts. Ich wollte so sein wie meine Kameraden und die hörten Pop und Jazz, was wiederum mein Vater nicht leiden konnte. Also übte ich prinzipiell nur, wenn ich allein zu Hause war. Jetzt, mit den Profis, nimmt die heimische Musik für mich eine ganz neue Gestalt an."

„Deine Eltern wären ganz schön stolz, wenn sie dich heute hätten hören können", meint Apostolos, „noch dazu mit der goldenen Trompete. Weißt du, Tanja, was er da für ein Glück hatte?"

Ich blicke fragend zu Iannis, der heftig nickt: „Ja, ich habe mich letzte Woche über eine geliehene Trompete geärgert, das alte Blech klang wirklich furchtbar. Aus einer guten Trompete kann man viel mehr herausholen ... Hast ja gehört."

Panajotis unterbricht: „Ich habe einen Freund in Thessaloniki, der altersbedingt nicht mehr spielen kann und sein Instrument in guten Händen wissen will. Ich habe die beiden bekannt gemacht, Iannis hat ihm vorgespielt, der Rest ist Geschichte."

Apostolos seufzt: „Tanja, du hättest sehen sollen, wie frustriert Iannis war, weil er wegen der Trompete nicht rechtzeitig auf dem Pier sein konnte – Prost auf die Frau mit so viel Verständnis!" Wieder wird angestoßen, auf die Musik, die Trompete, uns alle – die neuen Freunde scheinen auch Profis im Feiern zu sein.

Iannis und ich sehnen uns nach Zweisamkeit und bleiben nur so lange, wie wir anstandshalber müssen, dann verschwinden wir in Richtung Sintagma Platz.

Bei der Kathedrale blicken wir uns gleichzeitig an und nicken. Das Tor ist zu, aber nicht abgeschlossen; Iannis öffnet es zuerst nur einen Spalt breit und stößt es schließlich so weit auf, dass wir durchschlüpfen können. Allein stehen wir im mächtigen Kirchenschiff, es ist bis auf zwei brennende Kerzen dunkel. Unsere Augen gewöhnen sich an das Dämmerlicht, wir tasten uns entlang den kalten Säulen vor.

„Wollen wir noch mal Kerzen anzünden?" fragt Iannis. Natürlich will ich Lebenslichter anzünden, Licht in

Dunkelheit bringen, das Symbol der Liebe und Hoffnung leuchten lassen.

Wir zünden zwei neue Kerzen an, es wird bereits heller. Als hätten wir es verabredet, greifen wir nach noch mehr Kerzen.

„Wie viele Drachmen haben wir?" Es ist immer noch zu dunkel, um die Münzen zu zählen, also lassen wir unser ganzes Kleingeld in den dafür vorgesehenen Messingbehälter fallen. Das gedämpfte Echo der fallenden Münzen ertönt von den Mauern wie ein Dank. Wir zünden hastig und lachend die Dochte an, übermütig klaubt Iannis nun Papiergeld hervor und spendet es für mehr und mehr Lichter. Schließlich zünden wir sie alle an, bis die Ständer voll sind, dann stecken wir den Rest lachend in den Sand. Ich drehe mich um.

„Iannis, schau."

Die Kirche ist im sanften Schein zum Leben erwacht, Schatten tanzen auf den Mauern, Säulen und Bänken. Nun können wir auch die vielen Ikonen erkennen, das Kerzenlicht lässt die Heiligenscheine golden aufleuchten. Wir haben eine eigene Welt zum Leben erweckt und ich ziehe Iannis in Richtung Altar.

„Komm ins Heiligtum."

Wir wählen einen Chorstuhl, der breit genug für einen gut genährten Geistlichen ist. Auch breit genug für ein verliebtes Paar.

„Iannis, dein Spiel war phantastisch; und du fragst dich noch, ob du Berufsmusiker werden willst?"

„Es war auch die Trompete. Dass ich dieses Instrument kaufen durfte, war ein einmaliger Glücksfall, darum kannst du mir hoffentlich vergeben, dass ich nicht am Pier war, ja?"

„Längst vergessen, mein Musikus!"

Wir kuscheln auf dem harten Sitz, halten uns warm in der Kühle der Mauern, und unser Kerzenübermut weicht sanfter Heiterkeit.

„Verrückt, oder? Griechische Musik wie Dixieland zu spielen", sinniert Iannis. „Apostolos und ich haben da ein komisches Gefüge zusammengebastelt."

„Nicht komisch, daraus ist wirklich was sehr Gutes geworden – nicht nur gut genug für heute Abend, bald seid ihr bereit für große Konzerte. Als du die Augen zugemacht und diesen Jubel geblasen hast, dachte ich, du trompetest vom Himmel. Deinem Himmel!"

„Hast Recht, letzte Woche ist mit mir etwas passiert, das ich nicht für möglich gehalten habe. Als ich hier zum ersten Mal auf der Bühne stand, war ich glücklich wie noch nie. Zu Hause, mit der Jazzmusik, hatte ich Lampenfieber. Es hat sich immer angefühlt wie in der zweiten Klasse, als ich als Neuankömmling in San Rafael zur Schule gegangen bin und eine vollkommene Niete war. Ich stand vor der Klasse, wurde ausgelacht, hatte Angst, musste mich schämen. Ich glaube, dass ich vor jedem Auftritt Angst hatte, wieder so blamiert zu werden. Hier, mit der Musik meiner Kindheit und meines Elternhauses, kann ich so richtig loslassen."

„Man kann ja nie Angst und Freude gleichzeitig empfinden, und heute hast du dich offensichtlich freudig der Musik hingegeben. Komm, spiel für mich, die Trompete muss wahnsinnig schön klingen hier in der dunklen Kirche."

„Nicht doch, nicht um Mitternacht, aber ich kenne noch eine andere Musik … Küssen wird man sich wohl dürfen." Iannis zieht mich auf.

„Du meinst, weil dies das Haus der Liebe ist …?"

Es ist nicht nur ein Kuss, wir umarmen uns, sein Herzschlag trommelt an meiner Wange und ich atme seinen heißen Geruch. Langsam wiegen sich unsere Körper in ihrem eigenen Takt. „Gehen wir", seufzt Iannis, „sonst garantiert Romulus für nichts."

„Romulus?"

Verschmitzt schaut Iannis an sich hinunter und ich kapiere:

„Ach, Romulus. Offensichtlich." Wie gut, dass man feuchte Schenkel nicht sehen kann. Hand in Hand lassen wir die Kathedrale hinter uns und drängen dem Hotel entgegen, keine Frage, wohin es uns zieht. Im Aufzug drückt Iannis mit dem Finger auf die fünf und sieht mich fragend an.

„Es geht nicht anders, der Zug ist schon abgefahren", seufze ich in seinen Armen, während er fünf Stockwerke lang ungeduldig summt. Warum passt denn der Schlüssel nicht? Ich bin aufgeregt. Kein Wunder, Iannis fummelt an meinem Reißverschluss, und als das Schloss endlich nachgibt, platzen wir ins Zimmer und lassen uns kaum Zeit, uns auszuziehen.

Als ich mitten in der Nacht erwache, weiß ich nicht: Was war Traum und was ist Wirklichkeit? Iannis' Wärme an meinem Rücken bringt mir den gestrigen Abend wieder ins Bewusstsein. Den aufregenden Kuss in der Kirche, das ungeduldige Verlangen auf dem Heimweg, die Liebkosungen. Ich fühle wieder die sanfte Zärtlichkeit seiner Hände auf meinem Gesicht, seine Berührung, die unendlich vielen Küsse, das Verweilen, die Gier, bis es kein Halten mehr gab, bis mich die Welle mitgerissen hat. Endlich, endlich. Romulus, am liebsten würde ich mich umdrehen und dich wecken, aber Iannis' regelmäßige Atemzüge halten mich zurück. Zärtlich haben wir uns geliebt. Die Liebkosungen haben alles eröffnet, mich selbst geöffnet. Warum kannte ich das nicht? Nun bin ich dreißig Jahre alt und habe noch nie so einen Höhenflug erlebt. Bis gestern Nacht. Zu Hause? Dreiminutensex. Kaum angefangen, fertig; Pesche im Tiefschlaf. Oder noch schlimmer, Sex am Morgen. Dann zündet er sofort eine stinkige Zigarette an, bevor meine Lust auch nur angefacht ist. Ich war aber auch naiv. Iannis hat mich auf den Gipfel der Lust gebracht und mein Körper hat mit dem längsten Orgasmus aller Zeiten geantwortet. Zusammen sind wir runter gesaust in die heiße Ruhe, in die Umarmung, in den Schlaf.

Auf der anderen Seite des Sintagma Platzes wechselt die riesige Nescafé-Leuchtreklame zu Coca Cola Werbung, ihr Licht erhellt flimmernd die Straße und schleicht sich herauf auf unseren Balkon, wechselt von grün zu orange, orange zu grün, immer wieder, weckt mich aus meiner Träumerei. Es sind noch acht Stunden bis zu meinem Abflug, am liebsten würde ich keine einzige verschlafen.

Ich habe noch lange in das wechselnde Licht gestarrt, doch irgendwann muss ich wieder eingeschlafen sein. Als Iannis mich zärtlich geweckt hat, war die Euphorie dem Abschiedsschmerz gewichen, unsere Liebe in diesen frühen Morgenstunden war sanft und langsam. Wir berührten uns, um uns zu erinnern. Beim Frühstück habe ich mit den Tränen gekämpft, betretenes Schweigen, und nun sitzen wir im Taxi zum Flugplatz und keine Worte scheinen zu passen.

„Ich ärgere mich, dass ich meinen Laptop zu Hause gelassen habe", bemerkt Iannis. „Bei der Arbeit sitze ich den ganzen Tag am Computer, in den Ferien wollte ich meine Ruhe."

„Aber du schreibst mir doch, sobald du zu Hause bist?"

„Verlass dich drauf, aber du darfst mich auch nicht vergessen, Tanjala, und bitte, sofort antworten!"

„Natürlich, wo denkst du hin! Du willst mich ja begleiten auf meinem Weg zur Selbsterkenntnis, oder?"

Das Menschengewühl in der Flughalle ist dicht. Wir stehen eng umschlungen, eine Insel. Ich schmiege mein Gesicht an Iannis' Hals, sein Puls schlägt die Sekunden, die uns noch verbleiben, er vergräbt sein Gesicht in meinen Haaren, flüstert: „Bleib bei mir."

„Iannis, ich will doch! Aber die Kinder, ich bin nun mal nicht allein auf der Welt. Mein Leben gehört nicht nur mir …" Ich blicke auf die Abflugtafel, wische mir die Augen, vergeblich. Tränen verschleiern meinen Blick. Hab ich denn völlig den Kopf verloren? Herz und Kopf?

„Nicht doch, Sweetheart, nicht weinen!" Iannis küsst die Tränen von meinem Gesicht und drückt mich fest an sich. Ich fühle, dass auch er den Tränen nahe ist, doch er reißt sich zusammen, ist stark, ein Mann eben; ein Mann, der wohl glaubt, dass er zerschmelzen und dann als Pfütze auf dem schmutzigen Boden zerlaufen würde, falls er sich gehen lässt.

„Den Kopf verloren, Liebste, und ein Herz gefunden. Auch das Herz findet Lösungen, sogar die besten. Versprich mir, nicht zu verzweifeln. Du brauchst nur zu rufen und ich werde kommen. Versprochen."

Ich schließe die Augen und klammere mich an ihn. Das Kribbeln im Bauch wird stärker, ich atme seinen

Geruch, um ihn mir tief ins Gedächtnis zu prägen. Nur nicht loslassen jetzt, noch nicht! Und doch wandern mir die Gedanken voraus.

„Du meine Güte, ich habe vergessen, zu Hause Bescheid zu geben, wann ich heimkomme", denke ich laut und versuche ein Lächeln: „Ich bin aber auch ein vergessliches, verliebtes Huhn! Na ja, die letzte Nacht ist wohl Grund genug, die Welt zu vergessen." Aber dadurch will ich mir die letzten Minuten Liebe nicht verderben lassen. „Liebling, halt mich fest, nur noch einmal ... Ja, genau so."

„Passengers with Swissair 572 to Zürich boarding gate two."

Unbarmherzig dröhnt die kalte Stimme aus dem Lautsprecher. Ich möchte schreien: „Ein paar Minuten noch, sehen Sie denn nicht? Nur noch ein paar Minuten!"

„Dein Flug, Sweetheart, vergiss nicht zu schreiben! Eines Tages wirst du mir sagen, dass du bereit bist für eine gemeinsame Zukunft."

„Ich weiß nicht, ich würde ja so gern, du ahnst nicht, wie sehr. Aber die Kinder, das Geschäft, Pesche bringt mich eher um, als dass er sich scheiden lässt."

Ein letzter Kuss, ein letztes Mal drücke ich mein Gesicht an seinen Hals, noch einmal spüre ich die warme vertraute Haut, rieche Iannis an meinem Haar, atme ich seinen Duft ein, als könnte ich ihn auf diese Weise in mir aufsaugen und mitnehmen.

„Vamos, vamos!", ruft der Zollbeamte der Passkontrolle. Ich bin an der Reihe. Der Zöllner beachtet uns kaum. Solche Abschiedsszenen gehören zu seinem täglich Brot und sie langweilen ihn. Er hat sie wohl nie erlebt, diese

Leidenschaft, und ist froh darüber. Rasch drückt er den Stempel in meinen Ausweis und schon bin ich jenseits der Grenze – allein. Ich schaue zurück und werfe Iannis eine Kusshand zu. Er steht verlassen und mit hängenden Armen in der Flughalle, wischt doch eine Träne weg, hebt die Hand und winkt. Ich winke nochmals und gehe zwei Schritte rückwärts, um ihn nicht aus den Augen zu verlieren.

„Können Sie nicht aufpassen?!" herrscht mich ein vorbeieilender Passagier an. Erschreckt drehe ich mich um.

„Entschuldigung."

Die unpersönliche Grobheit trifft mich wie eine Ohrfeige, ich zittere. Geistesabwesend setze ich einen Fuß vor den andern, hin zum Gate, und werde Teil der Menge, der unzähligen Stimmen, der hastenden Menschen und der abgestandenen Luft in der Abflughalle. Ich möchte umkehren, möchte zurück. Stattdessen schwimme ich im Strom der Touristen von ihm weg. Immer weiter, mit den Urlaubern auf dem Heimweg. Sie protzen mit gebräunten Gliedern, hier und da zeigt sich eine behaarte Männerbrust im knappen Muskelshirt – hässlich! Im Duty Free ist ein Gewimmel, als wäre alles gratis, und ich stehe ewig lange in der Schlange, um einen Schal für Oma zu bezahlen.

Vor mir langweilt sich ein kleines Mädchen, und als sich unsere Augen treffen, fragt sie schüchtern: „Gehst du auch heim zu Mutti?"

„Nein", erwidere ich, „zu meinen Mädchen Regina und Baba." Sie will noch etwas sagen, und ich möchte hinzufügen: „Und dann werde ich sie nie mehr allein lassen." Doch da zieht ihr Vater sie unwirsch weg und sie beginnt zu weinen. Ich würde meine Kinder nie allein mit Pesche in die Ferien schicken. Niemals! Ich schließe meine Augen und lasse die letzte Nacht Revue passieren. „Ich pfeife auf alles und bleibe hier", fährt es mir durch den Kopf. Habe ich denn kein Recht, glücklich zu sein? Endlich stellt sich eine Stewardess hinter den Stand, hantiert am Computer und hält dann das Mikrofon vor den Mund: „Fluggäste nach Zürich, bitte halten sie ihren Boarding Pass bereit, Boarding in fünf Minuten." Die Tür wird geöffnet, ein Rentner in kurzer Hose drängt sich vor mir in die Reihe und ein heißer Luftschwall saugt uns in die bereitstehende Röhre zum Flugzeug. Es wird mich zurück in die Wirklichkeit meiner lieblosen Ehe bringen, zu dem ewig angetrunkenen Pesche und den Kindern, die meinen Schutz brauchen, zu meinem ganzen abhängigen Elend.

7

Von Zürich bis Biel halte ich meine Augen geschlossen, um ungestört über mein Liebesabenteuer zu grübeln: Erstaunlich, ich bin fremdgegangen. Vorher habe ich nie an so etwas gedacht. Die Vorstellung, dass ich selbst so weit gehen könnte, hätte mich höchstens angeekelt. Hie und da ein kleiner Flirt, ein süßes Lächeln erwidern oder einen Tanz ein bisschen intimer zu genießen als üblich, weiter bin ich nie gegangen, habe mir nur gerade so viel erlaubt, dass kein schlechtes Gewissen aufkommen musste. Ich habe mir nie auch nur den Traum oder die Sehnsucht nach mehr gestattet. Na ja, das stimmt nicht so ganz. Da war das kleine Intermezzo an der Altstadtchilbi, als Andreas schützend seinen Arm um mich legte, weil der betrunkene Meusi mich angepöbelt hatte. Andreas Hübscher, unser Familienarzt. Ich ahnte damals, dass er, als Jugendfreund von Pesche, unser Alkoholelend durchschaut hat.

Und nun bin ich eine von denen. Regelrecht verachtet habe ich sie, die Fremdgeher, ob männlich oder weiblich. Und nun diese Affäre. Bin ich nun schuldig, die schönsten Stunden meines Lebens erlebt zu haben? Der Abschied schmerzt, am liebsten wäre ich bei Iannis geblieben oder sogar mit ihm nach Amerika geflogen, um mein wahres Leben zu beginnen, so, wie es hätte sein sollen. Am Meer – geliebt und frei.

Jemand ruft: „Bitte vorwärts, nicht stehen bleiben!" Noch ganz benommen steige ich in Biel aus und bleibe auf dem Bahnsteig stehen, erwache langsam aus meinem Abschiedsschmerz und der Träumerei über die vergangenen Tage.

Zielstrebig drängen die Reisenden links und rechts vorbei und ich schaue mich um. Habe ich erwartet, dass man mich am Bahnhof abholt? Normalerweise stürmen mir die Mädchen bei der Ankunft in die Arme. Aber meine Gedanken sind die letzten zwei Tage nur um Iannis gekreist – Grund genug, so etwas Banales wie den Anruf bei der Familie zu vergessen, beschwichtige ich mich selbst und verzeihe mir die Unterlassungssünde ohne Weiteres. Das hätte ich noch vor drei Wochen nicht im Traum fertiggebracht.

„Taxi, Taxi", ruft ein Fahrer vor dem Bahnhof. Ich winke ihn heran, da ich erst zu meinen Eltern fahren will, um Regina und Baba abzuholen. Die Mädchen durften während meiner Ferien bei Grama wohnen, da Oma Martha mit der Metzgerei genug Arbeit hatte und ich die beiden keinesfalls nachts mit Pesche allein lassen wollte.

Zögernd drücke ich auf die Klingel. So viele Jahre bin ich hier als Kind ein und aus gegangen und nun habe ich Hemmungen, einfach einzutreten. Seit wann fühle ich mich denn zu Hause nicht mehr zu Hause? Achtsam wird die Tür einen Spalt breit geöffnet, dann vollends aufgerissen. Es ist Regi. „Maaama! Baba, Grama, es ist Mami!" Schon hängt sie an mir, schlingt ihre Beine um meine Hüfte und vergräbt ihr Gesicht in meinem Hals. Wie wunderbar, diese Vertrautheit. Ich beschnuppere sie, drücke sie fest an mich. Ihre Haare kitzeln in meiner Nase.

„Da bist du ja, meine Große, ich habe dich vermisst, aber du bist bald zu schwer, Kind." Regi rutscht hinunter und ich knie mich auf die Dielen, um auch Baba zu umarmen. Meine Jüngere ist mäuschenstill wie immer, wenn sie von Gefühlen überrascht wird und drückt mir hundert Küsse auf Gesicht und Hals. Küsst sie so nass? Oder sind es Tränen?

„Kind, du weinst ja. Was ist denn los?" frage ich bestürzt.

„Glücklich, Mama, so glücklich, ich dachte, du kommst nie mehr", schluchzt sie und wir halten uns fest umschlungen. Angst, dass ich nicht wiederkomme? Um Gottes Willen, das darf nicht sein!

„Liebes, ich werde immer für dich da sein, immer zurückkommen, wir beide wissen doch, dass wir zusammen gehören, du darfst nie wieder Angst haben, versprochen?"

Baba nickt erleichtert und die laute Regi hängt sich wie ein Rucksack an meinen Rücken und singt: „Eieiei, Papagei. Mama, Grama hat uns das Lied vom Urwald beigebracht. Eieiei, Papagei!"

Knapp bevor die beiden mich noch ganz zu Boden drücken, erscheint Grama, die Hände in die Hüften gestemmt:

„Was soll denn das?", beginnt sie ihren Willkommensgruß. „Warum hast du nicht angerufen? Wir hätten dich doch vom Bahnhof abgeholt, die Koffer sind ja gar nicht gepackt, ich hätte doch noch gewaschen …"

Ich antworte ganz automatisch wie ein aufsässiger Teenager: „Typisch, Mama, alles muss planmäßig ablaufen, sonst gibt's Ärger."

„Komm rein, Kind, lass dich ansehen. Ist alles gut gegangen? Du strahlst ja über alle vier Backen, haha." Nun hat sie sich gefangen, vertuscht ihr geplatztes Willkommen auf dem Weg in die Küche noch schnell mit einem schiefen Späßchen, den kaum geöffneten steifen Lippen entfährt es eher als Hohn.

Warum kann sie mich nicht auch einfach in die Arme nehmen? Liebevoll begrüßen, nachholen, was ich in der Kindheit vermisst habe? Wird sie denn nie sehen, wie unrecht sie mir tut mit ihren Vorwürfen? Früher hatte sie keine Zeit, na also. Sie musste schließlich die Kleinen beruhigen, wenn Geschrei und Geheul ertönte, da durfte ich, die Große, nicht auch noch um Aufmerksamkeit betteln. Mucksmäuschenstill sollte ich mich verhalten. Doch das brachte mir keinen Erfolg, denn „mucksmäuschenstill" bemerkt man nicht. Und jetzt fühle ich mich wieder wie eine mucksmäuschenstille Marionette, die zu keiner eigenständigen Bewegung fähig ist. Vielleicht liegt Iannis richtig, wenn er sagt, dass alte Gefühle uns immer wieder einholen und sich jedes Mal verstärken. Oder gar verdoppeln, multiplizieren, vervielfachen und sich schließlich zu selbständigen Wesen entfalten, die uns tyrannisieren. Sie haben mich bereits beim Betreten des Hauses gelähmt. „Zu Hause", sage ich mir bitter, „hast du so schnell vergessen, wie das ist?"

Grama breitet rasch ein weißes Tischtuch aus, holt die Teetassen, das feine Porzellan, nicht das alltägliche Küchengeschirr, aus dem antiken Schrank und tischt auf. Wie heimelig das duftet! Wo hat sie nur den Gugelhupf so schnell hergezaubert? Ich strecke meine Hand aus und tupfe mit dem Zeigefinger ein wenig Puderzucker auf. Wir sehen uns an, dann den Gugelhopf. Sie lacht:

„Ja ja, ich weiß, was du denkst, aber die Mädchen lieben jeden Tag ein gutes Zvieri, für sie backe ich halt nicht nur am Sonntag."

Ich schmunzle zurück: „Wirst du auf die alten Tage vielleicht noch sanft? Verstößt gegen deine eigene alte Regel? Was für ein Glück, Kinder!"

„Sie hat uns sogar ganz toll verwöhnt, Mami!", erzählt Baba. „Am Sonntag waren wir auf dem Schiff, haben die Petersinsel besucht, und dort im Kloster haben wir Glace gegessen. Dort hat einmal der berühmte Rosso gewohnt."

„Rousseau, Jean-Jacques Rousseau", berichtigt die Große. „Und einmal sind wir zum Tierpark gewandert und auf den Bözingenberg, und ganz lange aufbleiben durfte ich auch einmal."

Verwunderlich, hat meine Mama eine Wandlung durchgemacht? Gelernt? Oder kann sie sich einfach erlauben, gütig zu sein, jetzt, da ihr Haushalt, Garten, Kinder und finanzielle Sorgen nicht mehr über den Kopf wachsen? Warum kenne ich Mama kaum? Warum haben wir nie tiefgründige Gespräche geführt, wie ich das mit Regina und Iannis tun kann? Wenn ich ihre Geschichte kennen würde, könnte ich vielleicht vieles verstehen oder verzeihen. Aber ich selbst bin stehen geblieben, habe sie nur noch mit den Augen der Vierzehnjährigen gesehen, als ich in Not war und mich so schrecklich einsam fühlte. Damals hatte sie keine Minute für mich übrig und ich wusste nicht wohin mit meinem Kummer. Und später habe ich nichts anderes erwartet.

„Regi, Baba, packt eure Koffer!" Die Kinder huschen ab, stolz, dass sie selbst packen dürfen.

„Mama, warst du in der Metzgerei? Haben es Antonio und Oma Martha zusammen geschafft?" Ihr langer Blick lässt mich Schwierigkeiten vermuten. Dann rückt sie heraus:

„Martha hat das Care-Menu am ersten Tag ohne Voranzeige abgeschafft. Wusstest du das?"

Das Care-Menu ist meine eigene Erfindung und hat uns viel Kundschaft gebracht. Ich bereite jeden Morgen Mahlzeiten für Kundinnen zu, die keine Zeit zum Kochen haben und gleichwohl Wert auf feine, marktfrische Nahrung legen. Ich verwöhne sie mit bester Qualität – kein Vergleich zum üblichen Take-away. Manchmal ist das eine deftige Kasserolle mit Ragout, Karotten und saisonalem Gemüse, das ich direkt bei der Bauersfrau einkaufe, fein gewürzt mit frischen Kräutern wie duftendem Thymian, Majoran und Basilikum. Wenn es ein Eintopf ist, nehmen die Kundinnen diesen fix und fertig angerichtet nach Hause, in bunten Keramiktöpfen, die ich aus der Provence heimgebracht hatte und ihnen leihweise überlasse. Über die Jahre habe ich eine große Auswahl an Rezepten gesammelt, ausprobiert, verfeinert und so zusammengestellt, dass sie einem Gourmetkoch alle Ehre machen würden. Wie enttäuscht waren meine Kundinnen wohl, weil ich weg war! Ich stelle mir Frau Gerber vor, die am ersten Tag in ihrer ewigen Eile sicher total aufgeschmissen war. Die Wut steigt in mir auf. Zornig und frustriert über Oma Martha entfährt mir:

„Das war ja klar, dass dieses Angebot weg musste. War ja auch meine Idee!"

Mama nickt: „Ja ja, in dem Punkt ist sie typisch Schwiegermutter. War sie denn einverstanden mit deinen Ferien?"

„Ja ... ich meine, nein, das muss eine Art Retourkutsche gewesen sein dafür, dass ich mich ohne Absprache entschlossen habe." Ich senke den Blick. Meine Gedanken rasen. Nein, Mama, sag es nicht, ich weiß, dass ich selbst schuld bin, aber sprich es nicht aus, bitte, jetzt nicht noch Vorwürfe, ich ertrage es nicht.

Mama schweigt, bis ich wieder aufblicke, dann murmelt sie: „Konnte ja nicht gut ausgehen." Ich weiß nicht genau, was sie damit meint – die Ferien, die Heirat, mein Leben?

Die Koffer sind gepackt, Regi und Baba schmiegen sich wie schmeichelnde Kätzchen an mich:

„Mami, wann gehen wir heim?"

Wie ich diese Frätzchen liebe. Wir machen uns auf den Heimweg, mit dem Bus bis zum Bahnhof und von dort zu Fuß nach Hause in die Altstadt. Die Bahnhofstrasse ist belebt, ich wechsle hier und dort geistesabwesend ein paar freundliche Worte mit Bekannten und Kundinnen. Meine Wut legt sich langsam. Wenigstens habe ich nun eine Ahnung, was für eine Stimmung mich zu Hause erwartet. Ist mir eigentlich egal, ich habe meinen Urlaub genossen und nehme mir vor, auch das Nach-Hause-Kommen zu geniessen. Die Stadt fühlt sich vertraut an, wie ein Mensch, den man gut kennt und mit all seinen Fähigkeiten und Marotten einfach mag. Auf dem Zentralplatz bleiben wir stehen, ich schnuppere die Luft und schaue mich suchend um. Da, ein Kübel mit Basilikum und Rosmarin. „Griechische Düfte", schmunzle ich und breche einen Zweig, reibe ihn zwischen den Fingern und atme den Duft ein. Regina riecht mit mir und hüpft trällernd davon. Ja, einen Topf mit Rosmarin und Basilikum werde ich mir zulegen und vor das Küchenfenster stellen.

Wie reich ich heimkomme, reich an Erinnerungen, Erfahrungen, Liebe, guten Vorsätzen, ich bin eine neue Tanja, ich bin der Weg.

Unsere Altstadt! Halb so alt wie die Tempel in Athen und doch uralt, wenn man bedenkt, wie viele Generationen in diesen Mauern gehaust haben. Jeder Winkel ist mir bekannt, gehört zu meinem Leben. Der Turm der Stadtkirche thront über den Dächern, die Glocken schlagen vier Uhr und je näher wir kommen, desto stärker fühle ich ihre Schwingungen in meinem Bauch. Auch dieses Gefühl gehört seit meiner Kindheit zu mir. Ich nehme mir vor, wie in der Kathedrale in Athen zur Kirche hinüber zu gehen und eine Kerze anzuzünden. Ich werde über meine Vorsätze nachdenken, mich selbst erkennen, meinen Weg finden.

Dort ist die Metzgerei, drei Kundinnen werden von Doris, der Nachmittagshilfe, bedient.

„Psst, Kinder, ich will noch nicht gesehen werden."

Rasch huschen wir zum Hauseingang. Die Messingklinke ist frisch geputzt wie jeden Freitag, das Haus nicht abgeschlossen. „Wenn jemand etwas von mir will, soll er raufkommen und an der Wohnungstür klingeln", erklärt Oma jedes Mal, wenn ich das Haus aus Sicherheitsgründen abschließen und die Klingeln außen anbringen möchte. Die eichene Doppeltür ist schwer, und nachdem sie langsam zufällt, fühlt man drinnen nichts mehr von der warmen Sommerluft. Der ausgetretene Granitboden im Flur wird schwach von einer einsamen Funzel beleuchtet und beinahe fällt Baba über das Fahrrad, das Antonio wieder einmal entgegen meiner Anweisung dort abgestellt hat. Modrige Kellerluft mischt sich mit dem

Metzgereigeruch und dem des desinfizierenden Putzmittels. Der Gestank ekelt mich nach den Ferien an der frischen Meeresluft. Ich schnuppere an meinem Rosmarinzweig, möchte meine friedliche Stimmung zurückholen. Aber im dunklen, stinkigen Flur überfallen mich die alten Sorgen wie Gespenster.

Offensichtlich wurde während meiner Abwesenheit kaum gelüftet. Ich öffne die Haustür wieder und mache Durchzug mit der Tür zum Innenhof, wohin ich auch das Fahrrad schiebe. Bevor Regina und Baba hinauf stürmen, ermahne ich sie: „Ruhig, leise, Oma macht ihr Mittagsschläfchen." Doch die dritte und die fünfte Stufe der ausgetretenen Holztreppe knarren, kein Räuber käme je unbemerkt an Omas Wohnung vorbei. Sobald sie die Türe öffnet, hängen die Mädchen schon an ihrer Schürze. Sie haben einander vermisst, die Älteste und die Jüngsten der Familie. Gleich wird sie ihnen ihre Lieblingskekse servieren und ihre Ferienabenteuer hören wollen. Gewöhnlich gibt sich Oma Martha als kaltes altes Weib, das keine Liebe und Wärme verschwendet. Außer – eben außer – wenn die beiden Enkelinnen bei ihr sind. Regula und Baba erweichen ihr Herz.

Komisch, was für ein scharfes Ohr Oma für dieses kaum wahrnehmbare Geräusch der Treppe in ihrer Neugierde hat. Dabei stellt sie sich stocktaub, wenn Pesche polternd aus der Wirtschaft heimkommt; niemals macht sie ihm auch nur die geringsten Vorwürfe, wenn der Wirt vom Altstadtstübli ihn mal wieder die Treppe raufbugsiert, oder wenn er mich mitten in der Nacht völlig betrunken unflätig anschreit. Das hört sie nicht.

Pesches Vater war auch ein Säufer, Pesche und Oma müssen darunter gelitten haben. Aber darüber spricht man nicht. Man nahm es als gottgegeben hin und holte den besoffenen Vater von der Beiz ab, wenn er aus eigenen Kräften nicht mehr heimfand. Verdrängung. Und diese Verdrängung geht weiter, niemand weiß, was in der Familie, im stillen Kämmerlein, vor sich geht. Was man nicht ausspricht, existiert nicht. Amen. Dabei ist das Leben neben dem Alkoholiker einsamer, als wenn man allein wäre.

Natürlich sehen die Gutbürgerlichen in ihrer hartnäckigen Rechtschaffenheit nicht, was nachts vor sich geht. Sie schlafen wohlbehütet und schleichen so spät nicht mehr durch die Gassen, um der Wirklichkeit auf den Grund zu blicken. Sie sehen nur den jovialen Metzger Pesche, wenn er um vier Uhr nachmittags die Kundenlieferungen macht. Aber das wird sich ja ändern, ich habe einen Plan. Wann und vor allem wie werde ich Pesche davon in Kenntnis setzen? Wenn nur Regina schon zurück wäre! Falls es nicht gut ausgeht, würde sie mir mit Rat und Tat beistehen. Oder Iannis mit den E-Mails. Ich muss warten, bis diese zwei Pfeiler mir beim Tragen helfen, ich werde Pesche das Ultimatum erst stellen, wenn ich wieder Kontakt zu meinen Freunden aufnehmen kann.

Ich schleppe mich mit den Koffern und einem „Grüß Gott, ich gehe erst mal rauf!" an Omas offener Wohnungstür vorbei zum zweiten Stock in unsere Wohnung. Pesches Bett ist gemacht, Oma muss aufgeräumt haben. Ich käme lieber heim in ein Durcheinander, als bereits beim Eintreten das Geschnüffel der Oma zu fühlen. Natürlich ist überall Ordnung, es ist, als könnte ich Oma riechen. Ich reiße alle Fenster auf und lasse mir ein Bad einlaufen. Mit viel Lavendel, um meinen eigenen Duft herzuzaubern und mich bei mir zu fühlen. Ein Sonnenstrahl erhellt die Küche, ich gieße den Schnittlauch auf dem Fenstersims und die hängenden Petunien. Morgen werde ich mir auf dem Markt Basilikum und Rosmarin kaufen, sie werden mich an Iannis und Griechenland erinnern ... als ob ich an ihn erinnert werden müsste!

Im warmen Bad kann ich nochmals abschalten, mit geschlossenen Augen die letzten Tage Revue passieren lassen: den traurigen Abschied in der Flughalle, als sich die geschäftige Welt der eilenden Passagiere, die Ansagen, als sich all das ins Nichts aufgelöst hat und nur noch wir zwei und unsere Umarmung existiert haben, die Leuchtreklamen des Duty Free Shops, das weinende Mädchen auf dem Weg zu Mami; die Freude, als Iannis mich mit seiner Trompete überrascht hat; als wir uns mit Retsina betrunken und dabei die unmöglichsten Wünsche zum Himmel geschickt haben; die ernsten Gespräche über den Mut, sich selbst zu erkennen; die Liebesnacht, ja, diese unglaubliche Liebesnacht in seinen zärtlichen Armen, und dann das abrupte Ende unserer Affäre. Ich weiß, dass diese kurze Liebe in meiner Seele noch lange weiterleben wird, dass ich von diesem Erlebnis zehren und Iannis durch die versprochenen E-Mails immer wieder nahe sein werde. Das Abenteuer hat mir gezeigt, dass es im Leben mehr gibt als die bekannte Welt; ich will ins Unbekannte tauchen und lernen. Lieber Gott, gib, dass er mir schreibt! Werden die E-Mails wohl nur die „Erkenne dich selbst"-Übung sein, oder wird er auch „Ich liebe Dich" schreiben? Darf er das? Ich bin ja verheiratet. Und er ist ein traditionsbewusster Grieche. Trotz alledem, was wir zusammen erlebt haben, ist er nicht leichtsinnig. Kein unbekümmerter Ehebrecher.

Dazu ist er viel zu anständig. Für uns gab es eben nur diesen einen Weg. Wir sind seelenverwandt, haben uns angezogen wie zwei Magnete. Wir konnten nicht anders. Das warme Bad entspannt mich. Normalerweise würde ich mich jetzt im Laden zeigen, die Umsätze der letzten Wochen begutachten und das Care-Menu für den nächsten Tag planen. Normalerweise wäre ich jetzt bereits hinter dem Ladentisch. Doch normalerweise gibt es nicht mehr, ich dehne meine Ferien aus bis morgen früh. Und doch muss ich an meine Kundinnen denken, an die verschiedenen Bedürfnisse, die sie in die Metzgerei führen. Es sind beileibe nicht nur Fleisch- und Wurstwaren, die sie erwarten. Früh schon werden sich Frau Hofer & Co. zeigen und ihr Herz ausleeren. Ja, Frau Hofer hat mich sicher vermisst. Sie wird sich über ihren Sohn beklagen, den Undankbaren, der sich viel zu selten zeigt. Später wird der Geselle Antonio für eine Stunde den Laden übernehmen und ich werde auf dem Markt Saisongemüse für das Care-Menu holen, bei jedem Stand Halt machen, plaudern, hier die Kartoffeln einkaufen, dort den Salat, bei Familie Badertscher das Gemüse, bei Mufti den Käse. Als Geschäftsfrau muss ich alle berücksichtigen und mich auf einen gelegentlichen Schwatz einlassen, bevor ich im Restaurant Bourg meinen Kaffee trinken und die Zeitung lesen kann. Die Marktfahrer und die Leute von der Bourg kaufen das Fleisch ja auch in unserem Laden.

Das gönne ich mir, die Schale Kaffee mit diesen Menschen, die mir lieb sind. Sie erinnern mich an meine Kindheit auf dem Lande. Mit dem Abstand, den mir meine Ferien erlaubt haben, erscheint meine Alltagswelt in einem wärmeren Licht.

Es ist höchste Zeit, Oma zu begrüßen. Sie ist bereits in der Küche beim Abwasch, die Mädchen spielen im Hof. Omas gebeugte Haltung und die schwieligen Hände verraten ein Leben voll harter Arbeit, und wenn sie wie jetzt mit der Hand den Rücken stützt, ahnt man ihre Schmerzen. Darüber klagt sie nicht, sagt höchstens: „Man muss es nehmen, wie es ist." Dagegen erzählt sie immer und immer wieder, wenn die Vergangenheit sie einholt, wie der Krieg anfing, sie ihre Jugend nicht genießen konnte, wie alle Männer – auch ihr Verlobter Hans – in den Militärdienst eingezogen wurden. Die Frauen ihrer Familie mussten auf dem Hof im Jura schonungslos harte Männerarbeit verrichten. Sie betont, wie sie, ihre Mutter und ihre Schwestern den ganzen Betrieb aufrecht hielten, alleine geackert und gemolken haben.

Als der Krieg zu Ende ging, war auch Omas Jugend vorbei. Leise und unaufhörlich lamentiert sie, wann immer jemand höflich zuhört: Dass sie ihren Hans heiraten musste und mit ihm auf dem Hof der Eltern gelebt, oder wie er als Störmetzger bei Bauern im Jura gearbeitet hat. Den Tränen nahe erzählt sie weiter, wie ihr Mann früh um fünf Uhr mit seinem Fahrrad aus dem Haus musste, im Winter oft durch hohen Schnee, um bei den Bauern zu sein, wenn die mit dem Melken fertig waren. Ich kenne das alles auswendig. Als Bezahlung erhielt er Fleisch, denn die Bauern hatten in der Nachkriegszeit kein Geld, um bar zu bezahlen. Diesen Lohn verarbeitete er zu Hause zu Würsten, die Oma auf dem Wochenmarkt in Biel verkaufte. Sie waren froh, überhaupt Arbeit und ein eigenes Einkommen zu haben, nicht alle entlassenen Soldaten hatten das Glück, gleich zu verdienen. Die beiden sparten, mussten jeden Fünfer zweimal umdrehen, ehe sie ihn ausgaben. Die Würste waren gut. So gut, dass Hans und Martha in Biel die Metzgerei an der Obergasse mieten und später kaufen konnten. Dank harter Arbeit. Nur dank harter Arbeit, wie Oma immer und immer wieder betont.

Sie muss gehört haben, dass ich da bin. Aber erst bei meinem Gruß dreht sie sich um und streckt ihren Rücken mühsam gerade. Meine Tasse steht auf dem Küchentisch, sie schenkt ein. Ihre trüben schwarzen Vogelaugen heben sich:

„Gut, dass du zurück bist, meine alten Knochen vertragen die Kälte im Laden nicht mehr", meint sie Mitleid heischend.

Sie hört nicht hin, als ich sage: „Aber Doris hat doch angeboten, auch den Morgen zu übernehmen."

Ohne mich anzublicken fährt sie fort: „Du kannst dich glücklich schätzen, so wie du dich ins gemachte Nest gesetzt hast! Wie viel mussten wir entbehren, bis wir endlich das Haus kaufen konnten, wie hart haben wir geschuftet, nichts haben wir uns gegönnt ... Ferien? Nicht im Traum!"

Da ist es wieder, ich wusste ja, was mich erwartet, aber es ärgert mich trotzdem. Sie ist noch lange nicht fertig:

„Glücklich schätzen solltest du dich und Familie und Betrieb zusammenhalten. Nur dazu habe ich mich wieder in den Laden gestellt ... nur deshalb, um mein Lebenswerk zusammenzuhalten."

Lalala, die alter Leier! Na also, nun bin ich auch für ihr Lebenswerk verantwortlich.

Oma setzt gleich noch eins drauf: „Als ich so alt war wie du, hatte ich niemanden, der nach meinem Peterli schaute, wenn Vater im Schlachthaus und ich im Laden war. Manchmal hörte ich das Kind durch das offene Fenster schreien, wenn ein Kunde hereinkam. Ich konnte meine Arbeit nicht einfach verlassen, um das Kind zu trösten, hatte keine Schwiegermutter, die eingesprungen wäre. Konnte das Kind nicht trösten, das war das Schlimmste."

Starr schaut sie auf ihre Hände, als könnte sie ihnen die Schuld zuschieben – und nicht mir. Einen Moment noch lasse ich sie in ihrem Martyrium schwelgen, dann habe ich langsam genug, kann sie und ihr Gejammer nicht mehr aushalten.

Sie blickt mich an und verzieht schmerzvoll ihr Gesicht. „Ich hab durchgehalten und die Zähne zusammengebissen in der kalten Metzgerei; wen wundert's, dass mich die Gicht plagt, dass ich die Arme kaum mehr heben kann."

Sie sinkt in sich zusammen, hat ihre Last wieder einmal zu neuem Leben erweckt und lamentiert heiser weiter: „Nein, Ferien hat man sich nicht gegönnt. Schon gar nicht ohne Familie. Wir wussten ja nicht einmal, ob du überhaupt wieder zurückkommst."

„Ach so, daher pfeift der Wind!", entfährt es mir. Genug, das habe ich nicht verdient! Es brodelt in mir, als würde ich gleich überkochen. Eines Tages werde ich explodieren, meine Kinderstube vergessen und ihr an den Kopf werfen, was für ein stures, verhärtetes, eiskaltes altes Weib sie ist. Abrupt stehe ich auf, gehe zum Fenster und rufe die Kinder, lasse Oma allein am Tisch dahin welken.

Trotzig stapfe ich die Treppe hinauf. Zunächst werde ich erst einmal meine E-Mails checken. Der Gedanke tut gut, als würde ich mich mit dem Geheimnis zur Wehr setzen.

Mitternacht ist längst vorbei, als mich ein Geräusch weckt. Es muss Pesche sein. Langsam und mit keuchendem Atem schlurft er den letzten Treppenabsatz herauf, sieht die Koffer im Korridor, stößt ein „Aha" aus und öffnet die Schlafzimmertür.

„Du bist also wieder da."

„Na ja, siehst du doch, 'n Abend", entgegne ich lustlos. Aber ich bin froh, dass er einigermaßen bei Sinnen ist und nicht im Vollrausch hereinstolpert.

„Haha, doch nichts Besseres gefunden. Endlich gemerkt, wie gut du es hast. Noch nie etwas selber getan, so einfach ins gemachte Nest setzen konntest du dich."

„Ähnliche Töne hat Oma schon fallenlassen. Komm jetzt, schlaf, ich muss morgen früh raus in den Laden."

„Frau Teuscher, schön, dass Sie da sind", ruft mir Antonio am nächsten Morgen entgegen.

„Das scheint beinahe, als ob du überrascht bist, dabei bin ich doch schon gestern angekommen. Na ja, ich weiß schon, Oma mag eben keinen Augenblick länger im kalten Laden stehen."

„Das ist es auch nicht, Frau Teuscher, ich bin einfach froh, dass wieder alles normal ist. Gibt's wieder Care-Menus?"

„Sicher, ich geh gleich auf den Markt und in die Bourg. Passt du solange auf?"

Ich ziehe den Einkaufswagen hinter mir her und habe wieder das Gefühl, dass sich alles geändert hat. Frau Badertscher kommt hinter ihrem Marktstand hervor und umarmt mich.

„Es ist so schön, Sie zu sehen!"

Was für ein Willkommensgruß! Käseverkäufer Mufti, der hinter vorgehaltener Hand als Geizkragen verschrien wird, packt mir hundert Gramm extra ein mit den Worten „Als Dank, dass Sie uns doch nicht vergessen haben vor lauter Ferien." Marie schenkt mir eine leuchtend gelbe Sonnenblume; was ist in diese Leute gefahren? Haben sie mich am Ende gar nicht zurückerwartet? Ich fühle bei jedem Gruß Überraschung, oder täusche ich mich? Habe ich mich so verändert, dass mir alles anders vorkommt, bin ich selbst feinfühliger geworden oder sind heute alle besonders gut gelaunt und freundlich? Ich freue mich richtig, werde heute das beste Care-Menu bereitstellen, mit toller Garnitur und einem griechischen Salat als Zugabe.

Beim Kaffee in der Bourg lese ich nicht wie sonst die Zeitung, sondern lasse die neue Empfindung auf mich einwirken. Ich hab's: Es ist nicht nur Freundlichkeit, es ist Empathie, Mitgefühl, was mir entgegenkommt, als hätte man halb erwartet und es sogar verstanden, wenn ich mich abgesetzt hätte. Die Mädchen waren ja auch weg, da hat sich vielleicht ein Gerücht ausgebreitet. Oder eine Angst – Omas Angst? Ihre Bemerkung von „Familie und Betrieb zusammenhalten" oder ihr „Man weiß ja nie" – hat diese Angst die Runde gemacht? Oder weiß man viel besser Bescheid über das Schmierentheater unserer Familie, als ich mir eingestehe? Bisher war ich sicher, dass es kein Mensch verstehen würde, wenn ich mich wehren sollte. Was, wenn ich mich getäuscht habe? Werde ich vielleicht doch verstanden? Ich atme tief ein, schließe die Augen einen Moment lang und koste dieses Verständnis aus, werde innerlich ganz weich, als wäre ein Kampf zu Ende. Hat es mich so viel Kraft gekostet, die künstliche

Fassade aufrecht zu erhalten, um den Schein zu wahren? Ich schlucke. Unerhört, was ein bisschen Freundlichkeit auslösen kann! Tränen steigen auf – nein, das wäre zu viel. Schon beherrsche ich mich wieder und komme mit einem tiefen Seufzer zurück in die Altstadt, sehe die Statue der Justitia auf ihrem Sockel in der Mitte des Gerechtigkeitsbrunnens, die Häuser, die sich seit Jahrhunderten kaum verändert haben, das Kopfsteinpflaster aus schwerem Granit, dem Tausende harter Schuhe ihre Prägung eingeschliffen haben. Ich halte mich fest am Unveränderten.

Mein Wecker zeigt Mitternacht, eben beginnt die Turmuhr der Stadtkirche zu schlagen. Das Krachen der schweren Haustür hat mich geweckt, gleich wird Pesche den Korridor entlang schwanken. Nun poltert er fluchend die Holztreppe zum zweiten Stock herauf und fällt beinahe mit der Türe in die Wohnung. Sofort peilt er das Badezimmer an.

„Deckel aufmachen!", rufe ich rabiat. Frisch aus dem Tiefschlaf kenne ich keine Barmherzigkeit, werde zum keifenden Weib mit scharfer Zunge, hasse nicht nur ihn, den keuchenden, schwitzenden, verhutzelten Säufer, nein, auch mich selbst, meine widerborstige, klägliche Bockigkeit.

„Himmel, Arsch und Zwirn!", wettert er im Badezimmer. „Hilfe … kann nicht auf …"

Da sitzt er in der Hosenfalle, die ihm die Knöchel fesselt, mit roten Augen wie ein alter Hund und kommt nicht auf die Beine.

„Runterspülen sollte ich dich", sage ich gehässig, während ich ihm seine Schuhe und dann ein Hosenbein nach dem andern ausziehe. Seine Gerüche hüllen mich ein. Abgestandener Zigarrenrauch, Bier, Schweiß, Exkremente – die ganze Palette stinkt zum Himmel. Mir ist übel, ich flüchte mich auf die Terrasse. Wenn ich Glück habe, schläft er, wenn ich hereinkomme, aber heute habe ich kein Glück. Als ich im Türrahmen stehe, sitzt er auf der Bettkante, die Bettdecke vollgekotzt. „Albert hat Wurst gespendet ... war schlecht ... Sauerei!"

„Na, dann putz es selbst, ich schlafe auf dem Sofa."

Er versucht aufzustehen, die Anstrengung treibt ihm den Schweiß auf die Stirn.

Er setzt sich wieder hin. „Hilf mir ... Es geht mir schlecht ... Die Wurst ..."

„Spar dir die Rührseligkeit! Von wegen Wurst!", entgegne ich in offener Verachtung. „Besoffen bist du, stinkbesoffen."

Mit Tränen in den Augen entgegnet er weinerlich: „Alles hast du ... das ist der Dank ... Ferien, wer weiß mit wem ... Undankbares Luder!" Er atmet schwer von der Strapaze: „Aber behalten wollte er dich nicht ... der Typ ... nur benutzen ... hat die Flucht ergriffen ...Feigling ... das geile Schwein!"

Er kann unmöglich etwas von Iannis wissen, und trotzdem ist er eifersüchtig. Der Gedanke, dass er ins Schwarze getroffen hat, amüsiert mich einen kurzen Moment. Geschieht ihm Recht. So Recht! Ich kann seine selbstgefällige Gewissheit nicht ertragen, die Erniedrigung, alles widert mich an, und doch beginne ich automatisch, das Bettzeug abzuziehen. Als ich es in der Badewanne ausspüle, ist mir selbst zum Erbrechen. Ich möchte einen Scheiterhaufen unter seinem Hintern anzünden, dann müsste ich diesen Ekel nie mehr ertragen.

„Ausziehen", kommandiere ich und werfe den Pyjama in seine Richtung. „Setz dich auf den Stuhl, ich will das Bett neu beziehen." Ich helfe nicht, berühre ihn nicht, habe gerade noch die Kraft, das Bett zu machen.

„Zerstört meine Familie, die Sau … lass ich mir nicht gefallen …"

„Unsere Familie wird von niemand anderem zerstört, das besorgst du selbst hervorragend", versuche ich mich zu wehren, stoße jedoch auf taube Ohren. Trotzdem muss ich nachsetzen: „Wann, wann wirst du endlich einsichtig? Wann hört diese Sauferei, dieses Elend, endlich auf?" Keine Antwort. Ich lasse ihn sitzen, auf seinem Stuhl, dort hockt er wie ein stehen gelassener Koffer. Und wenn eine Betonmauer zwischen unseren Betten stehen würde, in diesem Zimmer könnte ich nicht schlafen.

Ich nehme meine Bettdecke und das Kopfkissen und schleiche ins Wohnzimmer auf das Sofa. Während diesen nächtlichen Szenen verliere ich meine Haltung normalerweise nicht, sondern tue nur, was getan werden muss. So richtig ausgeflippt bin ich noch nie. Erst wenn ich allein bin, so wie jetzt, falle ich wie ein Puzzle auseinander. Wut, abgrundtiefe Verzweiflung und ein unmenschlicher Hass erfassen mich, ich kann nicht mehr, würge und breche in wildes Schluchzen aus. Am meisten hasse ich mich selbst, mein mickriges machtloses Ich. Ich möchte schlafen – am liebsten für immer.

8

Ich konnte mich heute früh nicht an den Traum erinnern, nur die Gefühle von Frustration haben nachgehallt und ich war froh, dass der Morgen dämmerte. Leise, um Pesche und die Mädchen nicht aufzuwecken, habe ich mich ins Wohnzimmer geschlichen. Wer hätte gedacht, dass ich mal vor dem morgendlichen Milchkaffee am Computer sitzen würde? Bis zu den Ferien bin ich nach dem Erwachen schlaftrunken in die Küche gewandelt, habe das Radio leise gestellt und mich langsam mit einem Kaffee für den Tag gewappnet. Doch jetzt bin ich hellwach, denn wer weiß, vielleicht habe ich eine Mail von Iannis.

Der morgendliche Dunst vor dem Fenster lässt nicht viel Licht herein und ich tappe im Halbdunkel zu dem antiken Sekretär, den mir Oma Martha zur Hochzeit geschenkt hat. „Damit du die Metzgerei-Buchhaltung immer gut verschließen kannst", hat sie gemeint und ich verstand den Wink – in Zukunft sollte ich mich um die Bücher kümmern. Wie ein braves Kind habe ich getan, was von mir erwartet wurde, und das Büro in meinem Wohnzimmer eingerichtet. Seit ich aus Griechenland zurück bin, schließe ich auch meinen Laptop im Sekretär ein. Endlich kann ich das Hochzeitsgeschenk schätzen.

Während der Computer hochfährt, versuche ich vergeblich, meine Erwartung herunterzuschrauben, mir nicht zu viel Hoffnung zu machen, starre ins Leere und warte. Würde sich ein neuer Laptop rascher anschalten? Wie viel kosten die Dinger eigentlich heute? Er schnurrt wieder eine Ewigkeit und ich sende ein Stoßgebet zum verhangenen Himmel: „Lieber Gott, lass Iannis endlich zu Hause sein!" Der Bildschirm leuchtet auf, die Startmelodie kündigt an, dass gleich alles bereit ist, und ich starre wieder einmal auf die Symbole der Taskleiste, die eines nach dem anderen farbig auftauchen. Da, rechts unten – der animierte Köter bellt: Sie haben Post! Mit zittriger Hand klicke ich ihn an und sofort flammt mir der Posteingang entgegen:

10. Juni
Mail von Iannis@Greco.com
An Tanja@homebase.ch
Betreff Miss you

Hallo Tanjala, gut heimgekommen? In sunny California ist alles bestens. Melde Dich. Bald.
Lots of love, Iannis
P.S. Hast nur Du Zugang zu Deinen Mails?

Benommen vor Freude erhebe ich mich und öffne das Fenster. Der Morgendunst ist gewichen, im uralten Kastanienbaum beim Brunnen zirpen die Meisen ihr aufgeregtes Zii-zibüh, Zii-zibüh, Zii-zubüh. Sie sitzen auf den äußersten Ästen in den ersten fahlen Strahlen der Morgensonne und lassen sich von dem Jungen, der auf seinem Fahrrad mit dem Zeitungsanhänger vorbeikurvt, überhaupt nicht stören. Sie kennen ihn längst, er gehört zu ihrer morgendlichen Zeremonie. Heute kommen mir die farbigen Altstadthäuser rund um den Platz freundlich vor; ich winke Frau Meier zu, die am Fenster gegenüber Decken ausschüttelt und sie dann über die Brüstung in die Sonne hängt. Sie lacht und winkt zurück.

Warum hänge ich täglich an meinen verlorenen Träumen, ohne den wunderbarsten Kastanienbaum mit seinen weißen Kerzenblüten zu genießen, der direkt vor meinen Augen blüht? Er beherbergt viele Vögel, ohne dass ich diese zwitschernden Nachbarn sonst wahrgenommen habe. Ihr Leben, hier in der alten Stadt, ist stressreich und beschwerlich, doch sie vergessen ihre Sorgen, trällern fröhlich drauflos, und ihre Lieder gehen in meinem ständigen Tun und Denken unter. Woher, lieber Kastanienbaum, nimmst du deine Nahrung, damit du kräftig deine schweren Äste tragen kannst? Dort unten, weit unter den Pflastersteinen, strecken sich deine Wurzeln. Du bist einfach da, in deiner ganzen Pracht, es lässt dich kalt, ob ich dich beachte oder mich an dir freue, ob sich die Kinder an deinen Früchten vergnügen und damit die Rehe im Tierpark füttern oder die Straßenfeger im Herbst wegen der Fülle von heruntergefallenen Blättern fluchen. Du lebst und strahlst in jedem Moment. Ich bewundere dich, mein Freund, und weiß nicht, warum ich gegen den Platz, die Häuser, die ganze Altstadt eine solche Abscheu hege. Was hat meinen Blick bisher getrübt?

Heute Morgen präsentiert sich meine Welt von einer neuen Seite: Ich bin im Schatten der Nordwestseite, sehe den Kastanienbaum, den Brunnen, die zwitschernden Vögel und die gegenüberliegenden Fassaden farbenfroh im Morgenlicht. Frau Meier steht voll in der warmen Sonne mit Blick auf die Schattenseite unserer Häuser. Das Bild der Gasse könnte sich mit meinem Standpunkt ändern, ich könnte hinüber in die Konditorei gehen und meinen Cappuccino auf der sonnigen Terrasse trinken. Zum ersten Mal nehme ich bewusst wahr, dass ich diese Wahl habe. Kann ich auch meine Sorgen aus einer andern Perspektive sehen? Gäbe es eine sonnigere Lösung? Einen sonnigeren Weg? Iannis hat mir mein Mantra gegeben: „Ich bin der Weg." Ich wiederhole es, immer und immer wieder. Es heißt nicht „Ich gehe meinen Weg" oder „Ich finde meinen Weg" oder „Mein Weg ist steil und steinig, ich suche eine Abzweigung". Habe ich wirklich ganz und gar selbst die Verantwortung dafür, mein Weg zu sein? In der Küche entschließe ich mich zu einem Cappuccino, zu meiner ersten E-Mail an Iannis wäre ein Milchkaffee zu alltäglich.

10. Juni
Mail von Tanja@homebase.ch
An Iannis@Greco.com
Betreff Privatsphäre

Hallo Greco, wie schön, dass es dich gibt! Mein Passwort kennt niemand, wir können uns alles schreiben, Sweetheart. Bist Du gut heimgekommen? Ich zünde heute in der Kirche eine Kerze für uns an.
Happy day, Tanja

11. Juni
Mail von Iannis@Greco.com
An Tanja@homebase.ch
Betreff Sehnsucht

Tanjala, ich vermisse Dich! Eigentlich ist hier alles beim Alten, nur ich nicht. Nach der griechischen Freiheit ist es schwierig, den ganzen Tag beim Programmieren zu sitzen. Meine Wurzeln sind so anders als mein heutiges Leben, das war mir vor den Ferien kaum bewusst und ich fühle mich wieder ganz Grieche. Vielleicht, weil ich dort geboren bin, wahrscheinlich, weil ich die unbeschwerten Jahre meiner Kindheit dort verbracht habe, und sicherlich hat die griechische Lebensweise in meinem Elternhaus, die ich als Jugendlicher so verabscheut habe, abgefärbt. Nun kenne ich die Sehnsüchte meiner Eltern, verstehe sie, schäme mich, dass ich mich als Jugendlicher deswegen von ihnen distanziert habe. Der Duft von Mamas Moussaka versetzt mich zurück in die Plaka, zu dem wunderschönen Abend mit Dir, das macht mich glücklich. Manchmal summt Mama Lieder von Mikis Theodorakis, dann hole ich die Trompete und spiele mit – Du solltest ihre Augen sehen, ihr beglücktes Lächeln, als ob ihr größter Wunsch in Erfüllung gegangen wäre, der Wunsch, endlich von mir verstanden zu werden. Die Lieder spiegeln ihre Seele wider, jeder Ton unterstützt Mikis Theodorakis in seinem Untergrundkampf, beweint das Schicksal ihres Bruders Nikki, der nach dem Militärputsch im Gefängnis auf Jaros gestorben ist. Tanja, ich schäme mich, dass ich mich nie um die Erfahrungen meiner Eltern geschert habe. Nicht um die Verfolgung, nicht um die Flucht, ihre dramatischen Erlebnisse, ihren Neuanfang in Kalifornien. Ich habe alles als gegeben hingenommen, ohne das Geringste zu begreifen. Im Gegenteil, alles Griechische habe ich verächtlich von

mir geschoben, hätte lieber gesehen, dass meine Eltern in einem McDonalds arbeiten als in einem griechischen Restaurant. Das Angebot der Jazzband aus San Francisco steht immer noch – annehmen? Ablehnen? Ich schwanke hin und her. Apostolos und ich haben etwas begonnen, das ich ausbauen möchte, eine Musik, die Zukunft haben könnte – aber wie? Ich grüble darüber nach, habe Ideen, verwerfe sie wieder ... Das heißt, wenn ich mal gerade nicht an Dich denke.
Erinnerst Du Dich, dass Du mir von Deiner Jugend schreiben wolltest? Bisher kenne ich ja nur Deine Kindheit. Das wäre vielleicht auch ein guter Anfang in Deinem Bestreben, Dich selbst zu erkennen. Willst Du? Wir wohnen am Vista Wood Way hinter der „Mission Church", auch ich werde heute Abend eine Kerze weihen.
Lots of love, Iannis

15. Juni
Mail von Tanja@homebase.ch
An Iannis@Greco.com
Betreff Story

Lieber Guru, hast Du es in Athen also wirklich ernst gemeint? Wir könnten beide unsere Geschichten, Gedanken und Entscheidungen teilen? Lass mich bitte auch hinein in Deine Welt. Auch ich will den nötigen Mut aufbringen und dir offen und ehrlich berichten. Oder kann ich mich auf das Schöne und Gute beschränken? Das wäre einfacher.
Happy Day, Deine Tanjala

18. Juni
Mail von Iannis@Greco.com
An Tanja@homebase.ch
regarding Hast Recht, das wäre einfacher

Tanjala, so einfach geht es nicht. Lüfte Deine Geheimnisse, ob gut oder schlecht. Darin wirst Du erkennen, warum Du fühlst, wie Du fühlst und so bist, wie Du bist, darin wirst Du Dich erkennen. Keine Sorge, was immer Du schreibst, ändert meine Liebe nicht.
Lots of love, Iannis

21. Juni
Mail von Tanja@homebase.ch
An Iannis@Greco.com
Betreff Bin ich meine Gefühle?

Lieber Guru, das ist ein interessanter Gedanke – ich würde viel darum geben zu wissen, warum ich fühle, was ich fühle. Es stimmt, meine alten Gefühle schleichen sich immer wieder ein. Andere Umstände, gleiche Gefühle. Als hätte man einen Gefühlsmuskel, der sich bei jedem Gebrauch stärkt. Der Duft einer Frühlingswiese erfreut mich immer mehr, während das Gefühl, nicht zu genügen, immer erdrückender wird. Wenn ich an meine Jugendjahre zurückdenke, kann ich mich wirklich an den Ursprung meiner Gefühle erinnern.
Ich bin bereit, hier ist meine Story: bitte angurten!

Ich beginne anno Teen, beim Wegzug aus dem Dorf: Voller Freude habe ich beim Packen geholfen, denn Mama hat sich gefreut, war ganz aus dem Häuschen wegen des Kinos und Theaters in der Stadt. Sie hat für jedes Möbelstück ein kleines Modell aus Pappe ausgeschnitten und sie auf einer Zeichnung von der neuen Wohnung arrangiert. Spannend.

Umso grösser war dann die Enttäuschung. Ich sah kein Kino, kein Theater, und die Wohnung im Häuserblock war eng, die Tür zum Treppenhaus verriegelt, vom Hausflur zur Straße noch eine abgeschlossene Haustür. Mit der Freiheit meiner Kindheit war es vorbei. Ich fühlte mich gefangen, hatte Angst. Mama hat mir eingeschärft: „Auf keinen Fall darfst du auf der Straße mit einem fremden Mann reden! Nur ja keine Süßigkeiten annehmen, auch keinen Apfel und keine Banane. Und auf gar keinen Fall darfst du auf dem Schulweg in ein Auto einsteigen, denn die Männer werden dich nicht heimbringen, sondern verführen, das tut weh." Ich wusste nicht, was verführen heißt, aber Schmerz wollte ich bestimmt nicht. Zu Hause im Dorf war ich angehalten gewesen, immer freundlich zu sein, jedermann laut und deutlich zu grüßen, zu antworten, wenn man mit mir sprach, danke zu sagen, wenn ich einen Apfel oder Kekse erhielt. Jetzt, in der Stadt, wurde weder ich noch mein Gruß beachtet. Ich verlor nicht nur das Vertrauen, ich wurde misstrauisch. Was ich in meinem Kinderleben geordnet hatte, um brav und gut sein zu können, war zerstört, und ich wurde von Tag zu Tag ängstlicher vor Furcht, etwas falsch zu machen. Am liebsten wäre ich unsichtbar gewesen.

Iannis, als Regi und Baba klein waren, habe ich gemerkt, wie schwierig es ist, Kinder zu warnen. Es ist eine Gratwanderung zwischen Angst und Mut machen – gar nicht einfach. Vor allem will ich ihnen Sicherheit geben, sie müssen wissen, dass sie mir alles furchtlos erzählen können. Ich kann nur hoffen, dass mir das gelingt. Aber wie wenig kann man im Grunde wissen, was in diesen sensiblen Kinderseelen vorgeht!

Zurück zum Stadtleben: Ich hatte einen wiederkehrenden Albtraum, wenn Mama sagte: „Tanja, pass schön auf die Kleinen auf, dass sie keine Dummheiten machen." Dann hat sie die Tür von außen abgeschlossen und ist weggegangen. Wahrscheinlich musste sie bloß rasch einkaufen, aber ich war mit der neuen Verantwortung entsetzlich überfordert. Wie lange würden wir allein sein? Würde ich kochen müssen? Was? Wie?
Einmal ließ ich die schweren Metallstoren vor den Fenstern runter. Stück um Stück löste ich die breite Gurte und war fasziniert, dass ich die Storen bewegen konnte, ohne das Fenster zu öffnen. Nun konnte niemand mehr einbrechen, aber die Wohnung war finster, als wäre es Nacht. „Mama, Mama", jammerten die Kleinen, ich wusste mir erst nicht zu helfen, doch da es dunkel war, brachte ich sie zu Bett. Den kleinen Samuel band ich am Handgelenk und am Fuß an den Stangen des Kinderbettes fest, so konnte er nicht herausfallen und keine Dummheiten anstellen. Meiner Schwester erzählte ich im Bett ein Märchen, so hielt auch sie sich still. Es ist peinlich zuzugeben, dass ich meinen Bruder ans Bett gebunden habe. Doch damals gab ich mein Bestes und trotzdem war Mama nicht zufrieden.
Dabei kann ich immer noch die Furcht vor der Verantwortung fühlen, mein Atem geht schwer, wenn ich mich zurückversetze. Die Angst vor Verantwortung und das Gefühl, nicht zu genügen, holen mich immer wieder ein. Manchmal frage ich mich tatsächlich, ob Pesche Recht hat: Bin ich vielleicht doch an seiner Sauferei schuld? Oder wenn Oma Martha mich heruntermacht mit: „Es ist an dir, Familie und Geschäft zusammenzuhalten, da kann man nicht einfach jeden Nachmittag zu den Pferden rennen." Als ob ich jeden Tag im Stall wäre ... Da werde ich gleich zur kleinen Tanja und halte die Tränen zurück. Wie sollte ich mich wehren?

Uralte Gefühle schleichen sich wieder ein und blockieren mich. Iannis, langsam geht mir ein Licht auf; ich sehe mich von einer ganz neuen Seite! Es ist klar, dass man aus seinen Aktionen lernen kann. Wie sehr man es aber auch aus seinen Gefühlen kann, wird mir erst jetzt bei der Rückschau bewusst. In Zukunft werde ich mich bemühen, dass nicht mehr die kleine Tanjala angebrüllt wird, sondern die erwachsene Frau, die sich wehren kann. Nicht die kleine Tanjala wird in Zukunft ängstlich blockiert sein, die dreißigjährige Tanja wird Initiative ergreifen. Iannis, das ist ein neuer Standpunkt, ein neues Ich, eine neue Welt!

Zurück zu Anno dazumal, in die Stadt. Endlich waren die Schulferien vorbei. Freudig zog ich los ins neue Schulhaus, zu einer neuen Lehrerin und neuen Freunden. Ich habe mir furchtlos vorgestellt, dass alles wie zu Hause wäre. Im Dorf spielten wir in der Pause oder die Mädchen saßen auf der Mauer beim Brunnen und tratschten; die Knaben hänselten uns ab und zu, aber meistens spielten sie Fußball. Iannis, du weißt ja selbst am besten, wie ekelhaft und diskriminierend Kinder gegen Neuankömmlinge sein können. Es ging mir nicht besser als Dir, ich wurde gehänselt, weil ich einen anderen Dialekt hatte, verspottet wegen der Halbschuhe, wo man doch im Sommer Sandalen trägt, wurde an meinem langen Zopf gerissen, auf den Mama so stolz war, und hinter mir johlten sie: „Landei, Landei!" Natürlich, die anderen Mädchen ließen sich regelmäßig modische Frisuren schneiden, ich durfte das nicht. Wir kamen vom Land, und an meiner Familie waren die 68er spurlos vorbeigegangen. Schon wieder wäre ich am liebsten unsichtbar gewesen, damit niemand meine Tränen sieht.
Du, Iannis, hast geschwiegen, ich habe mich versteckt, mich von der Außenwelt abgeriegelt und in meiner Fantasie gelebt, von

Wiesen, Wäldern und Weiden mit Pferden geträumt. Und das auf der Mädchentoilette, jede Pause, und nach der Schule, bis alle andern verschwunden waren. Lach nicht, aber das war wirklich der einzige Ort, wo ich mich sicher und wohl gefühlt habe. Die hinterste Toilette hatte ein Fenster, das war mein Lieblingsplatz. Die unteren zwei Scheiben waren aus Milchglas, da konnte ich nicht hinausschauen. Doch aus den oberen Scheiben hatte ich gute Sicht, und während der Pausen stand ich auf der Toilette und spähte auf das Treiben im Schulhof, immer bereit zu spülen, wenn jemand hereinkam, um anzuzeigen, dass in meiner Kabine alles in Ordnung war. Von dort oben habe ich gelernt, dass die Gruppe rund um Grete befiehlt, habe gesehen, wie sie Marie umgestoßen und dann gelacht haben, wie sie die Köpfe zusammengesteckt und getuschelt haben, bis sich Marie weinend versteckt hat. Dann haben sie mit den Fingern auf sie gezeigt und gelacht. Nein, so wie Marie wollte ich nicht werden, dazu würde ich mich nicht hergeben, nie im Leben! Nach der Schule habe ich dort auf Zehenspitzen geprüft, ob alle weg waren und mich erst auf den Heimweg begeben, wenn die Luft rein war.

Ich sehe es vor mir, das achtjährige Mädchen, breitbeinig mit den Halbschuhen auf dem weißen Porzellanrand der Mädchentoilette. Klobrillen und Deckel gab es nicht, damit es einfacher war, die Schüssel sauber zu halten. Dort, versteckt und in Sicherheit, spähte sie mit Sperberaugen auf den Schulhof hinunter, bis ihr Heimweg frei war von hänselnden Kameraden. Das Bild wäre reif für eine Filmszene, in seiner Symbolik unvergesslich.

Meine Erfahrungen motivieren mich, jeden Tag mit Regi und Baba über ihre Erlebnisse und Gefühle zu reden. Die beiden sind so zart, ich möchte sie behüten und beschützen, ihre Kinderseelen sollen ohne Angst sein, sie sollen offen sein dürfen, alles erzählen können, nicht wie früher zu meiner Schulzeit. Ich tue

mein Bestes – wie wahrscheinlich auch meine Mama ihr Bestes gegeben hat. Damals, als Mobbing noch keinen Namen hatte und es nicht üblich war, mit Kindern lange Gespräche über ihre Gefühle und Erlebnisse zu führen. Jedenfalls nicht in unserer Familie.
Einen Lichtblick hat es gegeben: den Besuch von Onkel Peter, dem Vetter meines Vaters. Er war schon immer mein Lieblingsonkel und ich seine Prinzessin. Als ich klein war, hat er mit mir herumgealbert und ich war stolz, einen so tollen, jungen Onkel zu haben. Er nahm mich auf seinen Schoß und ich durfte mit ihm kuscheln, wenn er mit Papa diskutierte. Später nahm er mich mit auf seinem Motorrad, nur mich, nicht meine Geschwister. Da war ich aber stolz! Niemand machte mir Komplimente wie er. „Du bist das hübscheste Mädchen weit und breit", beteuerte er immer und immer wieder. Ich, seine kleine Prinzessin, wie Dornröschen. Bei Onkel Peter durfte ich meinen Charme ungehindert versprühen, ich habe ihm vertraut wie meinen Eltern, er gehörte ja zur Familie. Ich war wie eine Raupe, die zum Schmetterling wird, ihre Flügel entdeckt und Licht erblickt. Wie ein verliebter Nachtfalter tanzte und zwirbelte ich um ihn herum. Doch wie die Falter wusste auch ich nicht, dass man sich an dieser Flamme verbrennen kann und habe mich verkohlt. Die Prinzessinnenwelt wurde dabei in Schutt und Asche gelegt.
Kann heute nicht sagen „happy day", ich bin traurig. Tanja

21. Juni
Mail von Iannis@Greco.com
An Tanja@homebase.ch
Betreff Oh nein, bitte sofort antworten

Tanjala, ich ahne Schlimmes. Hat auch Dein Onkel Dich enttäuscht? Schreib weiter, ich bin unruhig.
Lots of love Dein Iannis

23. Juni
Mail von Tanja@homebase.ch
An Iannis@Greco.com
Betreff Der unhörbare Schrei

Mein lieber Iannis, da kann wohl auch kein Guru weiterhelfen. Wie der Refrain eines Ohrwurms drängen sich seit meiner letzten E-Mail Szenen meiner schlimmsten Albträume in meine Gedanken. Seit meinem vierzehnten Lebensjahr habe ich ein Erlebnis geheim gehalten, nun drängt es wie ein faules Geschwür an die Oberfläche und droht zu platzen.
Als ich in Delphi den Orakelspruch las, fühlte ich erst unterbewusst und dann immer klarer, dass dieses Geheimnis ans Licht gezerrt werden muss, wenn ich mich selbst erkennen soll. Hatte ich deshalb eine Abneigung dagegen, meine verdrängte Vergangenheit heraufzubeschwören? Zum allerersten Mal hole ich diesen Tag aus der Versenkung hervor:
„Schnee bis in die Niederungen, heftige Nordwinde", hat die Vorhersage an diesem Dezembermorgen beim Frühstück gemeldet. Ich hasste diese dunklen Wintertage. Es war noch Nacht, wenn ich in meinen Winterstiefeln durch den Schnee stolperte, und erst bei Dunkelheit eilte ich zurück ins warme Daheim, eingemummelt

und gefangen in Wintermantel, Halstuch, Mütze und Handschuhe. Waren sie tröstlich, die Lichterketten, der bärtige Santa vor dem Gemüseladen, der allen mit einem Auge zuzwinkert, die Krippe mit den heiligen Gestalten vor der Kirche? Vielleicht ein wenig.

Mama meinte: „Tanja, warte nach der Klavierstunde bei Onkel Peter auf Papa, er wird dich nach der Arbeit mit dem Auto abholen." Also huschte ich nach der Musikstunde um die Ecke zum Haus des Onkels und rettete mich dort in die Wärme.

Iannis, nun beginnen die Szenen wie ein Film vor meinem geistigen Auge abzulaufen:
Ich sehe, wie ich mit offenem Mantel durch die Gasse haste. Der kalte Wind heult mir um die Ohren, peitscht nassen Schnee in mein Gesicht. Mütze und Handschuhe habe ich vergessen, als ich fluchtartig das Haus meines Onkels verlasse. Der neblige Dunst vor mir, mein eigener Atem verschleiert die Sicht, doch wenn ich die untere Lippe vorstoße und aufwärts puste, wird meine Nase davon für einen kleinen Moment warm eingehüllt. Dort, die warme Musikschule. Dort habe ich vor wenigen Stunden noch gelacht. Aber nein, dort kann ich nicht hinein. Wenn ich dem Hauswart so in die Quere käme, würde er mich ausfragen. Sieht man mir an, was passiert ist? Peinlich!
Also weiter, über den Ringplatz. Hier ist Fahrverbot. Hier kann Onkel Peter mich nicht mit dem Auto einholen, falls er mich verfolgt und nach Hause bringen will. Nie mehr werde ich in sein Auto steigen. Ich drossle mein Tempo, um Atem zu holen. Angst beklemmt mich und Scham. Mit steifen Fingern knöpfe ich meinen Mantel zu bis unter das Kinn, als ob ich das Geschehene darunter verbergen könnte. Es tut trotzdem gut. Menschen eilen an mir vorbei, Mützen und Hüte weit ins Gesicht gezogen, sie wollen dem Schneesturm möglichst rasch entfliehen. Niemand

achtet auf mein Schluchzen. Mitten im vorweihnachtlichen Treiben bin ich allein.
Die Turmuhr der Stadtkirche schlägt halb sechs. Vielleicht ist die Kirche nicht abgeschlossen? Der alte schmiedeeiserne Türgriff gibt nach, ich öffne einen Spalt und zwänge mich in den verlassenen Eingang. Eben noch tobte das orkanartige Heulen des Sturmes und jetzt Totenstille. Das Kirchenschiff ist menschenleer, nur auf dem Altar flackern einsam drei Kerzen. Meine Schritte hallen im dunklen Gewölbe, ich setze mich hinter eine Säule und schaue auf zum Kreuz mit dem Heiland. Kalte Tropfen rinnen aus dem Haar auf mein Gesicht und mischen sich mit warmen Tränen. Nass. Alles ist nass. Ich schluchze zu den kalten Mauern. Vor Wut. Vor Angst. Vor Scham.
„Komm' runter, ich bin in der Werkstatt", rief Onkel Peter, als ich den Flur betrat. Auf der Kellertreppe roch es modrig und nach Zigarettenrauch, die Fenster waren angelaufen. „Lüftet und putzt denn hier niemand?", ging mir durch den Kopf. „Seit dem Tod von Großvater wächst seiner Mutter die Arbeit über den Kopf, ich sollte mal aushelfen." Doch erst musste ich runter in den Keller, um meinen Onkel zu begrüßen.
Ein altes, schäbiges Sofa stand in der Werkstatt, davor auf dem Boden Bierflaschen und ein voller Aschenbecher. „Ruht er sich in der Werkstatt aus? Komisch", war mein erster Gedanke, als ich eintrat. Er deutete mir, mich zu ihm zu setzen: „Komm her, ich hab auf dich gewartet." Zögernd näherte ich mich, etwas Ungewöhnliches lag in der Luft. Ich war noch nie dort unten gewesen und wollte auch gar nicht dort sein, am liebsten hätte ich kehrt gemacht. Er stand auf, legte seine Hand auf meine Schulter und flüsterte: „Komm nur, setz dich", und zog mich herunter. „Mädchen, du machst mich wild", murmelte er, während er mich auf das Kissen stieß, mich mit einer Hand festhielt und mit der

anderen an meiner Kleidung herumfummelte. Meine Nackenhaare stellten sich auf wie bei einer ärgerlichen Katze. Am liebsten hätte ich gefaucht und gekratzt, doch ich konnte mich unter seinem Griff nicht rühren. Angst, heiße Wellen der Angst jagten durch mich hindurch. Ich wollte aufstehen und raus rennen, doch er drückte mich nieder, ich war machtlos. Die Erinnerung an die folgenden Minuten mag ich nicht heraufbeschwören. Ekel und Entsetzen über den Verrat haben mich gelähmt, und als ich mich endlich aufsetzen konnte, saß er neben mir, beobachtete den Rauch seiner Zigarette und schwieg.

Klebrig und mit zitternden Knien stand ich auf, doch er hielt mich am Arm zurück, drückte zum Nachdruck bei jedem Wort fest zu und befahl eindringlich:

„Versprich mir, dass all das unter uns bleibt. Du wolltest es ja auch, das weiß ich. Schweig! Versprich mir hoch und heilig, dass du darüber schweigst! Denk an deine Ehre, die Ehre der Familie, die Schande, die du über sie gebracht hast! Wir zwei, wir sind Freunde, Verbündete. Vergiss das nicht!" Dann, endlich, konnte ich mich losreißen. Wütend und angeekelt rannte ich die Treppe hinauf, immer zwei Stufen auf einmal, schlüpfte im Hinausgehen in den Mantel und hastete davon. Ohne Halstuch und Handschuhe, sogar die Mütze ließ ich liegen. Nur raus, nur weg! Hinter mir öffnet sich die Kirchentür, im Halbdunkel wird getuschelt. Nur jetzt niemandem begegnen! Ich schleiche hinter den zwei Frauen zum Eingang, stemme mich gegen das schwere Tor und schlüpfe zwischen zwei Windböen hinaus. Ich muss mich auf den Heimweg machen, sonst schimpft Mama auch noch. Papa ist jetzt bei Onkel Peter, er wollte mich um sechs Uhr abholen. Trinken die beiden in aller Ruhe ein Bier, als wäre nichts gewesen? Hände in den Taschen, Rollkragen bis über Nase und Ohren gezogen, den Mantelkragen hochgestellt, eile ich heim. Am liebsten

würde ich Mama um den Hals fallen, mich ausweinen, alles erzählen und die Scham loswerden. Sie würde mich trösten. Aber nein, sie würde schimpfen. Ich bin ja schuld. Er hat es auch gesagt. Hier bei der Kreuzung kann ich die Abkürzung nehmen, den Fußweg über die Wiese. Jetzt will ich so schnell wie möglich zu Hause sein. Heute hat sich meine ganze Welt auf den Kopf gestellt, ich will heimgehen und nachdenken, ordnen, was ich in meinem Kopf ordnen kann. Dort drüben leuchtet ein Weihnachtsbaum. Falls der Trost spenden soll, versagt er heute vollkommen. Auch so ein Humbug, Weihnachten.
Papas Worte wiederholen sich wie ein Refrain in meinem Gehirn: „Es passiert noch was, wenn du dich so aufplusterst, du Modepuppe." Er liebt es nicht, wenn ich mich herrichte. Seidenstrümpfe und Lippenstift sind tabu, wenn sich auch alle, ausnahmslos alle Mädchen in meiner Klasse schminken. Was meint er mit: „Passiert noch was"? Dachte er an das, was eben passiert ist? Warum hat er mir das nicht gesagt? Wusste er, dass Onkel Peter so was tun würde? Darf Onkel Peter das tun, nur weil ich mich herrichte? Hat Papa mich gewarnt und ich habe nicht begriffen? Wird er mich bestrafen? Schande über die Familie bringen ist das Schlimmste, was ich ihm antun kann. Unverzeihlich. „Neeeiiin!" Mein Schrei erschrickt mich, ich renne vor mir selbst und meinen schwarzen Gedanken davon. Doch sie kreisen mich ein, ich sitze in der Falle, mit Onkel Peter als einzigem Verbündeten. Wenn ich das Geheimnis verrate, liebt mich kein einziger Mensch mehr, ganz zu schweigen von der Strafe, die Papa mir auferlegt. Mich schaudert vor Kälte und Nässe. Mein Leben ist futsch. Zitternd öffne ich die Haustür und atme die Wärme und den Duft der Weihnachtskekse ein. Ich habe diesen Duft immer geliebt, jetzt wird mir schlecht. Das könnte alles so schön sein, aber ich wende mich ab. Ich will niemanden

sehen, nur sehr lange duschen, die Berührung, den Geruch, die Verzweiflung, den ganzen Betrug wegwaschen.
Iannis, eben habe ich das gestern Nacht Geschriebene nochmals durchgelesen. Nachdem ich das verdrängte Erlebnis ans Licht gezerrt habe und alles mit erwachsenen Augen sehe, fühle ich nur noch Wut. Wie konnte ich mir nur einreden lassen, dass ich dafür verantwortlich war? Er hat mein Schweigen erpresst mit der Beteuerung, dass er mein einziger Freund, mein Verbündeter sei, und ich wollte nicht mutterseelenallein auf der Welt stehen. So naiv war ich.
Wieder lerne ich mich aus einer neuen Perspektive kennen.
Tanja

24. Juni
Mail von Iannis@Greco.com
An Tanja@homebase.ch
Betreff Soll ich kommen?

Tanjala, das ist entsetzlich! Ich bin so froh, dass Du jetzt alles aus der erwachsenen Perspektive anschaust und siehst, dass nicht Du die Schuldige gewesen bist. Aber warum hast Du Dich nicht gewehrt? Geschrien? Angeklagt? Er hätte hinter Gitter gehört, dieses Schwein! Dann musstest Du schweigen, und das hat Dich erst Recht krank gemacht. Ich begreife es nicht: Ein pädophiler Verwandter begeht Inzest, vergewaltigt, und nichts passiert. Das darf es doch nicht geben! Bestimmt hat es Deine Jugend verändert, ja, Dein ganzes Leben beeinflusst. Du hast geschwiegen, gelitten und konntest mit niemandem darüber sprechen. Auch ich muss das erst mal verdauen.
With lots of love, Iannis

25. Juni
Mail von Tanja@homebase.ch
An Iannis@Greco.com
Betreff Unverstanden allein

*Greco, das ist es ja, auch Du verstehst nicht. Niemand hätte verstanden! Ich hätte Dir doch nicht davon schreiben sollen.
Sorry, Tanja*

26. Juni
Mail von Iannis@Greco.com
An Tanja@homebase.ch
Betreff Auf den Knien

*Tanjala, ich bin ein Esel! Ich hätte zum Himmel schreien mögen, als ich Deine Geschichte las, und habe so dumm reagiert, wie es nur geht. Es tut mir leid, bitte vergib mir. Sweetheart, erzähle mir alles, ich will wissen, weshalb Du Dich niemandem anvertrauen konntest, warum keiner für Dich da war.
Ich bin für Dich da. Love, Iannis*

27. Juni
Mail von Tanja@homebase.ch
An Iannis@Greco.com
Betreff Allein

Es musste doch ein Geheimnis bleiben, das habe ich versprechen müssen. Und überhaupt: An wen hätte ich mich wenden sollen? An meinen Vater? Er war nicht oft zu Hause, und wenn er da war, musste man durch die vorgehaltene Zeitung sprechen. Er hätte mit gerunzelter Stirn ärgerlich über den Rand geschaut und gesagt: „Rede nicht so dummes Zeug!" Das heißt, wenn ich überhaupt Worte gefunden hätte. Wie kann man das empfundene „nicht Richtige„ ausdrücken? Sollte ich sagen: „Onkel Peter hat mich berührt?" „Na und?" „Da unten berührt?"

Ich hab's ja geschehen lassen, konnte nicht abhauen, und er hätte bestimmt alles geleugnet oder noch schlimmer: Er hätte gesagt, ich habe ihn provoziert mit meinem roten Lippenstift und den Seidenstrümpfen. Wie hätte ich mit Papa darüber sprechen sollen? Ich fühlte mich schuldig, Schweigen schien die beste Wahl. Hätte ich das Wort „Vergewaltigung" damals begriffen, hätte Mama wahrscheinlich reagiert. Doch ich habe mir darunter einen gewalttätigen Angriff und körperliche Verletzung vorgestellt, ich habe das Geschehene nicht damit in Zusammenhang gebracht. Ein einziges Wort hätte mein Leben verändern können, ich kannte es nicht und blieb stumm. Hätte es meinen Onkel hinter Gitter gebracht? Aber da ich unmöglich beschreiben konnte, was passiert war, musste ich allein damit fertig werden. Manchmal, Iannis, kommt es mir vor, als hätte meine Jugend im Mittelalter stattgefunden. Ich wollte doch nur gut sein und geliebt werden.

Wie gern möchte ich glauben, dass die heutige Jugend viel aufgeklärter ist und Missbrauch, Vergewaltigung und Inzest kaum mehr vorkommen; dass wir in einer Welt leben, in der Kinder offen mit ihren Eltern reden können und Missbrauch sofort aufgedeckt wird. Manchmal möchte ich mich mit solchen Gedanken einlullen, aber wenn ich hinter dem Ladentisch stehe, höre ich zu oft Gemunkel von versteckten Familiendramen. Auch Statistiken aus amtlichen Quellen bestätigen das, ich darf mir gar nicht vorstellen, wie viele Sexualverbrechen und seelische Erschütterungen darüber hinaus noch verborgen bleiben.

Love, Tanja

28. Juni
Mail von Iannis@Greco.com
An Tanja@homebase.ch
Betreff Geheimnisse

Tanjala, Du hast Recht, vieles bleibt verborgen. Man begegnet dem Elend mit Scheuklappen und mischt sich nicht ein. Das Böse kann existieren, weil gute Menschen daneben stehen und nichts tun.
Deine Schilderung hat mich an einen Brief von meiner Tante Zia erinnert. Ich war ungefähr zwölf Jahre alt und Mama weinte beim Lesen. Natürlich wollte ich wissen, was geschehen war, wollte sie trösten, aber sie sagte nur „Tipota – nichts!" und hat den Brief mitsamt Umschlag in ihrer Bluse versteckt. Das Zelt über ihrer linken Brust sah nicht nur komisch aus, es hat mich jeder Möglichkeit beraubt, den Brief an mich zu nehmen und heimlich selbst zu lesen. Als Papa heimkam, spitzte ich die Ohren. Sie flüsterte unter schluchzen: „Onkel Peppo hat Leila erwischt." Leila erwischt – darunter konnte ich mir nichts vorstellen. Aber das Lamento von meinem Papa hat mir klar gemacht, dass etwas Schlimmes geschehen sein musste. Dann mahnte er: „Nimm dich in Acht, mein Bruder darf nicht erfahren, dass es schon wieder passiert ist, der bringt ihn um."
Ob wir auch ein Skelett im Keller haben? Ich werde Mama in einer ruhigen Minute danach fragen.
Du hast geschrieben, dass Du mit der Vergewaltigung allein fertig werden musstest. Wird man mit so einem Trauma denn je fertig? Mir scheint eher, dass Du immer noch leidest, ich selbst werde krank bei der bloßen Vorstellung. Aber denke daran: Ich bin bei Dir, nichts kann meine Liebe zerstören, Du kannst immer zu mir kommen. Wie Du bist, wohin Du gehst, ich liebe Dich, Iannis

1. Juli
Mail von Tanja@homebase.ch
An Iannis@Greco.com
Betreff Wenn Skelette auferstehen

Liebster, Deine Liebe richtet mich immer wieder auf. Sie gibt mir den Mut, alles aus einer erwachsenen Sicht wahrzunehmen. Du siehst das richtig, ich konnte nicht verarbeiten, nur überleben. Und vergessen. Eigentlich hätte ich meine Traurigkeit, die Alpträume und die Migräne damit in Zusammenhang bringen müssen, aber ich war zu jung und naiv. Je schlimmer ich mich fühlte, desto mehr habe ich verdeckt, machte mich hübsch, lächelte, wollte perfekt sein, gefallen, beweisen, dass ich trotz allem gut bin. Es war meine eigene Falle. So konnte ich tagsüber funktionieren, aber nachts kamen die Schuldgefühle und Scham an die Oberfläche, machten sich in Albträumen Luft.

Da hat sich der Hochzeitstraum immer wieder in meinen Schlaf geschlichen: Die feine Gesellschaft wartet neugierig auf die Eröffnung des Tanzes, und bei den ersten Walzertakten führt mich mein Bräutigam zur Bühne. Vor den Stufen raffe ich mein weißes Spitzenkleid zusammen, um nicht zu stolpern, dabei entdecke ich einen großen Blutfleck vorne in der Mitte. Gleich muss ich mich umwenden, ich erstarre, möchte im Boden versinken ... kann mich nicht bewegen ... nicht mehr atmen ... und erwache schweißgebadet.

Ein anderer Traum verfolgt mich immer, wenn Pesche mich besoffen anmacht, oder Oma mich beschuldigt und ich mich außer Kontrolle fühle. Dann sehe ich mich als verwahrloste Marionette, meine Fäden haben sich verwirrt, völlig gelähmt hänge ich an den Schnüren. Ich möchte hinunter eilen zum See, aber meine Glieder gehorchen mir nicht, doch sie werden von irgendwo her

bewegt, gegen meinen Willen. Meine Hände heben den Rocksaum hoch, höher und höher, ich möchte vor Scham sterben ...
Dann wache ich auf, verschwitzt und verwirrt.
Im Albtraum wie im Leben hatte ich die Kontrolle verloren, bin durchs Leben gestolpert, ohne zu lenken.
Und jetzt bin ich zum ersten Mal von ganzem Herzen verliebt!
Das tut gut, so gut! Deine Tanjala

2. Juli
Mail von Iannis@Greco.com
An Tanja@homebase.ch
Betreff Träume

Meine verliebte Tanjala, Du schreibst von Traurigkeit, Albträumen und Migräne. Warum bloß fühlst Du Dich schuldig? In Wirklichkeit ist Dir großes Unrecht geschehen! Erst wenn du diese Wahrheit auch gefühlsmäßig als Tatsache identifizieren kannst, bist Du frei für die Träume, die Du unter den Teppich gekehrt hast. Schaffst Du das?
Dass du verliebt bist, ist wunderbar! Tanja, wir haben eine Zukunft. Wirst Du über Möglichkeiten nachdenken? Dein Traum von Palmen, dem Meer und einem Mann neben Dir, der Dich liebt, ist greifbar nahe.
Lots of love, Iannis

5. Juli
Mail von Tanja@homebase.ch
An Iannis@Greco.com
Betreff Ausräucherung

Danke Guru, wahrscheinlich hast Du Recht. Doch meine alten Empfindungen sind so fest eingeprägt, dass mir jetzt die Wirklichkeit wie ein Traum vorkommt. Auch als die Vergewaltigung in meinem Kopf längst klar war, habe ich die Gefühle in meinem Bauch nicht damit in Zusammenhang gebracht. Aber nun bin ich nicht mehr zu feige, das Verdrängte anzusprechen, und wenn ich in meine innere Dunkelkammer eintauche, drücke ich die Gefühls-Delete-Taste. Immer und immer wieder, denn die alten Empfindungen holen mich oft ein. Das Mantra „Ich bin der Weg" hilft mir dabei, denn ich stelle mir vor, wie ich die Last dieser Gefühle bisher getragen habe und nun Stück um Stück am Wegrand zurücklasse. Schließlich sind es meine Gefühle, ich kann damit machen, was ich will. Bisher haben diese Gefühle mich besessen, nun ist es umgekehrt und ich lasse sie zurück. Wenn ich so die Wahrheit erfühle, bin ich kräftig und frei. Selbsterkenntnis – danke, mein Orakel.
Liebster, leider kann ich dennoch nicht an eine gemeinsame Zukunft denken, ich arbeite doch daran, unsere Ehe zu retten. Ich habe nun einmal „ja" gesagt und geschworen. Die Kinder kann ich auch nicht einfach in ein fernes Land verpflanzen, Du weißt selbst am besten, wie schlimm das ist! Und doch ...
In Liebe, Tanja
P.S. Hast Du Deine Mama nach den Skeletten gefragt?

8. Juli
Mail von Iannis@Greco.com
An Tanja@homebase.ch
Betreff Bravo! Aber Mordgedanken

Tanjala, ich bin so froh, dass Du diese Last am Wegrand zurücklässt! Ja, Du selbst bist der Weg, Du bestimmst, wohin Du Dich führst und was Du fühlst. Ich kann es immer noch kaum glauben, auch wir haben tatsächlich Skelette im Schrank. Ich habe es aus meiner Mutter herausbekommen, damals war es Onkel Tasso, aber Inzest schien früher an der Tagesordnung. Du kannst Dir meine Stinkwut nicht vorstellen. Am liebsten würde ich nach Santorin eilen, Tasso verklagen, oder ihm den Kopf umdrehen. Mama weinte wieder, aber nicht aus Wut, sondern dem Geheimnis traurig und treu ergeben. Sie meinte, in unserer patriarchalen Heimat sei das eben so. Ich kann doch nicht einfach zusehen, Tanjala, was kann ich tun? Du, Leila und wahrscheinlich abertausend andere Mädchen haben das Gleiche erlebt und verdrängt und kämpfen mit Depressionen und Albträumen. Was kann ich tun? Weinend meinte Mama dazu: „Nichts kann man tun, das war schon immer so!" Meinen Einwand, dass man diese Sexualverbrecher eben anzeigen müsse, wehrte sie vehement ab: „Das Übel auch noch an die Öffentlichkeit schleppen? Meinst Du nicht, dass die Schande so schon groß genug ist? Nein, man kann nur hoffen, dass jeder in der Familie das Maul hält und das Mädchen schlussendlich doch noch einen Mann findet, der nicht zu zimperlich ist." Sie spricht so, als wäre Leila eine Ware mit vermindertem Wert geworden, die dann doch zu möglichst gutem Preis an den Mann gebracht werden muss. Mit der Einstellung ist Mama vor fünfzig Jahren in Griechenland stehen geblieben ... Tanja, ich fühle mich so machtlos!
Lots of love, Iannis

9. Juli
Mail von Tanja@homebase.ch
An Iannis@Greco.com
Betreff Kopf umdrehen

Guru, Selbstjustiz-Macho, das ist nicht nur ein Problem auf der kleinen griechischen Insel. Kannst hier auch gleich einen Kopf umdrehen, wenn Du schon Köpfe rollen lässt. Ach nein, sollte ein Witz sein.
Ich liebe Dich für Deine Wut, Tanja

10. Juli
Mail von Iannis@Greco.com
An Tanja@homebase.ch
Betreff Verwirrt

Tanjala, ernsthaft, ohne Witz: Habe ich Dir nicht längst den Kopf verdreht? Mein Egobarometer steht auf null ...
Love, Iannis

11. Juli
Mail von Tanja@homebase.ch
An Iannis@Greco.com
Betreff Missverständnis, Dummkopf

Natürlich hast Du mir den Kopf verdreht. U-m-drehen hab ich geschrieben. Und um Deine nächste Frage vorwegzunehmen: Ich habe Pesches Kopf gemeint. Gleicher Fall wie Tasso: Pesche war Onkel Peter. Gib mir Zeit für die Erklärung, dann kannst Du mich vielleicht gleichwohl noch lieben.
Deine Tanja

P.S. Sorry, mein Zynismus ist unangebracht, ich weiß immer noch nicht, wie ich mich ausdrücken soll ...

11. Juli
Mail von Iannis@Greco.com
An Tanja@homebase.ch
Betreff Bombe hat eingeschlagen

Verstehe ich richtig? Pesche ist Onkel Peter? Der Vergewaltiger? Und den Schuft hast Du geheiratet? Bist Du noch bei Trost? Ich muss unbedingt wissen, wie es dazu kommen konnte, hoffentlich kann ich das je begreifen. Ich bin ungeduldig – mir fehlen die Worte.
Iannis

13. Juli
Mail von Tanja@homebase.ch
An Iannis@Greco.com
Betreff Erklärungen

Iannis, ich fühle mich ganz klein. Natürlich habe ich damals alles falsch gemacht, das will ich nicht beschönigen. Aber wenn Du Dich in die Gefühlswelt des jungen Mädchens von damals versetzen kannst, wirst Du die verdrehte Logik vielleicht nachvollziehen können. Onkel Peter und mich verband das Geheimnis. Er war der einzige Mensch, der alles wusste und mich dennoch geliebt hat. Mit ihm hätte ich den einzigen Vertrauten verloren. Mein Fluchtweg führte zu ihm, nicht von ihm weg. Er hat mich verwöhnt und mein Schweigen mit Reitstunden erkauft. Ein bisschen gewehrt habe ich mich – in meinen Augen. „Du brauchst mich gar nicht mehr deine kleine Prinzessin zu nennen", wagte

ich zu sagen. Prompt kam die Antwort: „Und ich will, dass du mich Pesche nennst wie meine Kollegen, ich mag nicht dein Onkel sein." Ich wollte ihn von mir stoßen, da hat er mich mit dem neuen Namen noch näher an sich gezogen. Er war viel älter, erwachsener, schlauer und berechnender als ich. Wenn ich ihn Pesche nannte, hatte er das Gefühl, dass ich auf seiner Seite stand, und er nistete sich langsam, sehr langsam, noch mehr in mein Leben ein. Er brachte mich bei Regen oder Schnee mit dem Auto zum Stall, hat mir beim Reiten zugeschaut, hat mich gelobt und war stolz auf mich. Als er sozusagen nicht mehr Onkel war, hat er mich plötzlich seinen Freunden als seine Freundin vorgestellt. Wie peinlich! War ich einverstanden? Wohl kaum. Aber gewehrt habe ich mich auch nicht. Sogar stolz war ich, wenn er mich mit seinem Auto von der Schule oder im Stall abgeholt hat. Man glaubte, dass ich mir da einen feinen Gentleman geangelt hatte, auf einmal wurde auch ich bewundert. Regina bekam zu ihrem siebzehnten Geburtstag ein Dressurpferd, ich wollte mich auch verwöhnen lassen.
Nach und nach durfte ich Johann, dem Reitlehrer, aushelfen. Voller Eifer habe ich für ihn Pferde gestriegelt und Leder geputzt. Iannis, Du kannst Dir kaum vorstellen, wie stolz ich war, als ich auch schwierige Pferde bewegen durfte, die Johann zur Umschulung überlassen wurden. Ihre Besitzer brachten sie mit Worten wie: „Als ich ihn gekauft habe, war er ein braves Tier, doch nun ist der Gaul wild und schlägt aus, ich kann nichts mehr machen mit ihm." Oder: „Er streikt. Jeden Sonntag, wenn ich ausreiten will, bockt er mich runter." Bei Grane hieß es sogar: „Behalten Sie ihn, falls Sie mit dem Bock noch was anfangen können."
Dann sagte Johann: „Tanja, ein Fall für dich."
Ganz langsam und mit viel Liebe habe ich diese Tiere aufgepäppelt. Sie durften sich jeden Tag im Auslauf austoben, dann

habe ich sie longiert, gepflegt, massiert und jeden Tag selbst gefüttert. Wenn sie genügend Muskeln und Vertrauen hatten, habe ich sie gesattelt und erst ganz kurz und sachte in der Reithalle zu Musik neu zugeritten. Ich habe unendlich viele Stunden investiert. Hätte Johann dafür bezahlen müssen, wären die Pferde wohl beim Metzger gelandet. Wenn sie so weit waren, dass Regina und ich mit ihnen lange Ausritte machen konnten, hat Johann einen neuen Besitzer gesucht und ich musste Abschied nehmen. Nur Grane haben wir behalten, für die Reitschule. Nun durfte ich mit ihm Reitstunden geben, ich war richtig stolz.
Nun gute Nacht, Deine Tanjala

15. Juli
Mail von Iannis@Greco.com
An Tanja@homebase.ch
Betreff Verständnis

Meine liebste Pferdeflüsterin, deshalb hast Du den Gauner doch nicht etwa gleich geheiratet? War da mehr dahinter? Was verheimlichst Du? Was immer es ist, habe keine Angst. Ich werde nicht aufhören, den Menschen zu lieben, der Du heute bist! Iannis

16. Juli
Mail von Tanja@homebase.ch
An Iannis@Greco.com
Betreff Dunkle Stunde

Liebster Iannis, Du hast ein feines Gespür – ich habe mich geschämt, Dir gleich alles mitzuteilen. Für mich war es eine Erlösung, für Dich ist es eine Last. Sorry, es kommt noch schlimmer:

Kurz nach der Lehre, nach meinem achtzehnten Geburtstag, ist es passiert: Ich wurde schwanger. Natürlich weiß ich, wie, natürlich war ich ein naives Huhn, es ist heute auch für mich schwierig, die Ereignisse nachzuvollziehen. Pesche hatte mich zum Turnfest eingeladen und mein Vater hatte mir ausnahmsweise erlaubt, mitzugehen. Ich fühle noch heute, wie erwachsen ich mir vorgekommen bin. Pesche hat eine Flasche Wein bestellt und ich habe zum ersten Mal mitgetrunken. Kurz nach Mitternacht fuhren wir heim, es war eine sternklare Nacht. Auf dem verlassenen Parkplatz eines Fabrikgebäudes hat Pesche angehalten. „Nun bist Du kein Gefängnisfutter mehr", hat er gegrinst. „Könntest Dich ruhig ein bisschen erkenntlich zeigen für alles, was ich in den letzten Jahren für Dich getan habe." Stimmt, er hatte so viel getan für mich – so oft bezahlt, mich immer wieder abgeholt mit seinem Mercedes. Ich konnte keinen klaren Gedanken fassen, der Wein hatte mich benebelt und statt mich zu wehren, hatte ich nur Angst, als er mir befahl auszusteigen. Er kam um den Wagen herum, öffnete die hintere Tür und schob mich auf den Rücksitz. „Man kann nicht immer nur nehmen, manchmal muss man auch ein bisschen Freude zurückgeben. Es ist nur Liebe, ich mach Dir schon nichts", hat er mich eingelullt und ist auch eingestiegen. Meine gute Erziehung gegen mein Bauchgefühl – Liebe darf man doch nicht zurückstoßen, oder sollte ich doch? Trotz der Zweifel habe ich es geschehen lassen. Der Gedanke, ich könnte gleich schwanger werden, hatte keinen Platz in meiner Verwirrung.

Pesche war nicht erbost über die Schwangerschaft, ich glaube sogar, dass er sich gefreut hat. Er hatte mich nicht nur begehrt, er wollte mich auch besitzen, aber diese Einsicht hatte ich als junges Mädchen natürlich nicht. Im Gegenteil, ich war froh, dass er mich geheiratet hat. Außer der Schwangerschaft hat mich auch

meine alte Scham zur Heirat gedrängt. Irgendwie habe ich gedacht, damit alles in Ordnung zu bringen. Bei der Heirat habe ich beschlossen, Pesche, die Familie und sogar mein Leben als Metzgersfrau anzunehmen. Ich hatte es mir nicht ausgesucht, aber nun wollte ich es mögen. Doch erst die Mädchen haben mein Leben wirklich lebenswert gemacht.
Also habe ich es damals wieder allen Recht gemacht, wie immer. Und jetzt bin ich verliebt und nicht mehr ledig ... Verkehrte Welt ... Kuss, Tanja

17. Juli
Mail von Iannis@Greco.com
An Tanja@homebase.ch
Betreff Verständnis

Meine liebste Tanjala, irgendwie kann ich nun verstehen. Du hattest nicht das Selbstvertrauen, Dich zu wehren, wolltest es allen Recht machen. Gib Dir selbst Vertrauen, wie Du einem schwierigen Pferd Selbstvertrauen gibst. Mit Geduld und Liebe. Nimm auch meine Liebe an, ich verstehe, wie alles so kommen musste in Deinem Leben, aber jetzt solltest Du darin zum Mitspieler werden, anstatt auf der Tribüne zu sitzen. Dein Plan ist schwierig, aber falls es Dir nicht gelingt, Pesche zum Entzug zu motivieren, bin ich für Dich da.
Lots of love, Iannis

9

Mein Schutzengel lässt mich im Wartezimmer von Andreas, unserem Hausarzt, die Broschüre einer Klinik für Suchttherapie just in dem Moment an mich nehmen, als Andreas die Tür öffnet. Nicht Zufall, sondern Fügung. Iannis würde sagen, dass ich richtig aus dem Bauch heraus bestellt habe und das Universum geliefert hat. Nicht wie erwartet – besser als erhofft.

Nach dem Krieg, noch bevor die Konjunktur angezogen hat und noch nicht in jeder Küche ein Kühlschrank stand, hat Andreas' Mutter, die Frau Doktor, täglich bei Oma Martha eingekauft. Sie ist der Metzgerei Teuscher treu geblieben und hat, wie viele andere Gewerbetreibende der Nachkriegszeit, nie einen Supermarkt betreten; solche Treue bindet. Mehr als dreißig Jahre lang hat Frau Doktor ihr Fleisch bei Oma eingekauft, so lange haben die beiden Frauen einander ein wenig Sonne in den oft nebligen Bieler Alltag gebracht.

Ich bin im Begriff, die Broschüre der Suchtklinik in meiner Handtasche verschwinden zu lassen, als Andreas hereinkommt. Ertappt halte ich inne und schaue zu ihm auf. Unsere Blicke treffen sich, stehen einen Moment still und wollen vorerst die Frage ignorieren, die wie ein übler Geruch im Raum hängt. Andreas, der ein ziemlich zurückhaltender Mensch ist, fragt sich wohl, wie er das Thema anschneiden könnte, ohne aufdringlich zu sein.

Und ich würde am liebsten in einem Mauseloch verschwinden. Doch unser Zögern ist so deutlich, dass wir das Thema nicht wegschweigen können.

„Komm rüber", bricht Andreas das Schweigen nach kurzem Räuspern, „ich kann dir noch mehr Literatur mitgeben, es muss nicht gleich die Klinik sein."

Dann setzen wir uns in sein Sprechzimmer. Ich beobachte ihn, während er in seinem Regal sucht. Er ist ein schöner Mann mit traurigen Augen. Hat er schon immer so resigniert dreingeschaut? Oder ist er erst seit dem tödlichen Autounfall seiner Frau Susanne so ernst? Was für ein schrecklicher Unfall – sie war auf der Stelle tot, keine Vorwarnung, kein Abschied. Sein weißer Kittel und seine steife Haltung, als hätte er einen Stock verschluckt, flössen Respekt ein. Ich befürchte, dass er mich nun über peinliche Szenen ausfragt, die doch niemanden etwas angehen, vielleicht sogar, ob ich noch mit ihm schlafe, ich müsste mich dafür schämen – würde mich das mitschuldig machen? Da ist es wieder, das alte Gefühl von Schuld und Scham. Doch Andreas sagt schlicht:

„Du möchtest Pesche vom Trinken abbringen?" Ich nicke, das Blut schießt mir in den Kopf.

„Begreiflich", nickt Andreas mir zu, während seine hellbraunen Augen mich gefangen halten, „aber ein schwieriges Unterfangen. Ist Pesche dabei?"

„Noch nicht, aber ich werde ihm ein Ultimatum stellen: Familie oder Alkohol. Wenn er da nicht zur Einsicht kommt …"

Wieder räuspert sich Andreas. „Erwarte keine Wunder, das geht nicht von heute auf morgen", sagt er ruhig. „Pesche muss zuerst selbst zur Einsicht kommen und den

Willen haben. Wenn er so weit ist und keinen Alkohol mehr trinkt, kommen die Entzugserscheinungen. Sein Körper wird sich wehren, das ist ein harter Kampf. Er sollte sich professionelle Unterstützung suchen, die AA, die Anonymen Alkoholiker zum Beispiel, leisten da ganze Arbeit. Verlange nicht zu viel auf einmal, er soll sich erst Hilfe holen, dann gib ihm Zeit."

Ich bin dankbar, dass Andreas meine Sorgen ohne große Fragerei begriffen hat. Er gibt mir noch mehr Ratschläge und macht mir Mut, ich fühle mich verstanden. Nur wenn er von möglichen Rückfällen, Neuanfängen und einem holprigen Weg spricht, wird meine Hoffnung gedämpft. Dann bietet er mir an: „Komm zu mir, wenn du weitere Fragen hast oder einfach reden möchtest." Im Türrahmen legt er seine Hände auf meine Schultern und ich sinke zuversichtlich in seine kurze Umarmung. Nun fühlt er sich weich an, als wäre der Stock in seinem Rücken elastisch. „Mutig, Tanja, mutig", murmelt er, während mir die Tränen der Erleichterung in die Augen steigen.

Als ich wieder auf der Straße stehe, hebe ich meinen Kopf, lasse mein Gesicht vom leichten Sommerregen berieseln und atme die gereinigte Luft tief ein.

Durch die Literatur von Andreas tauche ich in eine bisher unbekannte Welt ein. Mein Mann ist in den Alkoholismus abgedriftet und ich, naiv und ahnungslos, wollte im stillen Kämmerlein dagegen ankämpfen. Ich als David ohne Steinschleuder gegen Goliath. In den Prospekten wird vom ständigen Kampf geschrieben, von der großen Kraft, die man jeden Tag aufbringen muss, um der Sucht zu widerstehen. Von Rückfällen und erneuten Anfängen habe ich gelesen, der Hilfe durch die

Anonymen Alkoholiker, dass die Treffen möglichst täglich besucht werden sollten. In der Broschüre der Klinik wurden körperliche Entzugserscheinungen erwähnt, bei denen Fachpersonal zur Verfügung stehe. Davon kann ich mir überhaupt noch kein Bild machen. Ich bin so einfältig gewesen zu denken, dass Pesche einfach nur aufhören müsste! Ob er überhaupt die Kraft hat und das alles überlebt? Es ist von Depressionen die Rede, davon, dass es bei jedem Rückfall noch schlimmer werden kann. Ich reiße mich immer wieder zusammen, um meine Angst zu verdrängen.

Wollte Iannis mir diese Schwierigkeiten klarmachen im Gartenrestaurant in der Plaka? Gehört habe ich die Worte, begriffen nicht. Ich habe ganz einfach verdrängt, was ich nicht wahrhaben wollte. Damals war ich sicher, dass es Pesche nur am Willen fehlt. Aber das ist anscheinend nur der Anfang der langen Reise durch den Entzug. Was für eine Rolle fällt mir selbst dabei zu? Wie werden Regi und Baba das alles miterleben? Ich hatte mir alles so einfach vorgestellt, nun stehe ich vor einem ganzen Berg riesiger Fragezeichen, zu denen ich nicht einmal die Fragen kenne.

Ich darf mich nicht beirren lassen, schließlich habe ich zum ersten Mal in meinem Leben Verbündete. Seit den Gesprächen mit Regina auf Antiparos, den E-Mails mit Iannis und dem Besuch bei Andreas kann ich auf Helfer zählen. Als ich gewagt habe, Iannis zu schreiben, was damals in der Werkstatt passiert ist, ist mir zum ersten Mal richtig bewusst geworden, dass nicht ich mich hätte schämen müssen. Hätte ich mich vor fünfzehn Jahren mitgeteilt, hätte ich damals schon Verbündete haben können. Mir wäre viel erspart geblieben.

Die Prospekte lasse ich auf dem Küchentisch liegen, mit der Bemerkung, dass wir reden müssen; und der Hoffnung, dass sie Pesche einen Anstoß zur Einsicht vermitteln.

Nun habe ich mich aus der Mittagshitze und dem Gewirr meiner Gedanken in die Stadtkirche geflüchtet. Hier ist es kühl und mucksmäuschenstill. Sonnenstrahlen fallen durch die bleiverglasten Fenster und lassen Staub bunt in der Luft tanzen. Ob solche Partikel überall sind und ich sie mit jedem Atemzug einatme? Oder ob sie nur von den warmen Strahlen angezogen herumwirbeln? Ein Teil der dicken Mauern hat den Flammen standgehalten, als die Stadt im Mittelalter Opfer einer Feuersbrunst wurde. Gott oder der Baumeister hat nicht aufgegeben, die Kirche wurde noch schöner wieder aufgebaut. Es muss unermesslich viel Mühe und Schweiß gekostet haben, dieses Kunstwerk neu zu errichten, doch dann konnten die Baumeister und Handwerker voller Stolz auf ihr Meisterwerk zeigen.

Bisher ist mein Leben kein Glanzstück, aber vielleicht gelingt es mir auch, mich neu aufzubauen. Iannis hat Recht: Ich saß auf der Tribüne und hab zugeschaut, wie mein Leben auf dem Feld gespielt wurde. Sollte ich mitmachen? Auch aus meinem Leben ein Kunstwerk gestalten? Wie komme ich aus dem Dunkeln an die Sonne? Es ist typisch, dass ich mich hinten im dunklen Teil unter der Orgel auf eine Bank gesetzt habe, um über die Zukunft unserer Familie nachzudenken. Im Abseits, unsichtbar, bin ich einem alten Gefühl gefolgt.

Drei Wochen sind vergangen, ohne dass Pesche in punkto Entzug reagiert hat. Die Broschüren liegen in der Küche. Ich habe Wohnungsinserate ausgeschnitten und liegen lassen, Arbeitssuche inszeniert, ohne ersichtliche

Wirkung. Hätte er doch wenigstens eine Szene gemacht und gezeigt, dass ihn das berührt, aber nein, keine Reaktion. Empfindet er denn nichts bei dem Gedanken, dass er uns verlieren könnte? Ich weiß doch, dass er uns liebt – oder ist diese Liebe auch abgestorben, im Alkohol ersoffen? Eines muss ich zugeben: Er ist nicht mehr stockbetrunken heimgekommen, hat mich nachts nicht mehr geweckt, sondern sich ganz leise reingeschlichen. Vielleicht trinkt er doch weniger. Aber das genügt nicht. Wir brauchen ihn in der Metzgerei, wir brauchen ihn als Vater, und, ja, als Ehemann. Ich träume immer noch von dem kleinen Chalet auf dem Berg in Les Prés d'Orvin. Wir könnten so viel anfangen in den sieben Stunden, die er täglich in der Beiz sitzt. Er könnte mit den Mädchen schwimmen gehen, wir würden uns ab und zu einen Film ansehen, an den Wochenenden auf dem Berg wandern, eben eine richtige Familie sein.

Die Sonnenstrahlen enden jetzt direkt auf der ersten Bankreihe. Es zieht mich dorthin, was sitze ich da im Dunkeln unter der Empore? Ich erhebe mich, schreite nach vorne, weg von der Tribüne, aufs Spielfeld. Es fühlt sich an, als hätte eine andere Person den Platz gewechselt. Eine mutigere, stärkere Frau sitzt jetzt hier in der Sonne, räkelt sich ein wenig, und schon schleicht sich die Erinnerung an Iannis heran, an seine Liebe, seine Zukunftswünsche. Die Träume sind wieder da, der Galopp am Meer, die Palmen, dann kommt Iannis auf mich zu … Was fällt mir ein, nein, nein, ich darf nicht weiterdenken, mir die Umarmung nicht vorstellen – nun hat sie sich doch eingeschlichen.

Zurück in die Realität. Was kann ich tun, um Pesche vom Ernst der Situation zu überzeugen, anstatt dazusitzen wie ein Waschlappen? Warum lehne ich mich bequem zurück, anstatt zu handeln? Ich strecke meinen Rücken, strecke mich in die Sonne, die nun in den farbigen Kirchenfenstern den Leidensweg Christi durchbricht. Klar, dass ich irgendwie handeln muss. Aktion statt Gerede – damit bin ich bei Pesche sowieso nie weit gekommen. Wo ist die zündende Idee? Ich muss ihn irgendwie bereits jetzt im Stich lassen und könnte mich vorläufig mit den Mädchen in den Mansarden einquartieren. Die Kammer gegen Südost führt auf die Dachterrasse. Hier war Omas Schwester Lina einquartiert, als Peterli zu laufen begann und man ihn nicht mehr allein lassen konnte. Hier könnten die Mädchen wohnen. Und ich richte mir die Gehilfenkammer auf der Nordwestseite ein, wo Pesche sich in seinen Jugendjahren einquartiert hat. Ich werde ihm einen Zettel auf den Nachttisch legen mit dem einzigen Satz: „Am ersten September ziehen wir auch aus dem Haus aus, falls Du den Entzug nicht schaffst, und für diesen Fall kündige ich außerdem meine Stelle in der Metzgerei." Das gibt ihm mehr als einen Monat Zeit, wird ihn hoffentlich ins Schwitzen bringen.

Wieder habe ich das Gefühl, eine andere zu sein, mutig und authentisch – die Regisseurin, nicht die Marionette. Ich freue mich richtig auf mein neues Nest, wo Oma nicht jeden Schritt von unten verfolgen kann. Ich werde meine Wände mit Bildern aus Griechenland schmücken und natürlich meinen Laptop vorne am Fenster aufstellen, wo ich abends, wenn die Mädchen schlafen, ungestört an Iannis schreiben kann. Jetzt bin ich am Ball, ich selbst.

„Regi, Baba, ich habe eine Überraschung!" Regina kommt herangestürzt, Baba eilt hinterher und klettert auf meinen Schoß.

„Waaas?"
„Ihr kennt doch die Kammern auf dem Boden, unterm Dach? Wir drei könnten sie für uns einrichten ..."
„Mega!!"
„Cool ..."
Schon poltert Regina die steile Holztreppe hinauf, Baba tut sich ein bisschen schwerer mit den hohen Stufen. Prompt öffnet sich unten die Wohnungstür und Oma krächzt: „Kinder, nicht auf den Boden, ihr wisst doch, das ist verboten. Runter, sofort!"
„Doch!" schreit Regina aus vollem Hals. „Wir ziehen mit Mama in die Kammern." Oma bewegt sich mühsam die Treppe hoch, ich schließe unsere Wohnungstür leise zu.
„Regi, sofort runterkommen, ich will wissen, was da los ist!" Das war allerdings nicht vorgesehen, dass Oma sich jetzt einmischt. Die Kinder sind doch über den wahren Grund gar nicht aufgeklärt. Die Türe zur Estrichtreppe ist immer noch offen und langsam, traurig langsam, kommt Regina herunter, um sich zu stellen.
Oma hat wohl gehofft, dass sie nicht richtig gehört hat und fragt stirnrunzelnd: „Umziehen hast du gesagt?"
„Ja, ist doch toll! Nur Mama und wir."
„Absetzen wollt ihr euch, da wird Papa aber nicht einverstanden sein. Mama soll das mit ihm besprechen, sag ihr das."
„Aber warum muss sie fragen? Darf das nur Papa entscheiden?"
„Das ist sein Elternhaus, hier befiehlt er, Punktum!"
„Aber Mama hat gesagt ..."
Nun muss ich mich doch einmischen, bevor meine Süße der Oma zu pubertär aufmüpfig vorbeikommt. Ich

öffne die Tür, vor mir steht Oma, bucklig wie ein gekrümmter Baum. Auf der ersten Treppenstufe schaut Regina mit verschränkten Armen auf ihre Großmutter herunter, Baba sitzt oben mit sicherem Abstand auf der Treppe und weint.

Langsam wendet sich Oma um, blinzelt ins Licht, das durch die offene Küchentür hereinfällt.

„Du hast gar nichts …", beginnt sie.

Doch bevor sie ihren giftigen Satz beenden kann, falle ich ihr ins Wort:

„Ich habe beschlossen, mit den Mädchen in die Kammern zu ziehen, aber keine Angst, das ist nicht von Dauer. Wenn Pesche den Entzug schafft, werden wir wieder unten schlafen, falls nicht, na, dann ziehen wir Ende August ganz aus."

„Soll das eine Warnung sein?" Geistesgegenwärtig hat Oma die Situation begriffen.

„Genau, du hast es erfasst. Und das Frühstück stelle ich ihm nicht mehr hin, bringe die Zeitung am Morgen nicht mehr herauf, wasche seine Kleider nicht und mache das Schlafzimmer nicht mehr …" Himmel, wo kam denn das her? Ich habe mich selbst übertroffen. Oma schaut mich entsetzt an, doch dann wandelt sich ihr Gesicht, wird weicher, sie nickt. Sehe ich einen Funken Achtung in ihren Zügen?

„Na dann …" Sie vollendet den Satz nicht – vielleicht gibt es wirklich nichts weiter zu sagen. Ich glaube jedoch, dass sie in diesem Moment verstanden hat. Auch die Mädchen bemerken die Entspannung, es fühlt sich an, als hätte sich eben ein Sommergewitter ohne Blitz und Donner wieder verzogen.

„Regi und Baba, helft Oma die Treppe runter", unterbreche ich die plötzliche Stille und setze mich in die Küche. Klick – klack – klick – klack tönt es von der Treppe her. Schritt – Stock – Schritt – Stock. Auf der einen Seite hasse ich die selbstgerechten Auftritte meiner Schwiegermutter, doch auf der andern Seite tut sie mir leid. Meine ganze Entzugsaktion passt nicht in ihr Konzept, sie hätte sich so was nie getraut. Wer weiß, vielleicht ist sie sogar ein bisschen eifersüchtig auf meinen Mut? Es ist gut zu wissen, dass sich die Kinder jetzt liebevoll um die alte Frau kümmern.

Wie viel muss ich den Mädchen gegenüber bekennen? Was können sie verkraften und was nicht?

„Mama", ruft Regina, als sie zur Küchentür hereinkommt, „was ist Ende August?"

„Kommt, meine Süßen, ich will es euch erzählen." Während Baba sich auf der Bank eng an mich schmiegt – ein Wunder, dass sie nicht auch noch den Daumen lutscht, die Kuschelige –, setzt sich Regina auffordernd gegenüber. „Ich mache mir Sorgen, weil Papa so oft in der Wirtschaft sitzt und zu viel Alkohol trinkt. Meiner Meinung nach sollte er nicht so viel trinken, mehr Zeit mit uns verbringen und in der Metzgerei mehr mithelfen, das wäre für euch doch auch schön."

„Ja, ich weiß", referiert Regina. „Alkohol macht krank und dann liegt man im Schnee wie Margarets Vater und erfriert, dann ist man tot. Damals hat die Lehrerin gesagt, dass das eine Sucht ist, und wenn man erst mit Alkohol angefangen hat, kann man nicht mehr aufhören. Kann Papa auch nicht mehr aufhören?"

„Doch, doch", erwidere ich meiner Naseweisen, „aber es ist schwierig. Papa muss ganz fest wollen und sich sehr bemühen, dann geht das schon. Es muss gehen, ich kann nicht zusehen, wie er kränker und kränker wird und uns früh wegstirbt wie der Papa meiner Freundin Sarah. Das wollt Ihr doch auch nicht, oder?"

„Und wenn es im Winter schneit, bleibe ich immer bei ihm, gelt Mama. Dürfen wir jetzt gleich wohl in die Kammer gehen? Musst du nicht fragen?"

„Mein Liebes, Mama ist eine erwachsene Frau und trifft selbst Entscheidungen, bis Papa nicht mehr trinkt. Später werden wir wieder alles besprechen, wenn Papa nicht mehr abhängig ist."

Endlich meldet sich auch Baba. Ich weiß nicht, ob sie hingehört und begriffen hat, wahrscheinlich waren ihre Gedanken bereits oben in der neuen Kammer. „Dürfen die Puppen auch mitkommen?"

„Natürlich, das geht schon, ich bringe kalte Ovomaltine zur Einweihung." Im Nu sind sie draußen, gleich darauf knarrt die Mansardentür. Dank unseres neuen Projekts hat Regi nicht noch einmal gefragt, was Ende August geschehen würde, falls Pesche bis dahin nicht trocken ist.

Sie darf nicht den Eindruck erhalten, dass ich an Scheidung denke, das wäre zu viel für ihre empfindliche Seele. Außerdem tue ich das auch nicht, Pesche wird schon einlenken. Ganz zu schweigen von Baba, ihr dürfte ich das erst Recht nicht antun. Mit Besen, Staubtuch, einer Kanne Ovomaltine und drei Tassen beladen erklimme ich die steilen Stufen zum Boden. Ich bin selbst überrascht, wie schnell und ohne Zweifel ich die neue Idee in die Tat umsetze. Die beiden sind auf der kleinen Terrasse und planen begeistert drauflos.

„Kommt, ich will auch wissen, was es zu tuscheln gibt!" Ich stelle den Besen hinter die Türe, Kanne und Tassen auf die Kommode und wische den verstaubten Tisch ab. Die Mädchen kommen erhitzt herein und plumpsen auf das Bett. Eine Staubwolke wirbelt auf, gleich hopsen sie nochmals und noch einmal, kichern, dann husten sie, kommen zu Tisch und stürzen sich auf das kalte Getränk.

Regi hat schon den Überblick: „Mama, nun müssen wir ganz groß sauber machen, hier ist's mega staubig!" Und Baba meint versonnen: „Auf der Terrasse werde ich einen Garten machen, wie bei Marianne, bei ihr kann man auch hinaus. Sie sagen nicht ‚Terrasse', auch nicht ‚Balkon' wie bei Grama, sie sagen ‚Altane'. Das ist doch vornehmer, oder? Es wird mein Altane-Garten mit vielen Bäumen und Blumen, die ganz gut riechen. Hier drin stinkt's nämlich."

„Oh meine Lieben, was sonst noch?"

Regina schießt gleich los mit der nächsten Idee: „Nach dem Reinemachen, dürfen wir dann die grausige Tapete anmalen? Mit viel Farbe! Ein Haus und darum herum Bäume und einen See."

Die Mädchen entpuppen sich als kleine Putzteufel. Ich öffne Fenster und Türen der beiden Zimmer, die durch eine Verbindungstür getrennt sind, sie kehren den Boden, wischen Staub, im Handumdrehen sieht es wohnlicher aus. Dann hole ich den Staubsauger und sauge die Betten ab, bringe frische Betttücher und die geblümten Anzüge. Baba holt ihre Puppen herauf und platziert sie auf ihrem Bett, sie dürfen wie immer bei ihr schlafen. Alle drei zusammen schleppen wir die Puppenstube und den Puppenwagen herauf.

Regi erklärt: „Baba, das kommt alles in deine Ecke, dafür bin ich längst zu alt." Sie bringt einen Arm voller Bücher herauf und deponiert ihre Sammlung von Halbedelsteinen auf dem Fenstersims. Auf dem Tisch am Fenster richten wir zwei Plätze ein für die Hausaufgaben, mit großen Buchstaben schreibt Regina die Namen an die Stuhllehnen. „Nicht, dass du auf meinem Platz etwas berührst", trichtert sie Baba ein. Zuletzt zünden wir auf der Kommode eine Duftkerze an, um Barbaras feines Näschen zu befriedigen. Während des Nachtessens lüften wir die beiden Zimmer noch einmal gut durch. Die Mädchen können die erste Nacht in ihrer Stube kaum erwarten.

Ganz leise, um die Kinder nicht aufzuwecken, öffne ich die Tür zu meiner Kammer und trete ein. Es ist eine heilige Stunde, ich fühle mich geborgen und in Sicherheit. Muss mich nicht um einen zugedröhnten Gatten kümmern, kann ohne Angst einschlafen. Allein bin ich weniger einsam.

Zum ersten Mal in meinem Leben habe ich ein eigenes Zimmer. Zu Hause haben meine Schwester und ich das Zimmer geteilt, dann kam gleich das Ehebett. Wie oft habe ich mich als junges Mädchen nach einem eigenen Reich gesehnt, auch in den letzten Jahren, in der im Alkohol ertränkten Scheinehe. Ich stelle den Laptop auf den Tisch am Fenster, wo die Abendsonne gleich hinter dem Jura verschwinden wird. Im Vordergrund sehe ich die hohen Äste des Kastanienbaumes. Werden mich auf dieser Seite des Hauses die Vögel am frühen Morgen aufwecken?

Langsam wende ich mich zur Wand mit den ausgeschnittenen Kalenderblättern – Pesches Traumbildern.

Er hat sie mir gezeigt und erklärt, dass er als gelernter Metzgergeselle zuerst in Paris arbeiten wollte, in Les Halles, und abends im Moulin Rouge tanzen. Von dort stammt das Bild mit den Tänzerinnen. Fliegende Röcke mit Rüschen und ellenlange schlanke Beine mit hochhackigen schwarzen Schuhen, die im Tanz wirbeln. Jedes Mal, wenn er das Bild angeschaut hat, habe er sich gesagt: „Das muss man gesehen haben, die Musik erleben, da muss ich hin!" Daneben hängt der Eiffelturm. In Gedanken ist er hundertmal hinaufgestiegen, um die Stadt aus der Vogelperspektive zu erleben.

An der Türe dann ein alter Kalender aus Italien: Er wollte in Cinque Terre arbeiten, hoch über dem Mittelmeer. Gelernte Metzger brauche man überall und er würde einer der besten werden, er würde ihnen das schon zeigen, hoch oben auf Cinque Terre!

In der Serie von Spanien haben ihn die langen Sandstrände gereizt, die schön aufgereiht an der Wand über seinem Pult hängen, als zögen sie sich in die Unendlichkeit. Dort würde er schwimmen, sich in der Sonne aalen und hübsche Mädchen aufgabeln. Für die farbigen Stierkampfbilder hatte er nichts übrig – die habe er gleich entsorgt. Dorthin würde er mit Sicherheit nie gehen, das sei schlimmer als im Schlachthaus.

Doch anstatt durch Frankreich, Italien und Spanien zu reisen, ist er jeden Tag in den Schlachthof und zurück gependelt, das Schicksal hatte seine Träume durch den Tod seines Vaters jäh beendet.

Ich klaube die alten Reißnägel aus der Wand und lege einen nach dem anderen auf das Büchergestell, auf einen alten Band von „Lederstrumpf". Auch das ist ein Überbleibsel aus Pesches Jugend, ich werde es den Mädchen vor dem Einschlafen vorlesen. Ein Bild nach dem anderen nehme ich von der Wand, einen Traum nach dem anderen. Hier, das Bild vom Moulin Rouge mit den fliegenden Röcken, dann das Foto von Cinque Terre hoch über dem Mittelmeer, dem langen Strand von Spanien mit den halbnackten Schönheiten. Pesches Träume. Es gibt mir einen Stich ins Herz, Mitleid packt mich und Tränen laufen meine Wange hinunter – auch Pesche hatte Träume. Auch die seinen sind versandet, ertrunken. Ich kann die Fotos von Griechenland nicht aufhängen, den Sandstrand, die Bougainvilleas, das Bild mit Regina im Hof unter dem Baum, nein, ich kann seine Träume nicht durch die meinen ersetzen, das wäre gemein. Morgen vielleicht, ich muss darüber nachdenken, darüber schlafen.

Gibt es denn überhaupt jemanden, dessen Träume in Erfüllung gehen? Vielleicht haben nur ganz reiche Menschen so viel Glück. Aber nein, auch reiche Mädchen werden vergewaltigt, auch sie können schwanger werden, vielleicht leiden sie sogar noch mehr unter dem heiligen Deckmantel: „Familienehre". Iannis ist der einzige Mensch, den ich kenne, der das Glück hat, seinen Musiker-Traum zu verwirklichen. Er hat arme Eltern, trotzdem hat er ein Studium absolviert, ohne seinen Traum zu vernachlässigen. Er hat hart gearbeitet und nicht aufgegeben. Ist er deshalb so stark geworden? Es wird dunkel und ich stelle die Duftkerze neben den Computer.

18. Juli
Mail von Tanja@homebase.ch
An Iannis@Greco.com
Betreff Deine Träume

Geliebter Musikus, Du wirst kaum glauben, was ich heute getan habe: Ich bin mit den Mädchen aus der Wohnung ausgezogen, nach oben, in die Mansarden. Noch fehlt meiner Einrichtung der letzte Schliff, meine eigenen Bilder hängen noch nicht an den Wänden. Aber ich empfinde eine Ruhe, wie ich sie lange nicht mehr gekannt habe. Immer habe ich mehr erwartet: von Pesche, von der Ehe, vom Leben, eben von den andern. Mit dieser Sehnsucht, der unerfüllten Erwartung, fühlte ich mich gelähmt und unendlich einsam. Nun sitze ich friedlich im Duft einer Kerze in meiner eigenen Kammer und fühle mich allein viel weniger einsam – mein Entschluss zu handeln hat diese Sehnsucht aus meinem Herzen vertrieben.
Aus meinem eigenen Reich, mit großer Liebe, Tanja

Mail von Iannis@Greco.com
To Tanja@homebase.ch
Regarding Bravo

Tanja, Sweetheart, da hast Du Dich selbst übertroffen, ich bin richtig stolz auf Dich. Wenn Pesche dieses Zeichen nicht ernst nimmt, ist ihm nicht mehr zu helfen. Ich bin sicher, dass sich in puncto Entzug bald etwas tut, er muss doch auf Deinen Auszug aus dem Ehebett reagieren. Aber wenn nicht, na, dann nährt er nur meinen eigenen Traum. Lots of love, Iannis

Mail von Tanja@homebase.ch
An Iannis@Greco.com
Betreff Deine Träume

Liebster, Du hast doch das riesengroße Glück, Deinen Traum zu verwirklichen – dafür hast Du geschuftet und stundenlang geübt. Es sollte eigentlich gar keine Frage sein, dass Du das Angebot der San Francisco Jazzband annimmst, und doch hast Du davon nichts mehr geschrieben. Hast Du mit der Band geprobt? Hattet Ihr vielleicht bereits einen Auftritt? Seltsam, dass Du davon nichts geschrieben hast ... Hoffentlich ist keine Nachricht nicht eine schlechte Nachricht.
Deine Tanja

Mail von Iannis@Greco.com
To Tanja@homebase.ch
Regarding Musikus

Nein, ein Fulltime-Musiker bin ich nicht. Manchmal muss ein Traum dem andern weichen, jetzt träume ich davon, Dich und die Mädchen zu mir zu holen. Dazu brauche ich meinen festen Job, das geregelte Einkommen, ein hübsches Haus mit einem Garten für Deine Blumen, vielleicht finden wir sogar eine kleine Ranch mit Stallungen für Pferde. Ich spinne den Traum immer weiter ... Am Sonntag bin ich Sir Francis Drake hinaufgefahren, nach Woodacre, Nicasio, Point Reyes, von der San Francisco Bay bis hinaus an den Ozean. Du kannst Dir gar nicht vorstellen, was für tolle Liegenschaften zu verkaufen sind. Bei uns sind die Objekte nämlich am Straßenrand zum Verkauf angeschrieben. Nächstens werde ich einen Liegenschaftshändler aufsuchen und mich nach den Preisen erkundigen. Nur wenn Du mich fallen-

lässt, falls Pesche von September bis Ostern trocken ist und Dir ein traumhaftes Chalet kauft, werde ich diesen Traum begraben und mich doch der Musik zuwenden. Das Bessere ist der Feind des Guten, der Traum von Dir ist eindeutig der Bessere. Bitte, Tanjala, erwäge auch diese Variante in Deinem Plan.
Gute Nacht und lots of love, Dein Musikus

Völlig durchnässt von einem sommerlichen Platzregen, den Gemüsekorb am Arm, die Brottasche über der Schulter, eile ich vom Markt nach Hause, immer noch ein belustigtes Lächeln im Gesicht. Als ich das Haus verließ, hat die Sonne geschienen, dann, urplötzlich, ist ein Regenschauer auf die Altstadt niedergeprasselt. Die Marktfahrer und ihr Gemüse waren durch die Marktstände geschützt, auch die Menschen, die sich unter den Dächern viel näher als üblich zusammengedrängt haben, konnten sich sicher fühlen, aber die Sommerkleider der Kundinnen vor den Ständen klebten in Nullkommanichts nass an ihren Körpern. Die weiße Seidenbluse von Frau Dr. Gerber haftete durchsichtig an ihren Brüsten, dem Käser sind hinter seinem improvisierten Ladentisch beinahe die Augen aus dem Kopf gefallen. „Weihnachten mitten im Juli, das Geschenk hübsch eingepackt", hat er gelacht und nur Frau Dr. Gerber hat den Scherz nicht mitbekommen. Durch das plötzliche Nass hat sich eine Gemeinschaft gebildet, wir lachten, scherzten, Kaspar bot der alten Frau Menges seinen Arm, damit sie auf den nassen Pflastersteinen nicht ausrutscht. Auch ihre Augen haben geleuchtet. Es braucht so herrlich wenig, um Menschen einander näher zu bringen.

Ich stelle die Einkäufe in der Metzgereiküche ab und bitte Antonio, noch einen Moment im Laden auszuharren, während ich oben andere Kleider anziehe. Schnell trockne ich meine Füße ab und nehme den Rock hoch, um nicht die ganze Treppe voll zu tropfen. Im zweiten Stock höre ich eine monotone Stimme. Leise halte ich vor unserer angelehnten Wohnungstür an. Musste Oma tatsächlich das Frühstück für ihr Söhnchen herrichten? Mir wird heiß vor Entrüstung, ich weiß nicht, ob ich rein stürmen oder auf leisen Sohlen hinauf in meine Kammer schleichen soll. Bevor ich den manchmal knarrenden Holzboden vor der Tür betrete, halte ich nochmals still, um besser zu hören. Immer noch die monotone Stimme, das ist kein Zwiegespräch. Aber eindeutig Oma. Nun trete ich doch sachte näher und schubse die Korridortür ein bisschen auf, um zu hören, was genau in der Küche vorgeht.

„… diese Zusammenkünfte sollten, wenn möglich, täglich besucht werden …" Man höre und staune, Oma liest Pesche aus einer AA-Broschüre vor, die ich auf dem Küchentisch liegengelassen habe. Er selbst ist mäuschenstill; ob er überhaupt hinhört? Es regt sich also etwas auf meine Aktion hin … Endlich ein Lichtblick.

10

Wie eine goldene Decke hüllt die Morgensonne die Stadt in ihr warmes Licht, drückt die Schatten der Dächer langsam von Westen nach Norden, während ich auf der Dachterrasse Wäsche aufhänge. Was für ein schöner Anblick! Doch auch hier trügt der Schein: Häuser sind wie Menschen. Man kann die Schicksale, die sich unter ihren Dächern und hinter ihren Mauern abspielen, von außen nicht erkennen; sowenig wie die Liebe und die Ängste, die sich hinter der menschlichen Fassade verstecken.

Heute ist es so weit, die Vorstellung kann beginnen. Heute werde ich Pesche mit meinem Plan konfrontieren und das Ultimatum stellen: „Entweder Alkohol oder Familie." Wie eine Regisseurin habe ich die Szene immer wieder durchgespielt, Ort, Zeitpunkt und Worte dieses ersten Aktes sorgfältig ausgewählt. Meine Gedanken drehen sich im Kreis um die Szene, während ich mich beuge und strecke, ein Stück Wäsche nach dem andern mit Klammern am Draht befestige. Ich werde mit Feingefühl sprechen, aber auch mit Nachdruck. Nicht wie schon so oft, wenn ich Pesche im Zorn an den Kopf geworfen habe: „Wenn du so weitersäufst, geh ich!" Diesmal werde ich zu ihm vordringen und ihm Angst machen, bis er mir glauben muss. Bei dem Gedanken, wie Pesche aus seiner Lethargie erwachen und Angst bekommen wird, klopft mein Herz bis zum Hals. Wird er losbrüllen? Nein, das tut er nur, wenn er besoffen ist. Wird er mich dieses Mal ernst nehmen?

Langsam atme ich die warme Luft des Sommermorgens tief ein, sie mischt sich mit dem Duft der frischen Wäsche und beruhigt. Einen kurzen Augenblick setze ich mich auf die Bank am Geländer, wende mein Gesicht in die Sonne und genieße die Aussicht auf die Dachlandschaft. An der Nordfassade der Untergasse brennen Lichter, eines nach dem anderen wird vom Tageslicht vertrieben. Dann, noch geblendet vom hellen Morgenlicht, tauche ich in das Dunkel des Dachbodens ein. Ringsum ist alles schwarz, nur rechts neben dem Kamin, dort, wo das Dach auf der Mauer aufliegt, fällt ein kleiner Strahl von Tageslicht durch einen Spalt. Meine Augen gewöhnen sich schnell an die Dunkelheit. Ich nehme die zwei Kinderrucksäcke von der Wand und bringe sie runter in die Küche.

Für heute hat die Schule einen Wandertag angesetzt, Regina und Baba werden zum Mittagessen nicht da sein. Deshalb ist heute der perfekte Tag für die Konfrontation mit Pesche. Das Wie und Wo hat mir lange zu denken gegeben. Wenn ich mit ihm allein bin, läuft er mir bei der kleinsten Unstimmigkeit mit der ewig gleichen gehässigen Bemerkung davon: „Du spinnst, da kann man nichts machen." Das darf ich nicht zulassen. Das Gespräch wird am Mittagstisch stattfinden, in Anwesenheit von Oma Martha. Seit der Geburt von Regina essen wir mittags bei Oma, sie bereitet den Tisch in ihrer großen Küche vor und ich bringe mein Care-Menu von der Metzgerei. Das erspart mir den Abwasch, Oma fühlt sich nützlich, und es ist gut für die Kinder, wenn die Familie wenigstens einmal am Tag beisammen ist. Ich habe die ganze Szene durchgespielt. Oma wird mir Vorhaltungen machen – immer dieselben: „Es ist an dir, Familie und Geschäft zusammenzuhalten", und wahrscheinlich „Egoistisch davonlaufen – hast ja schon mit deinen Ferien gezeigt, dass du so was fertigbringst!" Ersparen kann ich ihr den Ärger nicht, auch sie wird von meinem Ultimatum betroffen sein. Sie weiß doch ganz genau, dass Pesche im Laden nicht ohne sie auskommt. Eigentlich sollte sie mich unterstützen, wenn sie nicht Gefahr laufen will, wieder hinter dem Ladentisch zu frieren. Aber ich kann nicht erwarten, dass sie gleich so weit denkt.

Während ich die beiden Rucksäcke der Mädchen mit einem Sandwich, der geliebten Nuss-Rosinenmischung, Schokolade und einem Apfel ausrüste, überdenke ich mein heikles Vorhaben zum hundertsten Mal und bin froh, dass ich nicht gleich mit dem Ultimatum losgeplatzt bin, als ich aus Griechenland heim kam. Erst habe ich auf die E-Mails von Iannis gewartet, dann auf die Rückkehr von Regina. „Falls Pesche den Ernst der Situation begreift und ausflippt, kannst du mit den Mädchen bei mir wohnen", hat sie schon auf Antiparos versprochen. Sie hat mehr Angst als ich selbst, dass Pesche handgreiflich werden könnte. Dennoch bin ich froh für den Zufluchtsort. Man weiß ja nie.

„Mama, Mama, heute ist der Schul-Ausflug!" Regina stürmt fertig angezogen in die Küche.

„Wo ist mein Rucksack?" Sie beäugt ihn kritisch. „Ist Schokolade drin?"

„Natürlich, wie immer … Toblerone."

„Meeega!" Und schon flitzt sie wieder hinaus.

Hinter ihr kommt Baba, noch im Pyjama, reibt sich die Augen und schmiegt ihren Kopf fest an meinen Bauch, als möchte sie wieder hineinschlüpfen. Im Gegensatz zu Regina hasst sie Aufregung am frühen Morgen. Die beiden setzen sich zum Frühstück hin, flink und ohne Murren machen sie sich dann für diesen besonderen Tag fertig. Was für ein bezauberndes Paar sie sind in ihren Jeans und T-Shirts, die Jacken um den Bauch gebunden und die Rucksäcke auf dem Rücken. Ich habe ihnen versprochen, dass ich sie heute mit dem Auto bis zur Schule bringe und wir verstauen die Rucksäcke im Kofferraum. Von Westen her schiebt sich eine schwarze Wolke vor die Sonne und verfinstert den Himmel – als wir beim Neumarktplatz abbiegen, fallen die ersten Tropfen. Baba weint: „Ich will nicht im Regen wandern." „Du Baby", belehrt Regina, „wir haben doch den Regenschutz mit, gelt, Mami, du hast ihn eingepackt?" Sie gibt nicht leicht auf, meine Große, ich sollte mir ein Beispiel nehmen. Auf der Anzeigetafel der Schule heißt es: Mütter bitte zur Aula, Schüler in die Klassenzimmer. Eigentlich wollte ich nicht parkieren, doch da stehen andere Wagen auf dem Schulhof und ich halte rechts vom Parkverbot an. Die Kinder schnappen ihre Rucksäcke und rennen ohne Kuss ins Schulhaus, ich begebe mich mit Regenschirm und gesenktem Kopf zum Saal. Ich will sie nicht sehen, die andern Mütter, hasse das belanglose Geplapper hinter, vor und neben mir. „Wie schade … haben sich so gefreut … sollte doch vor den Sommerferien stattfinden …" Die haben ja keine Ahnung, was mir dieses Scheißwetter verdirbt. Mein ganzer Plan ist verregnet und mit dem Straßendreck und Sommerstaub die Kanalisation runtergespült. Jedenfalls für heute. Wo ich doch meinen ganzen Mut gesammelt habe – nun ist meine Kraft zusammengebrochen. Mag nicht grüßen, nicke nur hie und da, wenn mich eine Mutter direkt anspricht. Mag mich auch nicht in eine Bankreihe setzen und doof über das Wetter unterhalten. Ich öffne die Toilettentür und schließe die Kabine. Déjàvu, es riecht sogar wie damals. Tränen. Wut. Ob das ein Fingerzeig des Himmels ist? Hat nicht schon Iannis den Plan fragwürdig gefunden? Athene, du Kluge, du Weise, was nun? Natürlich, du würdest für dich einstehen, aber wo ist mein Helm, mein Speer, mein Schild? Ich bin unbewaffnet, ungeschützt, naiv und kuh-dumm. Das Gemurmel im Saal verstummt, ich schleiche mich in die letzte Reihe. Herr Kalbermatten, der Rektor, begrüßt; ich höre nur halb hin.

„Da wir leider vor den Sommerferien keine Gelegenheit mehr haben, um die Wanderung nachzuholen …" Auch das noch, und während der Sommerferien werden die Kinder zu Hause sein; ob sie wohl ein paar Tage zu Grama gehen dürften, damit ich mein Ultimatum doch noch und in aller Ruhe stellen kann? „Haben wir beschlossen, heute einen Ausflug ins Naturhistorische Museum in Bern zu machen." Ich schließe die Augen und atme tief durch, dehne meinen Rücken, in meinem Kopf und Bauch fliegt ein Geschwader Fledermäuse. Das Getuschel erreicht mein Bewusstsein wieder, dann nehme ich auch Kalbermatten wieder wahr.

„Die Kosten von zwanzig Franken für die Bahn und den Eintritt …" Was soll's, sie gehen! Mein Plan ist klar, heute Mittag ist es so weit; ich stehe auf und bin die Erste draußen im erfrischenden Sommerregen.

Der Morgen vergeht im Nu, doch während ich im Laden bediene, bin ich nicht bei der Sache – für Frau Grütter packe ich geschnetzeltes Kalbfleisch statt Hackbraten vom Rind ein, und der Frau Helbling gebe ich fünf Franken zu viel heraus. Kein Wunder, denn in meinem Gehirn wiederholen sich die Worte, mit denen ich Pesche und Oma heute konfrontieren werde, immer wieder. Wie bei einer alten, kaputten Schallplatte. Endlich sind alle Kunden weg und ich schließe die Tür der Metzgerei ab, hänge den Schlüsselbund für Doris wie gewohnt an den Haken im hinteren Raum.

„Braten und Kartoffelstock", verkünde ich bei Oma in der Küche und stelle den heißen Topf aus der Provence auf den Tisch. Oma hebt den Deckel: „Mmm, das duftet!" und Pesche schöpft sich Püree auf den Teller, drückt mit dem Löffel eine Ausbuchtung für die Bratensoße hinein und reicht ihn weiter an Oma. Am liebsten würde ich gleich losplatzen, aber ich will ihnen nicht den Appetit verderben und nehme mir eine kleine Portion.

„Was soll das, wieder auf Diät?", meckert Oma.

Ich seufze: „Nein, ich habe mit euch zu reden, mag heute nicht so Recht."

Gleichzeitig lassen die beiden ihre Löffel sinken und schauen zu mir auf. „Was ist denn nun schon wieder?" liegt in der Luft, doch niemand spricht.

Pesche meint endlich: „Na los, was ist?" Oma schaut mich misstrauisch über den Tellerrand an. Seit wann sitzt sie denn so tief? Ist es der krumme Rücken, der sie so klein macht?

Ich schaue zu Pesche und warte, bis sich unsere Blicke begegnen: „So geht's nicht weiter, du hast ein Geschäft, eine Familie, Kinder, doch du schaffst es nicht. Die Sauferei muss aufhören." So geduldig, klar und präzise, wie ich mir vorgenommen habe, kam das nun doch nicht heraus, eher aufgeregt und anschuldigend. Habe ich überkompensiert, weil ich nicht ängstlich erscheinen wollte?

Oma will retten: „Du weißt doch, schon sein Vater, schon Hans hat getrunken!"

Pesche setzt nach: „Na also, siehst, das ist vererbt. Alkoholkrank nennt man das. Das ist im Blut, kannst nichts machen!" Er isst einfach weiter, ohne überhaupt aufzublicken.

Und ob ich etwas machen kann. Oma holt Kaffeetassen aus dem Schrank, als sei damit alles gesagt, aber damit ist nichts gewonnen – wie immer. Per Routine sollte ich nun Kaffee machen, ich stehe auf und schaue auf Pesche hinunter. Er isst ruhig weiter, als würde Eiswasser in seinen Adern fließen. Ich hasse diese stoische Haltung; ist der Mann zu keiner Emotion mehr fähig? Stimmt, davon habe ich auch gelesen in der AA-Broschüre.

Lauter als beabsichtigt bekräftige ich: „Es ist mir todernst, Pesche. Alkohol oder Familie, beides kannst du nicht mehr haben."

Er lässt die Gabel fallen und schaut zu Oma: „Hörst du, Mutter, dann du musst wieder in den Laden …"

„Nein, Pesche, muss sie nicht. Du müsstest! Wie lange willst du deine alte Mutter noch zwingen, in dem kalten Laden zu stehen, nur weil du deinen Hintern nicht aus dem Bett kriegst, keine Verantwortung übernimmst, du egoistisches Muttersöhnchen?"

Energisch dreht sich Oma um und hält die Luft an, dann sackt sie auf ihren Stuhl zurück. Stille. Die Stadtkirche schlägt ein Uhr, als wäre alles beim Alten. Auch die Glocke der katholischen Kirche von der Juravorstadt ist zu hören, wie immer, als hätte ich nicht eben den Krieg erklärt. Sogar der Bratenduft bleibt unbeweglich in der Küche hängen.

Nun findet Oma doch wieder Worte: „Zusammenhalten solltest du die Familie, nicht alles noch schlimmer machen!" Na also, das wusste ich ja. „Mein Lebenswerk habe ich in deine Hände gelegt", murmelt sie, ohne mich eines Blickes zu würdigen. Als hätte sie das je bewusst oder gar freiwillig gemacht; sie ist doch immer noch die Matriarchin im Haus, Inhaberin der Metzgerei, und ich nur die Schwiegertochter, eine billige, im Moment aufmüpfige Angestellte ohne Vertrag. Ihre Worte perlen von mir ab wie das Wasser von einem Regenhut. Heute steht viel mehr auf dem Spiel als ihre Empfindlichkeit. Erbarmungslos legt sie nach, will mich endlich treffen, mein Mitleid erzwingen, presst unter Tränen hervor: „Die Kinder ... wie schlimm für Regina und Baba! Nein, das kannst du ihnen nicht antun!"

Ihre Tränen sollten mich zu Mitgefühl erweichen, doch das tun sie nicht und ich fahre unbeirrt fort: „Recht hast du, es wäre schlimm für die beiden, für uns alle, aber ich bin bereit, mir Arbeit und eine Wohnung zu suchen und auszuziehen, wenn Pesche nicht einen Entzug macht!"

Nun regt er sich doch. Er schaut auf und fährt mich an: „Entzug machen, was soll das? Falls ich weniger trinken möchte, geht das niemanden etwas an. Entzug machen, wohl noch mit den Spinnern, die sich täglich im Blaukreuz treffen müssen, um nüchtern zu bleiben? Vergiss das, das kann ich dir schon heute sagen."

Ich verliere die Fassung nicht und halte ihm diesmal geduldig entgegen: „Es ist nicht leicht, den Alkohol aufzugeben, Pesche, vielleicht brauchst du doch Hilfe." Jetzt schaue ich ruhig und geduldig auf ihn hinunter und setze mich. „Ich helfe dir, es kann alles wieder gut werden, wenn du nicht mehr trinkst."

„Alles wird wieder gut, Prinzessin, natürlich! Aber nur, wenn sich die Welt nach deinem Kopf dreht." Er zündet die erloschene Zigarette nochmals an, bei Oma darf geraucht werden.

Beim Wort „Prinzessin" schnellt Oma hoch: „Prinzessin, das fehlt mir gerade noch. Wohl Prinzessin auf der Erbse! Auch ich habe durchgehalten, nun tu nicht so!" Abrupt steht sie auf, als ob sie damit das Thema beenden könnte.

Soll ich sagen: „Prinzessin war ich, bevor du mich vergewaltigt hast?" Nein, nicht vor Oma, das ist eine andere Abrechnung. Ich schlucke die Wut hinunter, gehe nicht auf die Beleidigung ein, lasse mich nicht von meinem Ziel ablenken.

Die Kaffeemaschine zischt und Oma stellt eine volle Tasse vor Pesche hin. „Ich mag keinen, und du kannst dir selbst einen machen, wenn du willst", fährt sie mich an. Als ob sie mich damit strafen könnte. „Oma, diese Zeiten sind vorbei", denke ich und mache mir einen Espresso. Laut macht sich Oma an den Abwasch. Das macht sie immer so, auch mit ihren Problemen – wäscht sie ab und stellt sie zurück in den Schrank, Türe zu, Deckel drauf, weggeräumt.

Wie lange rührt Pesche seinen Zucker bereits in den Kaffee? Er dreht den Löffel um und um … „Wenn ich weniger trinken will, ist das meine Sache, merk dir das.

Ich sehe ja auch, dass es manchmal ein bisschen zu viel ist." Er blickt mich mit seinen blutunterlaufenen Augen über den Tisch hinweg an, als ob ich ihn für das kleine Zugeständnis loben sollte. Was für ein hässlicher Kerl aus dem einst so tollen Oberturner geworden ist.

„Ich spreche nicht von weniger, Onkel Peter, ich will Abstinenz. Totale Abstinenz."

Entsetzt hört er auf zu rühren und steht auf. „Jetzt reicht's aber, du spinnst!"

„Andreas hat mir Literatur über Entzug gegeben, hier ..." Ich klaube die Broschüren aus der Einkaufstasche und er setzt sich abrupt wieder hin. „Andreas? Was hat denn der damit zu tun?"

Oma dreht sich erschrocken um, hält sich den krummen Rücken und humpelt näher. „Andreas? Du hast doch nicht etwa mit Doktors über uns gesprochen? Mit seiner Mutter? Seit vierzig Jahren kommt sie in den Laden, eine der besten Kundinnen, kommt gelegentlich sogar zu mir herauf auf einen Schwatz ... Pesche, sag was ..."

Es ist zum Schreien, aber ich halte an mich. Mitleid, Tanja, hab' Mitleid mit dem alten Weib, es wird zu viel für sie.

„Im Gegenteil, Oma Martha, Andreas hat seine Hilfe angeboten, und seine Mutter weiß nichts von unserem Gespräch –Ärztliche Schweigepflicht. Meinst du, Metzgers Sauferei wäre ein Geheimnis? Lies diese Broschüre, wirst sehen, was heute alles angeboten wird ..." Ich zitiere aus der AA-Bibel: „Es gibt Hilfe, wir alle können sie in Anspruch nehmen. Entzug ist ein schwieriges Unterfangen und geht die ganze Familie an. Schau hier: Selbsthilfegruppe für Suchtkranke, Durchhalten mit Hilfe der

Anonymen Alkoholiker, Klinik für den Entzug. Damit hattest du Recht, Alkoholabhängigkeit ist eine Krankheit, doch der Kranke ist heute nicht mehr allein und kann geheilt werden."

Oma atmet laut ein, doch ich fahre fort, bevor sie weiter jammern kann: „Bis Ende August musst du trocken sein, Pesche, sonst ziehe ich mit den Mädchen aus." Das kam zu barsch heraus, ich wollte doch ruhig, sachlich und geduldig bleiben …

Wütend nimmt Pesche den letzten Schluck und stellt die Tasse laut auf den Holztisch. Als er sich abrupt erhebt, fällt sein Stuhl hart auf den alten Klinkerboden. Aufgewühlt dreht er sich noch einmal nach mir um: „Komm runter vom hohen Ross! Wir reden, wenn du wieder normal bist …", und knallt die Tür. Bin ich nun doch bis zu seinem wunden Punkt vorgedrungen? Mir scheint, dass er wenigstens einen Funken abbekommen hat von dem Feuer, das in mir lodert. Ich werde beobachten, ob er weniger trinkt. Und die Broschüren oben in unserer Küche auf den Frühstückstisch legen, damit er sie lesen kann, wenn er nüchtern ist.

Am liebsten würde ich gleich richtig auf Arbeits- und Wohnungssuche gehen, aber das ist nicht mein Plan. Das werde ich vortäuschen, bis er einlenkt.

11

„Tanja, Arabeska und Grane sind gestriegelt und gesattelt!", ruft Regina aus der Sattelkammer. „Aufsitzen und lostraben, ich will wissen, wie es mit Pesche und Oma gegangen ist!"

„Regina, du bist ein Engel, genau das brauche ich heute." Grane wiehert um Aufmerksamkeit und ich grabe in der Jackentasche nach dem selbstgebackenen Hafer-Honig-Biskuit. „Ich weiß selbst nicht, wie es gegangen ist", beantworte ich Reginas Frage, „aber ich erzähl dir alles, wenn wir hier raus sind."

Ich öffne das Schloss zu meiner Sattelkiste und schlüpfe in die weichen Lederstiefel mit dem Reißverschluss – damit habe ich mich am letzten Geburtstag selbst verwöhnt –, stülpe den Reiterhelm über meinen linken Arm und greife nach Zaumzeug und Gerte. Wie lieb mir diese Griffe durch all die Jahre geworden sind, Stall und Reithalle sind mein Zuhause, die Mädchen, Grane, Regina und Johann meine liebste Familie. Und wenn meine Töchter am Mittwoch und Sonntag mit mir hier sind, bin ich glücklich, vergesse die Sorgen und all den hässlichen Schmerz. Die Trense in meiner rechten Hand, das Genickteil in meiner Linken, stelle ich mich neben Grane, um ihn zu zäumen. Wie immer nutzt er den Moment, wenn ich keine Hand frei habe, hebt den Kopf und pustet mir in die Haare. Dann senkt er das Maul zu meiner

Hand mit der Trense, um seinen guten Willen zu bekunden. Er hat so viel Feingefühl, mein alter Herr.

Regina ist ebenfalls bereit, um aufzusitzen, durch die vielen Jahren unserer Freundschaft ist unser Timing perfekt. Es reicht nur noch am Donnerstag zu einem gemeinsamen Ausritt, nicht mehr so oft wie damals, als wir junge Mädchen waren. Wenn meine Töchter zweimal die Woche bei mir in der Reitschule sind, putzen wir das ganze Reitschul-Zaumzeug gründlich, anschließend darf ich ihnen eine Reitstunde auf den Ponys geben. Rund um die Pferde muss ich die beiden stets beaufsichtigen, auch das zuverlässigste Tier schlägt gelegentlich aus, wenn es hinter sich Gefahr wähnt. In der Wildnis hat sich die Raubkatze von hinten zum tödlichen Sprung angepirscht, daher wird reflexartig auch nach einem Schatten ausgeschlagen. Am Montag und Freitag longiere ich Johanns Dressur- und Trainingspferde, anschließend unterrichte ich Dressurreiten auf Grane. Johann profitiert natürlich von unserem langen und guten Verhältnis und vertraut mir sogar die Pferde an, die bei ihm in Training sind. Andererseits darf ich gratis prima Pferde reiten, Stunden geben und meine eigene Dressurkarriere vorwärts bringen.

„Bin schon da", rufe ich Regina zu, während ich Grane vor dem Bock platziere und aufsitze. Schweigend reiten wir vom Reitschulgelände die Schrebergärten entlang. Auf dem schmalen Pfad müssen wir hintereinander reiten. Dann können wir endlich links abbiegen und ich schließe auf dem Weg zum Wald zu Regina auf.

„Was soll ich sagen? Wie Pesche mich blöd angeglotzt hat? Wie der Esel vor dem Berg saß er da, wollte gar nichts akzeptieren. Wie Oma versucht hat, mir die alte

Leier zu spielen? Es sei an mir, Familie und Geschäft zusammenzuhalten … Oder willst du wissen, dass ich ihr Lebenswerk zerstöre?"

Regina schüttelt den Kopf: „Das war voraussehbar, nicht? Aber Pesche wird doch wohl etwas geantwortet haben, ist er einverstanden? Oder nicht?"

„Na ja, wenn er mit dem Trinken aufhören wollte, ginge das niemanden etwas an, und noch etwas, du glaubst es nicht: ‚Prinzessin' hat er mich genannt, aber dabei war er so gehässig, als wäre ich immer noch das kleine Mädchen, das ihn angehimmelt hat …"

„Super, er glaubt, dass er dich einschüchtern kann."

„Ja, aber dann habe ich ihn ‚Onkel Peter' genannt und gesagt, dass er bis Ende August trocken sein muss. Er hat nur etwas gesagt wie ‚Komm wieder, wenn du normal bist', bevor er die Türe zugeknallt hat."

„Tanja, nun müssen Aktionen folgen, so wie wir auf Antiparos geplant haben – Stellensuche, Jobinterviews organisieren, Wohnungen besichtigen …Du packst das schon!"

„Klar, ich werd's ihm zeigen!"

Wir sind im Wald, der Boden weich und durchlässig; Grane strafft seine Muskeln und wartet auf mein Zeichen zum Trab. Arabeska tänzelt nervös, sie ist die Primaballerina und weiß, was ihr auf dem weichen Torf geschuldet ist. Wir traben an, zügig, voller Kraft stoßen die beide nach vorne. Der Kitsch vom Glück auf Erden auf dem Rücken von Pferden ist absolut wahr. Verschwitzt verfallen wir entlang der Kirschenallee oberhalb von Brügg zurück in den Schritt.

„Die Kirschenernte haben wir auf Antiparos verpasst", seufzt Regina angesichts der abgeernteten Bäume. Vom

Pferd aus kann man besonders gut Kirschen pflücken, es hat auch den Reiz des Verbotenen. Wir steigen ab und führen die Pferde die steile Mettgasse hinunter, überqueren die Brücke und traben die Aare entlang, bis wir auf Höhe des Schiesstandes sind. Gleichzeitig erkennen wir die frisch abgegraste Wiese, lachen uns an und schon geht's im Galopp die fünfhundert Meter bis zum Jäissbergwald. Grane und Arabeska galoppieren auf dem weichen, kurz geschnittenen Gras kraftvoll dahin, als hätten sie nicht neunzehn Jahre unter dem Sattel. Wir fliegen, hören nur noch das Schnauben der Pferde, spüren den Rhythmus des Galopps, fühlen die brennende Sommersonne auf unserem Körper. Es gibt nur noch jetzt und hier, volle Konzentration.

„Eines Tages galoppiert sie sich in einen Herzinfarkt und fällt unter meinem Hintern tot um", keucht Regina, als wir verlangsamen, um die beiden auf dem langen Heimweg trocken zu reiten.

„Macht das dir nicht Angst? Stell dir das vor: das Pferd am Boden, in den letzten Zuckungen, kein Tierarzt weit und breit ... Wie im Wildwestfilm nimmst du den Zaum ab und begibst dich zu Fuß auf den Heimweg." „Nein, Angst macht das mir nicht, möchtest du am Ende nicht auch einen Herztod mitten im Galopp?"

„Du bist makaber! Aber sag mal, wie war's, als du von Griechenland heimgekommen bist? Hat dich Stefan vermisst? Hat er sich besonnen?"

„Wo denkst du hin? Ich glaube sogar, dass sie im Haus war. Vielleicht sogar in meinem Bett, der Küche, Kleider in meinen Schrank gehängt hat. Es ist nur so eine Ahnung, vielleicht bin ich auch paranoid ..."

„Möglich wär's. Vielleicht sogar zu erwarten … kannst nicht mal mehr in Ruhe weg …" Mein Magen dreht sich um bei dem Gedanken, wie Regina in ihr Haus zurückkehrt und nach den Zeichen der Anderen fahndet.

„Die Nachbarn schauen mich mitleidig an, ich fühle die Blicke, das Getuschel, aber ich halte mich aufrecht, den Kopf hoch, als wäre mir alles egal." Auch sie versteckt ihre wahren Gefühle in der hintersten Kammer ihrer Seele. Nackte Wahrheit gibt es nicht, sie kommt verkleidet.

„Holen dich die Gefühle ein, die du nach dem Tod deiner Eltern gehabt hast?"

„Ja, das denke ich manchmal auch. Deshalb reiße ich mich zusammen, spiele fröhlich und unbeschwert; wenn ich ihn verlasse, wird er eine tolle Frau verlieren und niemand ihn begreifen. Bedauert wurde ich nach dem Tod meiner Eltern genug, das brauche ich nie mehr."

„Du hast aus deinen Gefühlen gelernt, gut, dass du sie nicht wiederholen willst. Mir ist manchmal, als wären meine alten Gefühle ein Teil von mir selbst, klebrig, als wären sie mit Leim bestrichen."

„Zutreffend. Auch bei mir geht's nicht von selbst. Ich muss die Negativität immer wieder abstreichen, wenn sie mich gefangen nehmen will. Weißt du, unsere Gespräche auf Antiparos haben mir zu denken gegeben. Es ist einfacher, dir gute Ratschläge zu geben, als dieselben selbst zu befolgen."

Über die Aare Brücke müssen wir wieder im Gänsemarsch reiten. Unsere intimen Gespräche auf Antiparos haben also auch bei ihr eingeschlagen. Wenn man die Sache ausspricht und darüber redet, kommt eine ganz neue

Realität zum Vorschein. Wie ferngelenkt habe ich vorher gelebt und möglichst wenig Staub aufgewirbelt. Pesche hatte meine Fernsteuerung längst beschlagnahmt, damals, in der Werkstatt. Ich wollte gut sein, eine gute Tochter, eine gute Ehefrau, gute Geschäftsfrau, gute Mutter ... gut, gut, gut ... so verdammt gut. Wozu? Regina und Iannis haben mir sozusagen die Erlaubnis gegeben, zu mir selbst gut zu sein, eine klare Forderung zu stellen. Die Mettgasse hinauf schließe ich wieder auf.

„Hast du auch einen Plan?"

„Ja, eigentlich schon. Bald werde ich dreißig, nach meinem Geburtstag werde ich mein Erbe selbst verwalten können. Meine Eltern hatten in ihrem Testament bestimmt, dass Onkel Ernst die Hinterlassenschaft bis zu meinem dreißigsten Lebensjahr verwalten soll. Das hat er getan und sich selbst für meinen Unterhalt reichlich belohnt. Bis ich zwanzig war, dachte ich immer, er würde meinen Unterhalt und die Reitschule bezahlen und fühlte mich zu Dank verpflichtet. Deshalb habe ich auch bei ihm die Lehre gemacht ..."

„Ausgenutzt hat er dich, wie hässlich, unter Vorspiegelung falscher Tatsachen!"

„Zu meinem zwanzigsten Geburtstag musste er mir Einsicht in das Testament geben, da flog der Schwindel auf. Die Kosten für Arabeska wurden immer vom Erbe bezahlt, von den Mietzinsen, um genau zu sein."

„Du könntest doch von deiner Arbeit und den Mietzinseinnahmen leben – und Stefan in die Wüste schicken."

„Noch bin ich nicht so weit, aber es geht schon in diese Richtung. Ein neues Leben, ich denke viel darüber nach. Vielleicht würde ich mich weiterbilden lassen ..."

Beim Bärletwald ziehen Arabeska und Grane wieder an, sie haben Stalldrang, wissen, dass bald gefüttert wird. Wir lassen sie nicht antraben, sie müssen trocken heimkommen. In zügigem Schritt geht es zurück.

„Weiterbilden wäre gut", nehme ich den Faden wieder auf. „Du hast zwar die kaufmännische Lehre immer gehasst, aber damit hast du eine gute Grundlage."

„Nicht die Arbeit, sondern meinen Boss, Onkel Ernst, habe ich gehasst. Ich hab doch immer gedacht, ich sei voll auf ihn angewiesen."

Müde sitzen wir beim Stall ab und striegeln gedankenverloren unsere Pferde. Zusammen sind wir stark, Regina und ich. Unsere Aussprache in der ersten Nacht auf Antiparos hat uns beiden Mut gemacht – unsere Herren Blaubärte sollen sich in Acht nehmen. Sogar nach dem scheinbar misslungenen Gespräch heute Mittag fühle ich mich gut, habe mich auf dem Ritt wieder gefangen. Schlimmstenfalls mach ich alles wahr – aber nein, daran darf ich jetzt nicht denken, so weit soll es nicht kommen.

12

„Mama, du hast verschlafen!" Zerzaust schlüpft Baba unter meine Bettdecke und küsst mich ab. „Wir kommen zu spät, Mama, aufwachen …" Ich stelle mich schlafend und genieße ihre Wärme, die schmatzenden Küsschen, ihre kindliche Intimität. „Du schläfst gar nicht!" Sie versucht meine Lider zu öffnen, ich kann nicht an mich halten und wir umarmen uns lachend.

„Dummerchen, es ist doch erster August, Feiertag, wir gehen heute Abend zum See und schauen uns das Feuerwerk an. Dann essen wir Bratwürste und kommen erst mitten in der Nacht nach Hause. Erinnerst du dich an letztes Jahr?" Sie setzt sich auf meinen Bauch und macht ein langes Gesicht.

„Müssen wir? Ich möchte lieber auf der Garten-Altane einen Apfelbaum pflanzen und am Abend Raketen und Feuerstöcke zünden." Ihre Schmeichelhändchen liebkosen mein Gesicht, diese kleine Frau weiß ganz gut, wie sie sich unwiderstehlich machen kann.

Ich nicke. „Also gut. Wir holen die Lampions vom Boden und hängen sie an den Wäschedraht. Raketen auf dem Dach sind gefährlich, aber unten beim Brunnen darf man Zuckerstöcke abbrennen, da können alle Nachbarn aus den Fenstern zuschauen. Reicht das?"

„Und der Apfelbaum? So ist es doch noch gar keine Garten-Altane!"

„Ein Apfelbaum? Wohl eher nicht, die gedeihen nicht in Pflanzkübeln. Sie sterben, wenn sie nicht tief in der Erde stehen. Vielleicht ein Rosenstock?" Wie kommt meine kleine Eva-Frau dazu, sich just einen Apfelbaum zu wünschen? Genetischer Drang nach der verbotenen Frucht?

„Meega! Dürfen wir auch Sandwiches mit heraufnehmen und ein Picknick machen?"

„Ja, ungefähr so könnten wir feiern", erwidere ich. „Frag Regi, ob sie einverstanden ist." Sie gleitet rückwärts vom Bett hinunter, zieht das verrutschte Nachthemdchen glatt und verschwindet, um ihre Schwester sofort und schonungslos aufzuwecken.

Ich habe in den letzten Nächten, in meinem eigenen Reich, eine Pforte durchschritten. Die Aktion Umzug und der gute Schlaf haben mein desolates Selbstbewusstsein aufgepäppelt, ich habe gemerkt, dass ich mich wehren kann und bin stolz auf mich.

Der Tau auf dem Rosmarin glitzert in den Strahlen der Morgensonne; sein Duft weckt Ferienbilder; ich summe Iannis Trompetenmelodie vor mich hin und beschließe, für unsere Augustfeier einen Zopf zu backen. Beschwingt wiege ich das Mehl ab, erwärme etwas Milch, füge Hefe hinzu und lasse den Teig während des Abwaschs aufgehen. Da schlurft Pesche herein, in Pyjama und seinen überfälligen Schlappen.

„Tag ... Kaffee."

Was denkt der sich eigentlich? Eben war ich noch in festlicher Stimmung, nun schlurft er herein, als wäre nichts gewesen. Aber nein, ich darf mir die gute Laune nicht verderben lassen. Seine schlechten Manieren – diese waren früher auch besser – sollen mir das Leben nicht mehr vermiesen. Ich bin keine Marionette mehr, es schadet auch meinem Selbstbewusstsein nicht mehr, wenn ich ihm an diesem Feiertag einen Kaffee serviere. „Eine Marmeladenschnitte dazu?" frage ich, während ich die Tasse vor ihn hinstelle. Erstaunt schaut er zu mir auf, seine hellblauen Augen schimmern wie frische Tümpel.

Unsere Blicke verfangen sich ineinander, wie damals, bei der Geburt von Regina, als wir ein richtiges Team waren. Da habe ich den stolzen Vater meines Kindes wirklich gemocht. Es war nicht eine herzerschütternde, hormongeschwängerte Liebe wie bei Iannis, das nicht. Aber doch eine wunderbare Zuneigung zu uns als Familie. Er hat mich allerdings immer begehrt, sein Inbegriff von Liebe war Sex. Und Besitzerstolz. Früher hat er mich verliebt herumgezeigt wie eine Trophäe, heute sieht er mich nicht mehr. Seine Fürsorge und sein Verlangen sind erst verflacht und dann verschwunden, fast unmerklich langsam. Liegt es an mir? Am Alkohol? Oder ist es der Weg jeder Ehe? Ich kann mir nicht vorstellen, dass meine Liebe zu Iannis jemals so verstauben und vergilben könnte – nicht in hundert Jahren! Mein Herz klopft ein Staccato beim Gedanken an seinen Blick und ich spüre seine Umarmung in der Urtiefe meines Körpers, die weiblichen Muskeln regen sich, mein Blut wird heiß und ich spüre die Röte im Gesicht. Ich stelle auch meinen Kaffee auf den Tisch und verstecke mich und meine ehebrecherischen Gedanken hinter der Morgenzeitung von gestern. Nein, unsere Liebe würde nicht ausleiern, ich kann sie ja nicht einmal von meinem Frühstückstisch verbannen.

Regina stürmt herein und setzt sich zu mir auf die Bank. „Mama, ist es wahr, dass wir ein Picknick machen mit Lampions?" Ich nicke und sie rutscht runter, flitzt auf Pesches Schoss, nimmt seinen Kopf zwischen beide Hände und schießt los: „Papa, wir machen einen Altanen-Garten, kaufst du uns heute Bäume und Blumen? Mama hat gesagt, dass wir am Abend ein Picknick machen, mit Lampions, kommst du auch?"

Pesche sieht mich fragend an. „Ihr wollt den ersten August auf der Dachterrasse feiern?" Ich nicke wieder und er fügt hinzu: „Ich könnte den Grill vom Keller heraufbringen und ein feines Filet braten."

Entgeistert schaue ich hinüber. Ob ihm das ernst ist? Er hat vorhin schon so ungewöhnlich lieb dreingeblickt, als ich ihm den Kaffee hingestellt habe. Doch der Metzgereigrill ist viel zu groß und wahrscheinlich rostig. Antonio arbeitet nicht und kann nicht beim Tragen helfen. Woher nehmen wir Kohle an einem Feiertag? Ich setze dazu an, meine Bedenken anzubringen, mache aber wieder kehrt wie vorhin, als er Kaffee bestellt hat, als sei ich ein Serviermädchen. Ohne auf ihn einzugehen prüfe ich den Zopfteig.

„Das ist aber schön, der Hefeteig ist bereits aufgegangen!" Mein erwachendes Selbstbewusstsein hat neue Töne gefunden, ich erschrecke mich selbst.

Vorteig, Milch, Butter, Salz, Zucker – langsam knete ich die Zutaten in das Mehl und wundere mich über meine Gefühle. Gleich zweimal bin ich vorhin über mein Ego gestolpert und habe mich aufgefangen. Als ich noch eine Marionette war, wurde ich fuchsteufelswild, wenn er in diesem Ton nach Kaffee verlangt hat. Mein neues

Gefühl von Freiheit lässt mir jetzt die Wahl, gibt mir die Möglichkeit, ihm aus Stärke statt aus Schwäche seinen Kaffee hinzustellen. Früher hätte ich ihm all die zu erwartenden Schwierigkeiten in puncto Grill an den Kopf geworfen, worauf er wohl aufgegeben und nicht mitgefeiert hätte. Ich bin stärker geworden, habe meine Einstellung mir gegenüber geändert und muss mich nicht mehr aufplustern wie eine gackernde Henne, die eben ein Ei gelegt hat. Schließlich ist er Metzgermeister und muss sich selbst zu helfen wissen. Es ist meine Wahl, mich frei und beachtenswert zu fühlen – ich bin der Weg.

Nach dem Apero im Altstadtstübli schleppt Pesche zwei Kumpel an; gemeinsam tragen sie den Grill auf die Altane und entrosten ihn zu ein paar Flaschen Bier, dazu tische ich ihnen Sandwiches aus dem frischen Zopf auf. Nun wird Pesche auch von Baba bedrängt:

„Papii, bitte, wir möchten doch Bäume für die Garten-Altane, dann ist es soo schön mit den Lampions."

Prompt bietet Hans, der ältere der Kumpane, uns Pflanzen seiner kürzlich verstorbenen Mutter an. Er weiß nicht, wohin mit den vielen Blumenstöcken auf ihrem Balkon, seine Frau will nicht noch mehr Pflanzen pflegen. Pesche und Baba holen sie ab, wunderbare italienische Tontöpfe mit hellgrünem Bambus, den bereits die kleinste Brise durcheinander weht. Die drei kümmerlichen Rosenstöcke lechzen nach Dünger, die gelben Blumen sind mickrig, aber das kriegen wir schon hin. Die roten Geranien in ihren vier Kistchen, die auf jeden respektablen Schweizer Balkon gehören, sind jedoch in voller Blüte. Ein großer runder Topf ist liebevoll mit allerlei Kräutern bepflanzt: Thymian, italienischer Peterli, Schnittlauch, Majoran und eine hohe Minze. Ich zeige zum Himmel: „Bedankt euch bei Hans' Mutter!" Regina lacht mich aus: „Sie ist doch tot!" Aber Baba blinzelt nach oben. „Danke dir, Hans-Mutter!"

Das Gurren der Tauben vor dem Dachfenster hat mich sachte aufgeweckt und gleich war ich wieder im Erfolgsrausch des gestrigen Abends. Endlich … endlich scheint mein Plan aufzugehen. Leise, ohne die Mädchen aufzuwecken, habe ich meine alte Jogginghose und ein T-Shirt aus der Kommode geholt, wie früher in kinderlosen Zeiten, und mich auf den Weg zum Pavillon begeben.

Ich jogge schwerfälliger als früher, aber mit ein wenig Übung wird sich das bestimmt ändern. Die Alpenstraße ist noch menschenleer, ab und zu ertönt vom See her der dumpfe Ton eines Schiffhorns. Bei der französischen Kirche beginne ich zu pusten und muss mein Tempo drosseln; natürlich bin ich nach so vielen Jahren ohne Sport nicht mehr in Form, wie konnte ich mich nur so gehen lassen? Waren es Wut und ständiger Ärger, die mich blockiert haben? So wollte ich doch gar nicht werden! Hier, das städtische Gymnasium, der Affenkasten. Ja, die Affenfiguren über dem Haupteingang sind immer noch da. Auch der Spruch im Giebel „Die Erziehung der Jünglinge ist die Grundlage des Gemeinwesens". Was für eine Diskriminierung von Frauen und Mädchen! Dabei ist der Bau erst siebzig Jahre alt. Der Anstieg hat mich zum Schwitzen gebracht, aber ich will bis zum Pavillon durchhalten und mich erst dort, bei der wunderbaren Aussicht auf See und Alpen, hinsetzen. Kurz vor der Lichtung unterbricht das Rattern eines Eisenbahnzugs die friedliche Stille des

Waldweges und scheucht einen jungen Hasen direkt vor meine Füße. Erschreckt starren wir uns eine Millisekunde lang an, dann hüpft er zickzack ins Gebüsch. Hier ist die Lichtung, endlich habe ich's geschafft. Schwer atmend setze ich mich auf die Bank und lasse den Blick befreit über das Alpenpanorama schweifen.

Dies ist der langersehnte Neuanfang, die letzten vierundzwanzig Stunden waren überwältigend: Gestern Abend ist Pesche mit einer alten Flasche Bordeaux aus Omas Keller auf der Altane erschienen und hat gleich erklärt: „Diese Flasche trinken wir zusammen, und ab morgen bin ich trocken." Er hat mich geküsst und ich habe die Augen geschlossen und innerlich gejubelt. Es hat sich angefühlt, als könnte ich meine Flügel aufspannen und über die Altstadtdächer hinweg schweben.

In früheren Jahren waren die Mädchen und ich zum ersten August am See und schauten uns das Feuerwerk an, Pesche war in der Beiz, doch gestern hatten wir einen wunderbaren Familienabend. Pesche hat ein sehr zartes Rindsfilet grilliert und ich habe dazu Salate in der gelben Schüssel aus der Provence und den frischen Zopf gerichtet. Wir waren alle glücklich, eine Familie, wie ich sie mir gewünscht habe. Als es dunkel wurde, haben Pesche und die Mädchen unten beim Brunnen ihre Feuerwerke gezündet, Oma und ich haben uns ums Dessert gekümmert. Sie hatte sich schon jahrelang nicht mehr aufs Dach bemüht und war überrascht über Babas Garten.

„Du könntest jetzt wieder unten schlafen", hat Pesche vorgeschlagen, als die Mädchen sich zum Schlafengehen fertig machten. Mein Herz hat sich zusammengezogen, als wollte es überhaupt nicht mehr weiterpumpen, und viele ängstliche Gedanken blitzten gleichzeitig durch mein Gehirn: Hat er dann, was er wollte, und alles bleibt beim alten? Kein Grund mehr, trocken zu werden? Und was würde aus meinen erholsamen, friedlichen Nächten in meiner Kammer, wenn ich jetzt nachgebe?

„Ich enttäusche dich nicht gern, nach einem so schönen Abend, aber lass uns abwarten", entgegnete ich leise. „Ende August werde ich wohl so weit sein und an den neuen Frieden glauben können." Ohne ein weiteres Wort hat er sich die Treppe runter geschlichen und ich war froh, dass ich nicht bereits wieder einen Streit ausgelöst habe.

Die Kirchenglocken wecken mich aus meiner Erinnerung; das kühle Morgenrot über den Alpen ist von sommerlicher Hitze abgelöst worden, heimwärts geht es die Alpenstraße hinunter. Vereinzelte Kirchgänger in Sonntagskleidern spazieren zur Predigt, das Gesangsbuch unter dem Arm, Rechtschaffenheit im Gesicht.

Zu Hause ist noch alles mucksmäuschenstill und ich husche unter die Dusche. Danach gehe ich im Morgenmantel in die Küche, um mir in aller Ruhe einen Cappuccino zu bereiten. Beim zweiten Kaffee schwindet meine Zuversicht ein bisschen, der Erfolgsrausch weicht einer Gedankenflut. Wie geht es weiter? Was passiert jetzt? Was sind Entzugserscheinungen genau? Der erste und wichtigste Schritt ist Pesches Einsicht und Wille. Das hätten wir geschafft. Und nun?

Das Telefon schrillt, ich eile ins Wohnzimmer, nehme eilig den Hörer ab, damit die Glocke nicht gleich die ganze Familie weckt.

Es ist Regina, aufgeregt rede ich auf sie ein: „Ich hab's geschafft! Unser Plan geht auf, Pesche will den Alkohol aufgeben."

„Was? Ernsthaft?" Regina klingt nicht besonders enthusiastisch, schweigt ein bisschen zu lange und meint schließlich: „Viel Glück! Ich will dir die Freude nicht verderben, aber du weißt, dass es jetzt erst Recht schwierig wird ..."

„Ja, das ist mir klar, du könntest dich trotzdem ruhig ein bisschen für mich freuen! Aber du hast Recht, nun muss ich überlegen, wie es weitergeht."

„Johann hat per Telefonkette eine Besprechung einberufen, für zwei Uhr, soll ich dich abholen?"

„Vielleicht bleibe ich heute besser zu Hause und widme mich der Familie, ich habe nämlich keine Ahnung, wie sich Pesche einen Sonntag ohne Wirtshaus vorstellt. Bleibt nur die Frage, was Johann wohl auf dem Herzen hat."

„Du weißt doch, was gemunkelt wird ..."

„Meinst du, dass er uns verlässt? Was würde aus Grane und mir werden?"

„Mach dir deswegen nicht auch noch Sorgen, ich werde heute Abend auf dem Heimweg bei euch reinschauen und dir alles berichten."

„Prima, danke. So kann ich heute bei Pesche bleiben ... Soll ich mitgehen, falls er doch zum Apero will? Ich stelle mir vor, wie seine Saufkumpane lachen, wenn er Wasser trinkt! Ich könnte vielleicht die dummen Mäuler zum Schweigen bringen." Wie kann ich jetzt alles richtig machen?

„Sprich mit Andreas, er hat doch seinen Rat angeboten!"

„Wunderbare Idee, genau das mach ich. Und zwar gleich. Wir sehen uns dann nach eurer Besprechung, Tschüss!"

Der Anruf bei Andreas hat mich aufgerichtet: Er war unglaublich zuvorkommend – auf ihn kann ich zählen.

Er und seine Mutter werden heute Abend bei uns essen und mich unterstützen.
Der nächste Schritt ist schon schwieriger, schweren Herzens setze ich mich an den Computer.

2. August
Mail von Tanja@homebase.ch
An Iannis@Greco.com
Betreff Wende

Guru, es gibt noch Wunder: Pesche hat sich entschlossen, ab heute trocken zu bleiben. Das macht mir nun doch wieder Angst, aber Andreas hat mir seine Unterstützung angeboten. Er ist Arzt, er weiß Bescheid.
Das sei eine Mini-Intervention, sagt er, eine Errungenschaft aus Amerika. Kennst du das? Unter psychologischer oder ärztlicher Führung werden alle wichtigen Personen im Leben des Alkoholikers einberufen. Vor allem alle Lieben, die Familie, aber auch Freunde und wichtige Mitarbeiter bis hin zum Boss. Zuerst beteuern sie dem Alkoholiker, wie viel er ihnen bedeutet, dann gehen sie über zur Darstellung, wie sich sein Alkoholismus auf ihr Leben auswirkt. Zuletzt wird er vor die Wahl gestellt, sofort in eine Klinik zu gehen für den Entzug oder sie würden sich schweren Herzens von ihm abwenden. Ein Auto der Klinik steht unterdessen bereits vor dem Haus und würde den Alkoholkranken gleich mitnehmen, falls er einsichtig ist. Wenn nicht, würde er alles verlieren: Ihre Liebe, die Arbeit, wahrscheinlich sogar die Ehe. Es wäre die Niederlage in jedem Lebensbereich, vielleicht würde er bis zur totalen Kapitulation versumpfen und dann vielleicht doch zur Einsicht kommen – oder nie aufhören.

Andreas wird Pesche die Vorteile des Entzuges in einer Klinik nahelegen, eine Sofort-Einlieferung kann man bei uns nicht vornehmen. Pesche will sowieso versuchen, den Entzug alleine zu schaffen, da kenne ich ihn gut genug.

Mein Geliebter, das war die gute Nachricht – doch sie hat auch schmerzliche Folgen: Auch ich muss meinen Teil zu unserem Familienglück beitragen. Ich kann nicht nur von Pesche Opfer verlangen, ich muss mich selbst auch bemühen und mit diesem Brief von Dir Abschied nehmen. Das tut weh. Am meisten schmerzt, dass ich auch Dir wehtun muss.

Deine Liebe hat mich aufgeweckt, Du hast mir Mut gemacht, die nötigen Schritte zu unternehmen. Für all das werde ich Dir immer dankbar sein.

Dieser Schritt fällt mir vor allem jetzt, nachdem Du mir von deinem jüngsten Traum geschrieben hast, unendlich schwer, denn nun weiß ich, wie sehr Du mich verwöhnen, für mich sogar Deinen Musikus-Traum begraben wolltest. Leider darf ich nicht einfach ins Ausland flüchten mit meinen Mädchen und ohne die beiden wäre mein Leben undenkbar.

Abschied in Liebe und großer Trauer, Tanja

2. August
Mail von Iannis@Greco.com
To Tanja@homebase.ch
Regarding Mut

Tanja, viel Glück! Du hast Recht: Es ist unmenschlich schmerzlich, deinen Abschiedsbrief zu respektieren. Unsere Liebe, unseren Abend in Athen, die wunderbar sinnliche Nacht, all das kann ich nicht aus meinem Herzen oder meiner Fantasie verbannen. Doch ich bin auch als Freund für Dich da, werde Dei-

ne Sorgen und Freuden immer gerne teilen. Bei uns sagt man: Relationships are for a reason, for a season or for life. Beziehungen führen uns zu einer Erkenntnis, sind für eine Zeitspanne des Lernens oder fürs Leben. Erst die Zukunft wird zeigen, ob unsere Beziehung ihren Zweck wirklich bereits erfüllt hat. Bitte, Tanja, gib uns eine Chance, falls Dein Plan nicht funktioniert!
Immer lots of love Iannis.

Nein, das war's. Die Affäre ist vorbei. Heute Nachmittag werde ich mich nur mit dem feinen Essen beschäftigen und weder Trauer und Angst noch meinen Iannis-Fantasien Einlass gewähren. Ich bin ja Herr, nein, Frau meiner Gefühle. Trotz der guten Vorsätze ist meine Stimmung gedämpft, Melancholie hat sich eingeschlichen. Pesche weiß noch nichts von dem abendlichen Besuch, wahrscheinlich wird er wie immer etwas zu meckern haben, da sollten die Kinder besser nicht dabei sein.

„Regi, Baba, wollt ihr den Tisch im Wohnzimmer dekorieren? Es kommt Besuch."

Regi horcht auf. „Wie denn?"

„Ihr dürft die Schützengasse hinauf bis zur Wiese gehen und Margriten pflücken."

„Toll, dann machen wir einen Kranz und legen ihn auf den Tisch! Komm, Baba." Und schon huschen die beiden hinaus.

„Pesche, könntest du mir ein Rindsfilet bringen?"

„Hatten wir doch gestern, willst du jetzt jeden Tag feiern?"

„Wir bekommen Besuch. Oma, Regina und Andreas mit seiner Mutter werden zum Nachtessen da sein."

„Muss das sein? Mach doch nicht gleich so ein Theater! Denkst du, ich weiß nicht, worum es geht?"

„Doch, für mich gibt es Grund zu feiern, du sollst auch zu Hause einen schönen Abend erleben."

„Willst du ein Wellington machen oder soll ich wieder grillieren?" Gutwillig geht er runter in die Metzgerei, sein Entschluss macht auch ihn froh. Zu leiser Radiomusik stelle ich die Zutaten für das Wellington zusammen, rolle den Teig aus und steche kleine Herzen für die Garnitur. Ach nein, jetzt singt Nana Mouskouri „Weiße Rosen aus Athen", muss das sein? So kann ich doch nicht vergessen. Ich summe die alte Schnulze mit, dabei überfällt mich die Erinnerung – trotz aller guten Vorsätze: der Abend in der Plaka, die goldene Trompete, die Kerzen in der Kirche. Erinnerungen lassen sich nicht einfach so aus der Seele schaffen, ich werde mich daran gewöhnen müssen und nehme mir vor, sie so gut wie möglich zu ignorieren. Ich decke im Wohnzimmer auf, das weiße Tischtuch mit allem Drum und Dran. Wie lange haben wir nicht mehr in der guten Stube gegessen? Tag für Tag bin ich mit den Mädchen allein. Schon längst haben wir den Sonntagsbraten im Wohnzimmer aufgegeben. Zu oft haben wir gewartet und ich musste die Mädchen vertrösten, wenn Papa mal wieder nicht erschien.

Filet Wellington hat es schon eine Ewigkeit nicht mehr gegeben, Besuch auch nicht. Heute gibt's einen richtigen Festschmaus. Andreas und seine Mutter sollen einen guten Eindruck erhalten. Weingläser? Ich halte inne. Natürlich nicht. Was soll ich nur zu trinken anbieten? Alkoholfreies Bier? Passt nicht zum Essen. Rimuss, den alkoholfreien Asti? Nein, auch nicht. Im Gegenteil, es soll gar kein Weinersatz sein; wer will sich schon mit dem Zweitbesten begnügen? Warum habe ich dieses Jahr keine Holunder-Limonade nach Mamas altem Rezept gemacht? Das würde jetzt bestens passen. Vielleicht Minz-Wasser mit der frischen Minze vom Altane-Garten, einem Spritzer Zitrone und ganz wenig Zucker? Das ist originell, das passt. Ich schneide das Filet in drei Zentimeter dicke Scheiben, schiebe diese wieder zusammen und auf den Blätterteig. Dann wird es mit Senf bestrichen, ich stecke Ananas dazu, verteile Speckwürfel und Champignons darum herum und schließe den Teig darüber. Mit den ausgestochenen Herzen verziere ich den Filetrücken. Wenn Pesche später das Wellington genau zwischen den Herzen zerschneidet, trifft er zwischen die vorgeschnittenen Fleischstücke, das gibt wunderbare Tranchen, die nicht zerfallen. Eigelb darauf, einstechen, wenn Doktors kommen ab in den Ofen, und während des Aperitifs backen. Aperitif? Ich stolpere schon wieder über alkoholfrei. Eistee? Ja, falls mir nicht noch etwas Gescheiteres einfällt.

„Oma …" Ich klopfe an und strecke den Kopf in ihre Küche. „Wir haben heute Besuch, Doktors kommen und Regina. Pesche bleibt zu Hause, er hat aufgehört zu trinken."

„Waas?"

„Hast schon richtig gehört, um sieben essen wir."

„Wie hast du denn das hingekriegt?" Sie schlurft heran und stützt sich dabei auf ihren Stock. „Soll ich die Kristallgläser bringen? Du kannst sie dann gleich behalten, ihr erbt sie doch ohnehin irgendwann."

„Weingläser … Oooma!"

Sie lacht: „Servierst wohl deine berühmte Ovomaltine? Damit kannst du nur die Kinder trösten!"

„Minz-Wasser vom Besten!"

Wenn die Umstellung auf Alkoholfrei schon mir so viel zu denken gibt – wie schwierig wird es erst für Pesche sein? Guter Wein ist doch Prestigesache. Hat Pesche die Kraft, genügend psychische Resistenz, um in der Beiz, in alkoholisierter Gesellschaft, Mineralwasser zu bestellen? Ohne seine Saufkumpane würde er kaum noch Freunde haben. Wie wird er mit den freien Abenden zurechtkommen? Andreas hat geraten, ihn heute Mittag nicht zum Apero ins Altstadtstübli zu begleiten, um ihn rauszuhauen, wenn blöde Bemerkungen fallen. Er selbst müsse keinen Alkohol trinken wollen, und nicht, weil ich das will – das würde unwillkürlich zum Scheitern führen. Pesche müsse wissen, dass er alleine trocken sein will, weil er das den Konsequenzen vorziehe. Es ist so schwierig, in meiner Situation das Richtige zu tun.

Andreas und seine Mutter sind pünktlich angekommen; Oma und Frau Doktor plaudern auf dem Sofa und Andreas steht mit seinem Eistee am Fenster.

„Ich beneide euch, in der Altstadt zu wohnen ist wunderbar! Diese Ruhe, keine vorbeirasenden Lastwagen. Hörst du die Kinder beim Brunnen? Das Radio dort auf dem Balkon? Hier gibt es Rufe und Gelächter, Menschen statt Motoren, die das Gezwitscher der Vögel übertönen … Tanja, was ist? Nicht einverstanden?"

Ich trete leise zu ihm ans Fenster, außer Hörweite von Oma: „Schwer zu beschreiben, es ist nur ein Gefühl. Wenn ich ‚Altstadt' denke, kommt mir eklige, modrig-feuchte Enge in den Sinn, aus der ich raus will. Bei euch in der Seevorstadt, im vornehmen Doktorhaus mit dem großen Garten, da lässt sich doch prächtig leben."

Überrascht von der Heftigkeit meiner Gefühle murmelt er: „Bei uns in der Seevorstadt ist der Lärm der Lastwagen kaum auszuhalten und ihre schwarzen Rauchschwaden jucken in der Nase. Dann noch die Eisenbahn hinter dem Haus … Sie fährt nun dreimal so oft wie früher." Er schüttelt sich, als klebten Rauch und Lärm ekelhaft an seinem Körper.

Ich entgegne stutzig: „Man sagt doch, dass der Mensch sich an Auto- und Bahnlärm gewöhnt …"

„Das sagt man, ja, aber ich bin sicher, dass dieser Lärm stresst, auch wenn man sich scheinbar daran gewöhnt hat. Ich hatte als Kind Asthma. Bei geschlossenem Fenster konnte ich nicht atmen, bei offenem Fenster konnte ich nicht schlafen. Ich hasse den Ort."

„Dieses Trauma begleitet dich, ja?" Wir schweigen.

Ich denke an die Vergewaltigung unten im Keller. Das macht mich tatsächlich immer noch blind für den Zauber der Altstadt, den Andreas sieht.

Als ich verliebt aus Griechenland heimkam und an diesem einen frühen Morgen die erste E-Mail von Iannis öffnete, hatte ich einen Blick für die Schönheit der Altstadt und des Kastanienbaums mit dem Vogelgezwitscher. Mein Herz war gefüllt mit Liebe, das hat meinen Blick für die Umwelt verändert. Iannis hat gesagt, dass man entweder Liebe oder Ärger fühlen könne, aber nie beides zusammen. Ich möchte das alte ärgerliche Gefühl über Bord werfen und nur die positive, verliebte Sicht behalten. Ich bin der Weg, ich kann das.

Pesche kommt aus der Küche und steckt den Kopf herein. „Das Wellington ist in ein paar Minuten bereit, wollt Ihr mit dem Salat beginnen?" Regi hat Tischkarten mit den Namen gezeichnet und wir setzen uns an unsere Plätze. Auf der Fensterseite die Gäste, auf der Türseite die Familie – Kinderlogik. Ich hätte das anders eingeteilt, will ihr aber nicht dreinreden, sie hat sich so viel Mühe gegeben. Just als wir uns hinsetzen, hastet endlich auch Regina, immer noch in Reithose, herein. Sie stoppt, blickt zu mir und ich fühle, dass sie am liebsten sofort mit den Stall-Neuigkeiten herausplatzen möchte.

„Komm, setz dich hin, Pesche wird gleich das Wellington servieren. Was gab es denn im Stall so Wichtiges?"

Regina zögert, kann jedoch nicht an sich halten: „Johann wollte es dir eigentlich selbst sagen, und ich möchte dir auch lieber nicht den Abend verderben ... Er geht nach Amerika, wir kriegen einen neuen Pro."

Die Nachricht lässt mich erstarren und heiser frage ich: „Und die Pferde? Was wird aus Grane?"

„Er will das alles mit dir persönlich besprechen, morgen nach dem Füttern, im Büro." Bitte, bitte, lieber Herrgott, nimm mir nicht auch noch die Pferde! Muss ich alles verlieren, was mir lieb ist? Pesche kommt herein, stellt das Filet auf den Tisch und schneidet Tranchen – genau zwischen den Herzen, wo das Fleisch bereits geschnitten ist.

„Wie zart! Mmh, wie das duftet!"

„Zergeht auf der Zunge!"

Alle schmatzen genussvoll. Ich schenke das frische Minz-Wasser aus der gläsernen Karaffe ein, die grünen Blätter schwimmen in den Gläsern nach oben. Natürlich, ein Glas Bordeaux wäre jetzt angebracht, aber ...

Andreas schaut in die Runde, sein Blick bleibt an Pesche haften: „Gratuliere zu deinem Beschluss, Pesche! Ich hoffe, dass es dir Recht ist, wenn ich dich darauf anspreche."

Alle verstummen. „Stillschweigen und verdrängen hilft im Moment am allerwenigsten ... Ich möchte dir meine Unterstützung anbieten."

„Danke, Andreas – auf die alten Freunde!" Pesche prostet mit einem schrägen Grinsen zurück. „Aber du kannst mir kaum helfen, entweder trinke ich oder ich trinke nicht, es kommt wohl nur auf mich an."

Auch Andreas hebt sein Glas. „Du hast Recht. Auf alte Freundschaft! Ich dachte an die Entzugserscheinungen. Sie können Recht heftig sein, aber wir könnten sie medikamentös mildern. Oder ich könnte dir ein paar Fachleute und Selbsthilfegruppen empfehlen."

Oma fügt hinzu: „Ja, Pesche, wunderbar, alte Freundschaft zu ehren. Und die Gruppen würden alles leichter machen ... Du könntest es wenigstens probieren ... dir zuliebe." Draußen plärrt ein Kleinkind und ein Windstoß schlägt die Fenster zu.

Pesche hat genug, widerborstig meint er: „Brauch ich nicht."

Meine kleine Regina rettet uns aus dem peinlichen Schweigen: „Habt ihr den Margriten Kranz gesehen? Baba und ich haben ihn gemacht." Nun schrillt auch noch ein Telefon. Es ist Andreas' Handy. Nach seinen Antworten zu schließen, ist es ein Notfall.

„Sorry, ich muss gleich los."

„Aber ich hoffe, dass du zum Dessert wieder zurück bist, ja?"

Im Aufstehen meint er: „Sicher, ist wohl bloß eine Einlieferung, das geht schnell."

Die Großmütter verziehen sich wieder auf das Sofa, sie bekommen schon mal einen Kaffee. Pesche liest den

Mädchen im Kinderzimmer aus dem „Lederstrumpf" vor und Regina und ich machen uns in der Küche zu schaffen. Bis ins kleinste Detail erzählt sie mir von der heutigen Besprechung.

„Diese Hiobsbotschaft sollten wir mit einem Schnaps hinunterspülen", erwidere ich beklommen, halte jedoch gleich inne. „Natürlich nicht! Es ist doch wahnsinnig, wie verankert Alkohol auch in meinem Alltag ist."

Wir setzen uns mit unserem Kaffee zu Oma und Frau Doktor, jetzt ist Andreas schon über eine Stunde weg.

„Soll ich doch schon mal das Dessert servieren?" Oma setzt zur Antwort an, da kommt Regi hereingestürmt: „Mama, komm, Papa hat Herzklopfen!" Pesche atmet schwer und hält dabei beide Hände über dem Herzen. Ich murmle ein Stoßgebet: „Gott, schicke Andreas zurück! Jetzt!" Ich habe Angst.

Pesche faucht: „Mach kein Theater, es geht gleich vorbei."

Ich rufe die Mädchen in die Küche und gebe ihnen das Dessert, Pesche geht ins Wohnzimmer und ich bringe ihm ein Glas Wasser. Er hebt es zum Mund und ich bemerke, wie er zittert.

„Nichts Neues, das habe ich jeden Morgen", will er beschwichtigen.

Oma und Frau Doktor schauen sich vielsagend an. Das Zittern wird stärker, wieder greift er sich ans Herz, wischt sich den Schweiß von der Stirn, atmet unregelmäßig. Andreas, wir brauchen dich, komm endlich!

Pesche stöhnt: „Ich muss frische Luft schnappen!" Kein Wunder, Schweiß perlt schon wieder auf seiner Stirn und das Zittern wird noch stärker.

„Ich bringe dich auf die Notfallstation, das könnte ein Herzinfarkt sein."

„Lass nur", wehrt er ab, „bin gleich wieder da."

„Ich komme mit." Er schnauzt mich an: „Du bleibst hier!" Wir sehen uns verwirrt an, er geht. Oma zuckt die Achseln, Frau Doktor sinniert diskret vor sich hin. Der Wind rauscht durch den Kastanienbaum, gleich wird es regnen. Mein Herz rast vor Furcht und Wut; muss ich denn heute alles verlieren? Jetzt ist mein Plan zerstört, Iannis verabschiedet, wahrscheinlich sogar Grane weg.

Regina steht auf: „Komm, wir sehen nach."

Auf der Altane ist er nicht, auch unsere Kammern sind dunkel. Hat er sich auf sein Bett gelegt? Wir eilen runter in die Wohnung. Nein, auch hier ist alles leer. Ich stecke den Kopf ins Wohnzimmer:

„Wir können ihn nicht finden!"

Oma streckt ihren Rücken, sagt nur ein Wort: „Altstadtstübli …"

Ich fauche zurück: „Oder schlimmer! Könnt ihr Andreas irgendwie erreichen?" Wir schauen in der Wohnung von Oma nach, ohne Erfolg. Ich bin außer mir, Regina spricht es aus:

„Vielleicht doch ein Herzinfarkt, das waren doch typische Symptome, oder?"

„Ich bin für alles gewappnet. Wenn doch nur Andreas zurück wäre!" Auch im Keller kein Pesche. Es hätte ja sein können, dass er dort zur Flasche greift. Wir gehen hinunter zum Altstadtstübli und schauen durch den Spalt der halbgeschlossenen Vorhänge.

„Dort sitzt er", seufzt Regina. Im ersten Moment bin ich erleichtert, dann erfasst mich heillose Wut.

„Was für ein mieser Lügner!"

Die Großmütter sind weniger überrascht als erwartet. Oma steht seufzend auf, Frau Doktor tröstet:

„Du hast gemacht, was du konntest." Dann lenkt sie ab: „Tanja! Danke für das wunderbare Essen, gibst du mir bei Gelegenheit das Rezept?"

„Natürlich. Soll ich dich nach Hause begleiten?"

„Nicht nötig, aber ruf mir bitte ein Taxi." Die Stimmung ist gedämpft und der Abschied kurz. Frau Doktor hilft Oma die Treppe hinunter, draußen prasselt der Regen auf den Gehweg; das Taxi hupt.

Regina und ich räumen auf, ich fühle mich verlassen wie noch nie.

„Andreas kann nun auch nichts mehr ausrichten, trotzdem hoffe ich, dass er noch vorbeischaut. Er hat mir nie große Hoffnung gemacht und eher darauf hingewiesen, dass der Entzug meist nicht mit dem ersten Anlauf gelingt. Oft sei die Einweisung in eine Suchtklinik nötig, doch dazu müsse der Patient motiviert sein – nicht nur seine Frau! Ich habe es gehört, gelesen, darüber nachgedacht und gemeint, alles begriffen zu haben, aber eingesunken ist es offensichtlich immer noch nicht. Das Gehirn sperrt den Übergang zum Bewusstsein, wenn ihm etwas nicht passt. Verdrängung. Ich hasse mich …" Das Knarren der Haustür unterbricht mich.

„Hab ich nicht abgeschlossen? Ach ja, Frau Doktor ist zuletzt hinausgegangen, nachdem sie sich von Oma verabschiedet hat. Oma bemüht sich nie hinunter, um abzuschließen. Hoffentlich ist es Andreas und nicht Pesche, den will ich heute ganz sicher nicht mehr sehen!"

Andreas streckt den Kopf herein. „Was ist los? Wo ist die Party?"

„Komm, setz dich … Es ist alles aus!"
„Verdammt, hätte ich doch nur hierbleiben können. Wo ist er?"
„In der Beiz."

Regina setzt sich still hin und Andreas kommt zu mir auf das Sofa:

„Tanja, nicht verzweifeln!" Er legt seinen Arm um meine Schulter und streicht beruhigend über mein Haar. Ich schlucke, dabei bin ich den Tränen nahe. Wahnsinnig, wie viel Emotion eine Geste des Mitgefühls auslösen kann.

„Weine nur, Tanja, ich verstehe, es ist traurig." Mein Körper schmiegt sich in seinen Arm, dem Trost ergeben, auf den ich so viele Jahre gehofft habe. Ich höre das Herz meiner Mutter schlagen, ihre Hand streicht mein Haar aus der Stirn, sie hält mich fest, als hätte sie ganz viel Zeit für mich. Wie habe ich doch diese schützende Mutterhand vermisst, als ein jüngeres Geschwisterkind nach dem anderen geboren wurde und sie ihre ganze Aufmerksamkeit in Anspruch genommen haben. Ich musste die Große sein, die weint nicht. Auch Pesche hat mir seine Liebe entzogen, seine Gefühle sind abgeflacht. Andreas räuspert sich und ich löse mich, komme zurück von meiner Insel:

„Was habe ich falsch gemacht, dass Pesche die Familie furzegal ist?"

„Natürlich liegt es nicht an dir, Tanja. Dem Alkoholiker ist alles scheißegal, weil er ein Säufer ist. Er verachtet sich selbst am meisten und kann sich nicht vorstellen, dass etwas an ihm liebenswert sein könnte. Dadurch mag es für ihn so aussehen, als wäre auch um ihn herum nichts liebenswert. Das führt zu Depressionen, Ekel vor sich selbst, Selbstmordgedanken, die Spirale geht immer weiter abwärts, Niederlage um Niederlage, manchmal bis zum langsamen Tod – einem elenden, einsamen Verenden.

„Wir haben allerdings darauf gehofft, dass Pesche einsieht, völlig machtlos zu sein, dass er kapituliert, um weiterzuleben. Die Not und der Wille, auszusteigen, müssen so vehement sein, dass der Alkoholiker aufgibt, sich unterwirft und helfen lässt."

„Ist das der Moment, wenn das Gehirn die Schleuse der Verdrängung öffnet und die Realität dem Bewusstsein zugänglich macht? Wir haben eben darüber gesprochen, bevor du hereingekommen bist. Vom gedachten Verstehen zum Bewusstsein ist es ein langer Weg. Auch ich lerne in letzter Zeit meine Schleusen kennen, die Realität hält nach und nach Einzug."

„Ja, das ist präzise ausgedrückt. Es wird gesagt, dass Konfuzius die blitzartige Einsicht ‚das Klatschen mit einer Hand' genannt hat." Andreas schlägt sich an die Stirn.

„Ein Aha-Erlebnis? Ich glaube, Pesche hatte einen solchen lichten Moment, als ich mit den Mädchen in die Dachkammern gezogen bin."

„Bist du? Bravo. Genau das braucht es: schmerzvolle Konsequenzen. Oma und du habt ihn bemuttert und damit den Leidensweg verlängert. Wenn ihr wirklich helfen wollt, müsst ihr die Hilfe einstellen. Kompromisslos!"

„Oma hält mich immer wieder an, ihr Lebenswerk nicht zu zerstören. Doch genau das würde geschehen, wenn er wirklich alle Konsequenzen zu tragen hätte. Er kann nicht saufen und auch noch das Geschäft aufrechterhalten. Deshalb hangen wir doch alle mit drin."

„Das Lebenswerk ‚Metzgerei' gegen ein Menschenleben? Was ist deine Wahl?"

„Um Gottes Willen, ich wollte doch unser Bestes!"

„Es gibt Selbsthilfegruppen für Co-Abhängige, dort kannst du das Konzept durch und durch kennenlernen."

„Das wusste ich gar nicht, aber da gehe ich auf jeden Fall hin, denn immer, wenn ich denke, alles begriffen zu haben, öffnen sich Tore zu neuen Problemen – oder Erkenntnissen."

„Du wirst staunen, was du dort für Leute triffst. Schon die Tatsache, dass du nicht allein bist, wird dir helfen. Du wirst Männer und Frauen treffen, die du kennst, Gattinnen von Ärzten und Fabrikdirektoren, aber auch die Gatten von Lehrerinnen, Arbeiterinnen, Hausfrauen. Sucht kann jeden befallen. Die Stadt ist klein, man kennt sich, du wirst schon sehen."

„Himmel, dann werden sie auch wissen, was bei uns … Aber eben: Omas Lebenswerk gegen meine Familie. Sie wird mich noch mehr hassen."

„Na na, nicht aufgeben, Tanja. Bis heute kannte Pesche die Entzugserscheinungen nicht – sie sind qualvoll. Wer sie ohne Medikamente übersteht, wird es sich schon deshalb zweimal überlegen, ob er wieder zum Glas greift. Es kann gut sein, dass er sich nach heute Abend für den Entzug in einer Klinik entscheidet."

„Wenn nicht? Dann bis dass der Tod uns …?"

„Tanja, Pesche hält das Eheversprechen schon längst nicht mehr ein. Wenn die Vereinbarung gebrochen ist, musst du dir die Konsequenzen überlegen. War das nicht bereits dein Plan?"

„Weißt du, ich habe nur gedroht. Wie, wo, von was könnte ich allein mit den Mädchen weiterleben? Ich habe

Angst, eine diffuse Angst, ob sie nun berechtigt ist oder nicht."

Regina fällt ein: „Und der Prestigeverlust, der mit einer Scheidung einhergeht, auch der kränkt."

Andreas sieht mir in die Augen: „Sei zuversichtlich, meine Liebe, man kann Schlimmeres verkraften ..." Ich blicke zu ihm auf. „Du meinst den Tod von Susanne, oder? Kommst du darüber hinweg?"

„Schlecht. Doch vor kurzem hatte ich im Nebel der monatelangen Depression einen Lichtblick. Deine kurze Umarmung, nichts Weltbewegendes, hat mich einen Moment lang wieder zum Menschen gemacht. Wir sind keine Insel, Tanja, wir brauchen Liebe. Ich war steckengeblieben in dem Gedanken, dass ich mit Susanne hätte mitgehen sollen, dass ich hätte fahren sollen, bei den verschneiten Straßen, dass sie nicht hätte allein sein dürfen ... Ich hatte mir voll eine eigene Falle gebaut: Erst Schuldgefühl, dann Selbstmitleid."

„Du kannst es nicht wieder gutmachen ... und ich auch nicht."

„Stimmt, das kann ich nicht. Aber ich kann gehenlassen. Auch du musst gehenlassen, alles, für dich und die Mädchen. Schau in die Zukunft – eure Zukunft. Für die Familie gibt es nur eine Chance, wenn du ihn nicht mehr bemutterst, wenn nötig verlässt, wenn das Geschäft nicht mehr funktioniert. Wenn er splitternackt ganz unten aufschlägt, hat er vielleicht eine Chance."

„Das heißt, ich müsste meinen Plan kompromisslos ausführen, nicht nur drohen."

Andreas steht auf und zieht mich hoch: „So habe ich deinen Plan von Anfang an verstanden. Geh schlafen, du bist müde. Wer weiß, beim zweiten oder dritten Anlauf gelingt es Pesche vielleicht doch noch."

Ich bin müde, erschöpft, wieder fließen die Tränen, ich habe nicht einmal den Willen, sie aufzuhalten. Die Umarmung tut gut, ich lasse mich gehen und trösten. Regina verabschiedet sich:

„Gute Nacht ihr beiden. Du brauchst nicht runterzukommen, ich kenne den Weg ja gut genug."

Andreas bleibt im Korridor stehen. „Kannst du die Tür zum Boden abschließen?"

„Pesche kommt nicht rauf, keine Angst. Aber ja, wenn es dich beruhigt, werde ich die Tür vor der Treppe abschließen."

„Jetzt, bitte, ich will wissen, dass du in Sicherheit bist."

Ich öffne die Tür zum Boden und drehe den Schlüssel von innen: „Gute Nacht, Andreas ..."

„Tschüss Tanja, Kopf hoch, schlaf gut."

Leise steige ich die ersten Stufen hoch. Warum, heilige Maria, warum hat just mein Lebensweg so viele Hindernisse? Kaum ist mal ein Silberstreifen am Horizont zu sehen, verschwindet er auch schon wieder. „Es ist wie immer, womit habe ich das verdient?", bemitleide ich mich und setze mich auf die Treppe. Ein solches Leben ist nicht lebenswert, ich möchte nicht weiter leben. Oder ich möchte noch einmal frisch anfangen und alles besser machen. Dem Onkel nicht trauen, nicht schwanger werden, meine Träume verwirklichen, mich als junges Mädchen verlieben, ich weiß ja jetzt, wie das ist ... Nur die Mädchen würde ich hinüberretten in dieses neue Leben – sie und die Pferde. Unten kracht die Haustür ins Schloss, ich höre Stimmen. Pesche schafft es wieder mal nicht alleine, gleich zwei Personen bugsieren ihn das Treppenhaus hoch. Muss ich helfen? Ob er doch krank ist? Herzinfarkt? Nein, dann hätten sie die Ambulanz gerufen. Und überhaupt: Andreas hat geraten, dass ich aufhöre mit dem Bemuttern.

„Tanja, mach auf, Pesche schafft's nicht alleine!" Ich rühre mich nicht, wage kaum zu atmen. Dann lautes Klopfen an unserer Wohnungstür. Ich bin froh, dass Andreas darauf bestanden hat, dass ich die Tür zur Treppe abschließe; hoffentlich wachen die Kinder nicht auf. Omas Wohnungstür wird geöffnet, sie meldet sich: „Tanja ist nicht da, es ist offen." Mit einem Knall fällt ihre Tür wieder ins Schloss, endlich einmal ist auch sie wütend und nicht ergeben hilfsbereit.

Leise schleiche ich mich nach oben, mache einen großen Schritt über den zweitletzten Tritt, der sonst immer knarrt, und betrete das Mädchenzimmer. Der schwarze Teddybär liegt auf Barbaras feinen verschwitzten Locken, die Barbie ist ihr im Schlaf aus der Hand gerutscht. Ich möchte sie in den Arm nehmen, küssen, aber ich halte mich zurück, will sie nicht aufwecken. Leise drehe ich mich zu Regina, sie ist trotz der warmen Nacht bis oben zugedeckt – braucht den vermeintlichen Schutz. Sie spürt meine Nähe, haucht kaum vernehmbar „Mama" und dreht sich nach meinem Kuss zur Wand.

Ich ziehe die Tür zu meiner Kammer hinter mir zu und stutze: Dort, auf dem Tisch vor dem offenen Fenster, wartet der Laptop auf mich, die Iannis-Kerzen wollen brennen, ich möchte mein Herz ausschütten und auf Iannis' liebevolle Antwort warten. Wie ein Eisregen überfällt mich die Tatsache, dass all das nach meinem Abschiedsbrief verloren ist, und ich lasse mich schluchzend auf das

Bett fallen, vergrabe Gesicht und Tränen in den Kissen. Iannis, du träumst von mir, ich weiß. Ich möchte mich demselben Traum hingeben, dem Leben zwischen der San Francisco Bay und dem Ozean, im San Geronimo Valley, mit den Pferden. Ich würde die Kinder zur Schule bringen und abends mit einem Glas Retsina auf dich warten. Oder würdest du tagsüber zu Hause und abends mit der Trompete unterwegs sein, mein lieber Musikus? Würden wir deine Träume so kombinieren können? Ich lasse mich gehen, erlaube mir diese Gedanken zum ersten Mal und verliere mich in ihrem Paradies. Ohne zurückzukommen zünde ich die Kerzen an und schaue in die Ferne, sehe meine neue glückliche Familie, Pferde, Palmen, Meer. Die zwei Worte „Ich komme" stehen zwischen den zwei Welten – liegt es an mir? Langsam kehre ich zurück, sehe das Licht des Vollmondes, die schwarze Linie der Jurakette am Horizont und den Kastanienbaum als dunklen Schatten. Wie ein Scherenschnitt heben sich die Kanten der Dächer vor mir im Mondeslicht ab. Aber natürlich gibt es kein „Ich komme" nach dem Abschiedsbrief.

13

Erregt und abrupt halte ich vor dem Eingang zur Reithalle an. Ich solle nach dem Füttern antreten, hat Regine ausgerichtet. So habe ich die Einladung jedenfalls aufgefasst, wahrscheinlich hat sie nettere Worte benutzt. Es ist sechs Uhr, Johann sollte mit dem Füttern fertig sein. Ich hoffe und fürchte, dass er mit seiner Hiobsbotschaft bereits im Büro auf mich wartet. Was muss ich mehr wissen, als dass er geht? Soll ich ihm nun auch noch die Ehre antun, seinen Schritt zu verstehen? Mein Klopfen fällt zu schroff aus, gottlob antwortet niemand. Der Raum ist leer. Es ist nicht nur niemand hier, sondern richtig leer. Nur die alten Büromöbel sind noch da. Die Diplome an der Wand hinter dem Schreibtisch sind verschwunden und haben nur leere Nägel und Schmutzrahmen auf der alten Tapete hinterlassen. Die Trophäen auf dem Gestell fehlen, ich habe das Gefühl, dass mit ihnen auch Johann bereits weg ist. Was mache ich noch hier? Ich schaue durch die Lamellenstore des schmutzigen Fensters in die Reithalle, wo die Springreiter des Kavallerievereins ihre Pferde aufwärmen. In ordentlichem Abstand traben sie gleichmäßig die Wand entlang, ab und zu schnaubt ein Pferd den Staub aus der Nase. Auf dem Korridor nähert sich Johann, ich höre, wie seine lederne Reithose bei jedem Schritt an den Knien scheuert. Wie immer überspringt er die zwei Tritte zum Büro und ist erstaunt, dass ich bereits warte.

„Tanja, komm, setz dich!"

Ich setze mich vor den Schreibtisch und fühle mich wie ein unartiges Kind, das zum Rektor gerufen wurde. Johann lässt sich auf seinem Bürostuhl nieder, sein erfolgssattes Grinsen geht mir auf die Nerven. Aber wo nehme ich eigentlich das Recht her, ihm übel zu nehmen, dass er uns verlässt?

Aufgeräumt verkündet er: „Auf geht's ... nach Kalifornien. Hast du schon gehört?"

Mürrisch wende ich meinen Blick vom Fenster ab und schaue ihn an: „Allerdings! Erwartest du, dass ich vor Freude tanze?" Johann schlägt die Beine übereinander, auch er wird ernster. Seine Antwort klingt wie eine Entschuldigung:

„Wo soll ich anfangen, Tanja? Meine Zeiten auf dem Siegerpodest sind vorbei, Jüngere sind nachgerückt. Aber ich mag nicht unbegabte Pferde und mittelmäßige Reiter trainieren, das verstehst du doch?"

„Na ja, eigentlich schon ... Für dich mag das ja gut sein ..."

Wenn es um Pferde geht, verstehe ich mich prima mit Johann, aber im Moment bewegen wir uns nicht im gleichen Universum. Ich will wissen, was hier geschieht. Mit Grane. Mit mir.

Johann meint: „Schau, ich habe mich jahrelang beworben, bei nationalen und internationalen Teams, jetzt hab ich's geschafft."

„War das dein Traum? Wusste ich nicht." Ich kann nicht anders, klinge immer noch trotzig.

„Ich habe eine Ranch gekauft. Tanja, du solltest es sehen ... Ich hatte doch irgendwo Bilder ..." Johann wühlt in einem Papierstapel.

„Gratuliere!", stoße ich hervor. „Was passiert mit den Pferden? Grane?" Er wühlt immer noch.

„Sie kommen mit mir – alle."

„Neein!" Mein Schrei erschreckt ein Pferd, das eben am Fenster vorbeikam; es scheut, bockt, der Reiter kann sich gerade noch auffangen und tätschelt beruhigend den Ansatz seiner Mähne. Mir ist eiskalt und ich kann keinen Augenblick länger still sitzen. Ohne Johann anzuschauen, stehe ich auf und verlasse das Büro. Ich muss Grane sehen, ihn festhalten, mich bei ihm entschuldigen, um ein Wunder beten.

Grane wendet sich langsam und leise um, als ich die Box betrete. Normalerweise drängt er zur Tür, hofft auf Bewegung. Jetzt fühlt er meine Traurigkeit, er schnobert in mein Haar. Sachte umfasse ich seinen Kiefer und drücke einen Kuss auf die samtweiche Stelle neben seiner Nase. „Komm, wir fliehen!" Er begreift die ungewöhnliche abendliche Zärtlichkeit nicht und schnaubt mir fragend ins Gesicht. Sein Atem riecht nach Hafer und Melasse, der wärmste, molligste Geruch auf Erden. Ungeduldig wirft er seine Mähne zurück und stampft kurz auf. „Du hast keine Ahnung, warum ich hier bin, gelt, um diese ungewöhnliche Tageszeit, traurig ... Aber ich bin froh, dass du nicht alles wissen kannst. Wie wirst du den Flug erleben? Die Quarantäne ... gibt es das überhaupt noch? Wie wird das fremde Klima für dich sein? Na ja, in Kalifornien ist es immer schön warm, gut für deine Knochen." Ich drücke zärtlich sein Ohr, kraule die Mähne und streiche über seinen Rücken zur Stelle hinter der Sattellage, wo er gerne massiert wird. Er gibt unter meinen Händen etwas nach und atmet aus: Ja, ich habe die richtige Stelle getroffen, ich fühle seine Dankbarkeit und wiederhole die Prozedur auf der andern Seite. Noch einen Gutenachtkuss, dann wende ich mich ab. Johann lehnt am Pfosten der Schiebetür und betrachtet uns lächelnd, meine Schmuserei ist mir jetzt doch ein bisschen peinlich.

„Ich sollte euch beide mitnehmen, Tanja … Du weißt wahrscheinlich gar nicht, wie sehr ich deine Hilfe immer geschätzt habe." Was plustert er sich auf, der Schmeichler?

„Als Dank nimmst du mir Grane weg. Aber eines musst du mir versprechen: Wenn es ihm in Kalifornien nicht gut geht, schickst du ihn zurück. Ich werde bis an sein Lebensende für ihn aufkommen."

Ich will heimgehen, mit Regina telefonieren, nur weg von hier, wo ich demnächst nichts mehr zu suchen habe.

„Warte, Tanja …" Johann zieht mich nochmals in das verlassene Büro. Die Reithalle ist leer, überall grauer Sand, grauer Staub, graue Wände, trostlos. Wie das ausgeräumte Büro, wie ich. „Ich meine es ernst, Tanja, ich möchte dich mitnehmen."

Sein Gerede lässt mich platzen: „Das kann doch nicht dein Ernst sein! Du willst wohl dein schlechtes Gewissen besänftigen, dabei lässt du mich fallen wie eine heiße Kartoffel! Dir ist doch klar, dass mein Leben hier ist, meine Familie, das Geschäft, ich kann doch nicht einfach ausbrechen!"

Was ist denn hier los? Führt mich mein Weg etwa doch nach Kalifornien? Erst zieht Iannis, jetzt stößt Johann, ist das ein Wink des Schicksals oder die Versuchung des Teufels? Ja, das ist es, eine teuflisch lächerliche Situation:

„Pesche wäre kaum einverstanden, oder willst du ihn auch gleich mitnehmen?"

Johann schüttelt den Kopf und schaut mir eindringlich in die Augen; ich möchte wegsehen, aber sein Blick und seine Haltung lassen mich nicht los:

„Pesche war nie eine gute Idee, Tanja, das weißt du. Ich habe zwar jeden Monat sein Geld einkassiert, als du jung warst, aber immer mit einem unguten Gefühl, das ich dann verdrängt habe. Ich musste mich immer fragen, was er dir schuldig ist, und dann habe ich nicht auf meine innere Stimme gehört. Ich konnte dir die Reitstunden nicht gratis anbieten, da hätten die Leute von mir gedacht wie ich von Pesche. Manchmal dachte ich, dass du für mich die Leder putzen könntest, um nicht bezahlen zu müssen – aber welches junge Mädchen würde lieber putzen, als sich die Stunden bezahlen lassen?" Johann lässt sich auf seinen Sessel fallen, seinen Blick in die Vergangenheit gerichtet. „Es war falsch und ist auf der ganzen Linie schiefgelaufen. Das Geschäft war jung, ich habe mir selbstgefällig eingebildet, dass ich dieses Problem deinen Eltern überlassen muss, und ich war geldgierig! Jeder Rappen hat gezählt."

Auch ich setze mich hin, wieder auf den Stuhl vor dem Schreibtisch. Nun schweiße ich unsere Blicke aneinander, lasse ihn nicht entkommen:

„Du hast keine Ahnung, wie sehr ich eine verständnisvolle Seele gebraucht hätte, Johann, auf meine Familie konnte ich nicht zählen, sie hatten andere Sorgen. Auch in einem anderen Punkt hast du einen Denkfehler gemacht: Ich hätte liebend gerne Sättel, Halfter, das gesamte Reitschulleder geputzt, anstatt von Pesche abhängig zu sein!"

„Aber warum hast du nichts gesagt?"

Schon wieder dieser blöde Spruch, er bringt das Fass zum Überlaufen. Ich springe auf, stütze mich mit den Händen auf dem Schreibtisch ab und zische über ihm:
„Ich habe aus dem gleichen Grund geschwiegen wie du und wie die Eltern, die Lehrer, der Pfarrer! Ja, Johann, ich habe gebeichtet, es war ein Hilfeschrei, und weißt du, was die Antwort war? Junge Mädchen sollten sich nicht aufreizend anziehen, keine kurzen Röcke tragen, keine nackten Körperteile zeigen und auf Make-up verzichten. Das geile die Männer auf und dann müsse man sich nicht verwundern … Es hat sich gleich noch einmal wie eine Vergewaltigung angefühlt, die Gefühle von Schuld und Scham verdoppelt. Ich war nie wieder in einem Gottesdienst, mein Glaube an einen kinderliebenden, allmächtigen Gott war mit einem Schlag ausgelöscht. Niemand sorgt für Gerechtigkeit, kein Allmächtiger im Himmel, niemand auf Erden. Gerechtigkeit müssen wir uns selbst erkämpfen, sie ist in uns drinnen, wenigstens das habe ich gelernt …"
„Furchtbar, es tut mir so leid, Tanja, tief in meinem Inneren kannte ich die Wahrheit, aber sie war unbequem."
„ Das hört sich an wie das Stallgejammer einer rossigen Stute, dabei hast du es in der Hand gehabt, mein versautes Leben wäre anders verlaufen ohne dein Schweigen! Jetzt ist es zu spät, du kannst das Blöken der Lämmer nicht mehr verdrängen!" Ich bin am Rande meiner Selbstbeherrschung, die damals erlittene Demütigung so offen auszusprechen ist neu, es übersteigt beinahe meine neu gewonnene Kraft. Und doch habe ich jetzt den Mut, alles ans Licht zu bringen. Ich bin aus meinem Albtraum erwacht, meine Offenheit zu Iannis hat den Staudamm geöffnet. Ich kann meine Gefühle nicht mehr für mich

behalten, ich will nicht, sonst zerplatze ich. Johann sitzt da wie ein geprügelter Hund, jetzt tut er mir doch leid.

Es klopft, Regina steckt den Kopf herein: „Stör ich? Tanja, ich hab dich überall gesucht, dein Auto steht mitten vor dem Eingang." Ihr wütender Blick trifft Johann. „Ich wollte dich trösten, ich wusste ja, was dich hier erwartet …" Johann starrt immer noch Löcher in die Luft, dann wendet er sich langsam um.

Regina hält inne. „Bin ich im falschen Moment hereingeplatzt?"

Ich plumpse auf das Sofa und versuche, die Situation mit einem Spaß zu retten: „Komm nur rein, Johann will mich mitnehmen nach Kalifornien – weil ich Grane nicht hergeben will!"

Regina stampft entsetzt in den Raum. Die Tür kracht hinter ihr ins Schloss: „Nein! Sag, dass das nicht wahr ist, bitte. Ich brauch dich hier, Tanja, geh nicht weg!" Mit Tränen in den Augen setzt sie sich neben mich und legt ihren Arm um meine Schulter, während Johann uns verstört ansieht. Mein Gefühlsausbruch war bereits zu viel für ihn, jetzt ist er vollkommen überfordert. Er räuspert sich, blickt auf uns herab.

„Kannst ruhig sitzen bleiben, Regina. Ich wollte Tanja eben erklären, wie es hier weitergeht." Er verschränkt die Arme, wieder ganz Herr der Situation. „Der neue Pro heißt Meister, Karl Meister, er wird seine eigenen Pferde mitbringen." Er setzt sich wieder, schüttelt den Kopf. „Aber darum geht es euch gar nicht. Du hast eine Wurmbüchse aufgemacht, Tanja, von wegen meinem schlechten Gewissen …"

Was soll das? Ich hebe den Blick. „Ach so?"

Johann lehnt sich zurück, schlägt grübelnd die Beine übereinander und legt seine Fingerspitzen ans Kinn. „Ich will mich ja gar nicht feige davonschleichen, du hast etwas Besseres verdient für deine jahrelange Hilfe." Das kommt nun reichlich spät.

Ich kann meinen Ärger nicht unterdrücken: „Was soll das werden? Erst danke und dann Adieu? Nützt auch nichts mehr!" Er soll sich nur ja nicht in seinem Großmut sonnen. Ich schaue zu Regina, die zustimmend nickt.

Johann fährt jedoch unbeirrt fort: „Ich habe da eine Idee. Ja, das sollte sich machen lassen. Ich habe mit Meister vertraglich vereinbart, dass er meine Angestellten weiter beschäftigt." Er wendet sich zu mir und lächelt: „Tanja, ich kann dich auf die Liste setzen. Du kannst dann nicht nur gratis reiten, er wird dich bezahlen. Mach nicht so große Augen, wir wissen doch beide, dass du jeden Rappen wert bist. Aber du musst deinen Vertrag selbst aushandeln, wie alle anderen."

Verwirrt stehe ich auf. „Aber ich habe doch kein Diplom!"

„Du bist zuverlässig, hast Erfahrung, bist unsere Pferdeflüsterin, wen schert da das Diplom? Außerdem hast du als Geschäftsfrau guten Umgang mit den Kunden, die sind manchmal schwieriger als die Pferde ..." Johann schaut zu Regina, doch sie ist blutrot im Gesicht und erwidert nichts. Er lässt mich also doch nicht einfach sitzen, sondern bietet mir Arbeit genau in dem Moment, da ich sie wahrscheinlich brauche. Wer weiß, Ende des Monats kann sich für mich vieles ändern. Arbeit zu haben würde mir Möglichkeiten bieten ... Die Emotion steckt in meiner Kehle wie ein Klumpen nasser Lehm, jetzt würde ich ihm am liebsten um den Hals fallen. Ich stehe auf und gebe ihm die Hand, verdrücke die Träne, finde keine Worte und hauche ihm zum Abschied doch noch einen scheuen Kuss auf seinen Zweitagebart.

„Das bringt Grane auch nicht zurück", versuche ich wieder zu scherzen, um die heftige Gemütsbewegung zu überbrücken.

Regina schaut überrascht von mir zu Johann, dann wieder zu mir. Kopfschüttelnd murmelt sie: „Und ich wollte dich trösten …"

Es ist spät geworden, die Mädchen schlafen bereits. Mein Zimmer wirkt kahl ohne den Laptop, ich habe ihn wieder unten im Sekretär verstaut, um dort die Buchhaltung der Metzgerei zu machen, denn auf dem Tisch vor dem Fenster hat er wie die Rheintöchter aus dem Ring der Nibelungen gewinkt: Komm, verbinde dich mit mir, mit Iannis, sag ihm, dass du ihn liebst, dass nicht alles vorbei ist, erzähle von deinem Tag, er ist für dich da und kann dich verstehen.

Die Versuchung ist immer noch groß, aber Iannis zuliebe kann ich widerstehen. Ich darf seinen Traum von einem gemeinsamen Leben nicht schüren, muss ihm Raum geben, damit er sich seiner Musik widmen kann. Andererseits hat Kalifornien heute schon wieder gerufen, das Gespräch mit Johann hat mich aufgewühlt. Natürlich kann ich nicht mitgehen, so ernst hat er das sicher nicht gemeint, aber verlockend wäre es schon, seine Einladung als Wink des Schicksals aufzufassen und meine Pflichten hier hinter mir zu lassen. Oh Mephisto! Ohne die Mädchen würde ich wirklich darüber nachdenken, aber ihretwegen würden Oma und Pesche einen unvorstellbaren Rosenkrieg veranstalten. Doch weder Johann noch Iannis sind mein Weg – ich bin es; ich werde die Richtung zu meinem Glück selbst finden. Momentan geschieht so viel Neues, als hätte ich mit meinem Entschluss, allein nach Griechenland zu gehen, den Bodensatz meines Lebens aufgerührt. Bevor sich die Partikel wieder an den alten Platz setzen, muss ich ausmisten, durchsieben, wegschmeißen, was mein Leben beeinträchtigt. Behalten will ich Selbstvertrauen, Mut und meine Kinder.

Regina hat sich nach der Besprechung mit Johann zu mir ins Auto gesetzt und gesagt: „Ich bin nicht nur hier, um dich zu trösten, ich brauche deine Hilfe!" Sie zog einen weißen Umschlag aus ihrer Jackentasche, auf dem als Absender der Stempel eines Notars prangte. „Hier, lies."

Es war die Einladung zu einer Besprechung zwecks Übergabe der Erbschaftsunterlagen, die gemäß des Testaments Ihrer Eltern an ihrem dreißigsten Geburtstag stattfinden soll.

„Na und? Du wirst reich, da kann ich doch kaum helfen."

Regina hat sich zu mir gewandt, ihre Knie angezogen und meine Schulter gefasst. „Ich habe Angst vor der Konfrontation mit Onkel Ernst. Nun muss ich wohl die Verantwortung übernehmen – die Verwaltung der Liegenschaft."

Sie hielt kurz inne. Dabei bahnte sich Wut durch ihre Verzagtheit und sie donnerte: „Ausgenutzt hat er mich, unter Vorspiegelung falscher Tatsachen! Ich wusste nicht einmal, dass die Liegenschaft meinen Eltern gehört hat.

Zum Trotz habe ich mich die ganzen zehn Jahre nicht bei ihm gemeldet, mich auch nicht nach dem Stand des Vermögens erkundigt oder um finanzielle Unterstützung gebeten."

Wie ich hat sich auch Regina ihre Enttäuschung nicht anmerken lassen. Sie hat nach der Ausbildung hart gearbeitet, um sich und Arabeska ohne Hilfe durchzubringen. Onkel Ernst hat wohl gedacht: „Die soll gefälligst fragen, wenn sie etwas will!", und Regina hat sich trotzig gesagt: „Den bitte ich um gar nichts!"

„Wovor hast du denn Angst? Es gibt doch Liegenschaftsverwalter, die das für dich machen können!"

„Ich traue Onkel Ernst nicht, teure Reparaturen könnten fällig sein, vielleicht hat er Hypotheken aufgenommen, vielleicht reichen die Einnahmen nicht aus, um die Kosten zu decken. Tanja, ich bin überfordert! Mein Elternhaus muss ich doch behalten, das will ich nicht verkaufen müssen, falls mein Onkel alles heruntergewirtschaftet hat!"

„Ach so, du hast Schiss, weil du dich aus Dickköpfigkeit zehn Jahre lang nicht gekümmert hast und dich deine Nachlässigkeit jetzt in den Hintern kneift. Dieses Szenario ist reine Fantasie, drück die Delete-Taste! Bis vor kurzem hast du doch davon geträumt, mit den Mietzinseinnahmen eine zweite Ausbildung zu finanzieren."

„Das gebe ich ja zu, aber damals war alles noch so weit entfernt ..." Da hat mir Regina lächelnd einen Kuss auf die Schulter gedrückt. „Meine dunklen Gedanken sollten mich doch nur vor meinen Illusionen schützen. Ohne diese Bremse würde ich gleich in den Himmel fliegen. Kommst du mit mir zum Notar?"

„Wenn dich das beruhigt ..."

Schließlich, als ich gestern Abend nach all der emotionalen Turbulenz heimkam, fand ich einen Zettel, auf dem stand, ich solle Andreas sofort anrufen. Das hörte sich nicht an wie „Wie geht es dir? Hoffentlich gut." Ich habe Ungutes geahnt, und während ich seine Nummer wählte, rasten meine Gedanken wild durcheinander. Was war passiert? Warum die Eile? War Pesche bei ihm? Mein Herz wollte stillstehen, als ich wählte. Ganz kurz hat er nach meinem Gruß gestockt – und mich zum Nachtessen und ins Konzert eingeladen. Er habe immer noch zwei Dauerkarten, aber bisher sei Susannes Platz immer leer geblieben.

Natürlich habe ich zugesagt, doch dann wollte ich doch wissen: „Warum die Eile?"

Andreas druckste ein wenig herum, bis er schließlich gestand: „Ich habe seit Susannes Tod noch nie jemanden eingeladen."

„Da bin ich aber gebauchpinselt", lächelte ich und hatte irgendwie ein komisches Gefühl. Zum Konzert gehen, na gut. Ein tête-à-tête? Schon eher nicht. Am Mittwoch ist der Termin beim Notar, ich hatte eine Idee: „Könnten wir Regina mitnehmen? Wir haben vorher eine Besprechung beim Notar wegen ihrer Erbschaft, und je nachdem, wie es ausgeht, möchte ich sie nachher nicht allein lassen." Dann haben wir uns zum Nachtessen im Restaurant Börse verabredet.

„Haben Sie eine Reservation für Andreas Moser? Drei Plätze." Der Kellner lächelt und macht kehrt: „Bitte, Herr Doktor wartet schon." Jetzt bin ich wirklich froh, dass Regina dabei ist. Wie würde das in unserer kleinen Stadt aussehen – ich und der verwitwete Doktor? Andreas, der vorne am Fenster sitzt, studiert die Karte, legt sie weg und begrüßt uns staunend: „Habt Ihr im Lotto gewonnen? Ihr strahlt ja über alle vier Backen."

„Das kommt ungefähr hin", entgegne ich, „lange Story, aber lass uns erst bestellen, sonst kommen wir zu spät zum Konzert."

Ich betrachte Regina, wie sie beinahe übersprudelt vor Begeisterung und Andreas von der Übernahme ihrer Liegenschaft am See erzählt.

Die Begegnung heute mit ihrem Onkel war, wie erwartet, kühl, aber nicht unangenehm. Feierlich hat der alte Herr ihr einen Schlüsselkasten übergeben, man hätte meinen können, es sei sein persönliches Geschenk. Der Notar hat uns kurz die Werte und die Erfolgsrechnung erläutert, die Gewinne der vergangenen Jahre haben eine ansehnliche Summe ergeben. Dann hat Regina die vorbereitete Karte für die Unterschrift auf der Bank unterschrieben und schon konnten wir losfahren, nach Vinelz, zu ihrem Elternhaus. Regina wurde still. Haben die Kindheitserinnerungen sie eingeholt?

„Mama, Papa, Danke!", hat sie mit gefalteten Händen wie ein Gebet gemurmelt, als sie die Tür zum Treppenhaus aufschloss. „Hier, schau, das war unsere Wohnung, jetzt steht ‚von Gunten' an der Tür. Und das Bild dort, es hängt immer noch!" Tränen rollten über ihre Wangen, plötzlich war sie wieder die dreizehnjährige Waise. Lange hielten wir uns umarmt, die starke, selbstsichere Regina hing schlaff an meiner Schulter, dann schluchzte sie: „Zu Hause ... Ich bin heimgekommen." Sie hat ihre Handtasche nach einem Kleenex durchstöbert, als ich die leere

Dachwohnung aufgemacht habe. Bei der Aussicht ging ein Strahlen über ihr Gesicht. „Das hat mir gefehlt, dieses Panorama: See, Stadt, Alpen, die ganze atemberaubende Weite!" Als wir auf den kleinen Balkon traten, meinte sie: „Das hier wird vorläufig nicht vermietet, es hat auf mich gewartet." Vorläufig – was sie wohl im Sinn hat?

Andreas ergreift meine Hand: „Wovon träumst du?"

„Ich liebäugle mit Reginas Dachwohnung. Du hast mir schließlich selbst geraten, dass ich auf Wohnungssuche gehen soll."

Regina schaut mich verdutzt an. „Die Dachwohnung? Du auch? Ernsthaft?"

Andreas schaut von Regina zu mir, dann wieder zu Regina: „Da bin ich ja in eine schöne Gesellschaft geraten: zwei hübsche Damen auf der Flucht?"

Ich wehre ab: „Mir ist nicht wohl, wenn du das so konkret ausdrückst. Ich habe ‚Ja' gesagt, ‚bis dass der Tod uns scheidet' … Und du weißt ja, Kinder, Metzgerei, der ganze Rattenschwanz …"

Andreas lächelt. „Bis der Tod uns scheidet … Aber deshalb kannst du ihn doch nicht einfach umbringen … Ich habe es dir schon mal gesagt: Er hat diesen Vertrag sowieso längst gebrochen, hat ihn nullifiziert, begreifst du denn nicht?"

Regina unterbricht: „Vertrag gebrochen? Wie meinst du das?"

„Die Ehe ist ein Vertrag. Sucht, Ehebruch und Gewalt sind Vertragsbruch, so einfach ist das."

Regina schaut ihn todernst an. „Besten Dank für das Rezept, Herr Doktor, ich werde morgen meinen Anwalt anrufen, wenn das so einfach ist." Mit gesenktem Blick rollt sie grimmig ihre Spaghetti auf. „Genau das habe ich gebraucht. Ich habe mich immer in Details verloren, eifersüchtig gehofft, geweint, aufgegeben, gezürnt, wollte das Haus nicht zu Gunsten der Mätresse räumen, und du sagst ganz kühl: ‚Vertragsbruch', fertig!" Sie schaut zu uns auf und erklärt entschlossen: „Ganz einfach: aus. Ich lasse mich von Stefan nicht mehr verarschen. Ich gehe!"

Mir geht ein Licht auf. „Oh Gott, Regina, der richtige Zeitpunkt ist gekommen – du hast darauf gewartet, nicht wahr?"

„Nein, zumindest nicht bewusst. Aber du hast Recht, es war in mir drin, ich wollte es einfach nicht wahrhaben. Der Rattenschwanz der Details ist weggefallen, plötzlich fällt mir der Entschluss ganz leicht."

Andreas nimmt meine Hand. „Und du?"

Hitze steigt mir in den Kopf, wahrscheinlich bin ich feuerrot im Gesicht. Wir diskutieren hier nicht nur auf dem Niveau der Details, hier geht es ans Lebendige. Sie wollen sich zwar in den Vordergrund drängen – all die Ausreden: die Kinder, das Geschäft, mein Ehegelübde … sie brauchen mich doch … lächerlich! Ich bringe kein Wort heraus, nichts von dem, was ich sagen möchte, ist mehr angebracht. Regina nimmt meine andere Hand, Andreas streichelt meine Wange und ich heule los, ganz leise; Regina rutscht näher, trocknet meine Tränen mit einer Serviette und flüstert: „Es ist doch so einfach."

Andreas sucht meinen Blick. „Und du bist nicht allein, Tanja. Ich hatte schon nach unserem letzten Gespräch eine Idee. Ich muss ausholen: Also, zuerst habe ich nicht bemerkt, wie ungern Susanne zusammen mit meiner Mutter in unserem Haus gewohnt hat, aber du kannst es dir vorstellen, du kennst dich mit dieser Situation aus. Als wir dann Babypläne geschmiedet haben, klang es wie eine Beichte: Susanne wollte mehr Privatsphäre, ihr eigenes Heim. Ich war überrascht, dann ärgerte ich mich ... über mich selbst. Ich habe nicht gemerkt, dass sie unglücklich war! Wir haben uns in Gerolfingen, direkt am See, ein kleines Haus bauen lassen. ‚Klein aber mein‘, hat sie auf der Baustelle gestrahlt."

„Andreas, du bist so feinfühlig, es tut mir leid." Ich möchte ihn ebenso trösten, wie er mich getröstet hat, aber mir fehlen die Worte.

„Ja, dann der Unfall, bevor wir einziehen konnten. Manchmal sitze ich dort vor dem Haus auf der Terrasse und starre die Boote auf dem See an und träume von den Einladungen, dem frühmorgendlichen Schwimmen, wie wir das Schlafzimmer eingerichtet hätten, wie Susanne den begehbaren Kleiderschrank eingeräumt hätte ... Aber ich bringe es nicht fertig, alleine weiterzumachen. Ich habe dort keine Freude mehr."

Ich murmle betroffen: „So unwiederbringlich ..."

„Ja, Tanja, unwiederbringlich. Aber vielleicht könnte das Haus dir als Zuflucht dienen? Von dort könntest du Regina Feuerzeichen zum gegenüberliegenden Ufer geben!"

Regina lächelt und flüstert mir ins Ohr: „Der fliegt auf dich! Spürst du's?"

Andreas hat gottlob nichts verstanden und meint: „Was auch immer ihr da tuschelt, Hauptsache, du lächelst wieder."

„Du musst dir das Haus unbedingt ansehen, Tanja! Und Andreas, wir sind Frauen des zwanzigsten Jahrhunderts und nicht Indianer – wir benutzen unsere Handys." Die Stimmung ist wieder gerettet.

„Ich hätte nicht gleich an ein ganzes Haus gedacht, ich weiß noch gar nicht, wie ich finanziell überleben könnte." Da kommen sie wieder, die lähmenden Details.

„Keine Sorge", tröstet Andreas, „das können wir schon arrangieren."

„Tanja", schwärmt meine Freundin, „bald leben wir beide am See! Du hast wirklich richtig bestellt!" Habe ich? Habe ich das im tiefsten, unbewussten Innern gewünscht? Warum überkommt mich dann das Gefühl, dass ich wieder in eine Abhängigkeit hineinstolpere? Nein, nicht so. Ich brauche Freiheit.

Andreas schaut aus dem Fenster. „Den ersten Teil des Konzertes haben wir verpasst, drüben vor dem Eingang zum Kongresshaus wird geraucht, es scheint Pause zu sein. Wollen wir den zweiten Teil auch streichen oder das Bruch-Konzert noch erwischen?" Wir machen uns auf.

Die Violine jubelt von Freiheit. Ja, so möchte ich mich aufschwingen in mein eigenes Leben – und nun die zarten Wendungen, ich habe tiefe Sehnsucht nach der Zärtlichkeit, die das Solo in mein Herz hineinspielt; jetzt erwerben Violine und Orchester eine gewaltige Passage, erkämpfen das Crescendo, um mit einer lieblichen Melodie alles wieder gutzumachen. Ohne Übergang, wie ein plötzlicher Lichtstrahl, drängt sich eine schnelle Tonfolge auf und erinnert mich an Iannis. So ist er in mein Leben getreten, überschwänglich, umwerbend, dann zärtlich … hin zum letzten sachten Ton … Ich kann die Saitenstriche körperlich fühlen, sie füllen meine Seele. Seufzend ruft die Geige nach Erfüllung und Eva, tief in mir, reagiert erregt, das Verlangen steigert sich, der Jubel der Union von Solist und Orchester verschlagen mir den Atem. Ein solches Dasein, gelebt mit jeder Faser, das ist es, was mein Inneres bestellt.

Am See zu wohnen, im neuen Haus von Andreas, natürlich reizt das. Aber etwas stimmt nicht mit diesem Bild. Hofft Andreas auf mehr? Ich habe seine Zärtlichkeit anders genossen, als Trost, nicht als Auftakt zu einer Liebschaft. Muss ich das mit ihm klären? Würde er die Wahrheit sagen? Würde er die Wahrheit überhaupt wissen? Meine Intuition ist vielleicht noch gar nicht in sein Bewusstsein gedrungen und ich würde mich lächerlich machen. Es ist nicht nur das, auch sonst stimmt etwas nicht in meinem Herzen. Es hat mit dem Gefühl von Freiheit zu tun, die Freiheit, mit der die Violine jetzt meine Seele füllt, ist die, die ich in meiner Kammer unterm Dach fühle. Ich möchte es selbst schaffen, endlich selbständig werden. Es braucht nicht überwältigend zu sein, kein Traumhaus am See, ich möchte nur die Zeit zwischen Elternhaus und Eheleben nachholen und langsam erwachsen werden. Erwachen und ich selbst sein, zusammen mit den Mädchen mein eigenes Dreimäderlhaus gestalten. Ich möchte die falschen Töne der Vergangenheit hinter uns lassen, uns in Einklang bringen, wie sich Violine und Orchester jetzt wieder harmonisch vereinen; ich versinke in den Möglichkeiten, dorthin, wo nur ich allein existiere – keine Sünde, keine Schuld, keine Scham. Dort will ich leben, in meiner eigenen Musik.

14

Die Gaststube im Restaurant Bourg ist leer, bis auf Pesche, der bereits seinen Dritten intus hat, und die zweifelhafte Dame in der Ecke. Jedermann weiß, worauf sie aus ist, davon sprechen schon die übertrieben kunstvolle Frisur und die grelle Schminke. Zwischendurch genehmigt sie sich ein Bier zur Abkühlung, bald wird sie sich wieder aufmachen zu ihrem Standplatz hinter dem Theater. Pesche führt mechanisch sein Glas zum Mund, nimmt einen Schluck und murmelt unverständlich vor sich hin. Er sitzt nicht wie üblich am runden Tisch, wo sich seine Kumpane demnächst zum Abendschoppen treffen werden. Heute hat er auf der Bank beim Buffet Platz genommen, sitzt regungslos da und starrt nur nachdenklich in sein halb leeres Weinglas. Die Dame bezahlt und steht auf, haucht unter der Tür ein kurzes „Wiedersehen" in seine Richtung, er nickt. Leise wirft er seine Gedanken hinter ihr her. „Eine Dame, die keine mehr ist, ein Metzgermeister, der keiner mehr ist ... wir spielen überhaupt keine Rolle mehr, wir sind beide ganz unten gelandet." Ziellos lässt er seine alkoholisierten Gedanken zwischen Erinnerungen, Hirngespinsten und Illusionen umherwandern.

„Diese Angst", denkt er, „solange ich mich erinnern kann, hatte ich Angst vor dem Alleinsein. Es war niemand da, ich hatte Durst. Ich habe laut nach Mama geschrien, aus meiner Stimme wurde ein Krächzen, und schließlich konnte ich kaum noch einen Ton von mir geben. Irgendwann bin ich dann vor Erschöpfung eingeschlafen, im Laufgitter, durstig und erschöpft auf meinen Bauklötzen, die sich im Schlaf in meine Wange eingegraben haben. Erinnere ich mich wirklich daran? Oder malt meine Fantasie die Bilder nach den Erzählungen meiner Mutter? Wie oft hat sie mir erklärt, wieso sie nach mir keine Kinder mehr wollte. Sie presste die Hand aufs Herz, wenn sie sagte: „Du hast herzzerreißend geschrien, während ich den ganzen Morgen im Laden stand, das wollte ich nicht nochmals durchmachen. Vater war im Schlachthaus, dann am Wursten, ich konnte bis Mittag nicht weg, dich nicht nähren, nicht trösten. In der kurzen Mittagspause musste ich kochen, Wäsche waschen, es blieb einfach nicht genug Zeit, um mich um dich zu kümmern."

Mit zittrigen Fingern klaubt er eine Zigarette aus der Packung, der Wirt schiebt einen Aschenbecher auf seinen Tisch und Pesche versinkt zurück in seine Grübelei: „Ein Fluch haftet an mir, ich kann ihn nicht abschütteln ... hab's probiert und bin beinahe gestorben, gestern Nacht, eiskalte Verzweiflung hat mich gepackt, ich musste raus, mich beruhigen, was trinken, um weiterzuleben. Mein Herz verträgt das nicht mehr ohne Alkohol; bin dazu verdammt, weiter zu saufen – Ultimatum hin oder her. Trotz der Furcht, verlassen zu werden.

Als kleines Mädchen hat sie zu mir aufgeschaut, meine kleine Prinzessin, sie hat mir vertraut, mich ungestüm umarmt – pure Zärtlichkeit. Sie saß auf meinem Schoss, küsste mich, geilte mich auf – später lehrte ich sie die Liebe. Undankbares Ding! Ich habe sie verwöhnt mit den Reitstunden, die sie unbedingt wollte, die ihre Eltern aber niemals bezahlt hätten. Damit unser Geheimnis ein Geheimnis blieb – zugegeben, das war eine kleine Bestechung, ich kaufte ihr Stillschweigen, hab sie wieder vernascht ... hehe. Geliebt habe ich sie, meine kleine Prinzessin. Dann, mit achtzehn, drohte mir keine Gefahr mehr von wegen Unzucht mit einer Minderjährigen und sie wurde schwanger. Das war kein

Unfall, obwohl ich sie das habe denken lassen: Endlich wurde sie für immer mein, endlich war ich nicht mehr allein. Und jetzt das. Ich bin doch immer großzügig gewesen, ihr fehlt an nichts, die Nachmittage darf sie mit den Kindern und den Pferden verbringen, muss nicht in die Metzgerei wie meine Mutter. Ich habe ihr ein Auto gekauft, ich rechne die Kasse nie nach, und jetzt will sie mich verlassen, die undankbare Kreatur!"

Er fühlt sich bestärkt, stemmt die Ellbogen auf den Tisch und setzt sich gerade: „Alois, noch einen, und bring ein Glas für dich!"

Der Wirt setzt sich zu ihm und schaut ihn fragend an: „Was ist mit dir? Kämpfst du gegen Windmühlen?"

„Begreife einer, was sie wollen, die Weiber. Seit Griechenland ist sie anders, will mich verlassen. Das mit dem Alkohol ist doch bloß eine Ausrede." Pesche schaut Alois direkt in die Augen und nickt mehrmals, als könnte er sein Gegenüber damit zwingen, ihm zuzustimmen.

Alois nimmt sich Zeit, die Antwort fällt ihm nicht leicht. Wären sie nicht allein, könnte er jetzt aufstehen und kassieren, es ist eine verzwickte Situation. Soll er den besten Kunden mit der Wahrheit verscheuchen? Sagen, dass es kein Wunder ist, wenn Tanja es nicht mehr aushält mit seiner Sauferei? Dass man sich schon längst fragt, warum sie nicht geht? Wäre dies sein letzter Tag als Altstadtwirt, er würde ihm weiß Gott die Meinung sagen. Aber es ist nicht sein letzter Tag, Tanja nicht sein Problem und er bleibt lieber auf der sicheren Seite:

„Meinst du, dass sie sich mit jemandem getroffen hat? Einem Liebhaber?"

Pesche zuckt zusammen. Um es zu vertuschen, schüttelt er noch eine Zigarette aus dem Pack und grinst:

„Dazu wäre sie immer noch hübsch genug, aber so weit kommt es nicht, nein, soviel hab ich schon im Griff, eine Liebschaft würde ich ihr nicht raten, da wäre ich nicht mehr friedlich …" Er schüttelt sich, aus dem Grinsen wird ein besoffenes Wiehern und Alois erlaubt sich nach dieser Arroganz doch einen Rat: „Ist es nicht doch der Alkohol? Solltest mal runterschrauben, zwischendurch einen Kaffee oder ein Mineral trinken, zum Nachtessen heimgehen, das reicht vielleicht."

Alois möchte aufstehen, er fühlt sich nicht wohl bei dem Gespräch, möchte sich nicht reinziehen lassen in Metzger Pesches persönliches Drama, der aber ergreift seinen Arm und stülpt seine Seele verzweifelt nach außen:

„Sie hat mir ein Ultimatum gestellt, will, dass ich trocken werde und morgens wieder ins Schlachthaus gehe; sie will den Burschen einsparen und ein Chalet auf dem Berg kaufen. Sonst gehe sie." Mit einem Zug leert Pesche sein Glas; Alois hat keine Antwort und ist froh, dass in diesem Moment Gäste hereinkommen. Sie lachen, bestellen, gestikulieren und beachten die zusammengesunkene Gestalt auf der Bank kaum.

„Noch einen, Alois", bestellt diese, „und eine Flasche für den runden Tisch!"

„Danke, Pesche!" Es wird ihm zugeprostet, er hebt sein Glas und prostet zurück; hier wird er noch geschätzt. „Kostet mich ja auch genug", gesteht er sich ein und denkt an das Geschrei der Schweine im Schlachthaus – nein, dahin kann er nicht zurück, um nichts in der Welt. Er stützt den Kopf in beide Hände, doch weiter zu grübeln nützt nichts mehr. Sein Kopf sinkt auf den Arm und hinter dem Buffet verzieht Alois das Gesicht.

„Eingeschlafen, die arme Sau", murmelt er und macht sich daran, schmutzige Gläser zu spülen.

„Aufwachen, Pesche, ich will schließen!" Pesche ist vollends auf die Bank runtergerutscht und schläft tief. Noch vor ein paar Minuten hat Alois ihn schnarchen gehört und die Jungen am runden Tisch, die mittlerweile gegangen sind, haben sich lustig gemacht.

„Soll ich dich schlafen lassen?" Immer noch keine Reaktion. Alois stellt einen Stuhl vor die Bank und schiebt ein Kissen unter Pesches Kopf. „Na, dann ... ich lasse den Schlüssel innen stecken." Er geht zum Telefon und wählt die Nummer der Metzgerei. Oma Martha meldet sich verschlafen, hört hin und sagt „Danke", dann legt sie ohne weiteren Gruß auf. Als sie wieder ins Bett schlurft, brummelt sie: „Zuerst füllt man sie ab, dann wundert man sich. Behalt ihn nur, Alois!"

Am Morgen ist auch Alois froh, dass der nächtliche Gast verschwunden ist. Am runden Tisch geht es bereits wieder laut zu, Arbeiter in blauen Overalls haben sich zur Kaffeepause eingefunden.

„Zum Kotzen, diese Angeberei", denkt Alois und bückt sich hinter dem Buffet nach dem Kehrichtsack. Eigentlich möchte er hingehen und dem selbstverliebten Signore Machorini mit den Mickymaus-Ohren, der wie jeden Morgen bei Kaffee und Sandwich sein Scheidungsleid klagt, die knallharte Realität hinschmeißen, eine ganze Litanei: dass seine Liebschaften längst Stadtgespräch und ihm teure Autos wichtiger sind als anständige Schulkleider für die Kinder, und schließlich, dass seine Frau das begreiflicherweise nicht mehr ausgehalten und nur ihren rechtlichen Anteil am gemeinsamen Besitz zugesprochen erhalten hat und nicht seinen Besitz fordert, wie er jedem erzählt, den er zum Zuhören bewegen kann. Eine solche Wut hat Alois auf den Klugscheißer, den er nichtsdestotrotz freundlich bedienen muss. Er trägt den vollen Kehrichtsack auf die Gasse und setzt sich auf eine Zigarettenlänge an den Tisch unter dem offenen Fenster; dort muss er sich nicht in die Diskussion reinziehen lassen. Die

Tauben picken eifrig zwischen den Pflastersteinen, Alois wischt Brosamen vom Tisch. Erschreckt durch die Bewegung flattern sie durcheinander, setzen sich auf den Brunnenrand zwischen die Geranien, beobachten das Geschehen rundherum und nähern sich langsam wieder, um den Mannaregen aufzupicken. Was war das? Alois spitzt die Ohren, er hat aus den quengeligen Worten etwas aufgeschnappt. Hat Machorini gesagt „Chalet verkaufen"? Alois denkt schnell, wenn er ein Geschäft wittert. Schon oft konnte er, seinen guten Beziehungen sei Dank, durch Vermittlung ein paar Prozentlein herausschinden. Er kombiniert sogleich, drückt seine Zigarette aus und nähert sich Machorini am runden Tisch.

„Ich spende ein Herrgöttli, du Schwerenöter, oder willst du lieber noch einen Kaffee?"

Die anderen Arbeiter der morgendlichen Runde lassen abgezählte Münzen auf dem Tisch liegen, froh, der Litanei entfliehen zu können. Arnold verabschiedet sich mit den Worten: „Bis morgen, tschüss, bist nicht der Erste, der bei einer Scheidung teilen muss." Und Hannes lacht hintendrein: „Oder das Gefühl hat, ihm würden alle hundert Prozent gehören." Beleidigt starrt Machorini auf seinen Bierschaum und prostet Alois zu, in seinen Augen einen Hoffnungsschimmer – vielleicht hat der Wirt ein bisschen mehr Einfühlungsvermögen?

Alois aktiviert sein schauspielerisches Talent und drückt heftig auf die Tränendrüse seines potentiellen Geschäftspartners: „Was hast du gesagt? Du musst verkaufen? Macht die Bank denn nicht mit?"

Machorini schüttelt den Kopf.

Alois setzt sich: „Das schmerzt!"

Das ist Balsam auf die Wunde des selbsternannten Scheidungsopfers. „Alles ist verloren, die Familie hat sie mir genommen, nun das Chalet …"

„Das hast du nicht verdient, so ein schönes Chalet, da wird sich jemand die Finger schlecken … Natürlich vor allem der Immobilienmakler, so ein Objekt kriegt er nicht alle Tage. Mit mindestens sechs Prozent musst du rechnen, zehntausende hart erarbeitete Franken."

Machorini sinkt in sich zusammen, als hätte die Zahl ihm die Luft aus den Lungen gedrückt. „Zehntausende, sagst du? Stimmt das? Da kann ich mir ja gleich die Kugel geben!"

Eigentlich hat Alois, der direkt auf seinen Anteil an diesem Geschäft zusteuert, seinen neuen Freund dort, wo er ihn haben möchte: am Boden zerquetscht. Er kann zum nächsten Schritt übergehen, reicht ihm symbolisch eine Hand und bietet seine Hilfe an: „Natürlich willst du dein jahrelang Erspartes nicht an einen Makler verschwenden, lass mich nachdenken. Vielleicht finde ich einen Liebhaber für das Chalet, und ein Liebhaberobjekt ist es ja, genau. Ich mach es für die Hälfte, wenn dir das Recht wäre. Gib mir drei Wochen Zeit und einen Schlüssel, damit ich helfen kann."

Machorini hebt seinen Blick und setzt sich gerade. „Das stinkt, drei Prozent sind zu viel. Höchstens zwei, ein guter Preis muss natürlich auch ausgehandelt werden und es darf nicht mehr als zwei Wochen dauern!" Die beiden einigen sich, schreiben den Agentenvertrag mit Kaufpreis und Prozenten auf eine Serviette und unterschreiben den Deal. Der Wirt weiß, dass ein Serviettenvertrag rechtsgültig ist; Machorini zweifelt daran und sieht die zwei Prozent nicht hoffnungslos verschwinden. Alois reibt sich die Hände und Machorini studiert, wie er wohl doch sechs Prozent Provision vom Erlös abziehen könnte, um den Betrag nicht auch noch mit seiner Frau teilen zu müssen. Er hat schließlich clever gehandelt, das hat er sich selbst verdient. Wie sagt das Sprichwort so treffend? Gleich und Gleich gesellt sich gern ... Die beiden ebenbürtigen, ein bisschen unlauteren Geschäftspartner besiegeln den Vertrag zur Sicherheit mit einem Handschlag.

Als Heidi, die Bedienung, am Nachmittag den Platz hinter dem Buffet antritt, verschwindet Alois mit einer guten Flasche Schafiser und den Worten: „Schick Metzgers Pesche rauf in die Küche, wenn er mit dem Fleisch kommt." Der Wirt hat eins und eins zusammengezählt. Hier ein Kunde, dessen Frau ein Weekendhaus will, dort ein Gast, der sein Chalet verkaufen muss; für ihn selbst sollten mindestens drei Prozent herausschauen. Er sieht den Strand in Rimini in Reichweite, rechnet sich aus, wie viel Kaffee er normalerweise servieren müsste, um so viel zu verdienen, die Warterei macht ihn kribbelig.

Pesche hat ein schlechtes Gewissen, als Heidi ihn in die Küche schickt. Seine Gedanken jagen sich: War das Fleisch nicht gut? Falsch abgewogen? Wird Alois ihn in die Pfanne hauen, weil er letzte Nacht auf der Bank eingeschlafen ist? Hat er vielleicht doch nach Wirtschaftsschluss wieder in die Geranien gepinkelt? Immer langsamer nimmt er die Stufen zum Obergeschoss, dann klopft er an die Küchentür. Alois, eine frische weiße Küchenschürze umgebunden, begrüßt Pesche mit eifrigem Nicken: „Hier, Pesche, komm in den kleinen Speisesaal, ja, dort ans Fenster, zur Nachmittagssonne, ich hab uns einen Schafiser kalt gestellt."

Pesche schaut seinem Freund erstaunt nach und kann erst an den Frieden glauben, als Alois wirklich mit dem Wein erscheint. Das Sonnenlicht bricht sich in den Gläsern mit dem edlen Tropfen, den Alois ihm beschert. Nach dem freundschaftlichen „Prosit!" beugt sich Alois vor: „Du hast mir zu denken gegeben, Pesche. Wie würde es mir gehen, wenn meine Frau plötzlich mit Scheidung drohen würde? Wir Geschäftsleute brauchen unsere Frauen, sonst klappt gar nichts mehr ... du weißt ja."

„Ich stecke in der Zwickmühle", sagt Pesche entmutigt. „Ich denke Tag und Nacht darüber nach und kann nur hoffen, dass sie ihre Drohung nicht wahr macht. Ich hab's so oft versucht, im Stillen, aber ich kann das Saufen nicht lassen, es geht einfach nicht."

„Die Klauen der Sucht, ich verstehe, mein Freund …"

Pesche schaut angewidert auf seine Hände: „Willst mich wohl auch einweisen? In die Klapsmühle? Auf das kommt das Theater doch raus …"

Alois ist versucht, seinem Freund auf die Finger zu tätscheln, aber so viel Mitgefühl zwischen Männern ist verpönt. „Keine Klinik, kein Entzug. Was, habe ich gedacht, würde ich in deiner Situation tun?" Pesche schüttelt den Kopf und Alois fährt fort: „Ich würde … ja, das würde ich … ihr geben, was sie will." Sein Gegenüber hat immer noch keine Ahnung und Alois setzt sich in Positur: „Deine Frau will ein Häuschen auf dem Berg, das hast du selbst gesagt."

„Stimmt", nickt Pesche. „Sie meint, das könnten wir uns leisten, wenn ich wieder ins Schlachthaus gehe und wir Antonio nicht mehr brauchen. Doch am Morgen bin ich krank, mag nicht aufstehen, dann das Zittern, und überhaupt: Um fünf Uhr früh ins Schlachthaus zu den schreienden Säuen, das kann ich einfach nicht mehr … in meinem Alter."

Drückt Pesches Grimasse Ekel über sich selbst aus oder ist es die untergehende Sonne, die blendet? Alois steht auf und zieht den Vorhang zu. Mit gut überlegten Worten macht er Pesche klar, dass er auf einem anderen Weg zum gleichen Ziel gelangen könne. Schmeichlerisch gießt er die Möglichkeiten über Pesche aus. Man müsse Tanja verstehen, Schwiegermutter und Schwiegertochter im gleichen Haus sei noch nie schmerzlos ausgegangen, wenigstens am Wochenende und in den Ferien hätte sie ihre Freiheit im engen Familienkreis verdient – Frauen brauchten so was.

Die Fliege an der Wand hätte Alois in diesem Moment ohne Bedenken ein gutes Herz und Einfühlungsvermögen attestiert.

Pesche lacht auf: „Gleiches Ziel, anderer Plan!", und voller Erstaunen fügt er hinzu: „Genial, du hättest Rechtsanwalt werden sollen."

„Nein, nein, ich bin kein Rechtsverdreher, dafür ein Mann mit Herz; na ja, ein bisschen Intelligenz gehört auch dazu, wenn ich dir helfen soll. Heute Morgen ist mir ein Kirchenlicht aufgegangen, als ein Kunde mir erzählte, dass er sein Châlet, ein Liebhaberobjekt, verkaufen muss. Der muss so bald als möglich verkaufen, deshalb stimmt der Preis für dich. ‚Mensch, Pesche', habe ich gedacht, ‚hier kommt deine Rettung!'"

Pesches Stirnfalte vertieft sich: „Liebhaberobjekt?"

„Ich meine nur, dass er jahrelang sein ganzes Herzblut reingesteckt hat, das kriegt er nie alles vergütet, bei dem tiefen Verkaufspreis. Er muss seine Frau auszahlen, für ihn ist alles hin. Wer dieses Kleinod kauft, macht ein Bombengeschäft. Da habe ich eben an dich gedacht."

„Meine Güte, das kann ich doch nicht bezahlen!"

„Genau mein Gedankengang – wie, habe ich mich gefragt, wie könnte Pesche das finanzieren?"

Auch da hat Alois bereits eine Lösung angesteuert. Hatten nicht Großmutter Teuscher und ihr Sohn das Haus an der Obergasse mitsamt Metzgerei und Wohnungen geerbt? Wahrscheinlich sogar schuldenfrei? Sie könnten das Haus belehnen, das sei mindestens doppelt so viel wert wie das Chalet auf dem Berg. So einfach wie ein perfekter Con Artist legt Alois dem überraschten Pesche den Plan beim zweiten Halbliter dar. Dessen Einfachheit muss ja einleuchten, Pesche hakt voll ein. Die beiden spinnen das notwendige Szenario durch: Morgen eine Besichtigung des Objektes, noch diese Woche einen Termin auf der Bank, alles – bis hin zur notariellen Beurkundung. Bei diesem Stichwort rutscht Pesche unruhig auf seinem Stuhl hin und her.

„All die Formalitäten! Ich bin Metzgermeister und kein Liegenschaftshändler." Damit gibt er Alois die Gelegenheit, noch ein Prozentlein mehr für sich herauszuschinden.

Alles soll hinter den Kulissen über die Bühne gehen und Tanja noch vor Ablauf des Ultimatums mit der vollendeten Tatsache überrascht werden. Alois hat auch das überlegt, niemand sollte ihm das Geschäft vermiesen können. Sie verabschieden sich wie jahrelang Verbündete. Alois verspricht, Heidi morgen schon für halb elf Uhr antreten zu lassen, um ihn abzulösen, weil Pesche diese Zeit für die Besichtigung am besten passt.

Während der Fahrt auf den Berg sagt Alois nicht viel, er will sich nicht wie ein drauflos schwatzender Marktfahrer benehmen. Pesche hingegen hat Mühe, mit seiner Begeisterung an sich zu halten. Er ist aus der Ausweglosigkeit aufgetaucht und kann seinen Triumph bereits riechen, endlich stellt sich das Erfolgsgefühl seiner Turnerzeit wieder ein. „Tanja wird hingerissen sein", lässt er verlauten, bevor er das Objekt überhaupt gesehen hat, so sicher glaubt er an seinen Sieg. Von außen gesehen wirkt das Chalet eher klein, dafür läuft eine große Terrasse um die Süd- und Westseite. Das Holz der Fassade ist ein bisschen ausgetrocknet, aber dem wird er selbst abhelfen können.

„Ich bin sowieso nicht der Typ, der untätig herumliegt", erklärt er bereits mit vorschnellem Besitzerstolz.

Der Wohnraum ist fast doppelt so groß wie seine Stadtwohnung, die offene Küche verleiht dem Chalet eine moderne Note. Er kann nicht an sich halten:

„Tanja wird mir vor Begeisterung um den Hals fallen, wenn sie das sieht!"

Noch bevor Pesche die drei Schlafzimmer im Dachgeschoss in Augenschein nimmt, ist das Chalet praktisch sein Eigen. Er kann die Forderung seiner Frau erfüllen, ihre Liebe zurückkaufen, die Familie retten, er ist doch ein ganz famoser Kerl … Das hätte er in seiner Angst beinahe vergessen. Leichtfüßig durchschreitet er den Garten und versucht, das Objekt nicht zu sehr zu rühmen, damit er den Preis vielleicht doch noch ein bisschen drücken kann. Er inspiziert Keller und Heizung, nickt, schüttelt den Kopf, als wäre er vom Fach. Dann stehen sie wieder im großen Wohnraum und schauen auf das Nebelmeer über dem Mittelland. Als Pesches Blick die Berner Alpen trifft, holt er zum Handschlag aus: „Alois, verkauft!"

15

Gerne wäre ich den besänftigenden Melodien des gestrigen Konzertes nachgehangen, aber wie immer kurz vor Mittag gibt die Glocke der Ladentür keine Ruhe. Kundinnen hasten herein und möchten bedient werden, bevor sie überhaupt bestellt haben, ich arbeite flink und präzise. Jetzt wird kein Schwatz mehr gewünscht, die Frauen sehen einander kaum an, drängeln sich vor dem Ladentisch und erwarten, dass ich ihre Einkäufe eingetippt habe, obwohl sie noch nicht einmal eingepackt sind. Ein Gedanke drängt sich auf: Fleisch in der Vitrine, Fleisch vor der Vitrine, Fleisch, Fleisch, Fleisch, ich mag es nicht mehr riechen, nicht mehr sehen. Nun winkt mich auch noch Antonio mit beiden Händen nach hinten:

„Tanja, der Chef, hast du gesehen? Weißes Hemd, Krawatte!" Er deutet auf die Straße und ich flitze hinaus, ohne das verblüffte Gerede hinter mir zu beachten. Tatsächlich, dort geht er, fein rausgeputzt. Ich teile Care Menus aus, wiege ab, zähle zusammen, aber bin nicht mehr bei der Sache. Gestern schon hat er sich zum Mittagessen bei Oma abgemeldet, und als er heimkam, ging er direkt in den Laden.

„Hab mir mit Alois was angesehen", war seine Antwort auf meine Frage, wo er denn gegessen habe. Ich konnte ihm die Lüge ansehen, sein schlechtes Gewissen. Und doch war er aufgeräumt und hat gelächelt wie ein verschmitzter kleiner Junge, der vor Mama steht und hinter seinem Rücken einen Blumenstrauß versteckt hält. Nun geht er an einem gewöhnlichen Werktag geschniegelt aus dem Haus, nimmt mich doch wunder, was er verbirgt. Ich wage den Gedanken kaum – geht er zu einer Selbsthilfegruppe? Hat er Angst vor einem erneuten Scheitern und erzählt mir deshalb nichts davon? Ich kann meinen Herzschlag bis in die Ohren spüren.

„Ach, Entschuldigung, Frau Gerber, ich habe Ihnen das falsche Menu eingepackt, ich wiege gleich nochmals ab." Frau Gerber schaut mich beunruhigt an. „Ist Ihnen nicht gut, Frau Teuscher? Sie sind blass."

Wir essen wieder ohne Pesche. Oma weiß, was los ist, ich bin mir ganz sicher, aber sie schweigt. Ich werde nicht eingeweiht in das Mutter-Sohn-Geheimnis – demnächst platze ich vor Neugierde. Beim Kaffee versuche ich es nochmals:

„Oma, war Pesche bei Andreas?"

Oma tunkt ihr Biskuit und gafft in ihren Milchkaffee: „Nicht dass ich wüsste." Schweigen. Kennt ihre Sturheit keine Grenzen?

Ich hake nach: „Geht es darum, dass er doch trocken werden möchte?" Ich lasse mich doch nicht einfach abschütteln wie ein Käfer, der zufällig auf ihrer Schürze gelandet ist.

„Formalitäten wegen der Erbschaft", murmelt sie und steht so langsam auf, als müsste sie ihre Knochen einzeln aufeinander stellen. Sind es die Schmerzen durch ihre Arthrose? Oder drückt ihre Grimasse eher abgrundtiefen Ekel aus? Noch ein Wort und ich würde einen Zickenkrieg auslösen – dazu lasse ich mich nicht hinreißen und stapfe wütend nach oben. Noch nie war ich so nahe daran, den Laptop hochzufahren, um die E-Mails zu checken. Ich fühle mich als Fremde in diesem Haus, die Närrin in der Prozession, die „Omas Lebenswerk" genannt wird. Eisern habe ich an meinem Entschluss festgehalten, Iannis nicht mehr zu kontaktieren, obwohl er mich in meinen Träumen in seine Arme nimmt. Manchmal bis zur völligen Erlösung, dann halte ich verzweifelt am Traum fest, verweile so lange wie möglich, ohne die Augen zu öffnen, versuche nicht zurückzukehren aus meinem Paradies. Ich möchte Iannis sagen oder schreiben, was im Traum mit mir passiert, ihm meine Liebe beteuern. Ist dieser Moment nicht gekommen, jetzt, wo Oma und Pesche mich veräppeln mit ihrer Geheimniskrämerei? Nur der Gedanke, dass das für Iannis noch mehr Schmerz bedeuten würde, hält mich davon ab. Langsam frage ich mich ernsthaft, warum ich es wieder allen anderen Recht mache und wie immer leer ausgehe. Iannis hätte sicher auch dafür eine intelligente Antwort, ich selbst werde nur hilflos wütend bei dem Gedanken.

Letzte Woche, beim Nachtessen mit Regina und Andreas, schien alles ureinfach: Ehevertrag gebrochen, keine Verpflichtung mehr. Auch darüber denke ich nach, immer wieder, es ergibt Sinn und wühlt mich auf. Die Details sind tatsächlich wichtig, sie warten nur darauf, gelöst zu werden. Aber es könnte ja sein, dass Pesche genau jetzt doch noch zur Vernunft kommt und sich helfen lässt, was sonst verheimlicht er? Das Ende des Monats steht vor der Tür, nur noch zwei Wochen. Falls ich wirklich mit meinem Plan danebenschieße, muss ich handeln.

Ich kann meine Drohungen nicht einfach verpuffen lassen, da würde ich allen Respekt vor mir selbst verlieren. Ich bin der Weg, ich muss meine nächsten Schritte selbst abwägen. Ich war so von meinem Plan und meiner Drohung eingenommen, dass ich gar nicht aufgepasst habe, was mein Herz und mein Bauch gewünscht und manifestiert haben. Doch die Engel sind meinem Herzen gefolgt und eingeflogen, Arbeit im Stall und das Wochenendhaus am See warten darauf, in Augenschein genommen zu werden. Auf was warte ich eigentlich noch? Meine Wut auf Oma und Pesche gibt mir den nötigen Aufwind. Ich habe ein Ultimatum gestellt, ich ziehe das durch. Den Telefonhörer am Ohr pflanze ich mich in die Sofaecke und wähle Andreas' Nummer.

„Tanja? Ich habe auf deinen Anruf gewartet." Er hat meine Stimme sofort erkannt.

Ich versuche, mich gelassen zu geben: „Hat sich Pesche bei dir gemeldet? Mein Ultimatum läuft in weniger als zwei Wochen ab." Vielleicht komme ich doch hinter das Geheimnis.

Andreas stockt, als wäre er sprachlos. Hat er gar nicht erwartet, dass sich Pesche helfen lässt?

„Nein, Tanja, du musst dich wohl auf Plan B einstellen, tut mir leid." Wieder schweigt er einen Moment, bevor er zögerlich fragt: „Möchtest du das Haus sehen? Ich hätte um fünf Uhr Zeit."

So einfach scheint das. Ich sage zu. In Mörigen biege ich von der Landstraße Richtung See ab. Die Abendsonne glitzert in den Wellen, die Weinberge am anderen Ufer verbreiten Ferienstimmung. Außerhalb des Dorfes wendet eine junge Frau das Emd, Kinder spielen hinter ihr auf der abgemähten Wiese. Sie erinnern an die Bilder von Albert Anker, dem berühmten Seeländer Maler aus dem letzten Jahrhundert. Sie verbreiten Frieden – Frieden, wie ich ihn bei diesem Anblick empfinde. „Das letzte Haus nach den Apfelbäumen", hat Andreas gesagt, hier ist es. Ich halte in der Auffahrt, die Sicht auf das Haus ist durch dichten Bambus verdeckt. Andreas ist bereits hier, wir umarmen uns kurz. Seit Reginas Bemerkung bin ich ein bisschen gehemmt. Drinnen empfängt mich Glas, rundherum Glas. Bäume, Büsche und Hecken schirmen die Sicht zur Seite hin ab, der Wohnraum scheint sich über den Rasen bis zu ihnen zu erstrecken. Das Erdgeschoss besteht aus Wohnraum und offener Küche. Die Wiese davor führt bis hinunter zum See, an dem langen Steg gondelt ein weißes Segelboot. Es riecht nach Algen und seichtem Wasser, nach Kindheit, Ferien und Freiheit. Ich bleibe hingerissen stehen. Alles neu, top modern, teuer und doch einfach und bescheiden, Worte können mein Gefühl nicht beschreiben.

„Das Schlafzimmer oben ist nigelnagelneu, ich konnte dort ohne Susanne nicht schlafen", wirft Andreas in meine Bewunderung und legt seinen Arm um meine Schulter. Mit einer halben Drehung stelle ich mich vor ihn – ich muss es aussprechen, Klarheit schaffen:

„Andreas, ich kann dich nicht über den Tod deiner Frau wegtrösten." Die aufrichtige Wahrheit ist so einfach. „Erwartest du von mir mehr als Freundschaft?"

Andreas errötet. „Du bist sehr direkt, Tanja. Stimmt, ich hoffe, wieder einmal Liebe zu finden. Mein Angebot ist aber ohne Verpflichtung, deine Freundschaft genügt mir. Wer weiß, vielleicht könnte mehr aus uns werden, aber im Moment müssen wir beide unsere eigene Situation bewältigen."

Ich höre in mich hinein, meine schlechten Erfahrungen flüstern: „Sei nicht käuflich", und ich befreie mich: „Andreas, du bist großzügig, aber ich kann das Angebot nicht annehmen." Andreas führt mich zum Fenster und bleibt neben mir stehen.

„Warum denn nicht? Könntest du nicht einmal – versuchsweise – an dich selbst denken und zusagen? Du hast Klarheit geschaffen, nun folge deinem Herzen." Ich schweige und Andreas flüstert: „Denk an dich und die Mädchen, ich bin nicht dein Vater, nicht dein Bruder, nicht Pesche. Ich bin ein erwachsener Mann, verantwortlich für mich selbst, biete dir Zuflucht und Freundschaft. Vielleicht ist es nur eine Übergangslösung, ein sicherer Hafen."

Langsam wende ich mich von der prächtigen Aussicht ab zu Andreas, sein Gesicht ist ernst und unbeweglich. Wenn er mich jetzt berührt, kann ich nicht auf ihn eingehen, aber er wartet meine Antwort geduldig ab. Ich will gut überlegt abwägen, doch schon macht mein Herz einen Freudensprung. Es ruft: „Siehst du das Wunder nicht, das direkt vor deiner Nase liegt?" Meine Worte gehen an meinem Verstand, an den Details, an den alten Ängsten vorbei und mein Mund spricht die Wahrheit aus:

„Ich schätze deine Freundschaft, Andreas, und ich vertraue dir." Es ist heraus, eigentlich war es wieder ganz einfach.

Andreas macht ein paar Schritte in den Garten. „Ich weiß, dass dein Ultimatum bald abläuft, zieh früh genug aus, du wartest besser nicht zum letzten Moment; wer weiß, zu was Pesche unter so viel Druck fähig ist."

Ich nicke zustimmend: „Du hast Recht, Regina hat mich auch schon darauf aufmerksam gemacht; doch er ist nicht der gewalttätige Typ, keine Angst."

„Schau, hier unter dem künstlichen Stein ist ein Schlüssel. Ihr könnt jederzeit einziehen, ruf mich an, wenn du da bist." Mein Mut hat mich erstarren lassen. Einen Moment lang schaut das neue Ich auf die alte starre Tanja herab und erkennt sich nicht. Ich trete hinaus in die Abendsonne als die Tanja, die ich immer sein wollte.

„Übrigens habe ich deinen Rat befolgt, Andreas, am Montag gehe ich zum ersten Mal zur Co-A-Gruppe, ich habe das Gespräch über Offenheit und Diskretion bereits hinter mir."

Andreas lächelt liebevoll: „Wird dir gut tun, du wirst schon sehen."

Die Tage ziehen sich hin wie eine Geröllmasse, die sich langsam von Eis und Schnee loslöst. Jede Minute, jede Bewegung und jede Begegnung ist von Abschied gezeichnet. Es ist mehr als Abschied, es ist auf Nimmerwiedersehen. Ich war mir vorher dessen gar nicht bewusst, dass ich sogar das alte Gebäude irgendwie lieb gewonnen habe. In der Metzgerei habe ich plötzlich unendlich viel Geduld und Mitgefühl, wenn Frau Peters Klagen nicht aufhören wollen. Wem wird sie nächsten Monat ihr Herz ausschütten? Wer wird den berufstätigen Müttern ein Care-Menu bereithalten, wenn sie kurz vor Mittag völlig außer Atem eintreffen? Frau Flückiger, die Bäuerin und Marktfahrerin aus Gampelen, wird ihre beste Kundin verlieren. Mein Herz verkrampft sich, wenn ich daran denke, wie enttäuscht sie sein wird. Werde ich überhaupt woanders jeden Morgen einen Kaffee mit ein paar lieben Worten serviert bekommen? Ist Alois immer so schmeichlerisch aufmerksam gewesen oder fällt es mir erst jetzt auf, kurz vor dem Verlust?

Ich packe die Vase aus Athen ein, umwickle sie mit der alten Babydecke von Baba und polstere die Schachtel mit Kleidern aus. Abends, als die Kinder im Bett sind, trage ich die Kartons nach unten in den Korridor, hole mein Auto und fahre an die Schützengasse, um alles in unserer Garage zu verstecken. Mein Wagen steht normalerweise drinnen und der Geschäftswagen auf dem Vorplatz, damit Antonio am Morgen gleich damit losfahren kann. Niemand wird meine verpackten Kleinode bemerken. Oder doch? Jeden Abend fühle ich, wie Omas Sperberaugen hinter den Vorhängen meinen Auszug beobachten. Bei jedem Mittagessen warte ich unruhig darauf, dass sie mich darauf anspricht, aber bisher hat sie darüber kein Wort verloren. Im Gegenteil, sie redet mehr mit mir als sonst, interessiert sich für die Schulgeschichten von Regi und Baba, und lässt Pesche links liegen. Sie schiebt ihm nicht mehr die besten Stücke zu wie früher. Die Flut ihrer Affenmutterliebe ist verebbt. Aber Pesche scheint das nicht zu stören. Im Gegenteil, früher war er mürrisch und ungehalten, jetzt probiert er irgendwie ein selbstsicheres Gehabe. Es ist schwer zu beschreiben, manchmal fühlt es sich an, als wollte er sagen: „Ihr werdet schon sehen", dann wieder: „Ihr könnt mich alle", oder: „Ich bin nicht der Lackel, für den ihr mich haltet." Vielleicht hat eine Selbsthilfegruppe oder Therapie sein Lebensgefühl verändert? Seine Selbstsicherheit gestärkt? Mein Lieber, es könnte bereits zu spät sein.

Der letzte Sonntag vor dem Aus steht vor der Tür. Noch fünf Abende werde ich die Kasse abrechnen und dann, am Samstagabend, verschwinden. Absolut einfach, versuche ich mir einzubilden. Ich will die Metzgerei abschließen, als Pesche von den Auslieferungen zurückkommt – warum so früh?

Munter und in einer einzigen schnellen Bewegung stellt er den leeren Korb auf den Tisch, schlingt den Arm um meine Schulter und zieht mich an sich.

„Mach dich hübsch, wir sind alle in der Bourg bei Alois zum Nachtessen eingeladen!" Was sind das für neue Töne, wird er wieder verkünden, nun endlich trocken zu werden? Hat er irgendwoher Medikamente gegen die Entzugserscheinungen ergattert? Und was, um Gottes Willen, hat der Schmeichler Alois damit zu tun?

Punkt sieben Uhr sind wir, die ganze Teuscher Familie inklusive Oma und der Kinder, beim Restaurant Bourg. Ich sehe mich auf der Terrasse nach einem großen Tisch um, da steht Alois in blendend weißer Küchenschürze in der Eingangstür und winkt.

„Hier herein, bitte, ich habe oben im kleinen Speisesaal aufgetischt!"

Weiße Tischdecken, Rosen, Champagnerkelche, was soll das? Sorgfältig dreht Alois den Korken bis zum diskreten „Plop" aus der Flasche und schenkt ein.

„Mama, es hat nicht geknallt", reklamiert Regina, die sich mit beiden Händen die Ohren zugehalten hat.

„Zum Wohl", prostet Pesche.

„Auf bessere Zeiten", murmelt Oma und hebt ihr Glas.

„Auf unser Geheimnis", stößt Alois an und grinst Pesche zu.

Auch ich hebe mein Glas: „Zum Wohl! Jetzt will ich aber wissen was los ist!" Die Geheimnistuerei geht mir auf die Nerven.

Die Männer grinsen wieder. Was können die zwei schon ausgeheckt haben, das jetzt noch wichtig ist? Ich werde mich in keiner Weise beirren lassen.

„Warte, Tanja", sagt Pesche endlich.

Alois fügt hinzu: „Morgen wirst du staunen, zu was dein Wundergatte fähig ist!"

Ich will nicht staunen, ich will raus!

Nun streckt sich auch Oma, so gut sie kann, und prostet mir zu: „Du wirst dich freuen, ich weiß es!"

Ich möchte platzen, so blöd ist das ganze Gehabe. Auf mich übt ein feines Essen und, wie es aussieht, ein Versprechen keinen Druck mehr aus. Diese Zeiten sind vorbei. Jede Schachtel, die ich diese Woche eingepackt habe, hat meine Entscheidung gefestigt und meinen Kampfgeist geschürt. Wie viel Altlast habe ich doch zurückgelassen und eigentlich nur wenig in der Garage deponiert! Anfangs haben Tränen meine Packerei begleitet, die Dinge wollten sich nicht lösen, ich wollte mich nicht lösen, es war, als würde mich Leim im Status Quo zurückhalten. Wie oft habe ich geflüstert: „Tanja, loslassen!"? Jede Ladung brachte Erleichterung, jede Schachtel war ein Schritt näher zum Beginn meines eigenen Lebens. Nun bleiben nur noch die Kleider für diese Woche und die Puppen, alles andere ist gepackt. Erstaunlich: Vieles von dem, was ich vor einer Woche noch beweint habe, kann ich heute ohne Rührung als Ramsch zurücklassen.

Ich vermute, dass Pesche jetzt eine Show abzieht, um seinen guten Willen zu zeigen und Eindruck zu schinden.

Wie immer. Früher Reitstunden, heute das hier – bin ich so billig geworden? Lächerlich.

Alois schaukelt eine riesige Platte mit Egli Filets herein: „Fleisch habt ihr ja selbst genug. Hier, die sind aus unserem See, frisch gefangen."

Wie das duftet! Jeder Teller wird sorgfältig mit Zitrone und Petersilie garniert, dazu kleine Kartoffeln, der reinste Festschmaus. Mein Abschiedsdinner. Der Gedanke belustigt, mein Ärger verfliegt und ich genieße den fabelhaften Fisch mit der Regenbogenhaut.

„Mach dich auf Großes gefasst", raunt mir der Wirt beim Abschied zu. Und bevor Pesche vor der Haustür ins Altstadtstübli abzweigt, gibt er jeder seiner vier Ladies einen Gutenachtkuss mit den Worten:

„Morgen fahren wir, haltet euch gleich nach dem Apero bereit." Na also, dachte ich es mir doch – ein Ausflug.

Meine Knie werden weich, die Hände mit dem Vertrag zittern; langsam gleite ich auf den kleinen Stuhl, der neben dem Telefontisch steht, und starre auf die Holzbrüstung der Terrasse, während die letzten Sonnenstrahlen hinter den Wolken des spätsommerlichen Gewitters verschwinden. Jetzt ist der Abschiedsausflug zum Horrorszenario geworden.

Im Tal nach Orvin haben sich heute Mittag erste herbstliche Nebelschwaden hingezogen und unserem Ausflug eine friedliche Atmosphäre verliehen. Die steile Bergstraße ins Dorf brachte Ferienstimmung. Je höher wir krochen, desto lauter haben Regi und Baba auf dem Rücksitz gesungen und für einen kurzen Moment meine Sehnsucht nach dem angestrebten Familienglück wieder geweckt.

Doch plötzlich wurde mir mitten auf der Bergstraße bewusst, dass auch dies nur ein Trostpreis und nicht mein ureigenes Leben wäre, ich hatte den Dschungel von Scham und Schande bereits hinter mir gelassen, den Styx überquert. Auf die Wegweiser „Familienehre", „eheliches Gelübde" und „Omas Lebenswerk" hätte ich mich eh nie verlassen sollen. Ich bin der Weg. Und wenn ich Hunger leiden und an einer Straßenecke betteln müsste, nichts könnte mich mehr zurückhalten. Um Gottes Willen, ins Ehebett zurückziehen, nein, bei diesem Gedanken habe ich vor innerer Kälte gezittert. Es war mir egal, dass ich nicht wusste, was ich verliere, noch, was ich gewinne. Nur zu kämpfen, das zählt.

Dann türmten sich Gewitterwolken über dem Seeland, die Mädchen zählten die Sekunden zwischen Blitz und Donner. „Es kommt näher", verkündete Regina und Baba meinte: „Ich sehe den Regen kommen."

Richtig, bevor wir Les Prés-d'Orvin erreichten, erleuchteten die Blitze das Tal und gleichzeitig ertönte der Donnerschlag. Die Scheibenwischer rasten ohne viel Erfolg über die Windschutzscheibe, bei der erschwerten Sicht konnten wir nur so dahinschleichen. Pesche ist auf einen schmalen Privatweg abgebogen und hat unter dem riesigen Dach eines Chalets geparkt. „Mein Chalet" war in Schnörkeln an die Hauswand geschrieben. Wir haben uns aus dem Auto unter das schirmende Dach geflüchtet.

„Gehört das Haus Alois?", wollte ich wissen und Pesche hat gelächelt:

„Nein, dir! Schau alles an, ich kümmere mich um das Essen."

Die Mädchen und ich haben das gemütliche Ferien-Chalet inspiziert. Oma hatte uns einen feinen Braten und zwei Flaschen Wein eingepackt, dazu hatte Pesche uns Spaghetti gekocht.

Beim Kaffee sagte er wie beiläufig: „Hast du den Vertrag beim Telefon gesehen?" Ich bin in den Flur geeilt und da lag er, der Vertrag. Meine Knie wurden weich. Nun halte ich ihn immer noch in den Händen.
Käuferin: Tanja Teuscher
Verkäufer: Giuseppe Machorini.
Tränen tropfen auf die Urkunde. Ich zerfließe ebenso wie die Buchstaben, sitze da und schluchze. Uralte Gefühle wollen sich Eingang verschaffen, es wäre so einfach, ihnen zu folgen und aufzugeben. Sie raunen mir zu: „Du kannst ihn doch nicht so beleidigen, du bist zu Dank verpflichtet, denk an deine Pflicht, er hat sich so viel Mühe gegeben, willst du wirklich einen Streit entfachen?" Der Teufel reitet mich, dem Teufel trotze ich!

„Hehe, Prinzessin, Freudentränen? Wusste ich doch, was du willst", lacht Pesche vom Tisch her und schenkt nochmals zwei Gläser ein. „Komm, stoß an!"

Ich rege mich nicht. Traumverloren höre ich in mich hinein. Jetzt muss ich die Nabelschnur durchtrennen, kann nicht mehr auf Zehenspitzen aus seinem Leben tanzen, lautlos entrücken, wie ich es vorgesehen hatte. Eine wilde Lebenskraft treibt mich zum Tisch, gibt mir endlich, nach fünfzehn Jahren, meinen Schrei zurück:

„Nochmals einen Pakt mit dem Teufel? Nein! Dein Konzept geht nicht mehr auf, Onkel Peter!" Ich schöpfe wieder Atem, die Laute kommen aus der Tiefe meiner Magengrube: „Ich tausche mich nicht gegen ein Chalet, damit kriegst du mich nicht, du kennst das Ultimatum: Ich gehe."

Pesche stützt die Ellbogen auf den Tisch und zeigt seine Handflächen, als würde er eine Friedensfahne hissen. „Was soll das? Was willst du?"

„Ich will sofort raus hier!" Regi und Baba schleichen sich an meine Seite. Regi umschlingt meine Taille, Baba mein Bein. Ihre großen blauen Augen betteln: „Nicht, Mami, aufhören." Wir haben uns nie vor den Kindern gestritten und es tut weh, den Mädchen zuliebe nicht einzuknicken.

„Wir müssen das hier klären, solange dürft ihr fernsehen." Regi nimmt Baba bei der Hand, sie verziehen sich aufs Sofa, schalten den Fernseher ein und starren unentwegt zu uns herüber.

Pesche begreift langsam, dass es mir ernst ist. Sein Gesicht wird purpurrot, mit vorgeschobenem Gesicht sitzt er mir gegenüber wie ein Kampfhahn, der im Käfig wartet, um losgelassen zu werden. Angst schleicht sich in meinen Bauch, umschließt das Herz und blockiert mir den Atem.

Nochmals ein Hoffnungsschimmer in Pesches Augen: „Findest du das witzig?", zischt er herüber. „Ich lasse mich nicht veräppeln!"

Seine Augen bohren sich in meinen Busen; soll ich mich setzen? Vielleicht sollte ich nicht auf ihn runterschauen, sondern auf Augenhöhe mit ihm sprechen; doch nun rückt er seinen Stuhl zurück, stützt beide Hände auf den Tisch und steht langsam auf – das Kinn immer noch vorgereckt. Sein Blick streift meinen Hals, mein Kinn, meinen Mund, die Nase, und verhakt sich schließlich in meinem. Ich rieche meinen Angstschweiß:

„Das Ultimatum läuft ab und du säufst immer noch. Ich werde dich verlassen." Das gibt ihm den Rest, sein irrer Blick lässt mich los. Sein Gesicht ist aschfahl.

„Mich allein lassen … Verflucht, du hast vor Gott geschworen …" Seine Faust poltert auf den Tisch, die Mädchen zucken zusammen, Regi nimmt Baba in den Arm und verdeckt ihr die Augen.

Pesche schießt hoch: „Nicht mit mir!" Er schlägt sich mit der Faust auf die Brust. „Mich verlässt man nicht! Das soll der Dank sein für das alles?" Mit großer Geste deutet er auf das Haus und umrundet die Ecke des Tisches:

„Sag sofort, dass das nicht dein Ernst ist, oder …"

Ich möchte zurückweichen, doch ich überwinde mich und bleibe stehen, ringe um Selbstbeherrschung. Dann höre ich, als wäre es nur mein Echo:

„Es ist mir ernst – ich gehe."

Er kommt auf mich zu, hebt seine Hand, da schreit Regi hysterisch: „Neeeiiin!" Er hält inne und raunt: „Mich allein lassen? Niemals!. Eher werde ich dich umbringen …" Mein Atem stockt, dann drehe ich mich langsam zu den Mädchen.

„Kommt, Kinder, wir gehen."

Auf der Heimfahrt schlafen die beiden auf dem Rücksitz, Pesche säuft die zweite Flasche leer. Vor der Metzgerei öffne ich ihm die Tür, er torkelt ohne Abschied zum Altstadtstübli.

Die Mädchen schlafen immer noch. Leise packe ich vor der Garage einige Schachteln in den Kofferraum, dann fahren wir im langsamen Sonntagsverkehr an den See, zu unserer neuen Bleibe. Ich fühle nichts. Sollte ich himmelhoch jauchzen? Zu Tode betrübt sein? Diese Gefühle halten sich die Waage. Wir haben den ärgsten Streit vor den Mädchen ausgetragen, das tut mir entsetzlich leid. Die Angst sitzt mir immer noch im Nacken, nur gut, dass Pesche keine Ahnung hat, wo wir hinfahren.

Der Schlüssel ist im Versteck, ich wecke die Mädchen und schließe die Eingangstür auf. Schlaftrunken tritt Regina in den Wohnraum, ich trage Baba auf dem Arm. Regina entdeckt den See und ist gleich hellwach. „Mama, dürfen wir baden?" Baba windet sich aus meinen Armen und die beiden rennen über den Rasen zum Ufer.

„Nur bis zum Steg, nicht ins Wasser", rufe ich ihnen nach.

Nach Mitternacht krieche ich zwischen die Mädchen in Susannes Himmelbett.

Das Bad im See hat uns beruhigt, Baba hat sich ängstlich an mich geklammert und doch ausgerufen: „Tiefer, tiefer, Mami, ganz hinein", und Regi hielt meine Hand umklammert, bis ihr das Wasser bis zum Kinn stand.

„Uii, ist das kalt", meinte Baba, als ich mich hinkniete, so dass nur unsere Köpfe aus dem Wasser schauten. Regi hat die Leichtigkeit ihres Körpers gespürt und wollte schwimmen. Da habe ich Baba auf den Steg gesetzt und Regi durch das Wasser gezogen; abwechselnd habe ich mit den beiden Schwimmübungen gemacht, bis sie todmüde aus dem Wasser gestiegen sind.

Andreas war nicht zu Hause, ich habe ihm auf den Anrufbeantworter gesprochen. Regina hingegen rief gleich freudig: „Wie ist die Adresse? Ich bringe eine Riesenpizza und eine Flasche Wein, bin gleich da!" Und richtig:

zwanzig Minuten später stand sie vor der Tür mit einer riesigen Umarmung und hat den Rest der Furcht, die sich nach der Auseinandersetzung mit Pesche nicht vollständig hatte vertreiben lassen, und den Druck im Herzen mit ihren lieben Worten erleichtert. Wir verzehrten die Pizza auf dem Sitzplatz in der langsam untergehenden Sonne, dann machten sich die Mädchen auf Entdeckungstour durch das neue Heim.

Regina erhob ihr Glas, das in der untergehenden Sonne funkelte.

„Prosit, Tanja, auf deine Freiheit, dass dein Leben leuchte wie dieser rote Wein", hat sie mir zugeprostet.

„Freiheit, Regina, ich spüre sie nicht. Vielleicht ein bisschen Erleichterung und ein wenig Stolz ... Aber vor allem quält mich die Verantwortung. Noch habe ich keinen Job, sodass ich mich mit Pesche, Oma und der Metzgerei auseinandersetzen muss, noch schnürt mir Pesches Drohung die Brust zusammen."

Ich erzählte ihr, wie ich schluchzend mit dem Kaufvertrag da saß, wie er sagte: „ Eher bringe ich dich um!". Blass flüsterte Regina: „Davor hatte ich immer Angst. Du weißt, ich habe es kommen sehen, nimm dich in Acht." Regina hat mir noch lange zugesprochen, ich weiß, dass ich auf ihre Hilfe zählen kann. Und doch stehe ich vor dem Nichts. Die Pferde wurden letzte Woche abtransportiert. Ich habe Grane ein letztes Mal gestriegelt und für die Reise bandagiert. Er durfte den ganzen Sack meiner selbstgebackenen Hafer-Honig-Leckerbissen essen, dann hat Peppo, der Stallbursche, ihn zum Einladen abgeführt. Grane hat den Abschied gefühlt – er wusste, dass dieser Transport nicht wie üblich zu einer Dressurprüfung geht und sich strikte geweigert, die Rampe des fremden Pferdetransporters zu betreten. Die Peitsche hat ihn nicht beeindruckt, also haben zwei Leute mit dem alten Wasserschlauch von hinten geschoben und er hat wie wild ausgeschlagen und sich immer wieder seitwärts losgerissen.

Erst wollte ich den Profis beim Laden nicht dreinreden, aber als er zum dritten Mal davon galoppiert ist, habe ich geschrien: „Lasst mich machen, ihr macht ihn verrückt!" Erst haben sie mich ausgelacht und dann grinsend auf meinen Misserfolg gewartet. Drüben bei der Kuhweide konnte Grane dem saftigen Gras nicht widerstehen, sodass ich ihn von dort zurückführen konnte. „Lasst mich das tun", habe ich den Burschen nochmals zugeschrien und meinen Liebling problemlos über die Rampe in den Wagen geführt und angebunden. Dabei kam ich mir gegenüber Grane wie eine Verräterin vor. Die Stallburschen hievten die Laderampe hoch und verschlossen die Riegel. Man kann einem geschlossenen Lastwagen nicht nachwinken, so stand ich da in meinem Elend, erstarrt, blind vor Tränen, und als sie verschwunden waren, habe ich mich hinter die Arena geflüchtet. Dort saß ich auf dem Steg, habe meinen Tränen und meinem Kummer freien Lauf gelassen wie eine Wölfin, die den Mond anheult. Es war mir egal, ob man mich hört oder sieht. Seither war ich nicht mehr im Stall, noch mehr Abschied wollte ich mir nicht antun.

16

Ich habe parkiert und sollte aussteigen. Das Treffen der Co-Alkoholiker-Gruppe beginnt in fünf Minuten, und wie angewiesen habe ich meinen Fiat auf der Straße geparkt – wo bleibt da die Anonymität? Hätte ich am Bahnhof geparkt und den Bus genommen, müsste nicht die ganze Nachbarschaft wissen, dass auch ich zu den Spinnern gehöre, doch das mulmige Gefühl hat erst unten an der Schützengasse begonnen, gleich nachdem ich an der Metzgerei vorbeigefahren bin. Ob Oma wie jeden Abend hinter dem Küchenvorhang Beobachtungsposten bezogen hat? Ich bleibe sitzen, als hätte ich Blei im Hintern, ich schaff es einfach nicht. Es fühlt sich an, als wären hinter jedem Fenster der umliegenden Villen Augen, die nur darauf warten, wer die Neue ist. Warum habe ich mir von Andreas das Versprechen abluchsen lassen, trotz der veränderten Umstände zur Gruppe zu gehen? „Es wird dir guttun", hat er gesagt. „Du wirst deinen Teil am Ganzen begreifen, damit du in Zukunft die Warnzeichen erkennst." Ich bin doch dem Elend entflohen und somit auch keine Co-Alkoholikerin mehr, was soll ich hier? Nun, ich halte mein Versprechen und gehe hin, so kann ich mich ordentlich abmelden. Gleich ist es sieben Uhr. Ich raffe mich doch auf und schließe den Wagen ab. Nur gut, dass wir an meinem Auto nie ein Firmenzeichen angebracht haben.

Auf dem Grundstück dort drüben muss ich den schmalen Weg zwischen zwei dunklen Thuja-Hecken hinunter. Hinter dem Gartentor führt er zu einer Tür im Untergeschoss. Darüber thront eine vornehme Villa aus den zwanziger Jahren, deren Haupteingang man von der Straße aus erreicht. Wie kommen vornehme Leute dazu, das Untergeschoss einer Gruppe von Versagern zur Verfügung zu stellen? Ich erreiche die Kellertür, in dessen schwarzer Scheibe ich mich spiegle. Ich ordne kurz meine Stirnfransen, klopfe an und trete ein. Ein dunkler Gang mit Garderobehaken an der rechten Seite ist links mit einem dunkelblauen Vorhang abgetrennt, dahinter herrscht ein Gewirr von Stimmen wie in der Schule, bevor der Lehrer eintritt. Ich teile den Vorhang, die Stimmen verstummen und neun Augenpaare starren mich an. Männer und Frauen sitzen im Kreis um einen niedrigen ovalen Tisch mit Wasserflaschen, Gläsern, drei brennenden Kerzen und einer Schachtel Kleenex. Mein Auge muss sich erst an das Dämmerlicht gewöhnen, mein Blick wandert durch die Runde. Wenn mich nur niemand kennt! Dort, im Gegenlicht vor einer Fenstertür sehe ich Umrisse, die mir bekannt vorkommen. Eine Gestalt mit weißem Haar, krummer Rücken …
„Oma!"
Ich stolpere in den Raum, mein heiserer Schrei entlockt den Anwesenden ein Lächeln. Haben sie auf mich und meine Entdeckung gewartet? Oma winkt mir zu, ihr Strahlen sagt: „Diese Überraschung ist mir aber gelungen, was?" Ich fange mich und nehme auf dem letzten leeren Stuhl Platz. Eine Frau mit Schreibblock auf den Knien steht auf und macht Licht, bittet alle Anwesenden, sich mir vorzustellen. Annie, Nicole, Felix, Monika … Ich ver-

suche mir Gesichter und Namen einzuprägen, aber meine Gedanken bleiben an den Worten hängen, mit denen sie ihr Schicksal beschreiben. Hinter jedem Namen steckt ein tragisches Los: Angst, Wut, Schläge, Liebe, Kinder – mit jedem kann ich mich irgendwie identifizieren. Ich bin mir immer allein vorgekommen mit meinem Kummer, habe jahrelang nicht einmal versucht, mir vorzustellen, wie es wäre, wenn mich jemand verstehen würde. Aber ich verstehe diese Leute. Am liebsten würde ich hingehen und sie trösten, aber schon ist die Reihe an mir. Als würde eine Schleuse geöffnet, fließen Tränen über meine Wangen und ich flüstere:

„Ich bin Tanja, und ich bin gestern geflohen."

Es sind nicht Tränen der Angst oder Wut oder Trauer, es sind Tränen einer überdimensionalen Erleichterung. Annie schiebt mir die Kleenex-Schachtel zu, die Blicke der anderen wandern von mir zu Oma und bleiben dann wieder an mir hängen. Ich weiß nicht, was noch zu sagen wäre, und die Leiterin schlägt vor, dass wir ein wenig Besinnung einkehren lassen, damit die schnatternden Gänse im Gehirn zur Ruhe kommen. Alle schließen die Augen, meine Tränen versiegen langsam, doch die Details meines zukünftigen Lebens lassen mich nicht los: Wie lange reicht mein Erspartes aus, falls ich keine Arbeit finde? Wo werden die Kinder nach der Schule hingehen, wenn ich arbeite? Gretel, die Leiterin, spricht leise:

„Bleibt hier in diesem Raum, lasst die Ängste draußen und kommt in eurer Meditation zurück in den Raum der Liebe, konzentriert euch auf hier und jetzt."

Das ist allerdings schwierig, meine Sorgen drängen sich vor. Was empfinde ich hier und jetzt? Wir haben alle ein ähnliches Schicksal, ich fühle mich verstanden. Und was ist mit Oma? Langsam erfühle ich ihr Leid. Bin ich schuldig? Nein, schuld am gegenwärtigen Zustand, aber nicht schuldig. Sie hat in ihrer Jugend ums Überleben gekämpft, damals konnten Frauen nicht ausbrechen. Ist es heute nicht zu spät für die alte Frau? Wird sie wieder jeden Morgen in der Metzgerei stehen, bis sie zu krank ist und stirbt? Oder kann auch sie noch etwas verändern in ihrem Leben? Leise sagt Gretel: „Ihr könnt die Augen öffnen, wir machen Pause." Oma sitzt zusammengesunken in ihrem Stuhl und schläft. Annie schaut mich an und lacht: „Das passiert ihr immer bei der Meditation." Ich gehe zu Oma hinüber, lege meinen Arm um ihre Schultern und wecke sie behutsam auf.

Auf einem Tisch stehen Erfrischungen bereit, ich folge den anderen mit einem Glas Limonade hinaus in den schattigen Garten. Der moosige Geruch der alten Bäume mischt sich mit dem Duft des frisch gemähten Rasens und erinnert mich an den Park beim Haus meiner Großmutter. Eigentlich fühlt sich die Gruppe ein bisschen an wie sie, verständnisvoll. Wie gerne möchte ich die Unbeschwertheit dieser Zeiten wiederfinden.

Unter uns liegt der Fuß des Berghanges bereits im Schatten, doch noch wirft die Abendsonne ihre goldenen Strahlen auf den Süden der Stadt und das rechte Seeufer glitzert in ihrem Schein. Ich nehme die friedliche Atmosphäre auf und setze mich zu Annie auf die Gartenschaukel.

Oma humpelt zu uns, sie scheint sich in der Gruppe gut eingelebt zu haben. Ich wundere mich:

„Wie hast denn du hierher gefunden?"

Oma senkt den Blick. „Du hast uns doch selbst die Broschüren gebracht, ich habe Pesche sogar daraus vorgelesen, nachdem du mit den Mädchen in die Kammern gezogen bist; auch ich wollte ihn unbedingt bekehren."

„So hat es bei uns allen angefangen, mach dir nichts draus", tröstet Annie.

„Meinst du?" Oma fasst sich: „Erinnerst du dich an das Desaster nach dem Nachtessen? Als Pesche gezittert und nach Luft geschnappt hat? Frau Doktor hat mir damals eindringlich zugeredet, mir sogar angeboten, mich anderntags zur Gruppe zu begleiten."

„Hat sie auch Erfahrung?" Hoffentlich täuscht mich meine Ahnung. „Ihr Vater? Oder gar der Herr Doktor?"

Oma zuckt nur die Schultern und wechselt das Thema: „Rate mal, wem diese Villa hier gehört!"

„Keine Ahnung, ich hab kein Namensschild an der Kellertür gesehen."

„Frau Sandmüller."

Ich erinnere mich: „Der eleganten Blondine? Als ihr Mann noch gelebt hat, ist sie regelmäßig in die Metzgerei gekommen. Die Sandmüller mit den Hundeknochen?"

Oma nickt: „Sie war immer braungebrannt und hat geprahlt von der Sonne in Gstaad und den fantastischen Skipisten. Wohl wissend, dass wir Gewöhnlichen tagelang im Bieler Nebel …"

„Wie kommt die denn dazu, ihren Keller zu vermieten?"

Annie schaltet sich ein: „Man hat ihr das Drama nicht angesehen. Sie hat die Gruppe nach dem Tod ihres Mannes gegründet, ihr Psychiater hat dazu geraten und ihr Gretel vorgestellt. Jetzt braucht sie die Show „Sonne, Gstaad und teure Pelze" nicht mehr. Sie hat dank unserer Arbeit Ruhe gefunden."

„Sie hat sogar ihren Humor wiedergefunden und sagt, wenn Alkoholiker den scharlachroten Buchstaben tragen müssten, hätte sie die ganze Schau gar nie gebraucht, die Geheimnistuerei sei das Schlimmste gewesen", ergänzt Grete.

„Den scharlachroten Buchstaben?", frage ich und stelle mein leeres Wasserglas auf den Tisch.

Annie erklärt: „Kennst du den Roman von Nathaniel Hawthorne? Darin muss eine Ehebrecherin als Strafe ein rotes „A" auf der Brust tragen, daher der Ausdruck."

Oma lacht laut auf: „Stellt euch vor, jeder Alkoholiker hätte ein „A" auf der Stirn, da wüsste man gleich, woran man ist ... Die Doppelagenten würden entlarvt ... hahaha!" Ich habe Mühe, mir vorzustellen, dass die elegante Frau Sandmüller auch ein Drama durchgemacht hat.

„Warum braucht sie noch eine Gruppe, wenn ihr Mann doch tot ist?"

Annie lächelt: „Weil sie, wie wir alle, herausfinden will, was ihre Rolle in dem Drama war – und um diese Rolle nicht noch einmal zu spielen."

Oma nickt mir zu: „Ja, du und ich auch – wir sind nicht nur Opfer, nein, sind wir nicht."

Gretel stellt sich hinter sie. „Und? Habt ihr euch diese Woche ausgesprochen?" Sie massiert Omas Schultern, um ihr Mut zu machen. Oma zieht mit dem Handgriff ihres Stockes umständlich einen Schemel heran und setzt sich auf die Kante.

„Da war keine Gelegenheit, sie ist gestern ausgezogen."

Gretel wartet geduldig, bis Oma sich an mich wendet:

„Würdest du?"

„Würde ich was?" Ich scheue die Antwort.

Oma schaut zu Gretel auf, dann spricht sie zu mir: „Würdest du heute Abend mit mir sprechen? Hier?" Ich nicke, dazu kann man kaum „Nein" sagen.

Gretel schlägt vor, dass wir unser Gespräch gleich hier draußen beginnen, anstatt beim zweiten Teil der Gruppenarbeit dabei zu sein, und zwinkert Annie zu, uns allein zu lassen.

Oma hebt den Kopf und schaut auf die Stadt, die nun ganz im Schatten liegt. „Ich bin dir nicht böse, Tanja, ich selbst hatte nie den Mut, aber noch ist es nicht zu spät ... Tanja, ich habe immer mein Bestes gegeben ... immer ... und gleichwohl bei Hans und Pesche dieselben Fehler gemacht. Ich wollte sie beschützen, habe vertuscht, ihre Arbeit übernommen." Oma hält inne und schnäuzt sich. „Damit habe ich ihnen die Sauferei leicht gemacht. Mit Liebe wollte ich sie heilen, sie sollten durch meine Schufterei zur Einsicht kommen – all die Jahre habe ich auf Dank gewartet, wenigstens auf den Spatz in der Hand gehofft, ja, höchstens den Spatz. Doch er blieb aus. Meine Liebe ist dem Ärger gewichen, es wurde immer schwieriger, das Chaos in Geschäft und Familie zu kontrollieren. Der Tod von Hans war nur noch Erleichterung." Sie holt nochmals ihr weißes Taschentuch aus der Handtasche und wischt sich ein paar Tränen aus den Augen – trotz der Erleichterung. Umständlich faltet sie das umhäkelte Ding mit dem Monogramm in der Ecke zusammen und steckt es zurück, dann nagelt sie mich von unten herauf mit ihren Knopfaugen fest. „Und dann nochmal dasselbe mit Pesche – warum haben wir uns nicht eher helfen lassen?"

Ich weiß nicht einmal, wie sie das meint und schüttele verwirrt den Kopf. „Haben sie dir hier erzählt, dass ihm noch zu helfen wäre?" Sie blickt auf ihre gefalteten Hände und sagt leise: „Nicht ihm, aber uns. Vielleicht ist er durch deine Flucht auf dem Tiefpunkt gelandet, vielleicht nicht, das müssen wir ihm selbst überlassen, ihm ganz allein. Wenngleich ... es wäre schon schön, wenn er die Metzgerei erhalten könnte." Die Tränen finden nun einen Weg über Omas furchige Wangen, während sie fortfährt: „Aber es ist ja umgekehrt – wie konnte ich das bloß vergessen – die Metzgerei sollte die Familie erhalten, nicht die Familie die Metzgerei. Habe ich die Familie dem Geschäft geopfert? Ich bin bereit, das Geschäft der Familie zu opfern, ja, so wahr ich hier sitze, der Familie." Bei diesem Gedanken stellen sich meine Nackenhaare auf. Will die Alte mich schon wieder manipulieren?

„Die Familie ist kaputt, Oma, uns kannst du nicht mehr zusammenflicken", erwidere ich. Oma nestelt das Umhäkelte nochmals aus ihrer Tasche, trocknet die nassen Wangen und schaut mir dann direkt in die Augen.

„Ich würde dir nie zumuten, wieder mit Pesche zu leben. Meinst du wirklich, dass ich nicht weiß, wie sehr du gelitten hast? Die Familie als Ganzes ist kaputt, aber nicht die fünf Menschen. Mein Lebenswerk soll dem Frieden und Glück jedes einzelnen von uns dienen."

Solch tiefgründige Gedanken hätte ich Oma nicht zugetraut. Ist es die Arbeit in der Gruppe? Oder war da schon immer ein weiches Herz unter ihrem bissigen Gehabe? In der Dämmerung nähern sich Grete und Heinrich.

„Na, Martha, ist sie einverstanden?"

Oma windet sich: „Ich bin noch nicht so weit ... noch nicht." Für mich häufen sich die Fragezeichen; irgendetwas liegt in der Luft und das irgendetwas hat mit mir und meiner Flucht zu tun. „Versucht ja nicht, mich zurück zu zwingen", denke ich. Da schiebt sich Heinrich, ein stattlicher Siebziger, vor und erklärt, dass Pesche im Namen der Erbengemeinschaft eine Hypothek auf das Haus aufnehmen wollte, um das Chalet zu kaufen und seine Ehe zu retten.

„Ich habe mir erlaubt, Martha bei den Transaktionen zu helfen, sie war ziemlich ratlos", erklärt er.

Ich werde stutzig. „Transaktionen?"

„Als ich vor zwanzig Jahren die letzten Schulden abbezahlt habe, war ich sehr stolz; damals habe ich mir geschworen, schuldenfrei zu bleiben. Nun wollte Pesche wieder Geld aufnehmen, um das Chalet zu kaufen. Ich war überfordert und habe in der Gruppe von meinen Sorgen erzählt – endlich hatte ich ja gelernt, offen und ehrlich zu sein. Heinrich hat mir gleich seine Hilfe angeboten", erklärt Oma.

„Ja", sagte Heinrich, „ich habe ihr beigebracht, dass sie nicht einfach ‚Ja' und ‚Amen' sagen muss! Ich habe ihr geraten, Pesche seinen Erbteil auszuzahlen, damit Haus und Metzgerei ganz ihr gehören."

Oma flüstert mir zu: „Uneinsichtige Alkoholiker verlieren am Ende alles, und das will ich nicht mit ansehen oder sogar mit verschulden. Nicht zu meinen Lebzeiten! Allerdings wird er das Haus ja doch einmal erben. Überdies war das just der Moment, als du mit dem Packen begonnen hast. Schachtel um Schachtel hast du in die Garage getragen ... Schachtel um Schachtel." Erschöpft sinkt sie in sich zusammen.

„Da hat Oma begriffen", fügt Heinrich hinzu, „dass eine Trennung unvermeidlich war. Um euch allen einen Rosenkrieg zu ersparen, habe ich ihr geraten, bereits jetzt klare Verhältnisse zu schaffen."

Oma unterbricht stolz: „Ja, aber die Bedingung, das Ferienhaus notariell auf deinen Namen zu beurkunden, das habe ich mir selbst ausgedacht." Sie nickt Heinrich zu. „So sind alle Anteile bereits getrennt und überschrieben."

Ich bin perplex und nehme Oma in die Arme. Blitzartig wird mir unsere Ähnlichkeit bewusst. Wir haben uns gegenseitig geblendet, aber innerlich denselben Kummer erlitten; anstatt sich mit mir zu verbünden, hat sie mich mürrisch und mit missbilligenden Blicken manipuliert und ich habe sie gemieden und bekämpft. Sie ist nicht nur die krumme Alte mit den Sperberaugen und der Gackerstimme, sie ist auch eine Frau mit Herz und Seele. Und einer Menge Mut.

Zaghaft schaut Oma zu Heinrich auf. „Willst du Tanja für mich fragen? Bitte?" Da greift Grete ein und erklärt, dass Oma wisse, dass sie selbst fragen müsse. Zu mir gewandt rühmt sie Oma; es sei ungewöhnlich, besonders in Anbetracht ihres Alters, wie schnell Martha die Belange der Co-Abhängigkeit erfasst habe; Heinrich wirft ein, dass sie sich an ihrem Tiefpunkt aufgefangen habe, als ihr Schmerz zu groß wurde, und Oma nickt.

„So ist es ... der Schmerz war zu groß ... Schachtel um Schachtel!"

Stockend erklärt Oma, dass sie unmöglich wieder im Laden stehen könne, ihre Beine und ihr krummer Rücken würden nicht mehr mitmachen. Sie habe von Pesche verlangt, morgens den Laden und abends die Auslieferungen zu machen. Falls das bis zum ersten Oktober nicht klappe, werde sie das Geschäft schließen. Sie wünsche sich, dass ich bis Ende September weiter arbeite und ihr die Buchhaltung ausdrucke, damit sie mit ihrem alten Kassenbuch weitermachen könne. Sie möchte auch, dass ich Pesche in die Kunst der Care-Menus einweihe. „Ja, Kunst", sagt sie. Es sei ihr Plan, Pesche nochmals einen Monat Gnadenfrist zu geben, vielleicht würde er nach der Erschütterung durch meine Flucht doch kapitulieren und wenigstens weniger trinken und mehr arbeiten. „Einmal, Tanja, nur noch einmal möchte ich ihm eine Chance geben."

In diesem Moment verliere ich beinahe die Selbstbeherrschung. Ich wollte das Haus meiden, den Laden nie mehr riechen, mich innerlich nicht nochmals von den Kundinnen verabschieden müssen. Wie die Stacheln eines Igels stellen sich meine Nackenhaare auf, ein fest entschlossenes „Nein!" liegt in der Luft ... und doch fühle ich ein Dilemma. Ich halte inne und schließe die Augen, dabei erinnere ich mich an die Worte von Grete: Kommt zurück in den Raum der Liebe.

Kann ich meine Freiheit auf Omas Unglück aufbauen? Ich bin aus meiner Zwangslange ausgebrochen, fühle die Kraft einer Wölfin in mir: Ich kämpfe. Wie weit darf ich gehen? Wo ist das Gleichgewicht zwischen Egoismus und Integrität? Freiheit und Verantwortung? Ich darf nicht hassen, das würde meine Freiheit töten. Oma bittet mich nicht, zurückzukehren. Sie möchte die Metzgerei organisieren, ihren letzten Hoffnungsschimmer für Pesche noch einen Monat bewahren, sie hat großzügig für mich gesorgt, darf ich da egoistisch „Nein" sagen? Natürlich nicht!

„Klar, Oma, ich werde dir noch einen Monat helfen." Ihre Schultern senken sich, als hätte sie eine Last fallen lassen, die Furchen in ihrem Gesicht werden zu einem runzeligen Strahlen und Tränen der Erleichterung bahnen sich ihren Weg. Sie bemüht sich aufzustehen, doch schon kauere ich mich vor ihren Schemel, um sie in meine Arme zu schließen.

Heinrich versucht, seine Rührung zu verbergen. „Tanja, ich möchte noch auf ein rein materielles Problem hinweisen. Oma hat das Chalet in weiser Vorahnung auf deinen Namen beurkunden lassen. Das war kein Geschenk, um dich zu manipulieren, wie Pesche sich das ausgedacht hat, es ist der Lohn für deine Arbeit. Es erspart dir den materiellen Kampf bei der Scheidung, ich würde dir raten anzunehmen, was dir zusteht."

Nun sitze ich aufgewühlt auf Andreas' Terrasse, der See liegt schwarz in der Nacht, ab und zu schimmert ein fahles Mondlicht auf den flachen Wellen, die gegen das Boot und das Ufer plätschern. Morgen werde ich wieder im Laden stehen und bedienen, als wäre nichts geschehen. Ich genieße einen köstlichen Frieden, fühle mich anders als noch vor zwei Tagen, ich habe gekämpft und gesiegt. Gesiegt über mich selbst. Ja, sogar mein Entschluss, für Oma nochmals einen Monat in der Metzgerei zu stehen, ist ein Sieg. Ein Sieg meines starken Ich über mein Opferdaseins-Ich. So handelt die neue Tanja, die Frau, die ich immer werden wollte.

„Baba, lass die Klingel los, Grama verträgt das nicht!" Oben geht die Wohnungstür auf und die Mädchen bestürmen ihre Lieblingsgroßmutter. Mich kostet jeder Schritt die zwei Stockwerke hinauf Überwindung. Meine Beine sind zentnerschwer und mein Herz fühlt sich an, als wäre ich auf dem Weg zum Schafott. Hinter jeder Wohnungstür hört man mittägliches Geklapper von Pfannen und Geschirr, im ersten Stock raufen sich Kinder, in der Luft hängt Küchengeruch, der das schale Odeur von Putzmitteln und Kunststein nicht ganz verdrängen kann.

Beim Kaffee, ja sogar auf dem Markt, habe ich heute Morgen ständig an passenden Worten herum gefeilt, mit denen ich meinen Eltern die Hiobsbotschaft meiner Flucht überbringen könnte, aber mein Gehirn hing voller Spinnweben, ich konnte keinen klaren Gedanken fassen. Dafür tauchte das verzerrte Gesicht meines Vaters darin auf, sein Lieblingswort „Familienehre", seine Groß- Inquisition mit der Schlussfolgerung: „Du gehst sofort zurück und entschuldigst dich!" Meine Nerven flattern, am liebsten würde ich umkehren und davonlaufen.

„Mami!" Wir umfassen uns in der uns üblichen steifen Umarmung. Die Unordnung der Schuhe und die uneinheitliche Sammlung von Kunstwerken im Treppenhaus stehen im krassen Kontrast zur Wohnung meiner Eltern. Wie eine Decke hängt immer ein weicher Lavendelduft in der Diele, jede Nippfigur sitzt am richtigen Platz, Mamas Lieblingsbild über dem Klavier und ein riesengroßes Landschaftsbild in Öl nach Papas Geschmack über dem Sofa. Der Vorhang vor dem Südfenster ist, wie immer, wenn die Sonne scheint, leicht zugezogen, damit die Farbe der persischen Teppiche nicht leidet. Regi zupft Grama an der Schürze: „Wir wohnen jetzt am See und dürfen jeden Abend baden", verkündet sie stolz und wäre meiner Beichte beinahe zuvor gekommen. Ich schieße ihr meinen Mutter-Hexen-Blick zu, worauf sie die Schultern einzieht und beide Hände vor den Mund hält. Sie versteht, die durchsichtige Nabelschnur ist noch nicht ganz getrennt. An Mama gewandt präzisiere ich:

„Wir dürfen das Wochenend-Haus von Andreas benutzen, am See."

Mama ist dabei, den Braten zu schneiden und die Soße rinnt vom Schneidebrett. Sie hat keine Zeit, sich auf unsere Berichte zu konzentrieren, und nickt. Ich atme auf, das ging noch mal gut.

Es wird aufgetischt, wir setzen uns. Papa erhebt sich von seinem Stuhl in der Ecke, wie immer die Zeitung noch in beiden Händen, als müsste er sich bis zum letzten Moment mit Wichtigerem beschäftigen. Er schaut erst auf, als er sich an den Tisch setzt. „Tanja, wie geht's?" Ohne meine Antwort abzuwarten, beginnt er, unsere Teller mit Kartoffelstock aufzufüllen. Ich schaue von Mama zu Papa, dann wieder zu Mama. Die beiden passen zueinander wie zwei alte Pantoffel, eine unausgesprochene Verschwörung. Mama schwatzt, Papa schweigt, die Uhr tickt, das Silber ist geputzt, die Böden gebohnert. Erinnerungen, groß und ehrfurchtgebietend wie ein Museum, stürmen auf mich ein: nur nichts aus dem Gleichgewicht bringen! Ja, genau das ist es. Mit meiner Flucht bringe ich den Status Quo ins Wanken, das darf nicht sein. Scheidung? Hat es bei uns noch nie gegeben – kommt nicht in Frage. Ich sitze in der Falle wie ein trotziges Kind.

Warum muss ich mich eigentlich der unvermeidlichen altmodischen Sturheit meiner Eltern aussetzen? Bis jetzt habe ich es als Pflicht empfunden, meine Flucht zu beichten, immer noch unter der Prägung meiner Erziehung, diesem ungeschriebenen Gesetz. Wozu eigentlich? Um meine Seele zu schonen, könnte ich ihnen am Telefon mitteilen, dass ich mich von Pesche getrennt habe. Ich darf doch meine Bedürfnisse ernst nehmen, auch wenn sie andern nicht passen.

Mama wedelt mit ihrer Gabel: „Tanja, was grübelst du? Hast du Sorgen?"

Ich entscheide mich für mein Seelenheil: „Ja, wir wollten eigentlich fragen, ob die Kinder am Montag und Dienstag nach der Schule bei euch unterschlüpfen dürfen, ich erwarte ein Arbeitsangebot des neuen Reitlehrers." Alle sind begeistert, noch habe ich den Lack der Familienehre nicht angekratzt und fühle mich plötzlich leicht und frei wie ein losgelassener Luftballon.

Ich sollte erschüttert sein; da passiert fünfzehn Jahre lang nichts, und plötzlich ist alles anders. Meine Flucht war nicht von heftigen inneren Aufwallungen begleitet. Wenn ich zurückschaue, kommt mir mein Mut ein bisschen unheimlich vor, aber es war höchstens ein Erdbeben von dreikommanull auf meiner Gemüts-Richterskala. Vor was hatte ich eigentlich so fürchterliche Angst?

Den Trainingsanzug habe ich nicht mitgebracht ins Seehaus, also mache ich mich in Turnschuhen und Jeans auf, um zum ersten Mal dem See entlang zu joggen. Ich laufe leichter, seit ich beinahe täglich trainiere, es hört und fühlt sich nicht mehr an, als ob ein Elefant daherkommt. Feuchte Nachmittagsluft hat sich schwül über die Landschaft gelegt und trübt die Aussicht zu den Rebbergen und den Häusern am andern Ufer, wo ein Passagierschiff langsam von Dorf zu Dorf zieht. Im Rucksack habe ich ein Badetuch verstaut und unter den Kleidern trage ich einen Bikini. Irgendwo werde ich am See eine Stelle finden, wo ich mich abkühlen, an die Sonne setzen und die heutigen Ereignisse verarbeiten kann.

Bei der Steigung gegen Mörigen atme ich schwer und versuche nach dem schwierigen Morgen das Chaos meiner Gedanken zu ordnen und das dunkle Gefühl, das mich seit Pesches Auftauchen in der Metzgerei verfolgt, loszuwerden.

Nachdem er sich gestern Morgen überhaupt nicht gezeigt hat, habe ich ihn auch heute nicht erwartet. Es war um neun Uhr fünf, ich hatte eben die Schneidmaschine eingeschaltet, um die italienische Salami in hauchdünne Scheiben zu schneiden, bevor die ersten Kundinnen erscheinen. Der Motor der Maschine hatte sein Kommen übertönt, plötzlich stand er da in der Tür zwischen Hinterzimmer und Laden, breitbeinig hingepflanzt, hochmütig, mit süffisanter Miene, die nichts Gutes verhieß. Ich nickte und arbeitete weiter. Was er mit diesem Gehabe wollte, interessierte mich nicht. Er machte zwei Schritte hinter die Theke und riss das Kabel der Maschine aus der Dose. Ich nahm ein Messer und schnitt weiter, furchtlos, ein Metzgermesser in der Hand macht Mut: „Mistkerl", formten meine Lippen unhörbar.

„Was soll das?" Laut, zu großspurig waren die Worte hingeschmissen. „Wo seid Ihr?"

Ich hatte nicht im Geringsten Lust auf einen Streit, wo doch jederzeit Kundschaft eintreten konnte. Und unsere Bleibe würde ich keinesfalls preisgeben.

„Ausgezogen", erwiderte ich kurz.

„Raus damit, wo wohnt ihr?"
Ich schwieg.
Pesche schritt großkotzig zur Tür und drehte dort den Schlüssel um. Mir wurde mulmig, ich hielt das Messer umkrampft. Ganz langsam wandte er sich um und postierte sich ans Ende der Auslage. Ich war gefangen.

Er sprach langsam, wobei er Silbe für Silbe betonte: „Ich gebe dir Zeit bis heute Abend, wenn ihr dann nicht zurück seid, geh ich zur Polizei und zeige dich an wegen Kindesentführung. Ich würde für dich Hausverbot verlangen, für mich wärest du gestorben ... Die Mädchen hättest du dann zum letzten Mal gesehen, die bleiben bei Mutter und ..."

In dem Moment geschah es: Ich schnitt mich tief in die linke Hand. Das weiße Plastikschneidebrett verfärbte sich sofort, Blut tropfte auf die bereits geschnittene Salami. Pesche stand wie versteinert da und ich band das Ende der Schürze um die Hand und presste mit der Rechten die Wundränder zusammen.

„Aufmachen, Scheißkerl", befahl ich und eilte an ihm vorbei hinaus, runter zur Mühlebrücke, ins Ärztezentrum. Als ich mich hinsetzte, wurde mir schwarz vor den Augen. Nicht wegen des Bluts, da bin ich abgehärtet. Aber erst da kamen die Worte bei mir an, die Pesche mir rachsüchtig an den Kopf geschmissen hatte.

Nachdenklich werde ich auf der Steigung vor der Kirche langsamer. Ob er tatsächlich auf die Polizei geht und eine Anzeige macht? Ob er damit durchkommen würde? Ich wage nicht, daran zu denken, was passieren könnte, ich habe Angst. Mein Kopf rationalisiert: Niemals würden sie die Kinder von der Mutter wegnehmen und bei dem Säufer lassen. Doch die Gefühle lassen sich nicht überzeugen: Da ist noch die Oma, dank ihr könnte er mit seiner Argumentation durchkommen. Er hat ein Geschäft, ich noch nicht einmal Arbeit. Mein Leben hängt davon ab, ich könnte nicht ohne meine Süßen leben. Verzweiflung übermannt mich, aber ich darf mich nicht ins Bockshorn jagen lassen. Überhaupt: Solange sie in die Schule gehen, können sie unmöglich als entführt gelten. Nein, damit kommt er nicht durch, damit bringt er mich nicht von meiner Zielgeraden ab.

Meine Gefühle sind besänftigt und ich trabe die Gasse hinauf, am Parkplatz und an der Kirche vorbei. Habe ich den Weg verfehlt? Die Sackgasse führt direkt auf den Friedhof, ich setze mich auf die Bank unter der Trauerweide. Makaber, dass ich gerade hier gelandet bin. Die alte Tanja ist tot; meint das Schicksal, dass ich sie hier begraben soll? Ein starker Geruch steigt mir in die Nase: herb und moderig. Ich bringe ihn immer mit Tod in Verbindung, wahrscheinlich, weil jedes Grab jeden Herbst mit Astern bepflanzt wird. Diese Herbstblumen vertragen den klimatischen Übergang vom Spätsommer zum Frühwinter am besten, und die Toten können sie ja nicht riechen.

Mein Blick überfliegt die Gräber. Diejenigen der Reichen mit den geschliffenen Grabsteinen sollen wohl das Prestige, die Illusion, bis nach dem Tod erhalten.

Ganz hinten ist das Gemeinschaftsgrab derjenigen, die man für unwichtig hielt. Die alte Tanja lasse ich bei ihnen als unsichtbare Statue, während ich meine Flügel spanne. Ob die Menschen, die hier begraben sind, in ihrem Leben auch die Möglichkeit hatten, wie ich lebend wiedergeboren zu werden? Ob das jedermann tun könnte?

Ich habe Glück, dass ich nicht sterben musste, um mich neu zu erfinden. Nur: die Konflikte häufen sich. War es richtig, bis Ende des Monats weiterzuarbeiten? Hat Oma vielleicht doch Recht, wenn sie darauf besteht, dass ich das Chalet rechtmäßig verdient habe? Warum habe ich das Angebot von Andreas angenommen, obwohl ich weiß, dass er gerne mehr als Freundschaft hätte? Müsste ich meinen Eltern nicht über alles reinen Wein einschenken? Soll ich den Laden morgen wieder aufmachen, oder doch bereits alles Oma überlassen? Ist es in Ordnung, mich überhaupt nicht mehr bei Iannis zu melden?

Vorher war das Leben einfacher. Da hatte ich es als anständig empfunden, mich selbst für andere aufzugeben. Wo sind die Grenzen meiner Verantwortung?

Wegen Oma mache ich mir Sorgen, sie tut mir leid. Muss, soll, kann, darf ich mein Versprechen noch einhalten? Der Notfallarzt hat meine Wunde genäht und erklärt, dass ich eine Woche nicht arbeiten soll. Zugegeben: noch vor einem Monat hätte ich, mit Antonios Hilfe, einhändig gearbeitet. Er kann Fleisch schneiden, aber nicht die Rechnungen zusammenzählen oder mit der Kasse hantieren. Ich weiß, dass Frau Gerber vom Nierstück will, kein Durchwachsenes, er weiß es nicht. Ich wäre im Laden schon von Nutzen. Aber ich mag mich nicht Pesches Erpressungen aussetzen, der hat nicht im Geringsten im Sinn, Care-Menus zu kochen, wie Oma gehofft hat.

Andreas hat gesagt: „Folge deinem Herzen." Doch wieder haben mir Details die Sicht verdeckt. „Ach, Oma", denke ich, „weiter zu arbeiten ist mir nicht zumutbar, ich kann nicht durch diese Hölle gehen, und in einem Monat sind wir sowieso nicht weiter mit Pesche. Doch, die Kinder dürfen jeden Mittwochnachmittag mit dir verbringen, sie lieben dich."

Hinter den Bäumen schließt die Jurakette meinen Horizont ab, wie ihn früher meine Erziehung, die Tradition, meine vermeintliche Schuld und meine Eltern abgeschlossen haben. Wenn ich durch die Berge hindurch gucken könnte, würde ich Täler, Wälder, Städte sehen. Von höher oben würde ich gewahr werden, dass es ein Meer gibt, und wenn ich noch höher fliege, hört die Erde nicht am Meer auf, stattdessen wäre da ein anderer Kontinent, und auf einmal würde sich bestätigen, dass die Welt eine Kugel ist. Auf meiner inneren Reise sehe ich erst über die Jurakette hinaus. Iannis hat vom Weg der Erkenntnis gesprochen und erst jetzt begreife ich, was er gemeint hat: Ich musste die Erkenntnis selbst erfahren, um sie zu besitzen. Ich bin der Weg der Erkenntnis, will unbedingt weiter lernen, hoch fliegen. Wenn nur Iannis da wäre, mein Guru!

Beim Portal der Kirche bleibe ich stehen. Ob es verschlossen ist? Es lässt sich öffnen, drinnen ist es angenehm kühl. Es ist eine protestantische Kirche, kein Duft nach Weihrauch trübt meine Sinne. Ich nehme die Treppe zur Empore, steige hinauf zu den Plätzen der besseren Bürger. Als Kind habe ich mir immer vorgestellt, dass hier oben nur sehr gute Menschen sitzen dürfen. Die Orgel ist zugänglich, ich setze mich auf die lange Bank und versuche eine Melodie aus meinem alten Sonatenalbum. Sie dröhnt wie ein ganzes Orchester zu mir zurück, ich stoße Register zurück, bis meine Musik erkennbar ist. Mir ist nach etwas lieblich Zartem, und ich erfinde eine leichte Tonfolge, begleite den Takt mit Bassgriffen, und da taucht das Wort

Gottes in mir auf. Bisher habe ich Gott trotzig gegenübergestanden, für mich war er eine Farce. Ich konnte ihm nicht verzeihen, dass er mich mit meiner Scham und Schuld hat sitzenlassen, das war weder allmächtig noch kinderliebend. Nachdem ich nun den Gott in mir aktiviert und mir selbst geholfen habe, bin ich auch wieder eins mit Gott, dem Universum und meiner Musik.

Ich möchte eine Kerze anzünden und gehe hinunter ins Hauptschiff; doch in einer protestantischen Kirche kann man keine Kerzen kaufen. Eine elektrische Kitschkerze brennt auf dem Sims unter dem Kreuz, in Gedanken weihe ich sie Iannis. Seine Freundschaft würde mir schon viel bedeuten, aber ich habe Angst, dass ich mit einem erneuten Briefwechsel seinen Traum vom Haus im San Geronimo Valley zwischen der San Francisco Bay und dem Ozean schüren würde – dabei ist es unmöglich, mit den Mädchen ins Ausland abzuhauen. Pesche würde nie zustimmen, und Kindesentführung kommt nicht in Frage. Da ist er wieder, der neue Konflikt, geboren aus der Verantwortung. Wie hat Andreas gesagt? Er sei nicht mein Vater, nicht mein Bruder, nicht Pesche"; ich sei allein für mich verantwortlich. Fühlt Iannis auch so? Dann wäre mein Schweigen falsch. Bestürzt trete ich den Heimweg an, um ihm zu schreiben, dass ich mich tatsächlich neu erfinde und seine Freundschaft schätze.

„Mama, du bist anstrengend, ruf' endlich zurück!" Regi hat dreimal auf den Anrufbeantworter gesprochen und die Geduld verloren. Natürlich will ich sofort wissen, was los ist, und sie bestürmt mich: „Sag ‚Ja', bitte, bitte, Mamseli, gelt, wir dürfen bei Grama schlafen? Wir backen Kuchen und dürfen ihn morgen mit in die Schule

nehmen, sag ‚Ja'!" Wer könnte da widerstehen? Natürlich erlaube ich das!
Der nächste Anruf ist von Regina: „Tanja, bitte melde dich, wenn du das hier hörst." Auch das will ich gleich erledigen, danach werde ich mich an den Laptop setzen, um Iannis den letzten Monat zu schildern.
„Regina, wo brennt's?"
Sie atmet tief durch. „Kann ich zu dir kommen, wenn die Mädchen schlafen?"
„Die Mädchen sind bei Grama, ich bin den ganzen Abend frei. Was gibt's denn?"
„Um sieben zur Cocktail Hour im La Plage?"
„Abgemacht!"

Ein Apero auf der Terrasse des La Plage ist „in" bei den jung Arrivierten. Vor langer Zeit wurden hier Platanen gepflanzt, ihre Äste reichen bis zur Terrasse im ersten Stock. Hier oben sind sie an schmiedeeiserne Bogen gebunden und bilden ein grünes Laubdach. Die großflächigen Blätter werden wie Fächer von der Brise gewedelt und werfen unruhige Schatten auf die Szene junger Gäste, die aufgeregt durcheinander zwitschern wie ein Baum voller Spatzen im Frühjahr. Ich trete mit Regina in den Schatten und bin bezaubert von der frischen Atmosphäre und der lieblichen Aussicht. Auf dem Rasen erhaschen noch einige Badegäste die letzten Sonnenstrahlen; am Strand häufen Kinder Sand zu Bergen und Burgen; im See erfrischen sich Schwimmer, wohl nach einem heißen, schwülen Arbeitstag. Die Sonne wird in einer Stunde die Hügel des Jura erreichen, doch jetzt strahlt sie noch wohlig warm auf die fröhliche Gesellschaft.

„Lang, lang ist's her", sinniert Regina und deutet auf die Jugend um uns herum. „Sind wir ein bisschen jung alt geworden?"

„Ich glaube, ich habe Nachholbedarf!", entgegne ich enthusiastisch und versuche, mich zu erinnern, ob und wann ich überhaupt jemals jung war.

„Warum nicht gleich beginnen?", schmunzelt Regina. „Wir sind gar nicht so alt, wir kommen uns bloß alt vor." Wir setzen uns in die Korbstühle bei der Brüstung und Regina versucht, ein gelangweiltes Gesicht zu präsentieren. Dabei fühle ich, dass sie beinahe platzt.

„Schieß los, was ist?" Meine Freundin lässt ihren Blick über den See schweifen, als müsste sie die Worte dort draußen mühsam zusammenklauben.

„Ich hätte doch gerne mal gewusst, wie deine Liebesgeschichte weiterging ..."

Ich berühre ihr Knie, damit sie mich ansehen muss: „Das ist doch nicht das, worauf du brennst! Du hast ein Ass im Ärmel, ich fühle es, gib's zu!"

Eine junge, spindeldürre Kellnerin tritt an den Tisch und unterbricht uns. Wir nicken uns zu und bestellen: „Prosecco, bitte." Man gehört dazu mit diesem Getränk, in dieser Gesellschaft. Noch ist es nicht zu spät.

Zwei hübsche Kerle nähern sich. „Ist's erlaubt?" Ich nicke und Regina grinst. Der Blonde mit Krawatte stellt sich vor: „Hallo, Amazone, ich bin's, Christian, und das ist mein Freund Michael." Sie setzen sich.

Regina und ich schauen verblüfft auf. „Du kennst uns?"

Christian verzieht sein Gesicht zu einer Grimasse und deutet auf mich:

„Meine Folter, erinnerst du dich nicht?"

Ich habe keine Ahnung und schüttle den Kopf. „Du musst mich verwechseln!"

Christian lacht auf: „Meinem Vater gehört der Hengst in der hintersten Boxe."

„Lago?"

„Genau, und ich sollte reiten lernen, bei dir, auf Grane."

„Christian, jetzt ich erinnere mich ... Du hast gleich wieder aufgegeben."

Wieder erscheint ein fettes Grinsen auf seinem Gesicht. „Ich habe mich geweigert, wie ein Mädchen eine Reithose anzuziehen. Blue Jeans ohne Sportschutz, weißt du noch?"

„Natürlich, du wolltest unbedingt nicht mehr traben. Das warst du?"

„Wir Männer sind nun mal anders gebaut, es war die reinste Tortur."

„Und nun sitzt du da wie ein Banker, mit Krawatte?"

„Ach so, schon wieder peinlich." Michi zieht an seinem Schlips, rollt ihn sorgfältig auf und steckt ihn in die Jackentasche: „Aber mit dem Banker hast du Recht, Nina, noch eine Runde Prosecco!"

„Die Runde bezahle ich als Ausgleich für die Folter, auf dass du sie nie mehr erwähnst!" Alle lachen, nun sind auch wir Teil der Clique.

Wir stoßen an, von der Stehbar ruft ein Mädchen: „Michael, prost", und die beiden verabschieden sich, jeder sein Glas in der Hand.

Regina lacht: „Ich dachte schon, sie würden uns anbaggern. Ich wusste gar nicht, dass du folterst. Aber du hast meine Frage nicht beantwortet – was ist mit Iannis?"

„Interessiert dich mein nicht vorhandenes Liebesleben? Nein, das kann es nicht sein ..."

„Doch, doch, seit dem verpatzten Abend bei dir hast du nie mehr von ihm gesprochen, und jetzt wärest du doch frei ..." Sie glaubt doch nicht etwa, dass ich wegen Iannis ausgezogen bin?

„Spinnst du? Ich kann doch die Kinder nicht nach Amerika verpflanzen, da hätte Pesche schwer was dagegen!"

„Aber du liebst ihn noch?"

„Natürlich liebe ich ihn ... träume von ihm ... sehne mich ... Heute habe ich ihm eine ellenlange E-Mail geschrieben, die ich dann nicht abschicken konnte – keine Internetverbindung im Seehaus!"

Regina schüttelt missbilligend den Kopf: „Hast ihn sitzen gelassen. Und Andreas willst du auch nicht?"

„Was soll das, willst du mich verkuppeln? Oder hast du etwa selbst eine Affäre, die du verheimlichst? Ich fühl es doch, da ist noch was!" Regina schüttelt den Kopf und lächelt:

„Bisher war meine einzige Liebe neben Stefan Arabeska. Aber hast Recht, eine Affäre, das wär doch mal was anderes."

17

Was für ein unglaubliches Gefühl, Sonne, Strand und Bielersee! Das ist schon sehr nahe an meinem Traum von Palmen, Sand und Meer. Hier, am Ende des Bootsstegs, lässt ein leichter Wind den Anfang des Herbstes erahnen, bläst leicht und warm über das Wasser, nicht kräftig genug, um Wellen vor sich herzuschieben. Die Sonne lässt die Luft über dem Wasser nicht mehr flimmern wie in der sommerlichen Hitze, und von der Trauerweide am Strand fallen erste gelbe Blätter. Bald wird am andern Ufer die Traubenernte beginnen, das abendliche Schwimmen wird zu Ende sein und anstatt der Sonne wird uns ein knisterndes Feuer im Kamin wärmen. In meinem Traum würde jetzt der Ritter auf seinem weißen Pferd daher galoppieren, stattdessen knuddle ich Regi und Baba, meine Süßen. Obschon: Wenn ich an Iannis denke, verspüre ich auch eine andere Sehnsucht.

Schlotternd kommt Baba über den Bootssteg zu mir gerannt, ihre Lippen blau und die Haut schneeweiß. Windelweich landet sie in meinen Armen.

„Rubbeln, Mami", stammelt sie mit zittriger Stimme.

„Du warst zu lange im Wasser, du erkältest dich noch", versuche ich zu schelten und reibe den zarten Rücken mit dem Badetuch. In ihrem Eifer, schwimmen zu lernen, merken die beiden die Kälte kaum. Am Ende des Bootsstegs, wo die Treppe ins Wasser hängt, warten wir auf

Regi, die wie ein Hund mit hastigen Bewegungen im tiefen Wasser zu uns paddelt.

„Mama, schau her!" Sie mag nicht, dass ich Baba umschlinge, um sie warm zu halten, während ich doch voll auf sie konzentriert sein müsste. Ist sie eifersüchtig? Oder hat sie bloß Angst, dass ich sie gegebenenfalls nicht schnell genug retten könnte?

„Bravo, Regi, du hast's geschafft! Jetzt legen wir uns in die Sonne, bis die Bikinis trocken und wir schön aufgewärmt sind. Regina kommt bald zu Besuch."

„Mama, sind es jetzt zwanzig Meter? In der Schule kriegt man das Abzeichen, wenn man zwanzig Meter schwimmen kann!" Das ist meine ehrgeizige Regi.

„Du wirst es schon schaffen, ich glaube fest daran." Da habe ich bereits etwas richtig gemacht und den beiden in meiner ersten Woche als alleinerziehende Mutter schwimmen beigebracht; ich bin stolz auf uns.

Ein Auto rumpelt den Feldweg herunter und hält in der Einfahrt. Ein zweimaliges Hupen ertönt, das muss Regina sein. Zwei Autotüren werden zugeschlagen, man hört Stimmen. Ist sie nicht allein? Es klingelt. Regina würde doch einfach hereinkommen, das muss doch jemand anderes sein. Ich hülle mich in das Badetuch und werfe den Mädchen zu:

„Bleibt an der Sonne, bis ihr trocken seid, und nicht ohne mich ins Wasser gehen, das wisst ihr ja!"

Schon wieder schellt es aufdringlich. Ich haste in den Wohnraum. Kann ich in Bikini und Badetuch öffnen? Es wird doch nicht etwa Pesche sein, wie könnte er uns gefunden haben? Um diese Zeit ist er doch auf Auslieferung. Gleichwohl – soll ich den Regenmantel von der Garderobe überziehen? Nein, das sieht blöd aus. Ich halte das Badetuch krampfhaft zusammen, zupfe am Zipfel über der Brust, ziehe noch ein bisschen über dem Po und öffne die Tür.

„Iaanniis!" Mit weichen Knien falle ich in seine offenen Arme; mein Herz macht einen Sprung, dann beginnt es zu rasen. Wie von weit weg höre ich „Tanjala, my Tanjala!" Endlich kann ich wieder Atem schöpfen, es klingt wie ein zackiges Schluchzen. Sein Geruch, gemischt mit fremden Reisedüften und ein bisschen Schweiß, verzaubert mich. Seine Rechte stützt sachte meinen Hinterkopf und ich blicke in seine braunen Augen. Darin spiegelt sich mein Gesicht, ich bin in ihm drin, in seinen Augen.

Seine Linke wandert über meinen Rücken, bis zur Vertiefung unter der Taille, und drückt meinen halb nackten Körper an sich, seine Nase verkriecht sich in meinem Haar. „Darf ich das? Hier sein?"

Ich stoße die Haustür hinter ihm zu. „Es könnte nichts Schöneres geben!" Nun hält er mein Gesicht in beiden Händen, und ohne den weichen Blick von meinen Augen zu lassen berührt er meine Lippen. Es wird ein langer, inniger Kuss. Ich fühle, wie meine Knie zittern.

„Maamii, dürfen wir?" Errötend drehe ich mich zur geschlossenen Schiebetür. Draußen steht Regina, an jeder Hand ein Mädchen.

Iannis rollt einen kleinen Koffer hinter sich her zum Sofa und ich trete hinaus. „Ob ihr was dürft?"

„Tante Regina hat eine DVD mit Dornröschen, die wollen wir uns anschauen und dann bei ihr schlafen. Dürfen wir?" Natürlich dürfen sie, auch Regina nickt.

„Erst müsst ihr unseren Besuch begrüßen! Das ist Iannis, er kommt von ganz weit her – aus Amerika." Regi streckt artig die Hand zum Gruß aus, Baba tritt von hinten zum Sofa und wuschelt sein krauses Haar. Sie ist noch kindlich und sinnlich, meine Baba, ich kann ihr nachfühlen.

Ich schiebe Regina hinter die Frühstücksbar zur Küche. „Das war das Ass in deinem Ärmel! Wusste ich doch, dass irgendetwas läuft. Wie hast du das bloß fertiggebracht?"

Regina grinst glücklich: „Er hat meine Telefonnummer gefunden, dann ging alles ganz einfach. Ich musste nur für ihn rauskriegen, ob er immer noch im Rennen ist."

Während ich eine Flasche Prosecco öffne und mir das weiße Frotteekleid über den Bikini zerre, bringt Regina die Gläser. „Regi, geht rauf und packt Pyjamas und Zahnbürsten ein, wir fahren bald los." Sie hat wirklich an alles gedacht, ich umarme meine Freundin.

Baba fragt: „Darf Resli auch mitkommen?"

„Wer ist denn Resli?", will Regina wissen.

„Resli ist doch mein Bär!" Natürlich darf auch er mit.

„Jamas, auf uns", prostet Iannis uns zu. Sein weißes Hemd ist von der langen Reise zerknittert, er sieht müde, aber glücklich aus.

„Jet lag?" erkundige ich mich.

„Ich merke es erst jetzt, da die Anspannung nachgelassen hat." Er schnüffelt an sich und rümpft die Nase. „Oh my god! Ich brauche eine Dusche."

„Und etwas zu essen, ein bisschen Schlaf, dann bist du gleich wieder fit", ergänze ich.

Die Mädchen trampeln die Holztreppe herunter. „Langsam", rufe ich, „wir wollen die Nacht nicht in der Notfallstation verbringen!"

„Sicher nicht", grinst Regina und erhebt sich.

Die Kinder winken, bis das Auto verschwunden ist, ich schließe die Tür ab und wende mich an Iannis. Er hat den Arm auf die Sofalehne gelegt, den Kopf auf den Ellenbogen gesenkt und schläft. Leise schiebe ich das Gratin aus der Kühltruhe in den Ofen, mische die Hälfte des Salates und decke den Tisch. Im Garten schneide ich einen Strauß Rosen und arrangiere sie in der schönsten Kristallvase, die ich finden kann. Iannis schnarcht, ich lasse ihn schlafen und gehe hinauf, um mein Haar zu bürsten und das Bett neu zu beziehen. Der Gedanke an die kommende Nacht erregt mich, ich hoffe, dass Iannis nicht gleich durchschläft.

Sachte husche ich wieder Tritt für Tritt die Treppe hinunter, kuschle mich neben ihn auf das Sofa und sehe zu, wie die Dämmerung über dem See hereinbricht und schließlich die ersten Sterne am Himmel leuchten.

Iannis regt sich, auch ich muss eingeschlafen sein. Ich schmiege mich eng an seinen Körper, der Kuss ist lang und voller Versprechen. „Tanjala, komm, ich brauche unbedingt zuerst eine Dusche!"

„Und etwas zu essen, und überhaupt habe ich eine bessere Idee. Wie wäre es mit einem Bad im See? Nackt, du und ich, ein Mitternachtsschwimmen?"

Iannis grinst: „Besser geht es nicht, wir nennen das ‚skinny dipping' – Haut eintauchen klingt erotischer als nackt baden!"

Schwups sind die Kleider vom Leib und wir rennen splitternackt den Rasen hinunter ins Wasser. Es ist wärmer als die Luft und doch kühl, wir schmiegen uns aneinander, spüren die Wärme des andern Körpers, waten ins tiefe Wasser und fangen an zu schwimmen. Im

Schilf stören wir Möwen, die davonfliegen. Die Mondsichel wirft einen silbernen Streifen auf die plätschernden Wellen und am gegenüberliegenden Ufer drängen sich die Lichter der Ortschaften über dem Wasser. Ich schaue zurück und habe das Gefühl, dass man uns jetzt von den andern Häusern sehen kann. Obwohl nur mein Kopf aus dem Wasser ragt, wird mir meine Nacktheit hier draußen anders bewusst als noch in der Privatsphäre unseres kleinen Strandes und ich winke Iannis, dass ich wieder zurückschwimmen möchte. Langsam kraulen wir heimwärts, umarmen uns nochmals im Wasser. Aus einem der Nachbarhäuser weht Klaviermusik herüber und wir lassen uns zusammen in einem aufreizenden Tanz hin und her wiegen. Unter der warmen Gartendusche auf dem Rasen waschen wir Sand und Algen ab und reiben einander genüsslich trocken.

Von der Küche aus stelle ich Iannis eine Flasche Schafiser und den Zapfenzieher auf die Bar und schiebe das nur noch lauwarme Gratin für drei Minuten in die Mikrowelle. Dass ich kein Gourmetdinner herzaubern kann, ist unwichtig gegenüber dem Wunder der Wiederbegegnung. Die Lichter der weißen Kerzen auf dem Tisch flackern im leichten Wind, der von der Terrasse hereinweht. Wir sind ruhiger geworden, die riesige Welle der ersten Emotionen nach unserem Wiedersehen ist friedlicher, harmonischer Zweisamkeit gewichen.

„Bleibst du nun für immer?" Natürlich weiß ich, dass das ein Wunschdenken ist. Iannis lächelt:

„Zwei Tage, zwei Nächte, eine Ewigkeit! Ich musste einfach mit eigenen Augen sehen, wie es dir nach Ablauf des Ultimatums an Pesche geht."

„Wie hast du mich überhaupt gefunden, das heißt: wie hast du Regina gefunden?" Wir setzen uns, ich schenke Wein ein, wir prosten uns zu und lachen wie zwei Teenager beim Rendezvous, wenn die Eltern außer Haus sind: „Auf achtundvierzig Stunden Glückseligkeit!"
„Ich wusste, dass Regina deine Reitfreundin war. Ich habe ‚Biel, Reiten, Reitstall, Reitverein, Reitschule' gegoogelt und rumtelefoniert. In der Reitschule wusste man sofort, wen ich suche. Sie haben mir ohne weitere Umstände Reginas Telefonnummer gegeben."
„Wäre Johann noch da gewesen, hättest du wohl mehr Mühe gehabt, ihren Nachnamen und die Telefonnummer zu erhalten. Im Moment regieren dort die Stallburschen, sie sind nicht sehr professionell."

Es war wieder eine der schönsten Nächte meines Lebens! Zärtlich haben wir zueinander gefunden, haben uns gewürdigt wie einen Schatz, den wir verloren glaubten. Die Liebkosungen waren vom feinsten Mozart, nicht ein ungestümer Tanz wie in Athen. Schließlich sind wir eng umschlungen eingeschlafen, als ob wir uns nie, aber auch gar nie wieder loslassen wollten.

Die Milch ist aufgeschäumt, ein paar Schokoladenstreusel darauf, einen Espresso aus der Maschine, schon sind unsere Cappuchini bereit. Um sicherzugehen, dass ich wirklich wach bin, kneife ich mich in den Arm: Richtig, es ist kein Traum.

Iannis ist aufgewacht und schaut hinaus durch die dreieckige Glasfront unter dem Dach des Schlafzimmers; das Grau des Sees geht ohne scharfe Grenze in das Grau des Nebels über, ein feiner Landregen weht lautlos Tropfen gegen die Fensterscheibe.

„Iannis, ich habe uns einen Cappuccino gemacht – der wird uns guttun bei dem Sauwetter draußen." Fröstelnd krieche ich nochmals unter die Decke, finde Iannis' Wärme und kuschle mich in seinen Arm.

„Sauwetter? Hier scheint dein Lächeln, meine Sonne! Mmmh … der erste heiße Schluck am Morgen, der erste heiße Kuss am Tag, göttliches Leben!"

„Musikus, du hättest Dichter werden sollen!"

„Na ja, du hast es sozusagen mit einem Multitalent zu tun, fällt dir nicht noch mehr dazu ein?" Zärtlich pustet er gegen die sensible Stelle unter meinem Ohr und küsst mich liebevoll. Ich muss mich schon sehr konzentrieren, um die Kaffeetasse heil auf dem Nachttisch abzustellen und flüstere seufzend, aber wenig überzeugend: „Eigentlich sollten wir reden." Doch unbeirrt feiert Iannis jeden Zentimeter meiner Haut, bis jeder Nerv in meinem Körper singt. Iannis uneingeschränkt zu lieben, mich hinzugeben, gehen zu lassen, ist das Allernatürlichste auf dieser Erde. Völlig ohne Scham folge ich erregt seinem Rhythmus, meine Sinne nehmen ungefiltert alles auf einmal wahr: den göttlichen Iannis-Duft, die Berührung der schweißfeuchten Haut, das gelegentliche Stöhnen, vorbehaltlos lieben wir uns in die Ekstase.

Der Wecker auf dem Nachttisch zeigt zehn Uhr dreißig, doch der Nebel draußen lässt den Tag zeitlos erscheinen, als möchte auch er unsere achtundvierzig Stunden hinauszögern. Ich setze mich auf und möchte denken, doch das fällt mir schwer. Nun bewegt sich auch Iannis, er lächelt mich an wie ein Junge, dem endlich ein lang gehegter Wunsch in Erfüllung gegangen ist. Nicht ein gewöhnlicher Wunsch wie ein neues Fahrrad, nein, wie der

Wunsch nach einem jungen Hund, den man kuscheln, kraulen und beschützen darf. Ein Herzenswunsch eben.

Seine Stimme klingt verschlafen: „Dusche?"

Ich nicke: „Im Badezimmer steht ein Jacuzzi, soll ich Wasser einlassen?"

„Wie groß ist der denn?"

„Groß genug für zwei, mit Schaumbad …Heublumen- oder Rosenduft?"

„Dann klar … natürlich Heublume, kein süßes Düftchen für einen Macho wie mich."

„Na, diese Seite von dir müsstest du mir erst beweisen …"

Ich drehe den Hahn auf, stecke mein Haar hoch und suche im Radio nach Musik. Melina Mercouri singt den uralten Schlager „Ein Schiff wird kommen"; ja, das passt, mein Schiff ist gekommen. Iannis steckt den Kopf herein und folgt meiner angedeuteten Einladung. Wir setzen uns, ich lehne mich mit dem Rücken an ihn und kuschle mich mit der Nase an seinen Hals, wir genießen den wohligen Moment, allerdings nicht lange, denn eigentlich will ich doch endlich wissen, was in seinem Leben vor sich geht. Ich rutsche auf die Gegenseite und schaue auf: „Na, was tut sich überhaupt bei dir? Erzähl!"

„Ja", sinniert Iannis, „da hat sich wirklich viel getan, aber ich möchte vor allem wissen, wie du alles geschafft hast. Regina hat gesagt, du seiest hierher geflohen."

„Ich werde dir nachher die ganze Story zu lesen geben, ich habe dir alles geschrieben, aber von hier konnte ich nicht mailen. Das Mantra hat mir geholfen, endlich habe ich erkannt, dass ich selbst zuständig und mein Weg bin."

„Dann hast du also trotz Funkstille an mich gedacht?!

„Gedacht? Gesehnt hab ich mich. Von dir geträumt, immer und immer wieder. Aber ich hatte Angst, dir weh zu tun. Ich kann die Mädchen nicht einfach einpacken und so weit wegziehen, Pesche würde das niemals zulassen. Als du von deinem neuen Traum, vom Haus im Valley und von einem gemeinsamen Leben geschrieben hast, wurde mir bange. Um dich."

„Hast du geglaubt, dass du meinen Traum einfach so zerstören kannst? Nicht kommunizieren, dann merkt er's schon? Noch kennst du mich schlecht, meine Tanjala. Auf meiner Heldenreise muss ich die ‚damsel in distress' retten, so leicht rennst du mir nicht davon!"

„Ist es dein Ziel, ein Held zu sein? Was soll ich denn werden?"

„Ich glaube, du bist eher ein Engel. Für deine Mädchen, andere Frauen, für einen heldenhaften Mann, passt das in dein Bild von dir?"

„Klingt schon besser, aber du hast die Pferde vergessen. Ich möchte auch ein Pferdeengel sein ... Eigentlich spinnen wir, oder? Ist das Wasser zu heiß?"

Iannis trocknet mich sachte ab und murmelt: „Mein Engel, mein Engel, mein Engel ..." Ist das peinlich? Oder Wahrheit? Mich packt der Gedanke, dass ich wirklich liebevoll und gut wie ein Engel sein möchte.

„Würde ich als Engel nicht wieder in die alte Routine fallen, es allen Recht zu machen?" Die Widersprüche sind zum Verzweifeln.

Iannis nickt und schäumt sich zum Rasieren ein, spannt die linke Gesichtshälfte mit den Fingern und zwischen den Klingenstrichen sagt er aus dem rechten Mundwinkel: „Richtig, das ist das Dilemma."

Aus einer versteckten Gehirnwindung drängt sich ein Satz in mein Bewusstsein, den Grete in der Co-Alkoholiker-Gruppe während der Meditation geflüstert hat: „Gutes tun, ohne zu retten."

Iannis hält inne, reibt erst eine Schaumflocke an meine Nase und bedeckt dann mein ganzes Gesicht mit seinem Schaum. „Exakt richtig, wo kommt denn das her?"

Wir starren lachend in den Spiegel, dann eilt Iannis hinaus und ruft: „Nicht abwischen, warte! Bin gleich wieder da!" Er kommt mit seiner Kamera zurück und knipst unser Spiegelbild. „Held und Engel, wir passen zusammen. Das wird uns immer an unsere wahre Reise erinnern. Und an unser neues Mantra: ‚Helfen, ohne zu retten', es passt doch für uns beide!"

Wir waschen den Schaum ab und reiben einander trocken. Ich werfe meinen Bademantel über und mache mich auf in die Küche, um einen Brunch zuzubereiten.

Die Eier brutzeln in der Pfanne, zwei Brötchen backen im Ofen, es riecht wohlig warm nach Milchkaffee. Ich stelle Geschirr auf die Bar, doch Iannis hat eine bessere Idee: „Lass deinen Helden ein Feuer machen und das Beistelltischchen an den Kamin ziehen, dann machen wir es uns dort an der Wärme gemütlich mit dem Essen."

„Na, bist du denn ein Pfadfinder, der Feuer machen kann? Ich hatte noch nie ein Cheminée und habe mich bisher nicht getraut, hier anzuheizen."

„Pfadfinder? Wo denkst du hin? Ein Inselgrieche braucht doch so was nicht, wir haben schon als kleine Kinder am Strand die Fische am Feuer gebraten. Außerdem hätte mein Papus mir nie erlaubt, einer Vereinigung beizutreten. Zur Zeit des Militärputsches in Griechenland, während der

Junta, war es zu gefährlich, der falschen Gruppierung anzugehören, da wurde wild drauflos eingesperrt."

„Wie meinst du das, wild eingesperrt?"

„Ich werde es dir gleich erklären. Hast du Holz und Papier?" Ich zeige ihm das Holz in der Garage und zerknülle einige Zeitungen. Zuerst öffnet Iannis die Kaminklappe, dann zeigt er mir den Frischluftregler, stapelt die Scheite zu einem Tipi und zündet es an. Die Zeitungen lodern auf, langsam fängt auch das Holz Feuer und verbreitet eine behagliche Wärme zu unserem Brunch.

„Na also, du willst wissen, warum die Männer eingesperrt wurden? Oft wussten sie es selbst nicht. Kommunisten, sogar Freunde von Kommunisten, sie wurden kurzweg eingesperrt. Manchmal hat es genügt, dass jemand angeblich die Junta verleumdet habe. Die Militär-Regierung hat Parteien aufgelöst, Gewerkschaften und alle Vereinigungen, von denen sie dachten, sie hätten einen kommunistischen Hintergrund. Das schlimmste Gefängnis sei Jaros gewesen, da sei gefoltert worden wie im tiefsten Mittelalter. Nach seiner Flucht nach Kalifornien hat Papus sich von allen Gruppierungen und Parteien ferngehalten und kaum mehr eine Meinung vertreten; seinem Heldentum waren die Flügel gebrochen. Er hat auch nie darüber gesprochen, warum genau die Familie fliehen musste. „Die Vergangenheit ist gestorben", sagt er, wenn man mehr wissen möchte. Genug davon ... Was ist mit deiner Story?"

Ich hole meinen Laptop, fahre ihn hoch und stelle ihn vor Iannis auf den Couchtisch. „Hier, lies, während ich in der Küche fertig mache."

Iannis ist in meinen langen Brief vertieft, hie und da ruft er „Ach nee ...wirklich? Gut so, Tanjala ... oohh ..."

Und ich schaue ihm über die Schulter, um zu sehen, welche Stelle er gerade liest. Das schrille Klingeln des Telefons weckt uns aus unserer ruhigen Zweisamkeit.

Es ist Andreas. „Tanja, wie war die erste Woche? Hast du dich von den Strapazen erholt?"

„Uns geht es ausgezeichnet, danke." Hoffentlich merkt er an meiner kurzen Antwort, dass sein Anruf nicht willkommen ist.

„Ich komme am Mittag vorbei, um die Heizung anzustellen, ist dir das Recht? Ich bringe etwas von der Bäckerei mit."

Matt erwidere ich: „Natürlich, ich bin hier." Ein ungutes Gefühl überkommt mich, ich schnappe nach Luft wie ein Fisch im Netz.

Iannis schaut herüber. „Probleme? Das klang nicht gerade freundlich."

Wahrheitsgetreu bekenne ich: „Komisches Gefühl, mit Männerbesuch ertappt zu werden. Andreas kommt, um die Heizung anzustellen." Was habe ich denn da wieder falsch gemacht?

„Ich brauche sowieso Bewegung, ich könnte den See entlang joggen, bis zum Friedhof, von dem du geschrieben hast. So störe ich nicht."

Iannis hat mich ohne viele Worte verstanden und ich nicke: „Er wird in zehn Minuten hier sein." Wir ziehen den Salontisch mit dem Laptop zurück zum Sofa, Iannis macht sich durch die Schiebetür davon und ich gehe ins Badezimmer, um mich fertig anzuziehen und Lippenstift aufzulegen.

Andreas ist eingetreten, ohne anzuklopfen, er streckt mir einen Strauß roter Rosen entgegen. In allerbester

Laune umarmt er mich ein bisschen zu liebevoll und staunt:
„Du hast ein Feuer gemacht?"
Ich kann nicht mit „Ja" antworten, ich würde purpurrot werden. Soll ich sagen, dass mein Vetter aus Amerika zu Besuch ist und den Kamin angezündet hat? Nein, ich bin keine Lügnerin. Andreas geht in die Küche und stellt die Rosen in eine Vase, öffnet die mitgebrachte Schachtel mit Patisserie, nimmt eine flache Kuchenplatte aus dem Schrank – als ob er hier zu Hause wäre. Na ja, ist er auch. Seine Handlungen fühlen sich intim an, er singt leise aus der Operette „Dreimäderlhaus": „Schenkt man sich Rosen im Tirol, wer weiß, was das bedeuten soll ..." Diese Rosenmelodie trällert er doch nicht von ungefähr, er muss seinen Besuch sorgfältig inszeniert haben. Mir ist mulmig, ich weiß nicht, wohin mit mir. Ob ich ihm in der Küche helfen sollte? Oder müsste ich mich jetzt wie ein Besuch an die Bar setzen und gelungene Überraschung heucheln? Erst mal den Laptop runterfahren ... Die Servietten auf der Bar falten ... Nein, das ist es auch nicht. Ich fühle, dass etwas erwartet wird, das ich nicht liefern kann.
Endlich unterbricht er seine Melodie: „Wo sind die Mädchen?"
Ich bin froh über den Themawechsel. „Im Stall, sie reiten heute mit Regina." Er lässt sich auf das Sofa fallen und klopft neben sich auf die Sitzfläche. Ich setze mich auf den Fauteuil gegenüber und wir unterhalten uns über die wunderbare Oase hier und die letzte Woche. Der Regen prasselt heftiger gegen die Scheiben, der Wind bläst eine Rauchschwade durch den Kamin ins Zimmer. „Dachte

ich mir doch", ereifert sich Andreas, „der Kamin sollte höher sein, das ist echt eine Fehlkonstruktion." Ich nicke und versuche, mich zu erinnern, wo Iannis sich bei diesem Platzregen unterstellen könnte, doch ich erinnere mich an keinen zugänglichen Dachvorsprung in der Nähe. Die Wellen jagen ihre Schaumkronen nach Osten und preschen ungestüm an den Bootssteg.

Andreas bedauert: „Ich habe gehofft, dass wir mit den Mädchen einen Ausflug mit dem Boot machen können."

„Ja, der ist ins Wasser gefallen …", versuche ich zu scherzen.

Ein Schatten huscht über die Veranda, Iannis ist zurück. Er öffnet die Schiebetür, ein scharfer Windstoß bläst die Vase mit den Rosen um, sie fällt scheppernd zu Boden. Iannis steht triefend vor uns, ich zeige zum Badezimmer:

„Nimm bitte ein Badetuch, geh nicht nass über die Holztreppe nach oben!" Die Vase liegt zersplittert am Boden, ich fühle mich schuldig und höre im Geiste, wie Andreas sagt: „Ach, das war Susannes Lieblings-Kristallvase." Doch nichts dergleichen. Er sitzt mit steifem Rücken auf dem Sofa, während ich mich um die Scherben kümmere. Iannis kommt aus dem Badezimmer, in Andreas' burgunderrotem Bademantel. Das ist natürlich auch daneben. Er steht Andreas gegenüber wie ein Adonis, seine Haut ist rosig vom Regen, das krause Haar frisch frottiert.

„Andreas, das ist Iannis, ein Freund aus Amerika". Iannis streckt ihm die Hand zum Gruß entgegen, Andreas erhebt sich und nimmt sie zögernd. „Wohnt er auch hier?" Die aufkeimende Feindschaft liegt dick in der Luft.

Ich versuche zu relativieren: „Nur zwei Tage, morgen muss er weiter." Andreas schaut zu Iannis, dann zu mir, wieder zurück zu Iannis; es gibt kein Vertuschen, er hat instinktiv begriffen. Er breitet seine Arme aus, kommt auf mich zu und bemerkt mit süffisantem Lächeln:

„Ich will nicht weiter stören, wir können morgen alles erledigen."

Ich fühle die Überheblichkeit dieses Satzes, auch Iannis hat begriffen. Sein Rücken hat Spannung verloren, die Schultern sind kaum merklich gesunken, zum ersten Mal bemerke ich die Falte zwischen seinen Augen. Andreas hat gewonnen, er wird da sein, morgen, übermorgen, immer. Er umarmt und küsst mich, zu innig, zu lange, auch das eine Demonstration. Er kommt mir dabei vor wie ein Hund, der an den Baum pinkelt, um sein Territorium zu markieren. Er nickt Iannis kurz zu und geht.

„Hoffentlich weint er nicht den ganzen Weg nach Hause", wirft Iannis mit zynischem Grinsen hin. „Regina hatte Recht, der fährt ganz schön ab auf dich. Sie hat mir versichert, ihr hättet nichts laufen. Stimmt das?"

Mir ist nicht wohl, ich setze mich wieder in den Sessel. „Er war nie mein Liebhaber und wird es nie sein. Aber du hast Recht, er erwartet mehr, als ich geben will." Mir schwant, dass ich Andreas' Großzügigkeit trotz seiner Versicherungen nicht hätte annehmen sollen.

Iannis legt wieder die Stirn in Falten. „Und du wohnst in seinem Haus? Habt ihr wenigstens einen Mietvertrag? Hast du bezahlt?"

Ich erröte: „Das haben wir noch nicht erledigt; es war falsch, das spüre ich jetzt auch."

„Und ob!" Iannis scherzt nicht mehr: „Hätte ich gewusst, hätte ich mich niemals in seinem Liebesnest niedergelassen."

„Was wäre anders?"

„Zieh nicht so einen Schmollmund, geschürzte Lippen laden zum Schmusen ein, dabei ärgere ich mich doch!"

Er ärgert mich auch. War das wirklich eine Fehlentscheidung, dass ich Andreas' Angebot angenommen habe? Wie vielleicht auch die Zusage falsch war, noch einen Monat in der Metzgerei zu arbeiten? Ich will gewissenhaft entscheiden und doch kommt alles falsch heraus. Man kann es niemandem mehr Recht machen ... Das ist es! Ich will es immer noch allen Recht machen. Wenn etwas falsch herauskommt, muss ich doch einfach die Richtung ändern und darf mich nicht fühlen wie ein Kind kurz vor den Schlägen – genau dieses Gefühl verfolgt mich seit meiner Kindheit. Ich muss mich davon verabschieden, die lähmende Kränkung ablegen. Iannis holt mich aus meinen Gedanken zurück:

„Ganz einfach, ich werde in ein Hotel einchecken, ich kann dich unmöglich noch eine Nacht in Andreas' Bett lieben. Überleg dir gut, ob du seine Gastfreundschaft wirklich weiter in Anspruch nehmen willst. Es ist dein Dilemma."

„Wenn ich ihn nicht will, dann darf ich auch nicht bleiben, das meinst du doch, oder?"

„Das überlass ich dir, Engel, er ist eine gute Partie, ich will deinem Glück nicht im Wege stehen." Er wirkt nicht mehr wie Adonis, sondern bloß wie eine enttäuschte Seele, nackt, in einem fremden Bademantel.

„Die Eifersucht steht dir ins Gesicht geschrieben, dabei hast du überhaupt keinen Anlass; ich muss mich als Alleinerziehende voll meinen Süßen widmen, da bleibt kein Raum für Liebschaften und eifersüchtige Ränke."

„Bin ich nur dein Playboy? Ist kein Platz für mich in deinen Plänen?" Ich hasse den Hoffnungsschimmer in seinen Augen, als müsste ich widersprechen.

„Ich liebe dich, sonst wär ich nicht mit dir ins Bett gegangen, nicht noch einmal. Ich kann mir keinen anderen Mann vorstellen, schon gar nicht Andreas. Es ist nur einfach so: Ich darf die Kinder nicht mit ins Ausland nehmen und ich kann sie nicht im Stich lassen. Aber ich kann auch unsere Liebe nicht einfach aufgeben. Vielleicht besuche ich dich mal in den Sommerferien, oder du planst eine Konzerttournee in Europa, du bleibst doch mein geliebter Guru, hoffen wir doch einfach auf ein Wunder! Helden und Engel sollten das arrangieren können, oder?"

„Kommst du mit ins Hotel? Oder ... ich habe das von deinem Chalet gelesen, was passiert jetzt damit? Gehört es wirklich dir?"

„Ich bin die im Grundbuch eingetragene Besitzerin, aber so lass ich mich nicht von Pesche zurückkaufen!" Ich spüre Hitze aufsteigen, wenn ich an Pesche denke, an seine Idee, mich mit dem Chalet zu bestechen.

„Wenn es dir bereits gehört, kann er dich nicht mehr bestechen, dafür hat Oma doch gesorgt. Sie hat vor dir eingesehen, dass der Alkoholiker früher oder später alles verliert, wenn seine Retter aussteigen. Sie hat deinen Anteil gerettet, du brauchst bei der Scheidung nicht mehr darum zu kämpfen."

„Funktioniert das so? Habe ich diesen Anteil wirklich verdient? Heinrich hat sie bei den Transaktionen beraten und ihr wohl mit der Idee zur Vermeidung eines Rosenkrieges geholfen ... Oma würde diesen Ausdruck nie von sich aus benutzen." Ich fühle mich von allen Seiten bedrängt, überfordert. „Ich gehe schwimmen."

„Bei diesem Hundewetter?"

„Der Wind hat nachgelassen, es ist nicht gefährlich. Und das Wasser ist wärmer als die Luft. Ich muss allein sein." Iannis schüttelt verwundert den Kopf, als würde er mir so viel Mut gar nicht zutrauen.

Ich tauche vom Steg in das tiefe Wasser, es ist wirklich wärmer als die Luft und der Nieselregen, der mein Gesicht erfrischt. Mein Ziel ist die Boje draußen beim Segelschiff, ich kämpfe gegen kleine Wellen, die Anstrengung lässt mich die Sorgen vergessen. Nieselregen, Wind, Wellen, Wasser, sie könnten meine Feinde sein. Aber ich bewege mich in ihnen, bin ein Teil davon, komme in ihnen aus eigener Kraft zum Ziel. Dabei stelle ich fest, dass ich sie nicht wirklich vergessen habe, sondern nur merke, dass es eigentlich gar keine Sorgen sind. So wenig wie Wind, Wellen und Wasser Feinde sind. Ich darf nur das Ziel nicht aus den Augen verlieren und muss mich anstrengen. Jetzt hab ich es geschafft, ich umkreise die Boje und schwimme heim.

„Hilfst du mir beim Umzug?" Das sind meine Worte, als Iannis mir ein trockenes Badetuch reicht. „Du hattest Recht. Ich ziehe hier aus."

Er strahlt: „Du bist wunderbar. Natürlich helfe ich!"

„Willst du wirklich? Wir nehmen nur mit, was wir heute brauchen, etwas zu essen, eine Flasche Wein. Und da ich einen Helden dabei habe, können wir bei der Garage an der Schützengasse anhalten und ein paar Schachteln mit Spielsachen und warmen Kleidern aufladen – alleine ist mir dort mulmig."

„Es wäre wunderbar, dich in Sicherheit zu wissen und dein Chalet kennenzulernen!"

„In Sicherheit?"

„Vor dem großzügigen Doktor …"

Ich schmunzle: „Da bin ich in ein schönes Dreieck geraten, mein Held. Wirst du mir auf der Fahrt von deinen Musikplänen erzählen?"

Iannis macht sich an seinem Rollkoffer zu schaffen.

„Hier, mein kleiner Reiselaptop, auch ich habe dir alles gemailt und eine Kopie gespeichert. Mein Lamento der ersten Tage kannst du dir sparen oder später als E-Mail herunterladen. Hier, lies, was bei uns stattgefunden hat."

Mail von Iannis@Greco.com
To Tanja@homebase.ch
Regarding Überraschung

Liebste Tanjala,
mitten in meinem Selbstzweifel und Depression hat am sechsten August jemand bei Mama in der Taverne einen Tisch reserviert und mir ausrichten lassen, dass Freunde mich zum Nachtessen einladen. Ich hatte keine Lust, hatte das Bedürfnis, allein zu sein, um mich in meinem Liebeskummer zu suhlen und traurige Lieder zu blasen. Widerwillig bin ich hingegangen. Der Ort erinnert mich immer an die Zeit, als ich während der High-School Teller waschen und in den Collegejahren kellnern musste. Bei den Alten zu arbeiten, erst Recht noch in einer griechischen Taverne, das war ‚so out' als Teenager! Meine Kollegen haben bei McDonalds oder Kentucky Fried Chicken gearbeitet, dort sind die Kameraden rumgehangen, das war ‚in', dort war der Spaß! Neid und Ärger gingen mit mir durch, typisch Teenie, so bald

wie möglich mied ich die Taverne. Meine Mutter hätte mich und meine Freunde noch so gerne bewirtet, doch ich habe meine alten Gefühle mitgeschleppt und bin nicht mehr hingegangen, ich Ekel. Deshalb habe ich am 6. August missmutig wie früher mein Cabrio auf dem Küchenparkplatz abgestellt, Mama ist mir entgegengeeilt: „Αγαπημένα, Liebster, du wirst es nicht glauben, so eine Überraschung! Komm … komm …"
Sie ist immer so, meine Mama, überschwänglich, laut, griechisch. Früher fand ich das peinlich, doch seit ich in Griechenland war, verstehe ich, dass das zu unserer Kultur gehört. Wir traten hinter die Theke, und dort, am Fenster zur Bay, vor der Silhouette von San Francisco, vertieft in eine laute Diskussion, saß er: Apostolos!
Die Überraschung ist Mama gelungen. Da waren auch Panajotis und Bono – du kennst sie doch, von der Band. Ivo, der Produzent – auch ihn kennst du, den Fan vom Konzert –, hat für sie Gigs in San Diego, Santa Barbara und San Francisco organisiert. Onkel Panajotis ist herbei gehumpelt, hat sich die Hände an der Küchenschürze getrocknet, einen Zipfel in den Bändel über dem Bauch gesteckt, um die Flecken zu verdecken, und Tante Zia hat Ouzo vor uns hingestellt. Dann haben sie aufgetischt, von allem und von allem nur das Beste. Bei uns würde man sagen: ‚My family was bending over backwards' – sie haben sich vor Freude rückwärts verbeugt. Mich hat unsere griechische Gastfreundschaft erstmals mit Stolz erfüllt. Weil ich in Griechenland gewesen war? Weil meine Freunde so beeindruckt waren? Wir haben gelacht und zugegriffen: Das grillierte Lamm hatte mein Onkel köstlich mit Knoblauch gespickt, mit Rosmarin eingerieben und garniert; Mamas Moussaka, mit Kartoffeln, Auberginen und Schafskäse gebacken, fand ganz besonderen Anklang und der Retsina hat die Gaumenfreude abgerundet.

Tanjala, hier, unter meinen Freunden, habe ich ein neues Gefühl kennengelernt: Ich bin stolz auf meine Familie. Ich fühle deutlich, dass unser Anderssein nicht falsch und auch nicht schlecht ist, oder sogar peinlich. Ich bin in unserer Kultur zu Hause, das hätte ich bereits seit Griechenland wissen müssen. Aber man kann so was nicht wissen, weil man darüber nachdenkt, vielmehr muss man das Gefühl erleben. Meine Einstellung zu den ethnischen Quartieren, die oft als Ghettos verachtet werden, hat sich verändert. Orte wie Chinatown, Little Italy, der Japanese District, das Mexican und das French Quarter entsprechen den Bedürfnissen der verschiedenen Kulturen. Warum bestehen wir darauf, dass sie sich so amerikanisch wie möglich benehmen? Warum lehren wir ihre Kinder nicht, stolz auf ihre Kultur zu sein? Ich hätte in einer griechischen Schule viel weniger gelitten. Nun war der Augenblick für Mamas süße Baklava gekommen. Sie hat mit Apostolos getuschelt und mich in die Küche gewinkt: „Probier' mal, ist sie süß genug? Vielleicht noch ein bisschen Honig?" Ich war erstaunt, Mama hat noch nie nach meiner Meinung gefragt, wenn es um ihre griechischen Desserts ging. Ich konnte auch ihr komisches Schmunzeln nicht interpretieren, bis im Lokal geklatscht wurde und gleich darauf Apostolos' Posaune einen leichten Sirtaki hingelegt hat. Ich eilte hinaus; neben ihm auf der Bühne glänzte meine Trompete und ich stieg hinauf, um in seine Melodie einzustimmen. Nun schlenderte Panajotis mit dem Banjo dazu, Bono setzte sich ans Klavier und stimmte ein, wir erhöhten den Rhythmus, stiegen auf zu einem Crescendo, der Saal hat getobt.

Tanjala, ich habe mich in diesem Moment so sehr nach Dir gesehnt, habe die Augen geschlossen und nur für Dich gespielt! Ich wähnte uns in der Taverne in Athen, dann wieder Dich in der Ecke beim Fenster, Du, meine Muse, hast mich beflügelt.

Wir haben wieder einmal so richtig Leben in die Bude gebracht, der Erfolg war entsprechend grandios – wir haben direkt in die Herzen der Heimwehgriechen gespielt. Papa hat seinen Arm um Mama gelegt, sie hat ihre Tränen verstohlen abgetupft; Onkel Panajotis ist zwischen Küche und Buffet hin und her gedüst und Zia hat trotz ihrem Problemknie eilig Flaschen und Gläser zwischen den Tischen jongliert. ‚Encore ... encore ... da capo, brava ...' In allen Sprachen haben sie uns ermutigt, bis Mama schließlich die Baklava serviert und uns von der Bühne geholt hat. Tanjala, nur Du hast gefehlt, Du müsstest wirklich hier sein! Die Band wird noch zwei Wochen bleiben und wir werden den neuen Stil, den wir in Athen geübt haben, verfeinern. Es ist die Musik meines Herzens; als ob ich dabei nichts falsch machen könnte, ist die Bühnenangst verschwunden. Jeden Morgen, bevor die Taverne geöffnet wird, proben wir. Am Freitagabend treten wir auf – mein Enthusiasmus kennt keine Grenzen! Du solltest Mama sehen – und auch Paps! Stolz steht in ihren Gesichtern geschrieben, als wäre ich erst jetzt so richtig ihr Sohn geworden.
Nachmittags gehe ich ins Büro, dort ist man weniger zufrieden mit mir. Doch schließlich hat mein Boss, der alte Sklaventreiber, widerwillig zugestimmt, dass ich nicht mehr Vollzeit, sondern nur noch 70 Prozent arbeite. Ich war fest entschlossen, meinem Herzen zu folgen, da ist ihm kaum etwas anderes übrig geblieben.
Tanjala, ich mache mir Sorgen, in zwei Wochen läuft Dein Ultimatum ab und ich muss unbedingt wissen, wie es dir geht. Bitte antworte mir!
With a lot of wonderful tender love, Iannis.

Ich bin begeistert. „Du bist auf dem Weg! Ich wusste bereits in Athen, dass ihr auf der Spur von etwas Großem seid. Erzähl mir den Rest auf der Fahrt zum Chalet." Hastig packe ich meinen Fiat, den Rest werde ich morgen holen.

Iannis grollt von der Küche her: „Willst du die Rosen von Andreas mitnehmen?"

Ich stehe unter der Haustür und winke ihn heraus: „Dummerchen, lass sie stehen."

Die schönsten achtundvierzig Stunden waren viel zu kurz. Ich stehe auf dem Bahnsteig, lasse die Personenwagen, den hell erleuchteten Speise- und ganz zuletzt den rumpelnden Güterwagen an mir vorbeirollen – noch verbinden sie mich mit Iannis, noch ist er nicht ganz weg. Dann die Leere. Ich winke dem Zug nach, starre ihm hinterher, als er schon längst verschwunden ist. Wenn ich mich bewege, wird alles vorbei sein.

Ich lasse den heutigen Tag nochmals vorbeiziehen: Iannis hat mich mit seiner Begeisterung für das Chalet angesteckt; er hat mir glaubhaft erklärt, warum es nicht nur ein Geschenk, sondern mein Anteil am verdienten Eigentum ist. Ob ich allerdings sicherer bin als am See, bleibt zu wünschen. Während er auf der riesigen Terrasse grilliert hat, habe ich alle Zimmer und Schränke erkundet, doch das Besteck in der Schublade, die rosarote Bettwäsche, das zusammengewürfelte Geschirr, alles kam mir fremd vor, als wäre ich in die Intimsphäre der Machorinis eingedrungen. Um mich richtig wohl zu fühlen, muss ich mein eigenes Nest bauen. Von meinem ersten Arbeitslohn werde ich neues Bettzeug kaufen, bunt und modern.

Auf der Fahrt den Berg hinauf hat Iannis von den Konzerten erzählt. Seine Mama hatte so viele Reservierungen, dass sie auch am Samstagabend gespielt haben. Nun ist die Band wieder in Griechenland, aber sie waren so begeistert von Kalifornien und ihrem Erfolg, dass sie neue Pläne schmieden. Er denkt daran, den Geschäftsplan für die Taverne auszuweiten und ein Klublokal für die Band zu bauen.

Meine eigene Zukunft ist ein Buch mit leeren Seiten. An den sonnig warmen Tagen am See habe ich mir vorgestellt, mit was für Geschichten ich es füllen könnte. Die neu erworbene Freiheit hat mich beflügelt, phantasievoll habe ich mir die ersten Kapitel vorgestellt. Da war die Geschichte mit dem eigenen Trainings-Stall, Ponys für die Mädchen und einer Weide für pensionierte Pferde, damit sie nicht vorzeitig im Schlachthaus landen. In einem anderen Kapitel geschehen Wunder: Iannis' Traum vom Haus im San Geronimo Valley zwischen Bay und Ozean geht in Erfüllung. Dann habe ich in meiner Fantasie die leeren Seiten umgeblättert und ganz zuhinterst erst mal Palmen, Sand und Meer gezeichnet.

Langsam wende ich mich zum Ausgang des Bahnhofs. Ist es das trübe Herbstwetter? Der Landregen, der unaufhörlich niederprasselt? Der kalte Wind, für den meine Sommerjacke nicht warm genug ist? Oder lässt mich der Abschied von Iannis die ganze Welt grau sehen? Auf dem Heimweg, währendem ich angestrengt durch den Regen auf der Windschutzscheibe starre, liegt mir der Anruf bei Andreas schwer im Magen und zudem finde ich die lebensfrohen Kapitel in meinem Zukunftsbuch lächerlich; Angst schleicht sich wieder ein. Was wird, wenn mich der neue Trainer nicht anstellt? Wie bindend ist Johanns Vertrag? Wie lange wird mein Sparkonto bei Arbeitslosigkeit ausreichen?

Im Seehaus muss ich unsere Habseligkeiten packen, putzen, und den Schlüssel wieder unter dem Stein verstecken. Es ist ein stilles Adieu. Jetzt fahre ich zu Regina und fürchte, dass sie nun die letzten achtundvierzig Stunden im Detail hören will, während ich mich nur mit den Kindern im neuen Zuhause verkriechen möchte.

18

Aus dem Spiegel blicke ich mir entgegen – müde, die Augen voller Melancholie. Bin ich traurig? Ich höre in mich hinein. Mein Herz ist erschöpft von achtundvierzig Stunden Liebe und dem Abschied von Iannis. Wird es ein Wiedersehen geben? Ich hasse die Ungewissheit. Dazu ist jede Zelle meines Körpers erledigt vom ersten Arbeitstag in der Reitschule. Die Mädchen schlafen zum ersten Mal jedes im eigenen Zimmer. Ihre Ankunft im Chalet war eine emotionale Achterbahnfahrt.

„Wird Papa auch kommen?", hat Regi ängstlich gefragt. Ich hatte so gehofft, dass die beiden sich nicht an die hässliche Szene beim letzten Besuch und den überstürzten Abschied erinnern. Bevor ich überhaupt antworten konnte, hatte sie den nächsten Kummer:

„Wie soll ich jetzt schwimmen üben für das Abzeichen?" Doch gleich darauf hat sie gejauchzt, als sie ihr eigenes Zimmer sah.

Baba hat geweint, weil sie nun nachts niemanden atmen hört. „Du darfst zu mir reinschlüpfen, ich bin ja auch allein", konnte ich sie trösten. „Wir werden die ganze Nacht im Korridor das Licht brennen lassen." Die Tränen sind so rasch versiegt, wie sie plötzlich hervorgequollen sind, und sie hat sich in der für sie typischen Weise an mich gekuschelt.

Jetzt lege ich mich müde in das fremde Bett, während draußen der Regen zornig gegen die hölzernen Fensterläden trommelt. Schwarze Gedankengespenster schleichen sich ein, mahnen an meine neue Verantwortung. Das Wohl der Kinder liegt nun allein in meiner Hand, hoffentlich schaffe ich das. Ob die Heizung zuverlässig funktioniert? Ob ich Heizöl kaufen muss? Oder heizen wir hier auch mit Erdgas wie in der Altstadt? Ist die Straße nach dem Regen befahrbar? Beginnt es hier oben vielleicht bald zu schneien?

Ich stelle den Wecker und lösche das Licht. Machioris Nachttischlampe, Machioris Wecker. Das Kissen riecht nicht gut, das Chalet wurde zu lange nicht gelüftet und ist ungeheizt und feucht. Ich gehe nochmals runter und schenke mir ein Glas von dem roten italienischen Wein ein, den Iannis gestern aufgemacht hat, und lasse den heutigen Tag an mir vorbeiziehen.

Im Stall ist alles anders. Peppo, der Stallbursche, hat mich bei meiner Ankunft gleich eingeweiht: „Man ist nicht per du mit Karl Meister, er hat nicht das feine Gespür wie Johann. Nicht für Menschen und auch nicht für Pferde."

Stimmt. Ich wollte ihn willkommen heißen, doch er hat nervös mit der kurzen Springpeitsche an seine Lederstiefel geschlagen – keine Zeit für schöne Worte. Kurz angebunden hat er mir meinen Arbeitsplatz zugewiesen: Johanns Büro. Die Pferde hat er mir nicht vorgestellt, stattdessen wurden mir Arbeiten delegiert: Rechnungsstellung, Inkasso, Stundenpläne, Arbeitseinsätze, Löhne. Mein Arbeitsvertrag lag bereits auf dem Schreibtisch, ohne weitere Fragen habe ich unterschrieben. Die Angst, vielleicht vom neuen Trainer doch nicht angestellt zu werden, ist wie tonnenschwerer Ballast von mir abgefallen, obwohl ich nicht weiß, ob ich meine Schüler weiterhin unterrichten darf – ich habe mich noch nicht getraut zu fragen. Ob Herr Meister überhaupt ein geeignetes Pferd mitgebracht hat? Grane, du fehlst mir. Den Rest meines ersten Arbeitstages habe ich das Büro geputzt: Arenasand zusammengewischt, den alten Schreibtisch mit Möbelpolitur eingerieben und das Fenster zur Reithalle gereinigt. Es war traurig und mühsam, die Wände von den Flecken zu befreien, die Johanns Diplome und Auszeichnungen hinterlassen haben. Den Schreibtisch habe ich so gestellt, dass ich sowohl die Tür als auch die Reithalle im Auge behalten kann und dem Eintretenden nicht den Rücken kehre, wie es früher Johann getan hat; das hat sich immer wie eine Abweisung angefühlt. Morgen früh werde ich Herbstblumen von der Wiese mitbringen. Auch wenn noch nicht alles so ist, wie ich mir vorgestellt habe, und ich nicht sicher bin, ob ich wieder mit den Pferden arbeiten darf, werde ich mein Bestes geben.

„Hier war ein Engel am Werk, so sauber und einladend war das Büro noch nie!", rief Regina aus, als sie mich endlich fand. „Dein Auto steht auf dem Parkplatz, ich wusste, dass du hier bist und habe alle Ställe nach dir abgeklopft."

„Mein großer Tag", strahlte ich. „Ich habe einen Arbeitsvertrag unterschrieben! Herr Meister hat nur von Büroarbeit gesprochen, so habe ich vorerst mal mein Nest hier sauber gemacht und eingerichtet."

Regina umarmte mich. „Die Zeit der Sorgen ist vorbei, wir sind unsere Männer los, haben Arbeit, ein Zuhause … wann zeigst du mir das Chalet?"

„Wie wäre es mit einer Unabhängigkeitsfeier am Mittwochabend?"

„Perfekt, ich bringe eine Flasche Prosecco mit."

„Und schläfst bei uns, die Bergstraße ist nachts zu gefährlich. Vor allem nach einem ordentlichen Glas!"

„Wunderbar! Wenn ich gleich mit dir und den Mädchen rauffahre, muss ich das Chalet nicht lange suchen. Abgemacht?"

„Das ist ein Plan."

Sie hatte Recht, die Regina. Eigentlich sind wir die Sorgen los und die Details sollten mir keine schlaflosen Nächte bescheren. Ob Iannis schon geschrieben hat? Ich fahre meinen Laptop hoch und schließe ihn an der Telefondose an. Iannis hat ein Kabel mitgebracht und mir alles so eingerichtet, dass ich meine Mail über das Telefonnetz runterladen kann. Fünf E-Mails vom August und eine neue von heute lachen mich an.

Mail von Iannis@Greco.com
To Tanja@homebase.ch
Regarding Alles ist bereits anders

Meine liebste Tanja, was für wunderbare siebenundvierzig Stunden wir zusammen verbracht haben! Das peinliche Intermezzo mit Andreas zähle ich nicht dazu ... Du bist das Liebste, das es gibt, und unsere Beziehung ist ein Mysterium. Wie sollten wir da nicht auf ein Wunder hoffen?

Der Flug war lang – achtzehn Stunden bin ich in Gedanken zwischen Dir und den Plänen für die Taverne hin und her gependelt, habe Skizzen gemacht, dann wieder die Augen geschlossen und von Dir geträumt.

In San Francisco hat mich Papus abgeholt und seine ernste Miene hat mich schroff aus meiner Träumerei aufgeweckt. „Mama", hat er gesagt, „Mama hat sich das Bein gebrochen." Hilflos und mit hängenden Schultern überreichte er mir die Autoschlüssel. „Fahr du, ich habe nicht genug geschlafen." Erst später, als wir bereits auf der 19th Avenue fuhren, wurde ich gewahr: Wenn ich ein feinfühliger Sohn wäre, hätte ich ihn nach dieser Nachricht umarmt; er braucht mich. Warum bin ich gegenüber meinen Eltern so ein Holzklotz? Kann ich ihnen immer noch nicht verzeihen, dass sie mich nach Amerika verpflanzt haben? Sind meine Gefühle so zurückgeblieben?

Beim Anblick der Golden Gate Bridge habe ich die frische Ozeanluft tief eingeatmet. Die Sonne senkte sich im Westen langsam auf das Wasser, wobei sich ihr Schein in den kräuselnden Wellen spiegelte. Zur Rechten lag der Hügel über Sausalito bereits im Schatten, nur die Spitzen der Masten im Bootshafen schaukelten verspielt in den letzten Sonnenstrahlen. Vor uns, oben im Waldo Tunnel, erschienen die Lichter in der zunehmenden Dunkelheit heller und heller, dabei verblasste der aufgemalte Regenbogen am Eingang, von dem ich annehme, dass er ein Relikt aus der Flower-Power-Zeit ist, langsam. Jahrelang bin ich diese Straße täglich zur Arbeit gefahren, aber nie wurde ich mir der Schönheit dieser Szenerie so stark bewusst. Unsere Liebe hat mich aufgeweckt.

Wir fuhren direkt zu Mama ins Spital. Zia saß bei ihr und hielt ihre Hand. Mamas Bein war eingegipst. Zuerst lächelte sie mir bleich entgegen, doch bald waren Tränen in das Lächeln geflossen. „Tante Zia schafft das doch nicht allein, und schau Papus an, wie müde er ist. Ich sollte arbeiten." Ich nahm Mama in den Arm und flüsterte ohne darüber nachzudenken: „Ich bleibe zu Hause und helfe aus!" Ich weiß nicht, wie lange alle mucksmäuschenstill waren. Vielleicht einen Augenblick? Für mich eine Ewigkeit

der Ruhe, des Einklangs aller Dinge. Mama hat die Arme ausgestreckt und Freudentränen in meine Umarmung geweint. Zia hat sich wieder und wieder bekreuzigt, Papus hat sich heruntergebeugt und sich in unsere Umarmung eingeschlossen, bis sich sein geschäftiger Geist wieder geregt hat: „Wie meinst du das? Für immer?" Und wieder kamen meine Worte unbedacht: „So lange ihr wollt, ich hätte da auch ein paar Ideen für die Taverne." Erst jetzt begriff ich: Mein Angebot kam nicht aus dem Nichts, mein Unterbewusstsein hat seit dem Überraschungsbesuch von Apostolos an dieser Lösung gearbeitet.
Tanjala, irgendwie musst Du reinpassen in meine Pläne. Im Moment bin ich nur noch müde von der langen Reise, dem Besuch im Spital und meiner spontanen Verpflichtung.
Good night and lots of love, Iannis

Jetzt bin ich glücklich. Und müde. Glücklich müde nach der E-Mail. Der Regen prasselt nicht mehr gegen die Fensterläden, das Haus ist mäuschenstill. Leise decke ich die Mädchen zu und gehe ebenfalls schlafen.

Am nächsten Morgen öffne ich die Fensterläden der Kinderzimmer; der Himmel hat sich eines Besseren besonnen, die Sonne strahlt. Von jedem Fenster aus sieht man das Panorama der Alpen, im Vordergrund hohe Föhren und struppige, moosbewachsene Büsche, deren Zweige blätterlos wie borstige Greisenhaare in den Himmel zeigen. Die Wiesen rund um das Chalet erinnern an meine Kindheit – endlich werden auch die Mädchen die Natur hautnah kennenlernen.

Die beiden Arbeitstage sind nur so vorbeigeflogen; Regina, die Mädchen und ich sind auf dem Heimweg. Regi und Baba waren, wie schon letzten Mittwoch, nach

der Schule bei Oma; sie sind merkwürdig ruhig auf der Rückbank. Weil Regina neben mir sitzt? Oder haben sie etwas auf dem Herzen? Oder ein schlechtes Gewissen? Das Chalet präsentiert sich im warmen Abendlicht. Regina springt aus dem Auto und schwärmt: „Schau, es hat ausgeschnittene Herzen in den Fensterladen und ein Berner Wappen über dem Eingang."
Ich schließe mit einem Schmunzeln auf. Regina steht doch normalerweise nicht auf solchen Kitsch; ich bin gespannt, wie sie auf den riesigen Wohnraum, die Terrasse und die Aussicht reagieren wird.

„Oohh ..." Regina saugt sprachlos den ersten Eindruck ein. Wir machen einen Schritt auf die Terrasse und sie platzt heraus: „Die Berge ... die Berner Alpen ... schau, fern und doch zum Greifen nah sind Eiger, Mönch und Jungfrau; wie von meiner Wohnung ... aber viel, viel grösser!"

„Wir sind hier auch viel, viel höher, deshalb. Siehst du, wie sie sich in der untergehenden Sonne verfärben? Alpenglühen. Die Sonne spiegelt sich im Schnee." Wir umarmen uns.

„Tanja, erinnerst du dich an unsere Gespräche auf Antiparos? Damals waren wir, ohne es selbst zu merken, keifende Weiber."

„Die haben wir hinter uns gelassen; wir konnten uns damals selbst nicht leiden!"

Regina nickt: „Dort haben wir unsere Gefühle endlich ausgesprochen, sie wurden unübersehbar wahr – wir hatten keine Ausreden mehr vor uns selber. Das hat uns zum Handeln gezwungen."

Ich öffne den Prosecco und schenke ein. „Lass uns einen Pakt schließen: Wir werden uns nie mehr mit einem

Mann einlassen, in dessen Gegenwart wir uns als weniger empfinden, als wenn wir allein wären! Prost!"

Regina beginnt, den Tisch auf der Terrasse zu decken. „Hast du irgendwo vier Teller, die zusammenpassen?" Sie öffnet die Küchenschränke, sieht sich im Wohnzimmer um und gibt schließlich auf. „Die rot-weiß getupften für die Kinder, die mit Blumen für uns."

„Machorini-Geschmack, passt zu den Herzen in den Fensterläden und dem rosaroten Bettzeug", lache ich.

„Na ja, Güllegeruch ist auch Geschmacksache", kontert Regina und legt das Besteck auf das Tablett. Ich nehme das Brot aus der Einkaufstasche. Frisch vom Bäcker füllt es den Raum mit warmem Duft. Bereits am Morgen habe ich einen Eiersalat fertig gemacht, jetzt belege ich die Schnitten damit, andere mit geräuchertem Lachs und Peterli als Garnitur, die letzten mit Spargel und Tomate; endlich muss es nicht mehr Salami, Schinken und Aufschnitt sein wie bei Tanja, der Metzgersfrau.

Die Mädchen haben sich nach der Ankunft gleich in ihre Zimmer verkrochen – ob sie die Aufgaben nicht bei Oma gemacht haben? Ich rufe sie zu Tisch und sie setzen sich manierlich und still zu uns. Das ist unheimlich. „Was ist denn los mit euch? Soo artig seid ihr doch gewöhnlich gar nicht!" Baba stupft Regi: „Sag du's!"

Regi reagiert prompt: „Papa will um uns kämpfen."

„Er hat gefragt, wo wir wohnen", fügt Baba hinzu.

Regi erwidert: „Oma hat den Finger auf den Mund gelegt, ich habe verstanden und Baba ans Knie gestupst, damit sie nichts ausplaudert."

„Oma hat ihm doch gesagt, dass er uns nicht besuchen darf", wirft Baba ein.

Regi flüstert: „Schlägt er dich wieder, wenn er kämpft?" Einen Wimpernschlag lang sitzen wir da wie eingefroren, Regina ist zusammengezuckt. Nun schaut sie mich mit großen Augen an und ich weiß, dass sie mich heute noch konfrontieren wird.

Regi legt beschützend den Arm um ihre kleine Schwester und ich blicke ratlos zu Regina.

Baba druckst: „Mamsli … hmmm … gehst du auch weg? Er hat gesagt, dass du uns zu Scheidungswaisen gemacht hast. Waisen haben keine Eltern, so wie Köbeli in der Schule … Gehst du fort? Kommen wir auch zu fremden Leuten?" Sie klettert zu mir auf die Bank und wirft sich an mich, ihr Haar kitzelt meine Nase. Ich kann viel ertragen, aber die Kinder leiden zu sehen, zerreißt mir das Herz.

„Das wird mit Sicherheit nie geschehen, ich schwöre." Dabei strecke ich drei Finger in die Luft. „Großes Indianerehrenwort! Ich könnte es ohne euch beide gar nicht aushalten. Nein, nein, keine Angst! Weißt du, Erwachsene kämpfen nicht mit Fäusten, sie streiten mit Worten, vor Gericht, damit der Richter ihnen zuspricht, was sie wollen."

Ob ich die beiden erleichtern konnte? Schweigend essen sie ihre Brötchen.

Über dem Bözingenberg erscheint langsam der blasse Abendmond, der sich aus dem Gewölk erhebt, bis er als leuchtend runde Scheibe die Terrasse erhellt. Ohne gemahnt zu werden, sagen die Mädchen gute Nacht, Baba fügt hinzu: „Mama, du kommst doch noch …", bevor sie hineingehen.

„Verdammter Scheißkerl", entfährt es mir, als die beiden außer Hörweite sind.

Regina nickt aufgeregt: „Die Decke fällt ihm auf den Kopf. Die Mädchen einzuschüchtern ist das letzte Zucken seines Egos. Er weiß, dass du nicht mit ansehen kannst, wie sie leiden."

Die Panik versucht meine Worte zu ersticken, aber meine Kampfbereitschaft macht mich mutig: „Er irrt gewaltig, wenn er meint, damit etwas zu erreichen! Das ist so verdammt typisch für Pesche. Er kann die Realität nicht akzeptieren und biegt alles so zurecht, dass es für ihn stimmt!"

Zornig murmelt Regina: „Dem durchgeknallten Alki geht der Arsch auf Grundeis! Aber seine Angst kommt zu spät!"

Überrascht und belustigt von ihrem plötzlichen Ausbruch pruste ich einen Schluck Prosecco in meine vorgehaltene Hand. „Du sagst es!", erwidere ich hustend. „Aber was nun? Ich bin nicht mehr die Marionette, die nach seiner Pfeife tanzt."

Unter uns, in den dürren Blättern der Hecke raschelt es; wir horchen auf und sehen uns an, instinktiv erschreckt uns der gleiche Gedanke: Pesche? Ich beherrsche mich gleich wieder. „Ein Hase ... ein Fuchs ... wir sind hier die Eindringlinge."

Regina seufzt: „So weit ist es gekommen – wir schrecken bei jedem Laut zusammen. Bist du sicher, dass du hier oben so allein wohnen willst?" Ich schaue über das Geländer zur Hecke hinunter. „Ich liebe das Landleben und die Stille. Soll ich mir das durch Angst verderben lassen?"

„Natürlich nicht, du hast deinen Mut bewiesen, nun reiße dich zusammen und bereite die Bühne vor zum nächsten Akt. Sei offensiv, er will kämpfen, du eröffnest.

Reich die Scheidung ein, das wird klären, was er nicht sehen will."

Ich fühle, wie das Blut aus meinem Gesicht weicht, meine zornige Hitze wandelt sich zu lähmender Furcht. „Diesen Akt habe ich verdrängt, er ruft die Vergangenheit zurück."

Regina beugt sich vor, eine steile Falte auf der Stirn zwischen ihren Augen. „Apropos Vergangenheit: hat er dich doch geschlagen? Baba hat Angst davor!"

„Nicht wirklich", winde ich mich. „Als wir das erste Mal hier waren und ich ihm an den Kopf geworfen habe, dass er mich mit diesem Chalet nicht bestechen könne, hat er die Faust erhoben. Der Aufschrei von Regi hat ihn vom Schlag abgehalten."

„Ich möchte Antwort auf meine Frage: Hat er dich je geschlagen?"

„Nur manchmal in der Nacht, wenn er betrunken nach Hause gekommen ist und ich den Mund nicht halten konnte, ja, da wurde er gelegentlich grob, war ja auch meine Schuld."

„Du denkst wirklich, dass das deine Schuld war? Was hast denn du genommen, meine Liebe? Weil du die keifende Hexe geworden bist, so wie viele von uns, wenn wir glauben, dass wir uns gegen Unrecht nicht wehren können, nimmst du gleich alle Schuld auf dich? Hör endlich auf mit der Verdrängung, du wirst darüber laut und ehrlich reden müssen. Bei deinem Anwalt, vor Gericht, da heißt es: Raus mit der Sprache, raus mit der vollen Wahrheit! Fertig mit dem Co-Alki-Gehabe! Wenn du dem Richter nicht die ganze Wahrheit sagst, wird Pesche Besuchsrecht erhalten – willst du das?"

Ich schüttle den Kopf und reibe meine Arme. Die Luft ist kühl geworden, die von Wolkenfetzen überzogene Mondscheibe wirkt klein und fad, Dunkelheit umgibt uns. „Lass uns hineingehen und ein Feuer machen", schlage ich vor. Wir stellen das Geschirr in den Ausguss und ich mache mich am Kamin zu schaffen. Iannis hat ihn für mich vorbereitet, ich schiebe die Schornsteinklappe auf, zünde das zerknüllte Papier an und lasse mich wie Regina nachdenklich in einen Sessel fallen.

„Angriff ist die beste Verteidigung, das gilt auch für mich", meint Regina.

„Kennst du einen Scheidungsanwalt?"

Regina schüttelt den Kopf. „Nein, auch ich habe vorerst meine Freiheit genossen und den Kopf in den Sand gesteckt. Aber Sabine, eine Kollegin in der Bibliothek, nennt sich glücklich geschieden; vielleicht kann sie weiterhelfen."

„Das gefällt mir, glücklich geschieden, diesen Status will ich auch", nicke ich.

„Wollen wir zusammen zum Anwalt gehen? Gemeinsam fällt es leichter. Außerdem könnten wir gemeinsam weniger verharmlosen."

Natürlich bin ich einverstanden. „Schon wieder ein Plan – gemeinsam sind wir stark – so hat unsere Freiheit angefangen, das hat das Rad ins Rollen gebracht. Dann haben wir uns selbst und einander offen und ehrlich gestanden, was Sache ist, und du hast deinen Plan mit dem fiktiven Ultimatum geschmiedet. Wann und warum hast du dich eigentlich entschlossen, damit ernst zu machen?"

„Ich weiß nicht genau. Wahrscheinlich hat Andreas' Aufklärung über Suchtverhalten dazu beigetragen. Es war

Einsicht, ich habe mich langsam selbst verändert, dabei hatte ich doch nur im Sinn, Pesche zu ändern."
„Erstaunlich, bei mir hat auch Andreas den Ausschlag gegeben. Damals, in der Börse beim Nachtessen. ‚Der Teufel steckt in den Details‘, hat er gesagt, ‚behandelt die Details‘. Da ist bei mir der Groschen gefallen und ich habe Schritt für Schritt die nötigen Einzelheiten erledigt, bis der Zügelwagen vor der Türe stand."
Ich gähne. „Ende des ersten Aktes, ich bin müde. Und froh, dass du heute Abend bei mir bist."

An meiner Bürotür hängt ein Dutzend vollgekritzelter Zettel: „Heu bestellen", „Veterinär kommt um 11 Uhr für die Impfungen", „Gestern sind bei der Hindernis-Kombination zwei Latten gebrochen", „Kaffee in der Burschenküche ist alle", „Tanja, ich zeige dir um zehn Uhr die Pferde".

Der ganze Betrieb scheint rund um mich zu rotieren. Meister ist auf dem Pferd, für ihn zählt nur die Höhe seiner Hindernisse und ob er den Concours gewinnt. Er ist als Springreiter berühmt, das kann man nicht abstreiten, aber von der Führung eines Reitbetriebes mit Pensionspferden hat er keine Ahnung und will auch gar nichts davon wissen.

Peppo steckt den Kopf herein. „Auf in den Stall, Torero!" Ich stehe auf, strecke mich und folge dem Jungen.

Bei der Boxe von Annie, einer neunzehnjährigen Stute, wirft Peppo lässig hin: „Ausgedient, kriegt nur noch Gnadenheu." Schlaff steht sie im Stall, desinteressiert oder sogar depressiv. Ob ich sie zum Schulpferd aufpäppeln könnte?

„Ännchen, komm", schnalze ich und klaube das Hafer-Honig-Biskuit aus meiner Jackentasche. Sie steckt nun doch den Kopf aus dem Fenster, schnuppert kurz und fischt den Leckerbissen sanft mit ihren Lippen aus meiner Hand. Dann tritt sie einen Schritt zurück und kaut genüsslich, die Ohren aufmerksam zu mir gerichtet. Ist das eine Einladung? Ich schiebe das Tor langsam auf und nähere mich vorsichtig, um sie nicht zu erschrecken, streiche über den hohen, gewölbten Hals und raune ihr zu: „Sooo, sooo, guut, guut." Täglich gestriegelt würde ihr dunkelbraunes Fell bald wieder glänzen, und die schwarze Mähne und den Schweif würde ich mit Shampoo und Conditioner samtweich waschen.

„Wann war sie zuletzt draußen?", will ich von Peppo wissen.

Er blickt mich stutzig an. „Letzten Sonntag, beim Umzug", gesteht er leise, wohl wissend, dass Pferde täglich Bewegung brauchen.

„Wir werden sie aufpäppeln und bemuskeln, einverstanden?" Peppo nickt.

„Am Morgen darf sie in einen Auslauf. Gib ihr das Heu draußen, wenn es nicht regnet. Am Mittag werde ich sie longieren und mit ihr spazieren gehen, damit sie mich kennenlernt und ein bisschen frisches Gras knabbern kann. Später werde ich sie langsam reiten und je nachdem, wie viel sie arbeitet, gebe ich am Abend Kraftfutter." Ich taste ihren Rücken ab, sie reagiert nirgends mit Schmerz. Die Beine sind vom Stehen ein bisschen geschwollen, aber ansonsten fein und gesund. Sie könnte ein gutes Schulpferd für Anfänger abgeben. Glücklich über diesen Fund nehme ich meine Büroarbeit wieder auf und korrigiere das Budget für die nötigsten Anschaffungen.

Meister macht Augen groß wie Riesenräder. „Eigentlich investiere ich nur in Pferde, ist ein Computer wirklich nötig?", fragt er naiv und willigt dann doch ein, wenngleich auch nur ungern, mit einem geknirschten „Wenn das unbedingt sein muss …"

Ich bestelle noch schnell das Heu, den Rest der Arbeit muss ich liegen lassen und die Kinder von Grama abholen.

Beim Einsteigen rümpft Regi ihr vorwitziges Näschen. „Mami, es riecht wieder nach Pferd."

„Stimmt, ich nehme Annies Pferdedecke zum Waschen mit nach Hause, vielleicht haben wir schon bald wieder ein Schulpferd." Ich höre Reginas Antwort nur mit halbem Ohr, denn eben fällt mir im Rückspiegel ein alter grüner Mercedes auf. Er bleibt im Abendverkehr dicht hinter mir, obwohl die Ampel am Neumarkt schon gelb hatte, als ich noch vorbeigehuscht bin. Der Fahrer muss bei Rot durchgefahren sein, um mich nicht zu verlieren. An der Reuchenettestrasse ist er zwei Wagen hinter mir, meine Augen wandern konzentriert zwischen Rückspiegel und Straße hin und her. Mit den Mädchen im Wagen kann ich mir nicht erlauben, aufs Gas zu treten, um ihn abzuhängen. Beim Fuchsenried halte ich auf dem privaten Parkplatz von Frau Sandmüller, um mich zu ihr zu flüchten. Der Mercedes flitzt vorbei. Es ist nicht Pesche, ich konnte einen Mann mit Hut und Sonnenbrille ausmachen. Ich drücke auf den Klingelknopf. Niemand zu Hause. Mit den Mädchen an der Hand gehe ich zwischen den Thuja-Hecken zum Gartentor hinunter, wo sich Montagabends die Co-Alkoholiker-Gruppe trifft. Das Tor ist verschlossen, ich atme tief durch.

„Mami, was soll das? Gehen wir zu Besuch?" Regi ist ungeduldig und möchte verstehen, was los ist.

„Es gibt ein Problem, geht ins Auto und gurtet euch gut an." Sie sollten sich nicht fürchten, doch meine Stimme hat ängstlich gezittert.

Nach etwa hundert Metern schert der Mercedes hinter mir aus einer Parklücke. Ich konzentriere mich, meine Hände krampfen sich um das Lenkrad. Die Haare auf meinen Armen stellen sich auf, fröstelnd schließe ich das Fenster. „Mit diesem Wagen hinter mir fahr ich nicht die Schlucht hinauf", ist mein nächster Gedanke, und ich biege rasch und scharf auf die Straße nach Leubringen ein. Nun ist er direkt hinter mir. Ich parke bei der Bäckerei und kaufe ein Brot. Von der Tür habe ich einen guten Überblick – der Mercedes ist verschwunden, wartet wahrscheinlich weiter oben. Ich besinne mich auf einen Trick und fahre wieder hinunter, um ihm auf dem Weg durch die Schlucht zu entkommen. Richtig, ich werde nicht mehr verfolgt und zweige ab nach Orvin. Nach dem Dorfplatz, auf der kurvigen Bergstraße, sehe ich den Wagen zwei Biegungen unter mir. Unheimlich. Ich biege auf unsere private Straße ein, parkiere dicht vor der Haustür und verriegle hinter uns. Im Erdgeschoss verschließe ich die Fensterläden, gehe in den Keller, um mich zu versichern, dass die Waschküchentür fest verschlossen ist, und rufe die Polizei an.

Der Beamte ist keine große Hilfe. „Beruhigen Sie sich und rufen Sie uns an, falls Sie jemanden sehen oder hören." Ich gebe schon mal die Adresse durch und hänge auf.

Die Mädchen machen Aufgaben, ich kontrolliere die Umgebung durch die Herzen in den Fensterläden. Zwischendurch stelle ich den Mädchen Butterbrote und Ovomaltine auf den Küchentisch. Mir hat die Aufregung den Appetit verdorben. Bei Einbruch der Dunkelheit muss ich mich auf mein Gehör verlassen, durch die Herzen gibt es nichts mehr zu sehen und ich halte inne. Wer hätte Grund, mir hinterher zu fahren? Ein Einbruch im Chalet hätte sicherlich stattgefunden, als niemand hier war, das kann nicht die Motivation sein. Bleibt nur Pesche oder jemand, den Pesche beauftragt hat. Ich konnte nicht sehen, ob jemand auf dem Rücksitz war – vielleicht saß Pesche doch im Mercedes? Das könnte stimmen, denn wie hätte der Fahrer sonst die Abkürzung nach Orvin gefunden und gewusst, wo ich mit höchster Wahrscheinlichkeit wieder auftauche?

„Mamaaa, gute Nacht sagen!" Regi weckt mich aus meiner verzweifelten Furcht und ich kuschle mit den Mädchen, das beruhigt. Nun setze ich mich mit dem Laptop aufs Sofa. Soll ich Iannis von den Ereignissen erzählen? Nein, ich will mich nicht paranoid aufführen.

14. September
Mail von Tanja@homebase.ch
An Iannis@Greco.com
Betreff Auf Wunder warten …

Beloved musician – so sagt man doch in Deiner Gegend? Ich bin so gespannt auf eure Pläne: die Konzerte und wie Du dich in der Taverne einbringen willst. Manchmal träume ich vom Leben in Kalifornien oder davon, wie Du auf Europatournee zu uns kommst … und warte auf das Wunder. Regina hat uns bei einem Scheidungsanwalt angemeldet, am Mittwochnachmittag werden

wir hingehen. Es ist wahrscheinlich überflüssig zu fragen, ob ich mit den Mädchen im Ausland wohnen dürfte – aber vielleicht liegt das Wunder doch in dieser Richtung?
Pesche hat den Mädchen einen riesigen Schock eingejagt, als er ihnen mitteilte, er werde um sie kämpfen. Könnte das ein Trumpf in meiner Hand sein? Ich habe mich mächtig aufgeregt und in der Co-Alkoholiker-Gruppe um Rat gefragt. Wieder war ich nicht allein mit diesem Erlebnis – es scheint, dass viele Alkoholiker nicht davor zurückschrecken, den Kampf auf den Schultern der Kinder auszutragen. „Tanja", hat Grete gesagt, „jetzt musst du stark sein. Versuche, die Mädchen von Pesche fernzuhalten so lange es geht; reiche so rasch wie möglich die Scheidung ein." Diesen Rat hat mir schon Regina gegeben, ich muss handeln. Oma hatte große Angst, die Mädchen jetzt nie mehr zu sehen. Wir haben jedoch abgemacht, dass sie am Mittwochnachmittag gleichwohl zu ihr kommen dürfen, aber erst, wenn Pesche zur Auslieferung der Fleischwaren unterwegs ist. Oma tut mir leid, sie kommt noch gebeugter daher als früher. Doch die Gruppe gibt auch ihr viel Halt und Liebe. Die Mädchen dürfen am Montagabend bei Regina übernachten, so kann ich mich beim Treffen so lange wie nötig aussprechen und dann Oma nach Hause fahren.
Ich vermisse Dich, arbeite bitte hart an den Plänen für die Europatournee. Plane sie während der Winterferien ein, ich werde mit den Mädchen jedes Konzert besuchen, im Winter ist im Stall nicht viel los ... Paris ... Bern ... Zürich ... Berlin ... Rom ... ich freue mich!.
Halte mich fest in Deinen Armen.
Gute Nacht, Deine Tanjala

Sausalito, 14. September
Mail von Iannis@Greco.com
To Tanja@homebase.ch
regarding Erstes Wunder …

Halleluja, Tanjala, es ist doch schon ein Wunder, dass Du den Anwalt fragen willst.
Schlaf gut und lots of love, Iannis

Ich warte auf Regina, um mit ihr zu Dr. Ritter, dem empfohlenen Scheidungsanwalt, zu gehen. Lang ist's her, seit ich vor dem „Odeon" Kaffee getrunken habe. Noch sind die Tische auf dem Gehsteig besetzt, doch bald müssen sich die Gäste fröstelnd in das Innere des Restaurants flüchten. Während meiner Lehre hat man sich nach der Arbeit hier getroffen, unbeschwert jung, abenteuerlustig. Gegenüber im Frisiersalon wird der Vorhang zur Seite geschoben, ein junges Gesicht späht herüber. Will der Lehrling wissen, wer von seinen Freunden sich bereits eingefunden hat? In zehn Minuten wird auch er hier unten seine Jugend genießen können. Eine seit langem entschwundene Empfindung schleicht sich in meine Erinnerung: das Gefühl von unbegrenzter Freiheit, die Sicherheit, dass das Leben ein Smörgåsbord von Abenteuern und Möglichkeiten bereit hält, dass ich meine Träume verwirklichen werde. Ich habe mich früher an diesem Tisch in diesen Aussichten bewegt wie in einer Sommerbrise, leicht und freudig.

Damals ist dieses Gefühl mit einem Schlag verschwunden und hat unbemerkt nicht einmal eine Leere hinterlassen. Pesche hat meine Schwangerschaft bemerkt. Er hat sie bemerkt, nicht ich. Er hat mich mit Absicht geschwängert. Neue Empfindungen haben die Alten abgelöst: Furcht, Trotz und Defensive. Furcht vor den Eltern und der Schande; Trotz, weil mich schon wieder niemand richtig aufgeklärt und bewahrt hat; Defensive, weil ich Pesche geglaubt habe, doch er hat mich reingeritten. Bevor ich Begehren, Liebe und Leidenschaft überhaupt kannte, war die Sommerbrise der Jugend vorbei.

Ob sich die Unbeschwertheit nach der Scheidung wieder einstellt? Oder war alles bloß jugendliche Illusion? Kann man die Grenzen später nicht mehr sprengen? Seit der Flucht hatte ich oft die Qual der Wahl, und selten habe ich die Konsequenzen richtig eingeschätzt. Habe ich das Erwachsenwerden übersprungen?

„Tanja, träumst du?"

„Hallo Regina, du holst mich gerade aus unserer Jugend zurück!"

„Tut mir leid, ich hab mich verspätet – wir müssen uns gleich aufmachen."

Ich rufe den Kellner und bezahle, dann machen wir uns Arm in Arm Richtung Zentralplatz und Anwaltskanzlei davon.

„Als wären wir gerade aus einer Zeitmaschine gestiegen. Hier schaut es aus wie im vorigen Jahrhundert", murmelt Regina, während sie die Kanzleitür von Fürsprecher Dr. Rudolf Ritter leise hinter uns schließt. „Eintreten und warten" hat die Aufforderung auf dem Schild angewiesen. Wenigstens ein „bitte" hätten sie sich wohl abringen können. Eine Glocke, wie früher in Spezereiwarenläden üblich, kündet unsere Ankunft an. Auch die abgetretenen Perserteppiche, die verstaubten Bücherregale mit den dicken Ledereinbänden und der schwach erleuchtete Korridor flössen mir kein Vertrauen ein; ich kann mir den Advokaten anhand der Einrichtung bereits vorstellen: Klein, dick und weißhaarig, meinem Vater nicht unähnlich; nikotinverfärbte Finger und Nägel; vom langen Lesen im schummrigen Licht leicht vorgebeugt, griesgrämig; aus einer Generation, in der Frauen noch wussten, wie man die Zähne zusammenbeißt und die Familie zusammenhält. Der soll unser Fürsprecher sein?

Ich raune Regina zu: „Raus hier, das gefällt mir nicht!"

Sie schaut mich verblüfft an und schüttelt den Kopf. „Kein Rückzieher, hier müssen wir durch."

„Nein, wirklich, ich kann mir den Kerl vorstellen, riech nur, staubig, mich fröstelt!"

„Geht die Angst mit dir durch oder deine Fantasie? Du kannst nicht wie ein aufgescheuchtes Pferd einfach wegrennen!" Regina, wie so oft mein Anker, hält mich zurück, als plötzlich Sonnenlicht durch eine geöffnete Tür im hinteren Teil des Korridors fällt. Eine große, spindeldürre Gestalt mittleren Alters kommt uns entgegen. Dr. Rudolf Ritter.

„Freut mich, meine Damen – wer will sich nun scheiden lassen?"

Gleichzeitig antworten wir wie ein Schülerchor: „Beide."

Dr. Ritter lacht: „Es wird erst im Dutzend billiger, kommen Sie herein."

Der Konferenzraum ist modern eingerichtet, mit einem weißen Tisch und einem Dutzend Sitzplätzen. Keine Bücher, aber an jeder Wand moderne Ölbilder. Gegenüber, hinter Dr. Ritter, sind alle Bilder in Rottönen gehalten. Hinter uns wird die Wand von Grün beherrscht.

Dr. Ritter sieht meinen Blick „Richtig, das Rot soll Sie stärken und mich soll das Grün besänftigen bei all den Ungerechtigkeiten, die ich hier zu hören bekomme. Diesen Raum habe ich noch zu Lebzeiten meines Vaters neu eingerichtet. Damals habe ich mir vorgenommen, später das ganze Büro modern anzupassen; vielleicht aus Pietät, vielleicht aus Faulheit habe mich einfach nie dazu aufgerafft."

Er gibt uns einen Fragebogen und wir füllen unsere Personalien aus. Ich halte inne. Scheidungsgrund? Ich habe es noch nicht oft ausgesprochen und es ist schwierig, den Grund niederzuschreiben: Alkoholsucht. Die Buchstaben sehen mich an wie eine Verräterin. Ich werde das Gefühl nicht los, eben wieder etwas verraten zu haben, was in der Familie bleiben sollte. Regina kaut an ihrem Daumennagel. Auch sie ist bei der letzten Frage steckengeblieben, sie setzt den Kugelschreiber mehrmals an und schreibt doch nicht.

Ich stupfe sie an: „Schreib: fremd gegangen." Wir lachen.

Dr. Ritter räuspert sich: „Eheliche Untreue des Ehegatten?"

Regina wendet errötend ein: „Er hat mich nicht verlassen. Es ist nicht wie damals, als meine Eltern plötzlich gestorben sind. Aber ja, er kommt manchmal nicht nach Hause, bleibt gleich bei ‚ihr'."

Schweigend mustert er meine Freundin, dann wird sein Gesicht weich. „Verlassen Sie, um nicht verlassen zu werden? Wollen Sie das wirklich durchziehen?"

Regina wird wieder die Selbstbewusste, Starke. Sie lässt ihre Faust auf den Tisch fallen. „Nein! Diese Angst hat mich zu lange gelähmt, soweit sehen Sie das richtig. Aber ich will die Demütigungen nicht mehr in Kauf nehmen und wehre mich … davon bin ich nicht mehr abzuhalten!"

„Amen. Dabei kann ich Ihnen helfen." Das Lächeln von Dr. Ritter ist spitzbübisch, dann wendet er sich zu mir: „Und was führt sie zu mir – außer Ihrer mutigen Freundin?"

Seine Menschenkenntnis beängstigt mich, gleich wird er auch in mich hineinblicken „Mein Mann ... trinkt ...", tröpfelt es aus mir heraus.

Irritiert beugt er sich vor: „Wie bitte?"

„Er trinkt", wiederhole ich.

„Alkoholsucht", schleudert er barsch in den Raum, „das können Sie ruhig laut sagen!"

Ich fühle mich zurechtgewiesen und echoe zornig: „Alkoholsucht!" Regina hat begriffen, dass er mich aufrütteln will und lacht.

Sein Gesicht wird wieder weich. „So würde ein Richter Ihnen glauben, Frau Teuscher, wenn er hört, dass auch Sie überzeugt sind."

Ich staune, fühle mich wirklich stärker in meinem Zorn; das ausgesprochene Wort hat mich nicht beschämt wie erwartet. „Danke."

„Noch etwas: Verirren Sie sich nicht wieder in dem Glauben an eine Mitschuld."

„Können Sie Gedanken lesen?"

„Nein, leider nicht, aber das ist der rote Faden auf dem Weg der Co-Alkoholiker. Sie sind nicht allein."

Da ist es wieder, das Verständnis, wie bei der Gruppe; es rüttelt an meinem Schuldberg, bis er in sich zusammenfällt; ein Verständnis, das meine Augen überlaufen lässt vor Erleichterung. Ich atme tief ein, fasse Mut: „Er will um die Kinder kämpfen. Bitte sagen Sie mir, dass das aussichtslos ist!"

„Nicht ganz, Sie müssen kämpfen lernen. Bereiten Sie sich vor: Schreiben Sie auf, wie der Alkoholkonsum Sie, Ihre Familie und die Arbeit Ihres Gatten beeinflusst hat. Lesen Sie das Ihrer Freundin vor, laut, sehr laut. Schuldigen Sie an, Sie müssen einen Krieg gewinnen. Beweisen Sie, dass die Kinder bei Ihnen besser aufgehoben sind."

Ich bin immer noch skeptisch. „Soll das eine Art Hausaufgabe sein?"

„So ist es. Ich möchte eine Kopie, damit ich die Scheidungspapiere vorbereiten kann." Er steht auf und räumt zusammen.

Regina klopft mir lachend auf den Rücken. „Wieder ein Detail erledigt."

„Selbstbewusst wie du, so will ich werden. Wieder einmal war die Angst, an den Tatsachen gemessen, überdimensional."

18

Wie ein aufgescheuchtes Huhn, zu keinem zusammenhängenden Gedanken fähig, schlage ich die Bürotür hinter mir zu. Peppo eilt herbei und deutet auf den Telefonhörer in meiner Hand.

„Für mich?"

„Notfall … Regi ist im Spital …"

„Soll ich dich hinfahren? Natürlich fahr ich dich, du zitterst ja. Wo ist der Autoschlüssel?" Ich will in die Tasche greifen, doch die Jacke hängt am Haken hinter der Bürotür.

„Tief atmen, Tanja, dann sag mir, was los ist", versucht mich Peppo zu beruhigen, als wir endlich viel zu schnell die Orpund Straße hinunter rasen.

„Die Notfallstation hat angerufen, Regi ist vom Pony gefallen. Wahrscheinlich ist die Schulter ausgerenkt oder gar gebrochen."

„Dann geht's ja nicht um Leben und Tod", stellt Peppo fest und schaltet einen Gang herunter. Es ist Stoßverkehr, in Gedanken beschwöre ich die Ampel, endlich auf grün zu schalten, und den langsamen Großvater am Zebrastreifen, uns den Vortritt zu lassen. Nichts und niemand schert sich darum. Nach einer gefühlten Ewigkeit kommen wir endlich am Spital an, aber alle Besucherparkplätze sind besetzt; Peppo stellt das Auto auf dem für Ärzte reservierten Platz vor dem Eingang ab und wir eilen in die Halle. Abrupt bleibt Peppo stehen und grinst verlegen: „Ich bleibe lieber hier. Mit meinem Stallgestank könnten sie sich die Narkose sparen – kommst du hier zurecht?" In meiner Reithose fühle ich mich auch nicht wohl in dieser sterilen Umgebung, aber ich habe ja nicht Ställe ausgemistet wie er, und wie ich aussehe, ist jetzt meine letzte Sorge.

„Regina Teuscher ist bereits wieder auf der Station", lächelt mir die nette Sekretärin am Empfang zu. „Zimmer 311, nehmen Sie Fahrstuhl C." Konzentriert folge ich dem Wegweiser zu C und betrete den Lift. Nochmals ein Test für meine Nerven: Es kann auf der ganzen Welt keinen langsameren Fahrstuhl geben als diesen hier zur Kinderstation. Dort, noch eine Glastür, endlich Nummer 311. Anklopfen? Ganz kurz. Ich öffne und bleibe wie angewurzelt stehen: Regi liegt bleich in den weißen Laken, das Spitalbett ist viel zu groß für meine kleine Maus. Auf dem Stuhl neben ihr sitzt Pesche und hält ihre Hand.

„Mama, es tut immer noch weh, schau!" Ich beuge mich zu meiner Großen, küsse sie sanft und betaste ihre Schulter. „Au, nicht!"

Ich möchte mich zu ihr hinlegen, sie in die Arme nehmen und trösten, doch das könnte ihre Schmerzen noch verschlimmern. Sachte setze ich mich auf die Bettkante und streiche ihr das feine, verschwitzte Haar aus der Stirn.

„Au", seufzt sie auf Vorrat.

Pesche stößt meine Hand weg. „So weit musste es ja kommen, du bist einfach nicht fähig, so kann es nicht weitergehen." Was meint er? Ich starre verblüfft in sein Gesicht, während er sich aufrichtet und in bedeutungsvollem Ton, als sei er der liebe Gott höchstpersönlich, sagt: „Dieser Unfall wäre nicht passiert, wenn du aufgepasst hättest; außerdem kannst du unmöglich ein krankes Kind pflegen und gleichzeitig arbeiten, du hast dir alles viel zu einfach vorgestellt. Wenigstens die Mädchen müssen auf jeden Fall wieder nach Hause kommen, in geordnete Verhältnisse."

„So, meinst du das?" Mein Herz krampft sich zusammen. Gibt er mir etwa die Schuld an dem Unfall? Hätte ich Regina und Regi den Ausritt nicht erlauben dürfen? Das Pony war jahrelang solide, habe ich etwas übersehen? Pesches überhebliche Haltung, seine blöde Bemerkung, ich wage kaum zu atmen. Er bemerkt meine Unsicherheit und mit vollem Selbstbewusstsein tröstet er die Kleine: „Jetzt wird alles wieder gut, Regeli, bald bist du wieder zu Hause." Regi schaut ängstlich zu mir und beginnt zu weinen.

Was für eine hirnrissige Idee, dass die Kinder bei Pesche besser aufgehoben wären. Der Ärger treibt Hitzewallungen durch meinen Körper hinauf bis in die Haarspitzen. „Nur jetzt nicht den Boden unter den Füßen verlieren", mache ich mir Mut. Die Tatsache, dass er Regi für seine Zwecke missbraucht, entfacht meinen Zorn und gibt mir die besonnene Kraft der Wolfsfrau; auf eine Auseinandersetzung im Krankenzimmer darf ich es nicht ankommen lassen, ich blase zum Rückzug, ohne mich erst auf diese Schlacht einzulassen, und stehe auf. „Regi, ich erkundige mich mal bei der Stationsschwester nach dem Befund, dann musst du mir haargenau erzählen, wie es geschehen ist."

„Mama, das Pony hat keine Schuld! Unser Pferdegetrampel hat einen Hasen aufgeschreckt und als er auf den Weg gesprungen ist, haben beide Pferde zur Seite gescheut. Ganz sicher, Pony kann nichts dafür, hätte ich mich konzentriert und die Zügel nicht durchhängen lassen, wäre nichts passiert. Bitte, bitte, sei nicht böse."

„Na, Süße, du hast ja bereits daraus gelernt, wie sollte ich da noch böse sein?"

Im Korridor will ich ein Verdauungsmoment allein sein und verdrücke mich in die Ecke zwischen Schrank und Fenster, da falle ich niemandem auf. Während ich meine heiße Stirn an die kühle Fensterscheibe lehne, versuche ich mich zu sammeln. Unten sehe ich mein Auto auf dem reservierten Ärzteparkplatz, diese banale Tatsache lenkt mich einen Moment lang von meinem Ärger ab und gibt mir Abstand. Was war eben los? Pesche hat versucht, mit meinen vorhersehbaren Gefühlen zu spielen wie auf einem alten Harmonium. Fast hätte er es geschafft, dass meine Gefühle hochgehen wie eine Rakete, aber wenigstens bin ich ruhig geblieben, auch wenn ich es nicht geschafft habe, ihm etwas entgegenzusetzen. Ich hätte lächelnd erwidern können, dass Mama und Regina einspringen werden und mein Boss verständig ist. Hätte ich … bei gesundem Selbstbewusstsein und ohne die Hypothek alter Gefühle.

Die Glastür zur Station wird heftig aufgestoßen. Aufgelöst stürzt Regina herein. „Wie geht es ihr? Ist etwas gebrochen? Hat sie eine Gehirnerschütterung?"

„Alles halb so schlimm, ich glaube, die Schulter war ausgerenkt. Ich wollte mich gerade erkundigen, komm mit."

„Glück gehabt", sagt uns die Pflegefachfrau, „die Schulter ist wieder eingerenkt, sonst fehlt ihr nichts. Überhaupt: Was für eine Idee, das Kind allein mit dem Pferd im Wald …" Reginas Anspannung löst sich in tiefem Schluchzen, sie lässt sich auf den Stuhl vor dem Schreibtisch fallen und vergräbt ihr Gesicht in den auf dem Pult verschränkten Armen. Ich massiere ihren verspannten Nacken und die Schwester beäugt ihre schmutzigen Stiefel. Ihr Blick drückt deutlicher aus als Worte, dass wir in unserer Aufmachung in ihrem sterilen Revier nichts zu suchen haben; schon gar nicht auf ihrem persönlichen Stuhl, an ihrem sauberen Tisch. Nun rümpft sie angewidert die Nase. „Die Kleine wird über Nacht beobachtet, aber morgen um zehn können Sie sie abholen." Fassungslos starrt sie wieder auf Reginas Stiefel und komplimentiert uns auf den Korridor.

Regina schluchzt immer noch: „Tanja, es tut mir so leid! Es war furchtbar. Regi hat geweint, nach dir geschrien. Ich konnte die Pferde nicht loslassen … keine Hilfe weit und breit." In einem offenen Schrank erspähe ich Papiertaschentücher und reiche ihr eine kleine Packung davon.

„Die Kleine konnte alles bewegen außer den Arm – keine Blutung, keine Verwirrung, da habe ich die Zügel an einen Busch gehängt und Arabeska und das Pony haben gemerkt, dass Not am Pferd ist; sie sind mäuschenstill dagestanden, ich rannte zum Bauernhaus in der Lichtung und rief einer Frau im Garten zu, dass wir einen Unfall hatten und die Ambulanz brauchen. Sie hat sofort begriffen und ich bin zu Regi zurückgehastet. Tanja, ich hatte solche Angst! Dann musste ich das Kind alleine im Krankenwagen zurücklassen und mich um die Pferde kümmern … Es war die schlimmste Stunde meines Lebens, es tut mir so leid …"

„Du hast ja einen Schock, soll ich die Krankenschwester rufen?" Vorsorglich schubse ich meine Freundin in Regis Zimmer. Sie blickt entgeistert zu Pesche, der im einzigen bequemen Lehnstuhl sitzt und mit zärtlichem Blick die schlafende Regi betrachtet.

„Pesche, Regina ist am Umkippen, sie braucht den Stuhl", flüstere ich.

Er steht auf und deutet auf die Kleine. „Sie schläft", erklärt er unnötigerweise. „Ich komme morgen Nachmittag wieder. Vielleicht könnt ihr ja schon bald nach Hause kommen." Ich verbeiße mir die bissige Antwort, die mir entschlüpfen will. Schließlich brauche ich ihm ja nicht auf die Nase zu binden, dass wir bis dahin längst bei mir sind. Währendem sich Pesche nochmals über Regi beugt, erkenne ich in seinem liebevollen Ausdruck Onkel Peter wieder. Seine Züge sind weich, Aggression, Furcht und Defensive sind gewichen, seine immer noch blutunterlaufenen Augen schimmern nass. Tränen? Entsetzt nehme ich das Ausmaß seiner Liebe wahr, seinen Schmerz, seine Hilflosigkeit. Aber da liegt noch etwas anderes in der Luft, vertraut und verboten. Ein mulmiges Gefühl macht sich in meiner Magengegend breit, eine unsichtbare Bedrohung, die langsam das ganze Zimmer füllt und mich auf alles gefasst macht; gleich wird er sagen: „Prinzessin". Wo kommt nur diese Idee her? Bin ich verrückt? Das alles wird mir zu viel, ich setze mich auf die Bettkante und weiß aus Erfahrung, dass sich seine Liebe zu Regi augenblicklich in Hass mir gegenüber verwandeln könnte. Er könnte sich aber ebenso gut umdrehen und versuchen, mich zum Abschied zu küssen; er hofft ja immer noch, dass ich morgen wieder bei ihm einziehe. Ich weiß nicht, welche Variante ich mehr verabscheue. Unverwandt und voller Zärtlichkeit nimmt er den Anblick seiner Tochter in sich auf und wischt verlegen eine Träne von seiner Wange. Pesche weint? Ich hätte ihn zu solcher Rührung nicht mehr fähig gehalten. Dann wendet er sich ohne ein weiteres Wort zum Gehen. Nachdem die Türe leise ins Schloss gefallen ist, atmen Regina und ich gleichzeitig mit einem Seufzer der Erleichterung tief durch.

Regina flüstert: „Hast du das gesehen? Gespürt?" Mich fröstelt.
„Meine Gefühle laufen Amok, zum ersten Mal habe ich seinen Schmerz gefühlt, seine Ausweglosigkeit, die Angst, die hinter seinem arroganten Gehabe lauert."
Regina zögert. „Es war nicht nur das. Wie er Regi mit seinem Blick aufgefressen hat, das macht mir Angst. Meine Haut hat es wahrgenommen, schau, die Härchen auf meinem Arm stehen immer noch!"
„Fühlst du seinen Schmerz über die Trennung ...?" Da, ich verniedliche wieder. Natürlich habe ich die sexuelle Energie erkannt! Das Phänomen wird immer zuerst von meinem Bauch begriffen, doch normalerweise vom Gehirn ausgeblendet. Jetzt hat es Regina angesprochen, die Worte haben ihm Wirklichkeit gegeben und ich erröte: „... oder die Lust in seinem Blick?" Unsere Blicke treffen sich, weitere Worte sind unnötig; schon gar nicht hier, im Krankenzimmer, vor der schlafenden Regi.

Die Nacht im Spitalsessel war unerquicklich. Am Morgen, um neun Uhr dreißig, durfte ich Regi nach Hause transportieren. Auf dem Heimweg haben wir Baba bei Grama abgeholt, nun sind wir wohlbehalten wieder in unserem Chalet und die Kinder schlürfen warme Ovomaltine. Gleich nach unserer Ankunft habe ich Oma angerufen und sie gebeten, Pesche auszurichten, dass es Regi gut geht und wir wieder zu Hause sind.
Endlich kann auch ich mich sammeln und Iannis berichten.

Mail von Tanja@homebase.ch
An Iannis@Greco.com
Betreff Stress

Iannis, Liebster, ich möchte mich an Deine Schulter lehnen und nullkommagarnichts denken. Die letzten vierundzwanzig Stunden waren hektisch und ermüdend, ich habe auf einem harten Lehnstuhl im Spital bei Regi geschlafen, die sich beim Sturz von ihrem Pony die Schulter ausgerenkt hat. Ein unumgängliches Intermezzo mit Pesche hat mich aufgewühlt. Er hat behauptet, dass ich für den Unfall verantwortlich und unfähig sei, zu arbeiten und mich gleichzeitig um ein krankes Kind zu kümmern.

Ja, ich habe mich sehr getäuscht, als ich gemeint habe, dass mit der Flucht das Schlimmste ausgestanden wäre und ich mit einem Arbeitsvertrag keine Sorgen mehr hätte. Sehe ich zu schwarz, wenn ich denke, dass das Schlimmste noch auf mich wartet? Dass Pesche seinen Hass wirklich auf den Rücken der Kinder austragen kann? Gibt es kein Gesetz dagegen? Warum ist es nicht sonnenklar, dass die Kinder in Fällen wie unserem der Mutter zugesprochen werden müssen?

Ich habe mich heute früh bei Dr. Ritter erkundigt, ob es mir erlaubt ist, Regi aus dem Spital heimzunehmen, obwohl ihr Vater nicht einverstanden ist. Er hat mir geraten, mich mit Pesche zu einigen und wahrscheinlich mein „Unmöglich!" bereits erwartet. Er wird noch heute die Scheidung einreichen – mit dem Antrag, dass ich bis zur Verhandlung das alleinige Sorgerecht kriege. Er hat mir zu meinen Hausaufgaben gratuliert. Er muss gewusst haben, wie schwer mir das akribische Festhalten der Details, wie sich die Alkoholsucht auf unsere Familie ausgewirkt hat, gefallen ist. Mein Bericht ist die ganze traurige Wahrheit, eine Anklage ohne Beschönigung, ohne dass ich mir wie sonst die Schuld gegeben habe. *Als ich meinen Bericht in der Co-Alkoholiker-Gruppe laut vorgelesen habe, kamen die Worte mit Wut aus meinem Bauch heraus. Am Schluss habe ich geschrien: „Und das ist die Wahrheit, nichts als die Wahrheit!", als würde ich vor dem Jüngsten Gericht sitzen. Zuerst waren alle mucksmäuschenstill, dann hat Grete Beifall geklatscht und die ganze Gruppe mitgerissen. Oma hat zusammengesunken geweint, die Arme. Dann hat sie zu mir geschaut und wiederholt: „Ja, genau so war und ist es. Hätte ich vor dreißig Jahren so einen Mut aufgebracht, wäre uns so viel Leid erspart geblieben!" Ich bewundere ihre Tapferkeit zu dieser verspäteten Einsicht – ob sie sich noch zu ein bisschen Glück aufraffen kann?*

Iannis, Du hast in Athen erwähnt, dass ich mich neu erfinden müsse. Damals habe ich über die Floskel gelächelt und gedacht: „Ich bin doch, wie ich bin." Weit gefehlt; ich war, wie ich wurde, habe bis jetzt meine Rolle auf der Bühne meines Legens gemäß meiner Erziehung und im Licht einschneidender Erlebnisse gespielt; der rote Faden war stets, den Erwartungen zu entsprechen, zu gehorchen und zu helfen, um geliebt zu werden. Jetzt aber sitze ich im Zuschauerraum und sehe mir zu – entsetzlich! Nun will ich das Drehbuch für den nächsten Akt selbst schreiben, in meinem Leben die Regie führen, zu meiner eigenen Musik tanzen. Erst jetzt, nach meiner eigenen Erfahrung, begreife ich Deine Worte vom Sich-selbst-Erfinden: Danke, mein Guru!

In Liebe, Tanja

Mail von Iannis@Greco.com
To Tanja@homebase.ch
regarding Nächster Akt

Tanjala, ich bin stolz auf Dich! Darf ich Dein Drehbuch lesen? Regi wünsche ich gute Besserung.
Big Kiss, Iannis

Seitdem mir der Mercedes bis zur privaten Straße gefolgt ist, schließe ich jeden Abend gleich nach Sonnenuntergang die Fensterläden, verriegle die Haustür, prüfe die Kellertür und den Summton des Telefons. Nach reiflicher Überlegung bin ich sicher, dass der Verfolger ein Kumpel von Pesche war, der meine Adresse auskundschaften sollte, und ängstige mich nicht mehr vor einem unbekannten Einbrecher. Aber auch Pesche würde ich lieber nicht hereinlassen – wenn es Nacht wird schon gar nicht!

Heute Abend ist es bereits kalt auf dem Berg, ich habe gleich nach der Verriegelung ein Kaminfeuer angezündet und mich an den Sekretär gesetzt. Die Scheidung wurde heute eingereicht, die Trennung ist offiziell, jetzt will ich diesen Schritt und meine neue Adresse meinen Freunden und Verwandten mitteilen. Lange Zeit starre ich ins Leere und weiß nicht, wo anzufangen. Soll es eine vervielfältigte Karte sein? „Wir haben uns getrennt, meine neue Adresse lautet …", oder „Ich habe Pesche verlassen …"? Mit Begründung? Nein, die können sie sich hoffentlich vorstellen. Oder sollte ich doch persönliche, handgeschriebene Briefe verschicken? Vielleicht sogar nur E-Mails? Ich bin versucht, an meinem Stift zu kauen wie als Kind bei einer schwierigen Prüfung. Der Buschfunk bei Mamas Verwandtschaft wird

wohl heiß laufen, wenn sie die Kunde vernehmen. Keine Frage, für wen die Stellung beziehen, da kann ich beruhigt sein – im Gegensatz zu Papas Familie, zu der auch Pesche gehört. Wahrscheinlich wussten sie schon immer, dass das nicht gut ausgehen kann, dass ich zu jung war und nicht zur Metzgersfrau tauge. Mir graut, ich schüre das Feuer mit einem eichenen Stück, das lange brennt. Mein Vorhaben zieht sich wohl in die Länge. Schließlich schreibe ich jedem ein paar persönliche Zeilen, benutze die Pro Juventute-Karten vom letzten Jahr, mit Blumen auf der Vorderseite. In den Schlusssatz flechte ich eine Einladung ins Chalet – nimmt mich wunder, ob sich jemand anmeldet.
    Am Schluss versende ich eine einzige E-Mail:

Mail von Tanja@homebase.ch
An valhalla@equestrian.com
Betreff Dank!

Lieber Johann, ich danke Dir herzlich für Deine Empfehlung. Meine Arbeit in der Reitschule ist jetzt besonders wichtig für mich und meine Mädchen, da ich mich von Pesche getrennt habe; ich weiß, Du wirst kaum erstaunt sein. Noch habe ich kein Pferd im Training, ich werde zu hundert Prozent im Büro gebraucht. Vielleicht wird es auch nie so weit kommen, denn Meister als Springreiter gibt Gas, er hat eine andere Trainings-Philosophie als Du. Meister zeigt ihnen den Meister, wahrscheinlich würde er meine Geduld mit den Pferden gar nicht verstehen.
Hoffentlich kannst Du Deine Träume im fernen Kalifornien verwirklichen, Deine Webseite zeigt wunderbare Pferde und ein paradiesisches Zentrum.
In Dankbarkeit, Tanja

Das Feuer knistert nicht mehr, ein bisschen Glut und die heißen Kacheln verströmen die letzte schwache Wärme. Die Kuverts habe ich besonders säuberlich beschrieben, um vielleicht trotz der schlechten Nachricht noch einen guten Eindruck zu erwecken.

Jedes Detail, das ich besorge, bekräftigt die Realität meines neuen selbständigen Lebens. Entsteht die Wirklichkeit durch die Erledigung von Einzelheiten? Ich hatte immer den Eindruck, dass mir eine schicksalshafte Wirklichkeit aufgedrängt wird, die mich zwingt, die Details zu meistern – oder zu verdrängen. Die neue Einsicht muss ich unbedingt im Drehbuch meines Lebens einflechten: Meine Wirklichkeit folgt der Besorgung der Details. Das sollte ich mir öfter vergegenwärtigen.

Ich reibe meine Augen, um vollends zu erwachen. Es ist noch früh und ich fühle mich frustriert wie nach einem Albtraum. An den bösen Traum kann ich mich nicht erinnern, dafür beschleicht mich eine Vorahnung. Ich stoße die Fensterladen in einen dicken Herbstnebel hinein auf und das Bewusstsein, was für ein Tag ist, schlägt ein wie ein Blitz – heute kriegt Pesche den Scheidungsantrag zugestellt. Ich lasse mich zurück auf mein Bett fallen und stelle mir vor, was passieren wird: In zwei Stunden wird an der Obergasse die Post verteilt und der Postmann wird eine Unterschrift brauchen. Im besten Fall ist Pesche im Laden beschäftigt, unterzeichnet, ohne sich ablenken zu lassen, und steckt das Kuvert ein, um erst beim Mittagessen darauf zurück zu kommen. Oder er öffnet dem Postboten zerknittert, verkatert und im Pyjama die Wohnungstür, flucht wegen der Störung, unterschreibt widerwillig und reißt das Kuvert vom Anwalt gleich missmutig auf. Wie wird er reagieren?

Natürlich habe ich Angst, dass er schon am Mittag im Chalet aufkreuzen wird und seinen Zorn nicht in Schranken halten kann. Es wird einen gewaltigen Streit geben, wie damals, als ich ihn vor die Wahl gestellt habe, sich zwischen mir und der Sauferei zu entscheiden. Die voller Hass hingeworfenen Worte, dass er mich eher umbringt, als sich scheiden zu lassen, treffen meine Seele noch immer wie ein Dolch. Stocknüchtern hat er diese schlimmste aller Drohungen ausgesprochen und ich war beleidigt und eingeschüchtert. Töten würde er mich nicht, war ich mir damals sicher gewesen. Er besoff sich im Wirtshaus und war dann zu Hause unflätig, eklig und gemein, aber er ist kein Säufer von der brutalen Sorte. Kein Mörder. Oder? Nun kann ich den Ernst dieser Drohung nicht mehr verdrängen. Wie weit würde er gehen?

Regi hat heute kaum noch Schmerzen, aber zur Schule gehen darf sie noch nicht. Ich will sie keinen Moment im Chalet allein lassen, darum fahren wir Baba alle zusammen in die Schule. Regi und ich setzen uns anschließend wie früher zum Kaffee auf die Terrasse des Restaurant Bourg.

„Tanja, guten Tag!" Alois setzt eine Tasse herrlich duftenden Kaffee und ein Gipfeli vor mich auf den Tisch und bleibt mit fragendem Blick stehen – als wäre ich ihm eine Erklärung schuldig. Erklärung für was? Oder möchte er mich warnen? Gehört ihm der Mercedes?

„Mama, eine warme Ovomaltine, bitte." Ich nicke und Alois holt die Bestellung. Regi hat die komische Situation gerettet und versucht nun, sich an die Tauben auf dem Brunnen anzuschleichen.

Frau Gerber nickt mir zu: „Was ist geschehen? Gibt es bei Ihnen einen Todesfall?" Ich schaue an mir herunter, um sicher zu gehen, dass ich nicht zufälligerweise schwarz in schwarz gekleidet bin, dann hebe ich fragend die Achseln. Nun lässt sich die alte Frau Menges mit finsterer Miene auf den Stuhl neben mir fallen und flüstert mir ins Ohr: „Ist es Oma? Gestorben?"

Eilig will ich verneinen, dabei geraten die Brosamen vom Gipfeli in meine Luftröhre. Vor lauter Husten kullern mir die Tränen aus den Augen, dabei schüttle ich wild den Kopf und wehre mit den Händen ab. Endlich kann ich stottern: „Wie kommen Sie denn darauf?" Plötzlich schwant mir Böses: Oma könnte tatsächlich etwas zugestoßen sein. Wie ein Film flimmert es durch meinen Kopf – Scheidungsantrag, Pesches Wut, Oma mit einem Herzschlag! Wäre das meine Schuld?

Frau Menges beäugt mich immer noch misstrauisch. „Wissen Sie das gar nicht? Die Metzgerei ist zu, für immer. Was ist passiert?"

Ich habe keine Ahnung und fühle mich ausgebremst. War wirklich was mit Oma? Oder Pesche? Oder ist heute bereits der erste Oktober? Ein Blick auf meine Armbanduhr bestätigt meine Vermutung. Gestern ist Omas Ultimatum abgelaufen. Hat sie tatsächlich ernst gemacht und die Metzgerei geschlossen?

„Regi, warte, bin gleich wieder zurück!" Ich lasse Frau Menges sprachlos sitzen und tue so, als ginge ich nach hinten auf die Toilette. Überstürzt schlüpfe ich jedoch durch den Hinterausgang auf die Kirchgasse, überquere eilig den Ringplatz, hetze vorbei an der Krone zur Metzgerei. Die Vorhänge sind zugezogen, wie während unseren Betriebsferien. Ein Plakat hinter der Scheibe, darauf von Omas Hand geschrieben: „Metzgerei geschlossen, Ladenlokal zu vermieten." Ich atme auf. Wow! Oma wehrt sich, ist Wolfsfrau geworden, hat gehandelt und sogar die Nachricht selbst geschrieben. Besorgung der Details, das macht auch sie stark. Liebe und Bewunderung für die alte Frau lösen die Furcht in meinem Herzen ab. Nun aber rasch zurück zu Regi! Ich betrete die Terrasse von der Kirchgasse her, was Regi, ihre Ovo schlürfend, sofort bemerkt. „Wo kommst denn du her? Hinten raus und vorne rein…" Der Kleinen entging nichts, ich lenke sie ab: „Soll ich Grama anrufen und ihr sagen, dass wir zum Essen kommen?"

„Mama, du rockst! Ich bin krankgeschrieben und darf mit dir auf den Markt, zu Grama und erst abends nach Hause gehen."

„Du bist kaum mehr krank, oder? Hast doch gar keine Schmerzen mehr, oder?"

Sie schüttelt den Kopf. „Neeein!" Ich merke, dass sie ein bisschen flunkert – Mütter haben da ein feines Gespür. Aber noch kann ich nicht heimgehen, will Pesche heute nicht begegnen.

Jetzt wälze ich mich unruhig von einer Seite auf die andere, um Schlaf zu finden. Dabei schaue ich auf den heutigen Tag zurück. Die Angst beim Aufwachen, der Besuch bei den Eltern, mein Bauchgefühl, das ständig Alarm geschlagen und meinen Verstand, der mich als irrationalen Angsthasen attackiert hat.

Was hat mich eigentlich dazu gebracht, meinen Eltern nach dem Kaffee die Briefe an die Verwandtschaft zu zeigen? Seit dem Teenageralter, als ich anfing, mich erwachsen zu fühlen, habe ich sie nicht mehr um ihre Meinung gebeten und immer versucht, mich um ihre Ansichten herum zu schlängeln. Über die Trennung von Pesche habe ich Mama telefonisch informiert, ihre Antwort überrascht mich noch heute. „Endlich! Wir haben ja Augen im Kopf", hat sie gesagt. Hatte sie meine Misere längst beobachtet? Mit ihrem Mutter-Feingespür? Ich hatte mich darauf gefasst gemacht, dass sie mir vorhalten würde, es hätte in unserer ganzen Familie noch nie eine Scheidung gegeben, was für eine Schande – die ganze Litanei. Ich meinte zu wissen, dass sie mich behandeln würde, als hätte ich die heilige Familienkuh geschlachtet. Aber nein, sie hatte Verständnis. Papa hat sein Einfühlungsvermögen mit Schweigen bekundet, eine besondere Leistung. Das alles hat mein Herz weich gemacht und nun wollte ich ihnen böse Überraschungen ersparen. Ich habe ihnen die Briefe an die Verwandtschaft vorgelesen und Mama hat bemerkt: „Unser Telefondraht wird heiß laufen, es ist gut, dass du uns vorbereitet hast."

Ich schrecke aus meiner Wachträumerei auf und bin sofort ganz Ohr für einen Wagen, der sich hochtourig die Bergstraße herauf windet. Ich kenne jede Biegung wie meine Hosentasche: Jetzt bremst er vor der Haarnadelkurve ab, treibt an auf der Geraden, nun die Hühnerkurve, die Strecke vor dem Wald … Das Geräusch verblasst im Gehölz, man hört nichts mehr, jetzt muss er hinter der Felswand entlang fahren, schießt wie aus dem Kanonenrohr weit unter dem Chalet die Hauptstraße entlang; „Nur nicht auf den Privatweg einbiegen", bete ich mit angehaltenem Atem. Er rast vorbei und ich schließe das Fenster, schelte mich eine panische Zicke und schleiche mich nochmals leise in das Kinderzimmer, um die Mädchen zu küssen und ein letztes Mal zuzudecken. Ich kann es mir nicht verkneifen, muss nochmals die Haustür kontrollieren, um sicherzugehen, dass der Schlüssel quer im Schloss steckt, so dass sich auch niemand mit einem Zweitschlüssel Zugang verschaffen kann. Ich muss mich beruhigen, möchte mit jemandem sprechen, doch ich traue mich nicht, Regina in meiner wahrscheinlich eingebildeten Panik mitten in der Nacht anzurufen. Iannis. Ja, rasch ein paar Zeilen an ihn, das wärmt mein Herz.

Mail von Tanja@homebase.ch
An Iannis@Greco.com
Betreff Angst

Liebster Guru, die Scheidung ist eingereicht und ich fürchte mich vor Pesches Zorn. Bestimmt ist meine Panik irrational, und doch kann ich sie nicht abstreifen. Plötzlich erinnere ich mich an verdrängte Szenen, als er mich gestoßen oder gar geschlagen hat und bin erstaunt, wie ich mir einbilden konnte, dass sie nicht zählen, weil ich mir die Schuld gegeben habe: Ich hätte ihn nicht reizen sollen, mit einem Besoffenen streitet man nicht, einmal ist keinmal, so habe ich ihn verteidigt. Iannis, wie habe ich es fertiggebracht, so blöde zu sein? Wären Enttäuschung und Scham zu unerträglich gewesen, wenn ich mir die Tatsache eingestanden hätte? Wie kann ich der Wahrheit entgegentreten und an Schlaf denken? Oh Iannis, wie wünsche ich doch, dass Du hier sein und das Karussell, das sich in mir dreht, anhalten könntest!
Deine Tanjala

Ich stelle ein Glas Milch in die Mikrowelle, löse einen Teelöffel Honig darin auf und trinke zur Beruhigung auf dem Weg ins Schlafzimmer. Ohne das Licht im Korridor zu löschen, lege ich mich todmüde wieder hin und schließe die Augen.

Peng! Klirren von Glas. Ich schnelle hoch, sitze einen Moment bolzengerade und wie versteinert. Was war das? Alle Fensterläden sind verschlossen, vor dem Glas der Haustür ist ein schmiedeeisernes Gitter, da kann keiner einsteigen. Doch im Geiste sehe ich, wie eine Hand durch die zerschmetterte Scheibe langt und sich an einer spitzen Zacke schneidet, Blut tropft auf den Holzboden, dann greifen zwei Finger den Schlüssel und drehen ihn um. Das Bild stoppt, wie gelähmt starre ich auf die helle Funzel im Korridor und horche angestrengt in der Hoffnung, dass es nur ein Einbrecher ist. Aber nein, die schlurfenden Schritte des besoffenen Pesche tappen sich die Holztreppe herauf, er schnaubt aufgeregt. Ich lege mich hin und stelle mich schlafend. Nur nicht reizen, wenn er sich hinlegt schläft er gleich ein. Vor Regis Zimmer hält er an und ich bete: „Bitte, bitte lieber Herrgott, lass ihn nicht zu den Kindern rein gehen, nur nicht in die Kinderzimmer ..." Jetzt stolpert er weiter und schlägt die Schlafzimmertür auf. „Da bist du ... untreues Biest!" „Fall auf das Bett, schlafe ein", denke ich wie schon hundertmal früher. Aber nein, er kommt zu meiner Seite, kniet sich auf die Bettkante, flucht unzusammenhängend: „... gewarnt ... nicht mit mir ... verlässt man nicht ... verdammt ... ewig schlafen ..." Ich weiche zurück, will über die andere Seite des Bettes entschlüpfen, aber er lässt sich mit seinem ganzen Gewicht auf mich fallen, seine großen Metzgerhände schließen sich um meinen Hals und ich sammle alle Kraft, um ihn von mir zu stoßen; doch ohne Atem kann ich sein Gewicht keinen Zentimeter bewegen.

Bilder rasen durch meinen Kopf: die Kinder, mutterlos; die Eltern am Grabe stehend; Iannis, der nie wissen würde, was geschah. Da zuckt ein Geistesblitz durch diesen Film: Ich muss mich tot stellen. Der Film reißt und mein Bewusstsein wechselt zu Zeitlupe. Ich sinke zusammen, gebe keinen Mucks mehr von mir, hole kaum Luft und halte schließlich den Atem ganz an. Abrupt lässt er los und fällt neben mir auf das Bett. Ganz sachte beginne ich wieder zu atmen, wobei mir seine Alkoholfahne entgegenschlägt. Mich schaudert. Er grunzt und schnarcht. Pesche schläft.

Langsam, um ihn nicht zu wecken, stehe ich auf und schleiche mich durch die Türe. Damit sich die Kinder nicht einschließen können, stecken bei uns alle Schlüssel außen. Leise versperre ich die Schlafzimmertür. Das wird mir Vorsprung geben, wenn er aufwacht und hinterher eilt. Ich hetze zu Baba, reiße sie an mich und ziehe auch die verängstigte Regi aus ihrem Bett und hinter mir her die Treppe hinunter. Dann wähle ich den Notruf, und als eine Frauenstimme antwortet, werde ich von Tränen geschüttelt, so, dass ich nur ein Wort herausbringe: „Hilfe!" Durch den nächsten Weinkrampf höre ich: „… sehe Ihre Nummer, wir sind gleich da, können Sie sich in Sicherheit bringen?"

„Raus, nur raus", stammle ich und ziehe die Mädchen hinter mir her. Bei der Garderobe erhasche ich Mäntel und Jacken, klemme sie unter den Arm, dann hasten wir die Wiese hinauf in den Wald. Zitternd packe ich die Kleinen in die viel zu großen Kleidungsstücke und wie ein Haufen Elend kauern wir zusammen, ich drücke meine Süßen an mich und wir weinen und warten.

19

„Typisch, stockbesoffen – aber gestanden hat er!" Der jüngere der beiden Polizisten schüttelt den Kopf, kommt die letzten Tritte herunter ins Wohnzimmer und löst die Handschellen von seinem Gürtel. „,Sie hat's verdient', hat er gelallt, wir nehmen ihn mit. Komm, hilf mir." Sie verschwinden im oberen Stock.

Haarklein habe ich ihnen vorher die Ereignisse aufgezählt: von der Drohung über Atemnot und Todesangst, als er seine Hände um meinen Hals gelegt und zugedrückt hat, bis zur Flucht ins Freie. Alles habe ich ausgesprochen, nicht wie üblich das Schlimmste verdrängt, Pesche nicht in Schutz genommen, zu viel ist nun endlich einmal zu viel. Die Devise „Was nicht sein darf, kann nicht sein" habe ich über Bord geworfen, jedes gestotterte Wort hat meine Seele entlastet. Fürsorglich hat sich der ältere der beiden zu mir heruntergebeugt, sein Blick war wie ein beruhigendes Streicheln, er hat verstanden.

Während ich die beiden Ordnungshüter informiert habe, sind Regi und Baba auf dem Sofa eingeschlafen. Werden sie morgen Fragen stellen? Wie viel Wahrheit können Kinder verkraften? Von oben hört man erst kurze Kommandos und dann Gepolter auf dem Holzboden. Ich setze mich beschützend zu den Mädchen auf das Sofa und bete, dass sie nicht aufwachen. Vom Korridor vor den

Schlafzimmern ertönt ein schleifendes Geräusch. „Kotz mir nur nicht auf die Schuhe", mahnt einer der Polizisten. „Lieber hier als im Wagen", entgegnet der andere. Oben an der Treppe haken sie Pesche unter und tragen ihn so herunter. Ich weiß nicht, ob sein Gelalle mir gilt oder den beiden Männern, er klingt unsäglich gehässig und anklagend. Der Polizeiwagen steht genau vor der Haustür, ich recke den Hals und sehe, wie sie die Tür zum Rücksitz öffnen. Der Jüngere hält die Hand auf Pesches Kopf, während sie ihn hineinschubsen. Dann knallen sie zu – wohl der einzige erlaubte Ausdruck ihres Zornes.

„Können Sie sich morgen früh auf dem Posten melden, um den restlichen Papierkram zu erledigen?", fragt der ältere Beamte und hält mir ein Formular zur Unterschrift entgegen; es ist ein kurzes Protokoll der Ereignisse. Ich möchte meinen Namen darunter setzen, doch ich kann meine Hand nicht stillhalten. Mein ganzer Körper zittert wie Espenlaub und Tränen stürzen heiß meine Wangen herunter, begleitet von unkontrollierbarem Schluchzen. „Jetzt nicht auch noch die Mädchen wecken", ist mein einziger Gedanke, und ich werfe mich hinüber auf den Sessel.

„Schock", sagt der Mann, ich weiß nicht, ob der andere Polizist eingetreten ist oder ob er mit mir spricht. „Sie sollten nicht allein sein, können wir jemanden rufen? Ihre Eltern?"

„Um Gottes Willen, nur nicht meine Eltern informieren, nur das nicht, da drehe ich endgültig durch!"

„Wir können Sie hier nicht allein lassen, Sie stehen unter Schock, geben Sie mir die Nummer einer Freundin." Sein Befehlston duldet keinen Widerspruch, ich kritzle die Nummer von Regina auf den Rand des Protokolls, dann geht er zum Telefontisch und wählt.

„An diesem Tisch, mit dem Kaufvertrag, hat alles angefangen", schießt es mir durch den Kopf. Dort kam diese überdimensionale Wut über mich, Zorn über die erneute Erpressung. Mit einem Schlag schien Pesche mit seinem alten Trick wieder meine Zukunft zu diktieren, ich fühlte mich wieder vergewaltigt, wieder schwanger. Dann, zwischen Telefon und Tisch, hielt neue Kraft Einzug – ich konnte sie spüren, Sie ermahnte mich, keinen Pakt mit dem Teufel einzugehen. Mit ihr habe ich mich heute Nacht gewehrt, um Hilfe gerufen, das Protokoll unterschrieben, damit werde ich mich jetzt zusammenreißen und erst Recht kämpfen. Morgen werde ich mit Dr. Richter sprechen, um herauszufinden, ob sich meine Aussichten auf das alleinige Sorgerecht gebessert haben. Ich wische meine Tränen weg, setze mich aufrecht und schnappe auf, wie der Polizist sagt: „In einer halben Stunde? Jaja, wir warten." Ich werde heute Nacht nicht allein sein.

„Wir helfen Ihnen dabei, die Kinder in ihren Betten zu verstauen, dann reicht es vielleicht noch für einen Kaffee", lächelt der Jüngere. Ich trage erst Baba die Treppe hinauf, dann versuche ich Regi vom Sofa zu heben. Unmöglich, sie ist viel zu schwer. Mit einer Kopfbewegung schicke ich die Männer in die Küche und geleite meine Große die Treppe hinauf.

Der Kaffeeduft weckt bereits auf der Treppe meine Geister, zwei Espressi stehen auf der Bar.

„Haben Sie für sich vielleicht einen Cognac? Der würde beruhigen." Ich finde im alten Buffet eine Flasche Brandy und schenke mir ein. Der Jüngere kontrolliert den Wagen. „Der schläft wie ein Stein", sagt er beim Hereinkommen. Durch das offene Fenster hört man einen Wagen die Bergstraße herauf kurven. „Regina!" Schon biegt sie in unsere Straße ein, hält hinter meinem Auto und kommt hereingestürmt – direkt in meine Arme. Die Umarmung, ihr Blick, die Tränen, ohne dass ein Wort gewechselt wird, verstehe ich ihre Gedanken: „Gott sei Dank bist du unversehrt; weißt du nun, wovor ich Angst hatte? Glaubst du mir jetzt? Ich bin für dich da, gemeinsam sind wir stark … was auch kommen mag!"

Der ältere Ordnungshüter stellt die Tasse laut auf die Kacheln der Bar und erhebt sich, wir wenden uns den beiden zu.

„Vergessen Sie nicht, morgen um neun auf dem Posten!" Händedruck, kurzer Gruß und weg sind sie.

„Pesche schläft mit Handschellen auf dem Rücksitz", erkläre ich, und Regina schaut auf meinen Cognacschwenker. „Willst du auch einen? Ist zwar nur Brandy und kein Sternecognac, aber er wirkt."

„Dritte Türe links, zu Frau Iseli", sagt die Polizistin am Schalter und hakt meinen Namen auf ihrer Liste ab. Ich folge dem muffigen Korridor, vorbei an „Gerber" und „Hofer" und klopfe bei „Iseli" an.

„Herein", ruft eine weibliche Beamtenstimme, ich trete sachte ins Zimmer. „Setzen Sie sich, Frau Teuscher."

Ich nähere mich dem Schreibtisch. „Guten Tag, Frau Iseli."

Sie schaut mit eindringlich an. „Wie ich gelesen habe, liegt eine schwere Nacht hinter ihnen." Sie deutet auf den Stuhl vor ihrem Schreibtisch, angelt die gelbe Kopie des Protokolls von letzter Nacht aus der Mappe mit der Aufschrift „Dringlich" und überfliegt die beiden Seiten. Ihr

Haar ist braun gefärbt und an den Ansätzen angegraut; die Uniform spannt und lässt ahnen, dass sie seit der letzten Kleiderzuweisung einige Pfunde zugelegt hat. Ihre Augen sind von einem diffusen grau-braun, sie trägt keinen Lippenstift; ich merke mir jedes Detail, damit ich nicht daran denken muss, weshalb ich hier bin.

„Sie wollen also Anzeige erstatten", stellt Frau Iseli fest, während sie den Blick hebt und mich über die Lesebrille hinweg anschaut.

Das Wort überrumpelt mich. „Anzeige? Ich dachte, dass das die beiden Polizisten bereits gestern Nacht getan haben." Schweiß bricht mir aus, mein Pullover klebt an mir wie im Hochsommer.

Frau Iseli schüttelt den Kopf: „Das war bloß das Protokoll, die Anzeige wird bei mir erledigt."

„Ich muss Pesche anzeigen?"

„Ihren Mann? So ist es."

„Wissen Sie, was das auslöst? Er würde rasend, die gestrige Nacht wäre ein Himmelbett, verglichen mit dem Fegefeuer, in das ich geraten würde – wird die Anzeige nicht von Amts wegen gemacht?" Was für eine einfältige Idee, dass ich selbst Anzeige erstatten soll. Diese Frau wird mir unsympathisch.

„Sie haben Recht, die Konsequenzen bleiben selten aus. Wir drängen deshalb darauf, dass Frau und Kinder sich bis zur Verhandlung absetzen, denn leider müssen wir Ihren Mann am Samstag freilassen, da sollten Sie und die Mädchen aus dem Haus sein."

„Das ist Wahnsinn, Entschuldigung!" Das Zimmer dreht sich im Kreis. Ich schließe die Augen und bedecke das Gesicht mit den Händen, wie ein Kind, das sich verstecken will. Meine Zukunft fällt in ein großes schwarzes Loch, es gibt keinen Ausweg; kann ich so überhaupt weiterleben? Ich muss, meine Süßen brauchen mich. Vielleicht. Wahrscheinlich könnte auch das jemand anderes besser als ich, die Versagerin. Müde schaue ich auf; sie schweigt, lässt mir Zeit. Ich muss mich zusammenreißen, die Frau kann nichts dafür, das ist ihr Job. Nun greift sie nach dem Hörer und wählt. „Stadtpolizei Biel, Iseli. Hätten Sie noch Platz für eine Mutter mit zwei Kindern?" Sie schüttelt den Kopf und verabschiedet sich. „Das Frauenhaus ist voll besetzt, sorry. Hab gehofft, dass ich Ihnen helfen kann. Wo könnten Sie sonst für ein paar Wochen bleiben?"

Wo kann eine Mutter mit zwei Kindern einfach so unterschlüpfen? Was denkt sich die Polizistin eigentlich? Man sollte nicht meinen, dass dies ihr täglich Brot ist, wenn ihr nicht mehr dazu einfällt.

„Am besten blase ich die Anzeige ab", erkläre ich kleinlaut und bin wieder den Tränen nahe.

„Überlegen Sie sich das noch mal, vielleicht können Sie die Situation mit ihrer Freundin besprechen, Regina, die bei Ihnen geschlafen hat. Ich würde empfehlen, alles durchzugehen und die Anzeige zu starten. Einmal ist nicht keinmal – einmal ist das erste Mal. Können Sie um vier Uhr wieder vorbeikommen?" Als ob sich die Situation bis dahin ändern würde. Aber ich nicke.

„Und, Frau Teuscher, es tut mir leid, dass das alles passiert ist." Da versteckt sich hinter der Beamtenmiene doch ein Herz. „Ich werde hier sein, danke."

So, wie ich aussehe, verweint und übernächtigt, kann ich mich nicht in der Bourg auf einen Kaffee hinsetzen; ich fahre zu Regina an den See. Der Parkplatz für Besucher ist nicht besetzt, im Rückspiegel ordne ich mein Haar und trage Lippenstift auf, schnappe meine Handtasche und gehe hoch.

Reginas Augen weiten sich, als ich von der Anzeige und der baldigen Freilassung erzähle. Entsetzt greift sie nach dem Telefon. „Hier kann uns nur Joachim weiterhelfen", murmelt sie und wählt.

„Hast du gesagt Joachim? Richter? Seit wann bist du mit ihm per du?"

Am anderen Ende wird abgehoben und Regina winkt mir, still zu sein. Ist da eben ein schelmisches Lächeln über ihr Gesicht gehuscht? Ich entnehme ihrem Gespräch, dass wir umgehend in die Kanzlei gehen sollen.

Dr. Richter erwartet uns im Treppenhaus, begrüßt mich mit einem Händedruck und will mich durch die Tür komplimentieren. Aber ich warte neben Regina, denn trotz meiner Aufregung regt sich Neugier; ich will ihre Begrüßung beobachten. Er öffnet die Arme, Regina streckt ihm die Hand entgegen und sagt sehr herzlich guten Tag. Damit kann ich mir den Stand der Dinge ein bisschen zusammenreimen – er ist verliebt, sie ziert sich. Regina ist mir noch eine Story schuldig.

Am Konferenztisch reiche ich Dr. Richter meine Kopie des Protokolls der gestrigen Nacht und das Anzeigeformular, er liest sie langsam und sein Gesicht färbt sich rosa, immer dunkler.

„Was für eine gottverdammte Schweinerei – Entschuldigung, so zornig werde ich selten." Er blickt suchend nach Regina. Hat er eben einen schlechten Eindruck gemacht? Sie lächelt beinahe und er fährt fort: „Das ist eindeutig, Sie müssen weg!"

Mir rutscht das Herz in die Hose. „Wenn ich keine Anzeige mache, wird Pesche sich vielleicht beruhigen, denken Sie nicht?" Innerlich zweifle ich selbst daran.

„Sie müssen Anzeige erstatten, man lässt so etwas kein einziges Mal durchgehen! Nochmals Entschuldigung, das war schon wieder nicht professionell. Ich meine natürlich, dass ich eine Anzeige unbedingt empfehle."

Regina wendet sich zu mir: „Tanja, tue das Richtige. Ich werde bei dir sein, Tag und Nacht, gemeinsam werden wir eine Lösung finden."

„Falls es eine gibt ...", flüstere ich zurück, Dr. Richter hat die Ohren gespitzt.

„Ich werde Regina unterstützen und Sie, Frau Teuscher, nicht nur vertreten, sondern mich auch persönlich für Sie einsetzen. Sie sind nicht allein."

Von Regina kriegt er wiederum ein warmes Lächeln; es knistert, er hat gepunktet. „Wir werden dich beim Wort nehmen, wir brauchen alle Hilfe, die wir kriegen können", erwidert sie charmant.

Ich bleibe auf dem Boden: „Meinen Sie, dass ich mir eine neue Wohnung nehmen muss? Die Kinder sollten die Schule nicht wechseln müssen."

Dr. Richter wird wieder ernst: „Ich dachte eher, dass Sie die Mädchen aus der Schule nehmen und bis zur Verhandlung unauffindbar sein sollten. Bei Ihren Eltern, bei Regina, in der Schule, dort wird er Sie suchen. Gehen Sie in die Ferien, an einen Ort, wo sie noch nie waren und von dem Sie noch nie gesprochen haben."

Ich kaue auf meiner Unterlippe. Würde ich meinen Job verlieren? Wie groß ist die Reserve auf meinem Konto? Aus meiner Mutlosigkeit wird Trotz: Was mich nicht tötet, macht mich stärker. Eine furchtbare Einsicht schüttelt mich, ich richte mich auf und hebe langsam den Blick. „Es geht um Leben und Tod, nicht wahr? Ich werde tun, was Sie für nötig erachten – aber wie?"

Regina und Dr. Richter atmen auf, Erleichterung füllt den Raum, just als die Kirchenglocken einsetzen.

Regina legt die Hand hinter ihr linkes Ohr und deutet mit einer theatralischen Geste nach draußen: „Der Himmel ist uns gnädig." Dabei ist sie normalerweise weder christlich noch kitschig – doch verliebt?

Dr. Richter räuspert sich und überreicht mir den Antrag zur Anzeige.

„Würden Sie das für mich ausfüllen?", frage ich, jetzt wieder scheu.

„Es würde Sie stärken, das selbst zu Papier zu bringen. Wir werden, falls nötig, Punkt für Punkt gemeinsam formulieren." Ich ergreife den Kugelschreiber. Mit jedem Wort werden die Szenen der letzten Nacht wirklicher, Dr. Richter lässt mich bei meiner Beschreibung nichts verdrängen oder beschönigen.

Als ich das Ganze am Schluss laut vorlese, meint Regina: „Kaum zu glauben, dass wir in Betracht gezogen haben, ihn nicht anzuzeigen."

„Jetzt bin ich eben nicht mehr zu feige", erwidere ich. „Dank eurer Hilfe!"

Dr. Richter steht auf. „Soll ich die Anzeige am Nachmittag auf den Polizeiposten bringen?"

Regina und ich blinzeln uns zu und sie grinst verschwörerisch: „Wir kümmern uns jetzt um dieses Detail. Aber deinen Rat brauchen wir immer noch, Joachim, dürfen wir morgen noch mal anrufen?"

„Anrufen, vorbeikommen, ich bin immer für euch da. Haltet mich auf dem Laufenden; bis morgen Abend sollte der Aufenthaltsort entschieden sein. Und, Regina, dein Angebot, Tag und Nacht bei Tanja und den Mädchen zu bleiben, war doch ernst gemeint, oder?"

Sie nickt: „Natürlich!"

„Seid vorsichtig." Damit wird mir der Ernst der Situation richtig bitter eingetrichtert – als wäre das noch nötig gewesen!

Wir verabschieden uns und ich gehe zielstrebig voraus. Im Lift beginnen wir gleichzeitig zu sprechen:

„Ferienwohnung, eine Ferienwohnung müssen wir finden, los, ans Telefon!"

„Können wir das jetzt bei dir machen und auf den Berg gehen, nachdem wir die Mädchen abgeholt haben und bei Frau Iseli waren?"

„Wir teilen uns in die Telefonate."

„Gleichzeitig können wir Packlisten schreiben."

„Winterkleider."

„Die Schule benachrichtigen und meine Mutter … am besten besuche ich sie morgen, wenn die Mädchen in der Schule sind."

Der Lift geht auf, Verschnaufpause. Tief in Gedanken gehen wir zum Wagen.

Auf der Heimfahrt platze ich beinahe vor Neugierde: „Was war nun mit Joachim? Was hast du mir verheimlicht?"

„Es fing ja gerade erst an, nichts von wegen verheimlicht. Er hat mich gestern zum Nachtessen eingeladen, wir haben im Seeblick Eglifilets gegessen und den Sonnenuntergang genossen. Er ist ein herzensguter Mensch."

„Herzensgut, Eglifilets, Sonnenuntergang ... und dann? Was noch?"

„Ein kleiner Kuss zum Abschied, du hast doch wohl gemerkt, was läuft."

„Geknistert hat es, ja, das war offensichtlich; aber noch zierst du dich!"

Der hektische Tag ist zu Ende, ich wälze mich in Babas Bett; Regina und die Kleine schlafen im Schlafzimmer. Ich weiß nicht, ob ich dort noch irgendwann einmal ruhig schlafen kann, die Szene mit Pesche würde mich in diesem Bett immer wieder erschrecken. Die Kinder freuen sich auf die Ferien, ihre Koffer sind gepackt. Aber wohin? Es ist die Zeit der Herbstferien, die letzten klaren, warmen Tage ziehen die Touristen immer noch an. Man hat uns einige schändlich teure Wohnungen angeboten, aber ich kann mir nicht Tausende leisten. Ich setze mich auf, mache Licht und schreibe „Reiseapotheke" auf die Liste. An Schlaf ist nicht zu denken, ich husche runter und setze mich vor den Kamin, vor die letzten warm glühenden Scheite. Sie erinnern mich an Iannis, mit ihm haben wir hier oben das erste Kaminfeuer angezündet; ich mache den Laptop an, ein kurzes Flimmern, warten, Mail anklicken.

Das Drama der letzten Nacht, die Details des heutigen Tages, das alles berichte ich Iannis in einer langen Mail. Lange schaue ich versonnen auf den Bildschirm, da taucht unten rechts der Zwerg auf: „Tanja, Sie haben Mail!"

Mail von Iannis@Greco.com
to Tanja@homebase.ch
regarding Um Gottes Willen, ich bin für Dich da

Liebste Tanjala, schreibe, wie ich helfen kann,
with lots of love, Iannis

Ein warmes Gefühl huscht durch meinen Körper. Seit diesem Sommer habe ich zum ersten Mal im Leben treue Freunde – wie kommt das? Angefangen hat es am ersten Abend in Athen und am ersten Abend auf Antiparos. Ich war wie ein Kessel mit Überdruck, so verzweifelt habe ich mir gewünscht, aus meiner verzwickten Lage herauszufinden. Da hat sich das Ventil geöffnet und ich habe meine Geheimnisse gegenüber Iannis und Regina gelüftet. Auch zu Andreas war ich offen, in der Co-Alkoholiker-Gruppe und zu Oma. Es hat gutgetan, als ich mir erlaubt habe, authentisch zu sein und meine Realität zu teilen. Das Orchester macht mein Solo erst zur Musik. Nun will ich schlafen und morgen auch meinen Eltern offen berichten.

Die Kinder sind in der Schule, eben habe ich bei meinen Eltern geläutet. Mama öffnet mir die Tür. Unsere Umarmung ist herzlich, die Kaffeetassen stehen schon auf dem Tisch. Wir sind allein, Papa musste zum jährlichen Arztbesuch.

Mama schaut mich prüfend an. „Was ist? Du hast etwas auf dem Herzen, ich spüre es."

Detailliert berichte ich von der Nacht und von der Anzeige.

„Es hat mich große Überwindung gekostet, ihn nun auch noch anzuzeigen."

Mamas Augen werden groß wie Wagenräder. „Das hast du wirklich geschafft? Ich bin so stolz auf dich, meine Große!"

„Stolz auf mich? Mama, das ist das erste Mal in dreißig Jahren!" Dabei habe ich mir genau das immer gewünscht, wirklich, solange ich lebe. „Stolz ist eine gute Art von Liebe zu einem Kind, ich rühme die Mädel, so oft ich kann."

„Dummerchen!" Mama schüttelt den Kopf.

„Ich hatte immer das Gefühl, nicht gut genug zu sein, nicht liebenswert."

„Ja, ich weiß, heute erzieht man anders, auch ich habe dazugelernt – aus Fernsehsendungen und Büchern. Ich bin heute einsichtiger. Um euch zu fördern, haben wir verlangt, dass ihr noch besser oder noch schneller arbeiten und noch bessere Noten heimbringen sollt … Na ja, so war es schon bei meinen Eltern." Ihre Mundwinkel sind schmerzhaft verzogen, sie tupft die Augen, bevor die Tränen herunterkullern. „Es tut mir so leid! Kannst du dir vorstellen, dass wir euch aus Liebe so erzogen haben?"

„Nein!" Ernst und verletzt will ich Mama nicht beschönigen lassen. Zu sehr habe ich mir diese Liebe gewünscht, aber dazu hat sie sich keine Zeit genommen. Gehorsam habe ich mich bis zum Geht-nicht-mehr bemüht, Gehorsam war das goldene Kalb meiner Jugend. „Die Bestnote in Deutsch habt ihr nicht kommentiert, höchstens gesagt, dass ich im Rechnen mehr aufpassen und härter arbeiten müsse." Offenheit ist schwierig. Hat es einen Sinn? Scheinbar wurde Mama von sich aus einsichtig – wem nützt meine Verbitterung jetzt noch? Bis jetzt nur mir, soll sie nun auch Mama schaden?

„Tanja, ich bin wahnsinnig stolz auf dich. Wie du jeden Tag im Laden gestanden bist, wie lieb du die Mädchen erziehst, deine Reiterei, wie du dich jetzt gewehrt hast … Ich bewundere dich!"

„Nun übertreibe mal nicht, Mama."

„Du weißt ja nicht, wie oft ich mich wehren wollte und mich nicht getraut habe. Mir ist nichts so Schlimmes passiert wie dir, es waren eher Ungerechtigkeiten, gegen die ich nicht ankam – bin halt noch eine andere Generation, und dein Vater ist sogar zwei Generationen zurück in seiner Gesinnung. Wie oft musste ich hören: ‚Der Mann ist das Oberhaupt der Familie', und: ‚Wer zahlt, befiehlt'. Das würgt jede Diskussion ab, erlaubt keine Auseinandersetzung – nur Stiche, bis das Herz blutet."

„Uff, ich erinnere mich an diese blöden Sätze. Ich habe sie für bare Münze genommen."

„So hat unsere Welt damals ausgesehen, das war die Rolle der Väter in vielen Familien. Denke daran, dass wir Frauen in der Schweiz erst 1971 das Stimmrecht erhalten haben – heute kann man sich das kaum mehr vorstellen."

„Mama, in Amerika durften die ehemaligen Sklaven bereits hundert Jahre früher stimmen, Wahnsinn!"

„Tanja, bitte vergib mir, ich will so viel wie möglich wiedergutmachen."

Mama setzt sich hin und sagt erleichtert: „Wenn du für diese Zwangsferien eine teure Wohnung mieten musst, helfen wir gerne aus. Ich würde auch während der Verhandlungen auf die Mädchen aufpassen. Was immer du brauchst, sag es. Ich bin so froh, dass du offen und ehrlich mit mir geredet hast und wir mal wissen, was los ist." Mama streckt mir auf dem Tisch beide Arme entgegen, wir verschränken die Hände wie in einer Umarmung, bis sie sagt: „Nimm noch ein Stück Kuchen, das tut dir gut." Das ist wieder typisch meine Mutter.

Ich bin neugierig und frage: „Aber sag mal, was hättest du anders gemacht, wenn du dich getraut hättest?"

Mama senkt den Kopf und schaut mich von unten herauf an. „Um Gottes Willen, Kind, willst du Pandoras Büchse öffnen?" Sie zögert. „Ja da ist ein Herzenswunsch ... seit meiner Kindheit."

„Los, raus damit!"

„Ich wünsche mir so sehr ... einen Hund!" Ich schnappe nach Luft und sie verniedlicht: „Nicht einen großen, eher so etwas wie der von Frau Müller, zum Kuscheln."

„Ups, wo bleibt da die Bescheidenheit? Nein, ehrlich: Wenn du einen Hund willst, erledige die Details: Finde eine Rasse, die dir gefällt, gehe in den Zwinger und kauf deinen kleinen Fifi. So simpel ist das."

„Nein, so simpel ist es nicht", sinniert sie, „weißt du, wie viel Überwindung das kostet?"

„Ich weiß, und wie ich das weiß! Was dich nicht umbringt, macht dich stark! Freiheit wird nicht von den Bäumen geerntet und auch nicht aus dem Ozean gefischt – Freiheit wird errungen!"

Mama schaut mir in die Augen. „Das muss ich wohl erleben, bevor ich's glauben kann."

„So ist es", sage ich naseweis und stehe auf. „Ich muss in die Reitschule, um Bescheid zu sagen, dann die Mädchen in der Schule für Extraferien abmelden und den Anwalt um Rat fragen wegen der Ferienwohnung. Regina hatte eine Idee, aber sie wollte mir noch nichts verraten; seit ihrem neuen Flirt ist sie eine Geheimnistuerin."

Es ist bereits fünf Uhr zehn, ich warte mit Regina vor dem Schulhaus auf die Mädels. Das Auto ist gepackt. Um diese Jahreszeit muss ich die Winterkleider hervorholen, denn in den Bergen kann es im Spätoktober bereits grausig kalt werden.

Regina hat ein Wunder vollbracht und eine Ferienwohnung in Gstaad gefunden – gratis! Sie war schon am Morgen bei ihrem Joachim und hat ihn wohl bezirzt und dazu gebracht, uns alle einzuladen. Beim Nachtessen am Mittwoch hat er sie in sein Chalet eingeladen und sie hat freundlich mit „Vielleicht später einmal" geantwortet. Nun ist sie auf das Angebot zurückgekommen und er hat sofort eingehakt: „Wenn ich zu Besuch kommen darf ... und zwei Mahlzeiten serviert kriege, pro Tag, versteht sich ... und mich mit euch vier Hübschen im Dorf zeigen darf ... dann ist das ein Deal. Ich habe mich schon lange gefragt, wie es wäre, eine Familie zu haben, nun könnte ich üben." Dieser letzte Satz, typisch Anwalt, sorgfältig abgezielt, traf Regina mitten ins Herz. Als sie mir davon errötend erzählt hat, habe ich ihr geraten, Wolle für ein Babyhäubchen mitzunehmen – so schön, zusammen zu lachen!

Aber langsam ist mir nicht mehr zum Lachen – wo sind meine Kinder? Regina wartet im Flur und ich suche die Klassenlehrerin, Frau Wiggenhauser.

„Die Mädels?" Die Lehrerin runzelt die Stirn. „Ihr Vater hat sie doch schon um drei Uhr aus der Klasse abgeholt, ich dachte, das sei mit der Direktion abgemacht; sie haben ja Sondererlaubnis auf unbestimmte Zeit."

Ich taumle zum nächsten Stuhl. Der Luft, die ich atme, fehlt der Sauerstoff, es ist, als würde mein Herz den Dienst versagen. „Neeeiiin!", schreie ich in das Schwarz, das mich umhüllt. „Neeiin, vor ihm müssen wir doch fliehen!"
Schneeweiß im Gesicht und mit zitternden Händen setzt sich die Lehrerin vor mir auf das Pult, steht aber mit einem Ruck gleich wieder auf.
„Heiliger Josef und Maria, wir müssen die Polizei alarmieren." Sie rennt schnurstracks zum Lehrerzimmer und ich stehe mühsam auf.
„Was ist denn in Frau Wiggenhauser gefahren?", meint Regina, als ich in den Korridor trete.
„Regi und Baba ... Pesche hat sie bereits um drei hier abgeholt. Frau Wiggenhauser ruft die Polizei." Diese kommt bleich auf uns zu.
„Sie werden schnellstens hier aufkreuzen, vom Rosius bis hierher ist es höchstens drei Minuten." Wirklich, ich höre bereits die Sirene.
„Was haben Sie ihnen gesagt?", will ich wissen.
„Kindesentführung im Plänke-Schulhaus, ist doch richtig so?" Wir nicken und hören, wie sich das Martinshorn nähert. Mittlerweile sitzen wir alle geschwächt auf der Treppe und Frau Wiggenhauser murmelt: „Ist wohl niemand mehr im Büro, ich muss den Vorfall dem Direktor telefonisch melden ..."
Das Polizeiauto stoppt vor dem Hof. Zwei Beamte kommen mit strammem Schritt auf uns zu und stellen sich kurz vor. Die Namen registriere ich in meiner Aufregung nicht.
Während die Lehrerin den Vorfall schildert, klaube ich das Protokoll von Mittwochnacht aus der Tasche und

die Kopie der Anzeige. „Hier, lesen Sie!" fahre ich die beiden an. „Bis Samstag wolltet ihr ihn einsperren. Ist er ausgebrochen?"

Die beiden geben sich plötzlich nicht mehr so cool. Sie schauen sich an und keiner will mit dem Sprechen beginnen.

„Frau Teuscher", sagt der junge Sportliche, „am Samstag sind wir manchmal schwach besetzt, da entlassen wir gelegentlich bereits am Freitag. Das ist jetzt ganz dumm gelaufen."

„So ist es nicht", meint der Dickliche. „Schau, hier auf dem Protokoll steht, dass wir ihn vor Mitternacht festgenommen haben, da durften wir ihn nur bis heute behalten."

Nun mischt sich Regina ein: „Wir sind auf der Flucht, bis zur Verhandlung hätte er uns nicht gefunden. Alles ist reisefertig gepackt und ihr verderbt den ganzen Plan! Wissen Sie eigentlich, was Sie da angerichtet haben?!"

Der Dickliche fasst sich: „Wir müssen das jetzt professionell behandeln. Wissen Sie, wo er sich aufhalten könnte? Hat er Beziehungen ins Ausland?"

Der Klumpen in meinem Magen dreht sich. „Nein, hat er nicht. Ich nehme an, dass er sie zu sich nach Hause gebracht hat – wir leben getrennt."

„Wie lautet die Adresse? Die sind manchmal schnell über die Grenze, wenn es um Entführung geht." Ich teile die Anschrift mit und wir eilen zum Auto.

Vor der Haustür wende ich mich an die drei: „Warten Sie hier, ich will erst mal allein mit ihm reden."

Aber davon wollen die Polizisten nichts wissen. „Wir kommen mit ins Treppenhaus."

„Aber nur so weit, dass er sie nicht sehen kann, wenn er die Tür aufmacht", stimme ich zu.

„Ihre Freundin sollte besser bei Ihnen bleiben, Sie sind im Moment nicht stabil."

Die Wohnungstür ist verschlossen, ich läute dreimal kurz, wie wir das in der Familie gewohnt sind. Regi schreit: „Mama!" Baba weint: „Wir dürfen nicht aufmachen, Papa hat es verboten." Ich setze mich auf die zweitunterste Stufe der Estrichtreppe gegenüber der Wohnungstür, Regina steht still im Korridor.

„Pesche, mach auf, ich will die Mädchen holen!"

Ich höre seine Pantoffeln auf dem Holzboden daher schlurfen, er nähert sich; jetzt muss er dicht hinter der Tür stehen.

„Das kannst du vergessen, nach dem, was du mir angetan hast. Für mich bist du gestorben, und die Mädchen bleiben bei mir. Verschwinde!", röhrt er wie ein Feldwebel.

Der Kopf des Polizisten erscheint hinter dem Treppengeländer und deutet mir, weiter zu reden. Ich spüre, dass ich Pesche nicht noch wütender machen darf und nehme mir vor, Verständnis zu heucheln.

„Mach auf, damit wir reden können, es tut mir ja leid, dass sie dich gleich mitgenommen haben, das wollte ich nicht." Aufgebracht fällt er mir ins Wort: „Und die Anzeige? Was soll denn das? Sogar einen Anwalt hast du aufgescheucht; du wolltest Krieg, den hast du nun, raus aus diesem Haus!"

„Pesche, du darfst mich nicht hassen, Hass macht uns beide noch unglücklicher. Unsere Familie besteht ja immer noch, nur nicht mehr so wie früher." Baba weint: „Ich will zu Mama!" Er schickt sie unwirsch ins Kinderzimmer und ich trete ganz nahe an die Tür.

„Mach auf, wir wollen Frieden schließen, komm schon." Einen Moment ist es still, dann sagt er mit veränderter Stimme: „Meinst du das ehrlich? Versprich mir, dass du wieder zurückkommst!"
Ich schaue hilflos zu Regina. Soll ich etwa lügen? Sie nickt vehement.

„Ja", antworte ich. „Ich will wieder deine Prinzessin sein, erinnerst du dich?"

Weinerlich erwidert er: „Das ist gelogen, kein Mensch kann mich lieben, den Nichtsnutz, den Säufer, sogar die Metzgerei habt ihr mir weggenommen. Meine Mutter hat mich schon als Kleinkind nicht geliebt, ja, richtig vernachlässigt hat sie mich, geschimpft, wenn ich nach ihr geschrien hab. Für sie hat nur die Kundschaft gegolten. Vater hat mich ein Weichei gescholten, als ich im Schlachthaus geweint und gekotzt habe; ich solle mich zusammennehmen, so werde aus mir nie ein richtiger Mann. Die Kameraden haben mich ausgelacht, weil ich nicht unten auf der Straße spielen durfte. ‚Mamahöck', haben sie mir nachgeschrien. Du, nur du hast zu mir aufgeschaut, Prinzessin."

Wie eine Achterbahn rasen meine Gedanken; Verständnis und Mitgefühl wechseln mit Entrüstung, Erbarmen und Zorn. Wenn ich an die Vergewaltigungen zurückdenke, daran, wie er meine kindliche Zutraulichkeit missbraucht und mich dann mit der Bezahlung der Reitstunden erpresst hat, möchte ich vor ihm ausspucken und ihm ein für alle Mal klarmachen, was er mir angetan hat, dieser Dreckskerl! Doch das darf ich nicht, jetzt ist Theater gefragt und ich spiele die Barmherzige. Der Polizist auf der Treppe zeigt mit dem Daumen nach oben und nickt mir aufmunternd zu.

Ich reiße mich für die nächste Heuchelei zusammen: „Na siehst du, nun lässt du doch noch ein gutes Haar an mir. Natürlich müssen wir es noch mal versuchen und uns Mühe geben." Ich schäme mich dabei. Ob man mir die Lüge anhört?

„Tanja, bis der Tod uns scheidet, alles muss sich ändern. Du musst den Mädchen beibringen, mich zu lieben. Sie schrecken ja vor meinen Zärtlichkeiten zurück, sie sollen meine kleinen Prinzesschen werden, wir wollen wieder eine richtige Familie sein. Sonst bleibt mir nichts, mein Leben ist verpfuscht."

Regi hämmert an die Wohnungstür: „Mama, Papa hat ein Gewehr; geh weg, bitte!" Ich sinke zu Boden. „Geh ins Kinderzimmer und schließe die Tür, Papa liebt uns zu sehr, um mir weh zu tun."

Ich höre ihre kleinen Füße wegtrippeln. Danke, Gott, sie gehorcht mir! Ach nein, sie hat nur Baba geholt und fordert: „Papa, sie ist meine Mama, mach die Tür auf!"

„Komm, Pesche", säusle ich, „mach auf, lass die Kinder raus …"

Der andere Polizist erscheint nun auch mit vorgehaltener Pistole auf der Treppe. Langsam dreht sich der Schlüssel im Schloss, Regi und Baba schlängeln sich durch den Türspalt und sind im Nu draußen. Ich packe sie unter meine Arme und renne die Treppe herunter. Auf dem mittleren Absatz erhasche ich einen Blick auf die Szene vor der Wohnungstür: Pesche, Gewehr in der Hand, hat geöffnet und starrt mit aufgerissenen Augen auf die Pistole. Geistesgegenwärtig schlägt er die Tür zu und verriegelt sie von innen.

Ich haste mit den Mädchen hinunter, an Omas Wohnung vorbei, die Steintreppe hinunter, durch den Korridor, vorbei an der Metzgereitür, da fällt ein Schuss. Wir erstarren. Ich weiß nicht, ob ich nun flüchten oder oben helfen muss. Omas Wohnungstür öffnet sich, mein Gott, dass sie das erleben muss! Langsam, Tritt für Tritt, gehe ich zurück und führe Oma zu ihrem Sessel.

„Bleibt bei ihr, Kinder, ich schaue, was geschehen ist."

„Nein, Mama, nein, bleib bei uns, dir darf nichts passieren", weint Baba und Regi zieht mich an der Hand auf das Sofa.

„Nicht weinen, ich bleib ja schon und stecke nur rasch den Kopf raus, um Regina zu rufen, ja?"

Nur einen Spalt breit öffne ich die Tür und flüstere: „Regina ..." Sie ist bereits auf der Treppe, die Hände vor das Gesicht geschlagen. Weint sie? Sie schüttelt sich leicht, will sprechen, hält die Hand wieder vor den Mund; steht sie unter Schock? Ich ziehe sie zu Oma herein und sie setzt sich in den Sessel.

„Ist jemand verletzt?"

„Eben nicht! Der Polizist hat die Türe eingetreten und da stand ... da stand ..."

„Regina, du lachst ja!"

„Das hättest du sehen sollen: Pesche stand da, das Gewehr in der Hand, er hat geschossen! Auf den großen Spiegel, auf sein Spiegelbild! Ja, er hat sich im Spiegel getroffen, viele Splitter hängen noch am Rahmen. Als wir eintraten, haben sie sein verzerrtes unvollständiges Bild immer noch gespiegelt. Er hat darauf gestarrt und gemurmelt: ‚Flicken, den da muss man flicken. Ich gehe in die Klinik, auf Entzug, sofort.' ‚Wo du hinkommst, wird man zwangsläufig trocken', hat der Polizist entgegnet."

Die Mädchen kuscheln sich an mich und Oma schaut auf: „Nun muss er selbst entscheiden. Dein Plan, Tanja, mutig bist du gewesen."

Ich drücke Regi und Baba an mich und flüstere: „Wir kommen, neues Leben, wir kommen."

Bewerten Sie dieses Buch auf unserer Homepage!

www.novumverlag.com

Die Autorin

Ursula Jaqua-Lanz wurde 1943 in der Schweiz geboren und verbrachte dort die ersten Jahrzehnte ihres Lebens. Nach 20-jähriger Ehe mit ihrem mehr und mehr alkoholsüchtigen Ehemann zog sie nach Kalifornien und machte dort ihren Abschluss als B.A. im Bereich Health Service Administration. Im Rahmen ihres Berufslebens bereiste sie die Welt und arbeitete insgesamt 20 Jahre als Krankenhausverwalterin. Nach langer Krankheit und aus Sehnsucht nach den beiden Söhnen und deren Kinder zog sie schlussendlich wieder zurück in die Schweiz. Dort lebt sie auch heute noch.

Die Erlebnisse mit ihrem alkoholsüchtigen Mann und die multikulturellen Eindrücke, die sie im Laufe der Zeit gesammelt hat, möchte sie nun in ihrem Buch „Alleine wäre ich weniger einsam" weitergeben.

In diesem findet sich auch ihre Liebe zu ihren Pferden wieder, mit denen sie im Dressurbereich viele Prüfungen erfolgreich absolvierte.

Der Verlag

„ *Wer aufhört
besser zu werden,
hat aufgehört
gut zu sein!*

Basierend auf diesem Motto ist es dem novum Verlag ein Anliegen neue Manuskripte aufzuspüren, zu veröffentlichen und deren Autoren langfristig zu fördern. Mittlerweile gilt der 1997 gegründete und mehrfach prämierte Verlag als Spezialist für Neuautoren in Deutschland, Österreich und der Schweiz.

Für jedes neue Manuskript wird innerhalb weniger Wochen eine kostenfreie, unverbindliche Lektorats-Prüfung erstellt.

Weitere Informationen zum Verlag und seinen Büchern finden Sie im Internet unter:

www.novumverlag.com